dtv
premium

Marek Krajewski

Festung Breslau

Kriminalroman

Aus dem Polnischen
von Paulina Schulz

Deutscher Taschenbuch Verlag

Von Marek Krajewski
sind im Deutschen Taschenbuch Verlag erschienen:
Der Kalenderblattmörder (24539)
Gespenster in Breslau (24608)

Der Verlag dankt dem Book Institute – The © POLAND Translation Program
in Krakau für die freundliche Unterstützung der Übersetzung.

INSTYTUT KSIĄŻKI
©POLAND

FSC
Mix
Produktgruppe aus vorbildlich
bewirtschafteten Wäldern und
anderen kontrollierten Herkünften

Zert.-Nr. GFA-COC-1298
www.fsc.org
© 1996 Forest Stewardship Council

Der Inhalt dieses Buches wurde auf einem nach den
Richtlinien des Forest Stewardship Council zertifizierten
Papier der Papierfabrik Munkedal gedruckt.

Deutsche Erstausgabe
April 2008
Deutscher Taschenbuch Verlag GmbH & Co. KG,
München
www.dtv.de

Titel der polnischen Originalausgabe:
›Festung Breslau‹

Mit freundlicher Genehmigung von
Wydawnictwo W.A.B., Warschau
Umschlagkonzept: Balk & Brumshagen
Umschlagbild: ›Thé à quatre (heures)‹ (2002) von Juarez Machado
Satz: Fotosatz Reinhard Amann, Aichstetten
Gesetzt aus der Bembo 10,35/13,82˙
Druck und Bindung: Kösel, Krugzell
Gedruckt auf säurefreiem, chlorfrei gebleichtem Papier
Printed in Germany · ISBN 978-3-423-24644-6

Ultio doloris confessio est.
Die Rache ist das Eingeständnis des Leidens.

Seneca, ›Über den Zorn‹

Schließlich kam jener Bote in einer Maske aus
Blut Schlamm Jammern
stieß unverständliche Laute aus wies mit der Hand
Richtung Osten
es war schlimmer als der Tod denn
weder Gnade noch Furcht
und ein jeder braucht doch Läuterung in seiner letzten Minute

Zbigniew Herbert, ›Der Bote‹
aus dem Band ›Bericht aus der belagerten Stadt‹

Wien, Dienstag, den 23. März 1954, zwei Uhr nachmittags

Walter Kridl, der Rezeptionist im Wiener Hotel »Kärntner Hof«, rasselte nervös mit seinen Schlüsseln und beobachtete misstrauisch einen alten Mann, der sich schwer in einen der in der Halle stehenden Sessel fallen ließ und sich mit dem Hut Luft zufächelte, um den Schweiß zu trocknen, den der warme Frühlingstag auf seine Stirn hatte treten lassen. Der Rezeptionist Kridl traute solchen Gästen nicht, die ihn mit ihrer übertriebenen Eleganz, dem Glanz von Siegelringen und Manschettenknöpfen sowie mit den an den Schädel geklebten Haarsträhnen an Schmuggler, Gangster oder Geheimagenten erinnerten, die in der Donaumetropole, wo die Besatzungszonen aufeinandertrafen, das große Geld machten. Solche Leute versuchten mit dichten Bärten und riesigen Sonnenbrillen ihre ehemalige – oft faschistische – Identität zu verschleiern; und außerdem mühten sie sich, ihre altersbedingte Impotenz zu verbergen, indem sie sich minderjährige Prostituierte aufs Zimmer bestellten.

Da sitzt wieder so einer breitbeinig da, dachte Kridl feindselig und starrte den alten Mann an, der mit weit gespreizten Beinen dasaß. Gleich wird er mit der Zigarette gegen die Zigarettendose klopfen, die bestimmt aus jüdischen Goldzähnen gemacht ist, dann wird er aromatischen Rauch im ganzen Raum verbreiten, mit den Fingern schnippen und nach einem »Fräulein mit üppiger Figur« verlangen.

Doch der Mann verhielt sich mitnichten so, wie es der Rezeptionist erwartete. Weder verlangte er nach etwas noch steckte er sich die Zigarette an; und sein harter, borstiger Bartwuchs und die riesige Brille mit den schwarzen Gläsern sollten nicht seine peinliche Vergangenheit verhüllen, sondern rötlich-weiße Brandnarben. Vielleicht das eine wie das andere, dachte Kridl unnachgiebig bei sich. Der Rest: der Siegelring, die goldene Armbanduhr, die spiegelblanken Schuhe, sein sonderbares Deutsch mit einem Kridl unbekannten Akzent, war beunruhigend und passte nur zu gut zu dem Klischee eines hohen Tieres der Wiener Unterwelt, das hier, in dem brackigen Wasser des Vier-Mächte-Sektors, auftauchte, um obskure Geschäfte zu tätigen.

Und auch die Leute, die jetzt auf der Treppe erschienen, beunruhigten den Empfangschef. Er hatte sie zum ersten Mal am Tag zuvor gesehen – vier junge Männer, die zusammen mit einem Besoffenen, dessen Hut bis über die Augen gezogen war, in die Hotelhalle gestürmt waren. Sie hatten den Betrunkenen in denselben Sessel geworfen, in dem nun der greise Mann mit dem vernarbten Gesicht lehnte, und sich auf eine Reservierung berufen, welche die Polizeidirektion einige Tage zuvor arrangiert hatte. Der Rezeptionist stellte keine Fragen, warf lediglich einen Blick auf den Polizeiausweis, ausgestellt auf einen gewissen Jörg Hanuschek, händigte dem Besagten die Schlüssel zum Zimmer Nummer fünf aus, ließ den ihm zugesteckten Zwanzigschillingschein rasch in der Hosentasche verschwinden und beobachtete, wie die Schuhspitzen des Betrunkenen gegen jede einzelne Stufe der Treppe schlugen und wie die knappen Jacketts der Polizeiagenten beinahe über ihren massigen Rücken aufplatzten.

Nach einer Weile schaltete er die immer noch funktionierende Abhörvorrichtung ein, welche die Gestapo hier installiert hatte, nachdem sich Österreich freudig dem Tausendjährigen Reich angeschlossen hatte; er drehte den Knopf auf Fünf und drückte das vor Neugierde glühende Ohr an die Hörvorrichtung. Leider waren die aus Zimmer Nummer fünf kommenden Geräusche enttäuschend. Vierundzwanzig Stunden lang übertrug die Leitung lediglich das Scharren von Schuhen auf dem Fußboden und das Rauschen des Klosetts. Einen ganzen Tag und eine ganze Nacht lang sprach niemand in der Fünf ein Wort.

Auch jetzt sprachen die Bewohner des Zimmers Nummer fünf und der alte Mann, der sich bei ihrem Anblick aus seinem Sessel erhoben hatte, kein Wort. Der Alte nahm für einen Moment die Brille ab, und Kridl konnte seine blutunterlaufenen hervortretenden Augen in den zernarbten Augenhöhlen sehen. Anders als auf Kridl machte dieser Anblick auf die Agenten keinerlei Eindruck. Sie nickten nur und wiesen dem ältlichen Dandy den Weg zur Treppe. Als sie im Flur verschwanden, stellte Kridl den Knopf auf Fünf und legte sein Ohr an das Rohr. Er drehte den Lautstärkeknopf auf und konzentrierte sich. Auf einmal brannte sein Ohr – doch diesmal nicht vor Neugier, sondern wegen eines heftigen Schlags, der ihn vom Stuhl fegte. Kridls schmächtiger Körper wirbelte durch den engen Dienstraum, und seine Schuhe schlugen gegen die Holzwände.

»Es ist nicht fein, gar nicht fein, so zu lauschen«, murmelte ein großer Mann mit Hut und beugte sich über Kridl. Der nächste und letzte Schlag ließ den Rezeptionisten vorübergehend ertauben. Er lag immer noch auf dem Boden, die Zunge schwoll in seinem Mund an und die Augäpfel in ihren Höhlen.

Der Mann mit dem Hut stellte neben die Hörvorrichtung des Lauschsystems ein Gerät, das wie ein kleines Transistorradio aussah, machte es an, hob die Klappe der Theke, die die Rezeption von der Hotelhalle trennte, und befand sich auf Kridls Arbeitsplatz. Er setzte den Empfangschef auf seinen Stuhl, schob ihm mit einem flachen Schlag die Dienstmütze in die Stirn, beugte sich über ihn und schrieb auf einen Zettel:

Fass es nicht an, sonst knallt es! Ich stehe direkt hinter dir.

Dann begab er sich hinter den Vorhang, der die Rezeption vom Büro dahinter trennte, nahm einen ebensolchen Gegenstand wie den, den er neben das Rohr gestellt hatte, heraus und positionierte ein Mikrofon daneben, das er an ein kleines Tonbandgerät anschloss. Mit einem Kabel verband er den anderen Anschluss an dem Bandgerät mit einem kleinen Hörer, den er sich ins Ohr drückte, und begann zu lauschen.

»... eine Bescheinigung, dass wir tatsächlich vom Mossad sind? Soll ich Ihnen etwa einen Stempel zeigen? Und Sie weisen sich dafür als CIA-Agent aus ...«

»Lassen Sie die Ironie. Sollte ich in dem Mann, den Sie mir zeigen, diesen Kriegsverbrecher erkennen – und die Herrschaften sind nicht von dort, wo sie behaupten, sondern kommen beispielsweise aus OdeSSA – was dann?«

»Sehe ich aus wie ein SS-Mann? Sie sind ein alter Mann und unser Gast obendrein. Deswegen will ich über diese Beleidigung hinwegsehen. Reicht Ihnen meine KZ-Nummer oder soll ich Ihnen sonst noch etwas zeigen?«

»Ja. Zeigen Sie mir den Mann.« (Türenschlagen.)

»Hier ist er. Sitzt auf dem Klo. Avram, zieh ihm die Maske ab!« (Das Rascheln von Stoff.)

»Kennen Sie diesen Mann?«

(Ein Moment des Schweigens.)

»Nein, ich kenne ihn nicht. Bitte, sagen Sie mir doch, für wen Sie ihn halten. Vielleicht würde es mir helfen.«

»Wozu? Wenn Sie ihn nicht erkennen, möchten wir Ihnen danken – und dieser Mann wird freigelassen.«

»Ist Ihnen nicht bekannt, dass bei Kriegsverbrechen das Opfer oft alles aus seinem Gedächtnis verdrängt?«

»Sie waren ein Opfer? Soweit wir wissen, waren Sie eher ein Befehlshaber.« (In gereiztem Ton:) »Na los! Schauen Sie ihn sich noch mal an!«

»Befehlen kannst du deinen Jungs in der Judäa-Wüste!« (Türenschlagen.)

»Hauptmann Mock, warten Sie bitte einen Moment! Verzeihung. Ich habe mich im Ton vergriffen. Er heißt Helmut Crestani und ist ein Geschäftsmann aus Salzburg. Wir vermuten, dass er in Wirklichkeit der ehemalige SS-Obersturmbannführer Hans Gnerlich ist, stellvertretender Kommandant des Konzentrationslagers Groß-Rosen und später Kommandant des Arbeitslagers in Breslau.«

»Nein, das ist gewiss nicht Hans Gnerlich.«

»Sind Sie sicher?«

»Ja, ich bin mir ganz sicher, dass er es nicht ist.«

(Langes Schweigen.)

»Wir danken Ihnen, Herr Hauptmann. Auf Wiedersehen!«

»Auf Wiedersehen.«

(Türenschlagen.)

»Avram, gebt ihm zu trinken und schafft ihn unauffällig in sein Hotel!«

Der alte Mann ging flink die Treppe hinunter. Diesmal musterte ihn Walter Kridl nicht; in seinen Ohren dröhnten die Glocken einer Kathedrale. Er blickte den Mann weder an, als sich dieser der Rezeption näherte, noch, als er daran vorbeiging. Auch hob Kridl den Kopf nicht, als der Alte und der großgewachsene Mann mit Hut gemeinsam die Hotelhalle verließen. Durch das Dröhnen des Glockenerzes schraubte sich ein hoher Laut – die Türglocke. Auch ein Satz, von dem alten Mann mit dem verbrannten Gesicht gesprochen, drang zu ihm durch.

Kridl war sich nicht sicher, ob er richtig gehört hatte, und als er eine Woche später von der Polizei verhört wurde, erwähnte er immer wieder die ohrenbetäubenden Glocken, bevor er das wiederholte, was er aus dem Mund des alten Mannes vernommen zu haben glaubte. Doch bevor er den Wortlaut wiedergab, ließ er sich lang und breit über den Ton von dessen Stimme aus, die von Freude und Erleichterung erfüllt gewesen sein sollte. Erst als die Verhörenden schließlich die Geduld verloren, vertraute ihnen Kridl an, was der Alte ausgerufen hatte:

»Wir haben ihn!«

Wrocław, Dienstag, den 25. April 1950,
neun Uhr morgens

Hauptmann Władysław Baniak lehnte seinen schweren Körper gegen die Fensterbank, pustete irritiert auf die verstaubten Wedel des Farns und starrte dumpf auf die Staubpartikelchen, die im Sonnenlicht herumwirbelten. Dann wandte er seine vor Müdigkeit blutunterlaufenen Augen zur sonnenüberfluteten Łąkowa-Straße, auf der drei Mercedes-Wagen standen – geschützt von zwei Wachmännern in Uniformen des Korps für Innere Sicherheit. Auf dem leeren Platz, an dem einst eine riesige Synagoge (oder wie es einmal ein Mitarbeiter von Baniak, ein Autochthoner, formuliert hatte: »eine Perle der jüdischen Architektur«) gestanden hatte, die in der Reichskristallnacht von den Nazis angezündet worden war, spielten nun ein paar Jungs, anstatt die Schulbank zu drücken, und schossen aus Holzgewehren aufeinander. Baniak war verärgert über ihr Gebrüll, weil es die Würde des Ortes und der Institution, für die er arbeitete, verhöhnte. Wenn schon jemand an diesem Ort schreien sollte, so waren es nicht diese Hosenscheißer – es müssten die Feinde der Volksregierung sein, mit denen Hauptmann Baniak die Kasematten des ehemaligen Gestapo-Sitzes am alten Stadtgraben füllte.

Der Gedanke an die Juden und die Synagoge half ihm nicht dabei, den Kater loszuwerden, den er sich gestern zugezogen hatte; er hatte im Restaurant »U Fonsia« mit einer Flasche Wodka angefangen und in seiner Wohnung am Platz der Schlesischen Aufständischen weitergemacht, wobei ihm tapfer sein Chauffeur und zwei Mädchen aus dem Bahnhofsviertel zur Seite standen.

Wenn er an Juden dachte, fiel ihm unweigerlich sein Vorgesetzter, Major Antoni Fridman, ein. Gerade heute früh hatte dieser seinen länglichen Kopf in das Büro von Baniak gesteckt und ihm befohlen, einen Fall zu übernehmen, dessen Lösung Baniaks intellektuelle Möglichkeiten bei weitem überstieg. Baniaks schulische Erfolge beschränkten sich nämlich auf den Besuch der Grundschule und eines neunmonatigen Kurses für Politoffiziere. Fridman war Absolvent der juristischen Fakultät der Universität von Lemberg und er genoss es sehr, Baniak mit unverständlichen Worten zu quälen. Heute hatte er ihm die Akte des Falls auf den Schreibtisch geworfen, mit den Worten, man könne diese Untersuchung nicht erst »ad calendas graecas« abarbeiten, wobei er wohl Sankt-Nimmerleins-Tag meinte – dabei schnalzte er mit der Zunge und seine eng beieinander stehenden Augen rollten hin und her.

Baniak spuckte in eine Zimmerecke und rieb mit seinem Schuhabsatz den Speichelklumpen in die gewachsten Dielenbretter. Ihm war vollkommen bewusst, warum er so rasch befördert worden war – nicht wegen seiner durchschnittlichen Intelligenz oder der bescheidenen Schulbildung, sondern wegen seiner Hartnäckigkeit, seiner Gefügigkeit und der Fähigkeit, die Klappe zu halten. Sogar im schlimmsten Alkoholrausch redete er über nichts anderes als über sein geliebtes Uhow am Narew, wo er als Halbwüchsiger in der Scheune mit den Mädels herumgemacht hatte, wofür er immer von seinem Vater eine gescheuert bekam; und er erzählte jedes Mal von einer gewissen Marynia, die mit ihren muskulösen Beinen den Weißkohl in den Fässern stampfte.

Erst recht war ihm bewusst, dass ihm seine glorreiche Zukunft von seinem alten Frontkameraden Hauptmann Anatolij Klemiato eröffnet worden war, der ihn sich einst unter den Miliz-Mitgliedern in Białystok ausgeguckt hatte; er lobte Baniaks Partisanen-Vergangenheit, seine Erfolge beim Sport und beim Schießen, um ihn anschließend in den Kurs für Politoffiziere zu schicken, bei dem er das Abitur nachmachen konnte. Und Baniak revanchierte sich bei Hauptmann Klemiato mit erbarmungslosem Kampf gegen die Feinde des Systems in der Region Białystok. Sein Wohltäter wusste es zu schätzen und lobte vor seinen Vorgesetzten seinen Schützling und dessen geradlinige Vorgehensweise.

Baniaks glückliches Leben in seiner Heimat hielt einige Jahre an, doch bei der Wrocławer Abteilung der Staatssicherheit, wo er mit seinem Gönner gelandet war, war seine Erfolgssträhne vorbei. Hauptmann Klemiato ging schließlich nach Ostdeutschland, dem der Genosse Ulbricht vorstand, und sein Platz wurde von Major Fridman eingenommen – der nur auf eine Gelegenheit wartete, seinen ungebildeten Untergebenen loszuwerden, um dessen Stelle mit einem Freund, einem ehemaligen Kampfgefährten aus der polnischen Kommunistischen Partei, Edward Marczuk, zu besetzen. Die Mappe, die Baniak gerade in seinen vom Pflügen verhornten Händen drehte, war in seinen Augen wieder mal so eine Schikane seitens Fridmans – Baniak sollte beweisen, wie unfähig er in Wirklichkeit war. Um so den Boden für Marczuks Diensteintritt vorzubereiten.

Zum wiederholten Male sichtete jetzt Baniak den Inhalt der Mappe und befeuchtete hin und wieder den Fußboden mit seinem dicken Speichel. Außer einer kurzen Notiz über das Auffinden einer Leiche und dem Bericht des Pathologen steckte ein mit Bleistift beschriebener Zettel darin, dessen Inhalt Baniak unbekannt war, obwohl er in einer Sprache formuliert war, die er immer wieder in der kleinen Kirche in Uhow gehört hatte: Latein. Ihm platzte beinahe der Schädel bei dem Gedanken, es könnte wieder einmal eine Falle von Fridman sein. Er sah schon in seiner Vorstellung, wie ihm der Major nahelegte, seine Allgemeinbildung zu erweitern, und wie er in Anwesenheit von Fräulein Jadzia Wesołowska, Baniaks Sekretärin, über seine Ignoranz spottete. Baniak hatte sich selbst um Fräulein Jadzia bemüht, allerdings ohne Erfolg – während Fridman sie nach einer knappen und zielgerichteten Attacke, um deren Präzision ihn sogar General Wladimir Glusdowskij, der Eroberer der Festung Breslau, beneidet hätte, für sich gewinnen konnte.

Baniak ging wieder ans Fenster, blickte auf den leeren Platz, wo ehemals die Synagoge gestanden hatte, und erinnerte sich an die schöne Formulierung des Autochthonen: »Da, wo einst die Perle der jüdischen Architektur prangte.« Diese Worte hatte er sogar selbst einmal bei einem Empfang im Präsidium des Städtischen Nationalrates benutzt und dafür spöttisches Geflüster von Fridman geerntet, das dieser in die fein geformten Öhrchen von Fräulein Jadzia sickern ließ. Und plötzlich hatte Baniak eine Erleuchtung. Auf einmal störte ihn das Geschrei der Bälger nicht mehr, die sich darüber stritten, wer bei dem Spiel Deutscher und wer Pole sein sollte. Es war das schwierige Wort »Autochthon«, das in den fünfziger Jahren in Wrocław an der Tagesordnung war und das sich auch die weniger klugen Vertreter der neuen Regierung aneignen mussten, welches die Gedanken des Hauptmanns in eine neue Richtung lenkte – zu einem anderen in Wrocław geborenen Halbdeutschen, den Baniak schon allein deswegen hasste, weil er vor seinem Namen den frisch erworbenen Doktortitel führte.

Baniak spuckte noch einmal aus: Diesmal düngte er die Erde in dem Topf mit dem Farn, dann öffnete er die Tür zum Vorzimmer. Fräulein Jadzia richtete gerade ihre komplizierte Frisur à la Ingrid Bergman und schaute ihren Chef erwartungsvoll an. Er mochte diesen Blick, der so voller Demut und Tatbereitschaft war.

Er bellte hart und knapp: »Schicken Sie zwei Zivile zur Universität, Manfred Hartner holen! Sie sollen ihn herbringen. So schnell wie möglich! Holen Sie mir seine Akte! Sofort! Na los, Bewegung!«

»Den Doktor Manfred Hartner, der schon einmal bei uns war?«, versicherte sich Fräulein Jadzia.

»Wir leben hier nicht in der Vorkriegszeit!«, brüllte er. »Damals gab es die ganzen Professoren und Doktoren! Jetzt sind alle gleich!«

Er sah Beunruhigung in den Augen des Vorzimmerfräuleins und verließ das Sekretariat, erfüllt vom Gefühl seiner Macht und den Gedanken an Marynias kräftige Beine.

Wrocław, Dienstag, den 25. April 1950,
elf Uhr vormittags

Als Hauptmann Baniak gerade mit dem Lesen der Personalakte von Manfred Hartner fertig war, informierte ihn Fräulein Jadzia, dass selbiger gerade angekommen sei. Baniak erwiderte, er werde ihn erst später empfangen, und ging aus seinem Büro direkt auf den Flur. Er lief an schlichten, anständigen Burschen aus Masowischen Dörfern vorbei, die Gefangene vor sich hertrieben, und ging hinunter in die Kantine, um zu frühstücken. Er verspeiste Tomatensuppe und eine Portion saure Lunge, wischte beide Teller ordentlich mit Brot aus und erst danach trank er ein Glas Tee und ein ordentliches Glas Wodka. Er spürte, wie sein Kater sich langsam verflüchtigte, und begab sich zurück in sein Büro. Dort angekommen, schaltete er das Radio an und lauschte der Stundenglocke von der Marienkirche in Krakau. Die Schritte des im Turm herumgehenden Wärters und die aufeinanderfolgenden Phrasen des Trompetensignals ließen ihn einschlummern. Aus seinem leichten Schlaf, in dem er von den Flussufern des Narew träumte, riss ihn erst der Schlager ›Mkną po szynach niebieskie tramwaje‹ von Maria Koterbska. Er knöpfte seine Uniform zu, bürstete sie rasch ab, schnallte den Gurt eng zu, wobei er geflissentlich seinen immer größer werdenden Bauch ignorierte – dann öffnete er die Tür zum Sekretariat.

»Da hinein!«, sagte er knapp in Richtung eines schwarzhaarigen Mannes mit beginnender Glatze, der auf einem Stuhl saß und in irgendwelchen Notizen blätterte, die in einem Baniak unbekannten Alphabet verfasst waren.

Der Hauptmann nahm hinter seinem Schreibtisch Platz, dem Dunkelhaarigen wies er den einzigen Stuhl, der sich im Raum befand. Er holte seine Zigarettendose hervor und schob sie seinem Gesprächspartner unter die Nase. Als dieser ablehnte, spürte Baniak ein Aufwallen von Wut. Dieser deutsche Hurensohn ist sich zu fein für meine Zigaretten!, dachte er bei sich.

»Vollständiger Name?«, fragte er und konnte nur mühsam seine Empörung verbergen.

»Dr. Manfred Hartner«, erwiderte der Verhörte im reinsten Polnisch, ohne eine Spur des deutschen »r«.

»Beruf?«

»Universitätsdozent.«

»Wo arbeitet er?«

»An der Universität Wrocław, am Institut für Klassische Philologie.«

»Was unterrichtet er?«

»Altgriechisch. Den attischen Dialekt, um exakt zu sein.«

»Keine Klugscheißereien hier!«, zischte Baniak. »Welcher Herkunft ist er?«

»Ich komme aus einer Intelligenzija-Familie. Mein Vater hieß

Leo Hartner und war Direktor der Universitätsbibliothek in Wrocław, meine Mutter ist Polin, Teresa, geborene Jankiewicz, Hausfrau.«

»Hausfrau«, wiederholte Baniak giftig und setzte zu einem harten Schlag an: »Du bist also Halbdeutscher, Halb-Nazi, richtig, du faschistische Sau?«

»Die Tatsache, dass ich deutscher Abstammung bin, bedeutet nicht, dass ich ein Nazi wäre«, gab Hartner in noch leiserer Tonlage zurück. »Herr Hauptmann, Sie hören doch, wie ich Polnisch spreche. Ich fühle mich als Wrocławer, in dieser Stadt möchte ich leben, wohnen, arbeiten ...«

»Wir entscheiden, ob du hierbleiben darfst«, unterbrach ihn Baniak. »Und die Erlaubnis bekommst du erst dann, wenn du deinen Nazi-Vornamen änderst. Zum Beispiel in ›Marcin‹. Na, Marcin, ist das etwa kein hübscher Name?«

Als keine Reaktion erfolgte, knurrte er: »Geburtsdatum?«

»Sechzehnter September 1923.«

»Was hast du während des Krieges gemacht?«

»Im Jahre 1942 habe ich meine Abiturprüfung am Matthiasgymnasium abgelegt.« Hartner holte aus seiner Brieftasche den zusammengefalteten Lebenslauf und las die wichtigsten Eckdaten ab: »Im September 1942 wurde ich eingezogen und kämpfte im Deutschen Afrika-Korps. Am 13. Mai 1943, nach der Kapitulation in Nordafrika, geriet ich in englische Gefangenschaft. Die Zeit von Juli 1943 bis Mai 1945 verbrachte ich in diversen Kriegsgefangenenlagern im Nahen Osten. Im Mai 1945 wurde ich aus einem Lager in Beirut entlassen und kehrte nach Wrocław zurück. Im November desselben Jahres begann ich mein Studium der klassischen Philologie an der hiesigen Universität. Letztes Jahr schrieb ich meine Magisterarbeit, und meine Dissertation habe ich vor einem Monat verteidigt.«

»Du hast aber ein Tempo drauf.«

»Mir wurde meine Abiturarbeit als Magisterarbeit anerkannt. Die Doktorarbeit schrieb ich unter der Leitung meines Doktorvaters Professor Wiktor Steffen. Der lateinische Titel lautet ...«

»Das reicht«, unterbrach ihn Baniak. »Für mich ist nur wichtig, dass du Latein kannst. Übersetz mir das hier, aber flott.« Er warf Hartner den Zettel aus der Mappe von Fridman zu. »Und dass du dir nicht irgendwelchen Unsinn ausdenkst! Sonst darfst du nicht in unserem schönen urslawischen Wrocław bleiben und für den sozialistischen Staat arbeiten! Jetzt hast du die Gelegenheit, etwas für diesen Staat zu tun ...«

Hartner blickte auf den Zettel und sagte nach einigen Sekunden: »Das ist die Bergpredigt, in der lateinischen Version aus dem ... ich glaube, aus dem Matthäus-Evangelium. ›Selig sind, die da ...‹ et cetera.«

»Mach mir diese Übersetzung schriftlich«, murmelte Baniak, entnervt davon, dass diese Studierten immer so viel auf Lateinisch schnattern mussten – in seinen Augen machte es sie fast den Pfaffen gleich. Was hatte das mit dem einzig wahren materialistischen Weltbild zu tun?

»Ich kann es nicht so übertragen, wie es in der polnischen Version der Bibel steht. Aber ich kann es wortwörtlich wiedergeben.«

»Dann gib es wieder und plapper nicht so viel!«

Hartner tauchte die Feder in die Tinte und kratzte damit auf ein Blatt minderwertigen Papiers. Seine fein kalligraphierten Buchstaben verloren ihre Form in indigoblauen Flecken, die Feder stolperte über die winzigen Holzstückchen, die aus dem rauen Papier herausstaken; schließlich durchbohrte er das schlechte Papier und setzte statt des letzten Punktes einen Seestern mit tintenblauen Rändern. Baniak schaute ihm ungeduldig über die Schulter und las die Seligpreisungen, die Christus seinem Volke auf dem Berg zuteil werden ließ:

Selig sind, die da geistlich arm sind, denn ihrer ist das Himmelreich. Selig sind, die da Leid tragen, denn sie sollen getröstet werden. Selig sind die Sanftmütigen, denn sie werden das Erdreich besitzen. Selig sind, die da hungert und dürstet nach Gerechtigkeit, denn sie sollen satt werden. Selig sind die Barmherzigen, denn sie werden Barmherzigkeit erlangen. Selig sind, die reinen Herzens sind, denn sie werden Gott schauen. Selig sind die Friedfertigen, denn sie werden Gottes Kinder heißen. Selig sind, die um der Gerechtigkeit willen verfolgt werden, denn ihrer ist das Himmelreich. Selig seid ihr, wenn euch die Menschen um meinetwillen schmähen und verfolgen und reden allerlei Übles gegen euch, wenn sie damit lügen.

Baniak hörte auf, die Lippen zu bewegen, was – wie Hartner vermutete – bedeutete, dass er mit der Lektüre fertig war.

»Ich danke Ihnen, Hartner.« Der Hauptmann sagte nun »Sie« statt »du«, was in seinen Augen eine große Ehre für den Wissenschaftler darstellte. »Ist das alles?«, fragte er erfreut, als er sich Fridmans Verblüffung vorstellte, wenn dieser die Übersetzung des lateinischen Textes las.

»Leider nicht.« Hartner rieb sich mit der Handfläche über die beginnende Glatze am Hinterkopf. »Hier steht noch ein Text, der in derselben Handschrift geschrieben wurde, allerdings ziemlich nachlässig, wohl in großer Eile. Deswegen ist er schwierig zu entziffern.« Der Philologe lehnte sich auf seinem Stuhl zurück und blickte seinen Gesprächspartner aufmerksam an. »Genosse Hauptmann, wenn Sie wünschen, dass ich diesen Text ganz exakt übertrage, muss ich die genauen Umstände und den Kontext kennen.«

Baniak stellte sich ans Fenster und starrte nach draußen. Von dort war schon einmal Erleuchtung über ihn gekommen. Doch diesmal suchte er keine Inspiration dafür, wie er weiter vorgehen sollte – er wusste, was zu tun war. Er hatte Hartners Akte gelesen und wusste von dessen geradezu krankhaftem Unwillen, die urpolnische Stadt an der Oder zu verlassen; und so hatte er ein Werkzeug in der Hand, um ihn zur Zusammenarbeit mit der Staatssicherheit zu zwingen. Ein einziges Wort von ihm würde reichen, ein Telefonat mit jemandem, der für solche Sachen zuständig war und nur ein paar Zimmer weiter saß, um Hartner dorthin zu schicken, wo er nach Baniaks Meinung hingehörte: nämlich nach Sibirien, wo die deutschen Kriegsgefangenen mit dem Abholzen der Taiga beschäftigt waren.

Baniak suchte nach etwas anderem, als er aus dem Fenster auf das alte deutsche Gründerzeithaus starrte, in dem ehemals eine Kredit-Anstalt untergebracht gewesen war, wovon noch eine verblasste Aufschrift zeugte, die durch die abblätternde Farbe zu sehen war. Er dachte nur an eines: was nämlich das Wort »Kontext« zu bedeuten hatte.

Schließlich hielt er es nicht mehr aus und brüllte Hartner an: »Hör auf, mich hier verscheißern zu wollen! Sag einfach, was du wissen willst, und Schluss!«

»Also: was ist das für ein Brief? Wo wurde er gefunden? Ich muss das alles wissen, bevor ich mich daran mache, das letzte Fragment zu übersetzen. Dieser Satz kann eine Schlüsselfunktion haben ...«

»Weißt du, was ich mit dir mache, Marcin, wenn du auch nur ein Sterbenswörtchen darüber verlierst, was ich dir jetzt verrate?« Baniak zog die Nase hoch, machte das Fenster wieder zu und setzte sich bequem in seinen Sessel. »Wenn du nicht parierst, gehst du auf Reisen, auf eine sehr lange Reise ...«

»Ich werde kein Wort sagen.«

Hartner erinnerte sich plötzlich an Spaziergänge mit seinem Vater, auf dem Ring, in den dreißiger Jahren, und dessen Versprechen: »Wenn du erst einmal volljährig bist, lade ich dich in den ›Schweidnitzer Keller‹ auf ein Bier ein!«

»Na gut, dann erzähle ich dir, was hier drin steht.« Baniak klopfte mit dem Finger hart gegen den Deckel der Mappe. »Willst du eine?«, fragte er und schob Hartner die Zigarettendose mit den Zigaretten Marke »Górnik« zu.

Der Philologe dachte an den »Schweidnitzer Keller«, wo er sich eines Tages hinsetzen würde, ein Bier bestellen und auf seinen toten Vater trinken, dessen Geist über den Tischen schweben würde; dann würde er einen symbolischen Toast aussprechen und einige Tropfen unter den Tisch gießen – so wie es sein Vater getan hatte, als er auf das Seelenheil des Großvaters trank, der in der Sahara von den Tuaregs abgestochen worden war. Doch um das Ritual vollführen zu können, musste er in dieser zerstörten Stadt bleiben. Hartner blickte in Baniaks blutunterlaufene Augen und nahm dieses Mal die Zigarette an.

Breslau, Donnerstag, den 15. März 1945,
sechs Uhr morgens

Der Fußboden in der Wohnung der Familie Mock am Zwingerplatz 1 erzitterte kurz. Es war eine sanfte Vibration, hervorgerufen durch die charakteristischen Detonationen der Geschosse, die von den Nebelwerfern aus der Schweidnitzer Vorstadt in Richtung Süden geschleudert wurden – dorthin, wo die asiatischen Horden versuchten, die Festung Breslau zu bezwingen.

Eberhard Mock stellte einen Fuß auf den Boden und fühlte die Vibration im ganzen Körper. Er interpretierte sie als einen der letzten Spasmen der sterbenden Stadt. Eine Weile schaukelte er auf dem Bett vor und zurück und starrte auf das hinter dem grauen Rechteck des Fensters sichtbare Gebäude des Stadttheaters. Der Himmel über dem Theater wurde ununterbrochen von Feuerstreifen aus Katjuscha-Raketenwerfern und Salven aus Haubitzen von der nahe gelegenen Gräbschener Straße her durchschnitten. Mock erhob sich schwerfällig und bewegte sich, in seinen Pantoffeln über den staubigen Boden schlurfend, in Richtung Badezimmer. Dort stützte er sich mit beiden Händen an der Wand ab und stellte sich über die Kloschüssel; ohne die Hände zu benutzen, befreite er seinen Organismus von den flüssigen Giften, die sich über die Nacht darin angesammelt hatten. Wie jedes Mal lauschte er angewidert und traurig dem tröpfelnden Plätschern des Urinstrahls eines Greises. Und wie immer erinnerte er sich voller Nostalgie an eine Nacht vor vierzig Jahren, als er mit anderen Studenten auf der Werderbrücke stand und in einem hohen, üppigen Strahl der Oder das Zuviel an Bier abgab, das er anlässlich des bestandenen Examens in Alter Geschichte in sich hineingepumpt hatte.

Meine Jugend ist dahin, dachte er, während er seine langen Unterhosen hochzog, tot und begraben, gemeinsam mit Professor Cichorius, der mich damals so detailliert über den ›Zug der Zehntausend‹ von Xenophon ausgefragt hat; gemeinsam mit den Ruinen von Kündels Kneipe, in der wir nach dem Examen gesoffen haben; gemeinsam mit meiner lieben verflossenen Ehefrau Sophie, die wohl immer noch von Bett zu Bett hüpft – und auch mein Gesicht ist weg, verbrannt durch brennende Dachpappe bei einem der schweren Bombardements in Hamburg vor einem halben Jahr.

Er nahm die schwarze Samtmaske vom Gesicht und betrachtete seine Züge in dem gesprungenen Spiegel. Der Riss im Glas war entstanden, als tags zuvor am Schlossplatz eine Bombe explodiert war. Mock betrachtete sich aufmerksam in der Glasoberfläche, die in regelmäßigen Intervallen erzitterte. Durch das Rauschen des Wassers hindurch vernahm er drei ferne Explosionen. Er fuhr mit den Fingerspitzen über die rot-weißen Narben, die ausnehmend regelmäßig waren: ihre Linien nahmen ihren Anfang an dem Punkt, wo der graumelierte Bartwuchs zu dem vollkommen grauen Schnurrbart wurde; wie ein Fächer legten sie sich über beide Wangen und liefen oben an der Nasenwurzel wieder zusammen. Seine Augenbrauen und Wimpern waren weggebrannt – er schaute in seine hervortretenden Augen, deren Farbe mit der Zeit immer blasser und unbestimmter geworden war; dann blickte er auf seine Haare, die sich in einem immer dünner werdenden Netz um seinen Kopf wellten.

Weitere drei Explosionen ertönten. Mock erblickte plötzlich seine Frau Karen in der offenen Badezimmertür. Er erwartete, in ihren Augen zum tausendsten Mal die Freude darüber zu sehen, dass ihr Ebi es wieder einmal geschafft hatte, sie von der Arbeitspflicht zu befreien, die darin bestand, Barrikaden zu errichten und Häuserruinen abzureißen. Doch er sah in ihren Augen etwas vollkommen anderes. Es war der Schatten des Ekels. Sie sah ihn nur selten ohne seine Gesichtsmaske.

»Jemand trommelt gegen die Wohnungstür, Ebi«, sagte Karen. Wenn sie aufgeregt war, hörte man deutlich ihren skandinavischen Akzent. Er schaute sie an. Die faltige Haut um die Augenhöhlen spannte, das Weiß ihrer Augäpfel war kaum zu sehen, ihre Augen bestanden beinahe nur aus riesigen dunklen Pupillen; man sah einen Rand der ehemals himmelblauen Iris.

»Ich habe Angst, durch den Spion zu blicken, Ebbo. Vielleicht sind das die Russen …«

»Nein, es sind keine Russen. Wir wohnen doch nicht an der Frontlinie.«

Er legte die Maske wieder an, setzte sich die Nachtmütze auf den Kopf und wickelte sich in seinen Morgenmantel. Er ging an die Wohnungstür, unterwegs nahm er noch seine Walther aus dem Halfter im Flur. Als er das Auge gegen das Loch des Spions drückte, ließ eine weitere Explosion die Tür erbeben.

Schließlich öffnete Mock die Tür und sagte zu seiner Ehefrau: »Keine Angst, dieser Mensch wird dich nicht vergewaltigen. Im Gegensatz zu den Russen wirft er sich nicht auf alles, was nicht bei drei auf dem Baum ist ...«

Er bemerkte Tränen in Karens Augen und rief ihr nach, als sie sich in dem nun freien Badezimmer versteckte: »Ich wollte dich wirklich nicht kränken!«

»Kränken? Sagtest du kränken?«, wollte der alte Mann wissen, der auf der Türschwelle stand. Er hatte einen abgewetzten Eisenbahnermantel an und auf dem Kopf eine Schiebermütze mit angeknackstem Schirm. Er roch nach Alkohol. »Du hast mich vor zwanzig Jahren gekränkt, du Rindvieh, als du die Ermittlungen zum Tod meines Erwin aufgegeben hast!«

»Sei bitte exakt. Zwanzig Jahre sind noch nicht um«, murmelte Eberhard Mock und ließ seinen älteren Bruder Franz in die Wohnung eintreten.

Breslau, Donnerstag, den 15. März 1945,
Viertel nach sechs Uhr morgens

Marta Goczoll, die alte Bedienstete der Mocks, packte unwillig die Kiste mit dem Mannheimer Porzellanservice aus, wie es ihr Arbeitgeber ihr aufgetragen hatte. Noch gestern Abend hatte sie all die Tassen und Untertassen in Papier eingewickelt und in der Kiste verstaut, wie es ihr wiederum ihre Arbeitgeberin befohlen hatte. Sie könnten sich endlich mal einig werden, was sie mit diesem Porzellan eigentlich machen wollen, dachte sie verärgert. Stattdessen sollst du an einem Abend alles einpacken, wenn die gnädige Frau weint, dass wir aus der Stadt flüchten müssen, und es am nächsten Morgen wieder auswickeln, wenn der gnädige Herr Kaffee wünscht! Und dann auch noch zu den Arbeitseinsätzen gehen, das auch noch!

Marta stellte vor ihren Herrn und seinen Bruder zwei Tassen mit dem charakteristischen roten Stempel *R. P. M.* hin und füllte sie mit duftendem Malzkaffee. Sie legte Karamellbonbons, die sie am Tag zuvor aus Milch und Zucker gemacht hatte, auf einen kleinen Teller. Die Männer saßen einander gegenüber und sprachen kein Wort miteinander. Marta Goczoll glaubte, dass es ihretwegen war. Es amüsierte sie, und sie beschloss, den Herrn Mock ein bisschen zu ärgern, weil er gestern Abend und heute Früh so gefühllos zu seiner Frau gewesen war: Er machte sich über ihre Ängste lustig und packte immer wieder die Kisten aus, die auf den Auszug aus Breslau warteten, obwohl Frau Mock ihn anflehte, endlich die Stadt zu verlassen. Mal nahm er sein Schachbrett heraus und stellte darauf die Figuren auf; mal holte er ein Fotoalbum hervor, aus dem er Personen aus Fotos herausschnitt und sie im Ofen verbrannte; dann wieder packte er die von Frau Mock so geliebten Porzellanfigürchen aus und stellte sie auf der Kredenz auf, ihrem angestammten Platz, auf dem sie für ewige Zeiten stehen bleiben würden, auch wenn die ganze Stadt von der bolschewistischen Barbarei überflutet werden sollte, so formulierte er es. Um ihren Herrn zu ärgern, bewegte sich die alte Dienerin ganz langsam zwischen den Kisten und Reisekoffern im Esszimmer, wischte endlos lange mit einem Tuch eingebildete Kaffeetropfen vom Schnabel der Kanne und wechselte umständlich die Löffelchen aus, bis sie die fand, die ihrer Meinung nach am besten zum Service passten. Sie wartete darauf, dass ihr Arbeitgeber endlich explodieren und sie in die Küche schicken würde – doch nichts Derartiges passierte.

Plötzlich erinnerte sie sich an die Arbeitspflicht, die vor einigen Tagen allen Bewohnern Breslaus auferlegt worden war. Sie verfluchte im Stillen den neuen Kommandanten der Festung, Generalleutnant Hermann Niehoff, und begab sich zurück in die Küche, von wo aus sie zu ihrer täglichen Arbeit gehen würde: mit bloßen Händen die Ruinen der Lutherkirche abtragen. Sie konnte die Tatsache nicht verwinden, dass sie die Überreste wunderschöner Häuser wegräumen musste, die auf einen barbarischen Befehl von Gauleiter Hanke hin dem Erdboden gleichgemacht worden waren, um Platz für ein Flugfeld mitten in der Stadt zu schaffen.

Herr Mock hatte sich das Gesicht mit der Maske verhüllt und starrte die Tischdecke an, genau wie sein Bruder (der allerdings keine Maske trug). Obwohl der auch gut eine gebrauchen könnte, dachte die Bedienstete bei sich, als sie durch die offene Küchentür das Gesicht von Franz Mock betrachtete, sonnenverbrannt und von Furchen durchzogen, sei es von schwerer Arbeit oder vom Alkohol.

Marta sollte für ihre Herrin das Frühstück richten, das wenigstens für eine Weile deren zerrüttete Nerven beruhigen würde. In der Küche holte sie aus einem Leinenbeutel das gestern gekaufte Vollkornbrot, schnitt eine Scheibe ab und bestrich sie mit einem Löffel der Lieblingsmarmelade der Frau Mock, aus Quitten; nicht zu dick, nicht zu dünn, gerade richtig. Dabei lauschte sie darauf, ob die Brüder Mock endlich ein Gespräch angefangen hatten. Sie hatte gedacht, dass sie ihretwegen geschwiegen hätten.

Sie hatte sich geirrt.

Breslau, Donnerstag, den 15. März 1945,
halb sieben Uhr morgens

Eberhard war der Erste, der das Schweigen brach: »Warum beleidigst du mich in meinem eigenen Heim?«

»Ich werde mich nicht bei dir entschuldigen.« Franz steckte sich eine Zigarette an, die den Raum mit stinkendem Rauch erfüllte. »Du scheinst ja nicht gekränkt zu sein. Wärst du beleidigt, hättest du mich nicht hereingelassen.«

»Ich habe dich hereingelassen, weil du mein Bruder bist. Du besuchst mich nach jahrelangem Schweigen, und dann beleidigst du mich schon auf der Türschwelle!«

»Du bist mein Bruder. Aber in erster Linie bist du ein Held, Ebi.« Franz zerdrückte die Zigarette zwischen seinen verhornten Fingern und verstaute die Kippe in der Innentasche seines alten Eisenbahnermantels. »Fühlst du dich wie ein Held?«

»Gib mir eine Zigarette und hör auf, Scheiße zu reden ...«, erwiderte Eberhard leise.

Franz achtete nicht auf das, was sein jüngerer Bruder sagte. Er holte aus der Manteltasche einen ordentlich zusammengelegten, aus der ›Schlesischen Tageszeitung‹ ausgeschnittenen Zeitungsartikel und begann ihn vorzulesen – dabei stolperte er immer wieder über das eine oder andere Wort:

»Der 62-jährige Hauptmann Eberhard Mock, ein in den zwanziger und dreißiger Jahren berühmter Kriminaldirektor des Breslauer Polizeipräsidiums, erwies sich als wahrer Held während des barbarischen Bombardements in Dresden im Februar dieses Jahres. Er lag in einem der Dresdener Krankenhäuser, um sich von seinen schweren Gesichtsverbrennungen zu erholen, die er sich während des Bombardements von Hamburg zugezogen hatte, als er bei einem Krankenhausbrand Fräulein Elfriede Bennert, der Tochter des Oberarztes Dr. Ernst Bennert, das Leben rettete. Dabei wurde er selbst schwer verletzt. SS-Brigadeführer Walter Schellenberg ehrte Hauptmann Mock mit einem Verdienstkreuz. Im Lichte dieses Vorkommnisses wurde das Verfahren gegen Hauptmann Mock eingestellt, bei dem es um den Fall Roberth aus dem Jahre 1927 ging. Die Entscheidung des Gerichtes ist mehr als korrekt. Ein todesmutiger deutscher Soldat, der einem deutschen Mädel das Leben rettet und es mit bloßen Händen aus einer Feuersbrunst herausholt, verdient die höchste Anerkennung und Dispens von längst verjährten Anklagen, seien sie richtig oder falsch.«

Franz hörte auf zu lesen und wiederholte seine Frage: »Fühlst du dich wie ein Held, Ebi?«

»Ja.«

Eberhard nahm einen Schluck von dem hervorragenden Malzkaffee Marke »Seelig« und nahm dann langsam die Maske ab, um sie anschließend auf den Tisch zu schleudern. »Jeden Morgen beim Rasieren komme ich mir vor wie ein Held.«

»Du rasierst dich doch gar nicht! Du hast dir ja einen Bart wachsen lassen.«

Eberhards Gesicht erinnerte Franz an das Gesicht eines Selbstmörders, der sich einige Wochen zuvor vor einen Zug geworfen hatte: Glupschaugen und verzerrte Lippen.

»Ja, du siehst aus wie ein richtiger Held. Wie ein Abenteurer aus Afrika! Schade, dass meine Irmgard diesen Artikel nicht mehr lesen kann ... Sie hatte dich so gern, vielleicht sogar mehr als mich ... Sie hat ja immer gesagt: ›Es tut mir so leid, dass Ebi keine passende Frau gefunden hat! Er ist ja ein richtiger Prachtkerl!‹ Vielleicht fand sie es schade, dass sie nicht dich zum Mann hatte ... Na ja, jetzt würde sie dich wohl nicht einmal mehr ansehen wollen! Schauen dich die Frauen noch so an wie damals? Lächeln sie dir noch zu?«

Eberhard drehte sich eine Zigarette und wartete, bis ihm das Karamellbonbon auf der Zunge zerging. Er wartete, dass er aufhörte zu schwitzen, dass der Schweiß aufhörte, die verbrannte Haut in seinem Gesicht zu befeuchten, dass das Salz aufhörte, die von Dachpappe gebrannten Krater auszubrennen. Er sprach nicht, er wartete nur, bis Franz das Thema wechselte – doch dieser redete immer noch von seiner Ehefrau Irmgard.

»Du hast sie auch gemocht, oder, Ebi?« Er krümelte die Tabakreste auf die Zeitung, schüttete den Tabak in eine lange Pfeife und hielt ein Streichholz daran. »Hat dir meine Frau gefallen? Bewahr sie in guter Erinnerung, denn du wirst sie nie wiedersehen ...«

Eberhard schwieg und wartete immer noch, dass Franz ihm den Grund seines Besuches verraten würde. Er schwitzte nicht mehr, stattdessen spürte er eine starke Anspannung. Er lutschte an seinem Bonbon und fuhr mit der Zungenspitze über seine echten und die künstlichen Zähne. Er dachte an seinen Vorkriegs-Zahnarzt, Dr. Moritz Zuckermann, der Anhänger der Ideen des Priesters Sebastian Kneipp gewesen war und allen seinen Patienten eine Therapie mittels des Wasserelementes empfohlen hatte. Dr. Zuckermann endete in der finsteren Schlucht von Hinnom – er war nach Osten deportiert worden.

»Eines Nachts, vor etwa zwei Jahren …« Franz erbebte, ähnlich wie die Scheiben, auf die Papierstreifen in Form eines X aufgeklebt waren. Die Stalinorgel war nun erwacht.

»… setzte sie sich in ihrem Bett auf und begann, sich die Kopfhaut zu kratzen. Dann fing sie an zu singen … Sie war verrückt geworden. Sie sprach die ganze Zeit von dem Mord an Erwin – und von dir, Ebi. Sie verfluchte dich, machte dich für den Tod unseres Sohnes verantwortlich … Weißt du, was der Fluch einer Wahnsinnigen bedeutet? Wenn dich eine Verrückte verflucht, so wird der Fluch Wirklichkeit werden! Das sagte einst unser Vater selig …«

»Dann soll sich der Fluch erfüllen.« Eberhard legte seine massigen Arme auf die Tischplatte. »Ich träume von nichts anderem.«

»Du bist ein Held, du kannst nicht eines grausamen Todes sterben, so wie es sich meine wahnsinnige Ehefrau gewünscht hat. Ihr Fluch lautet wie folgt …« Franz stützte die Ellbogen auf den Tisch und begann so heftig zu husten, dass das spinnwebzarte Porzellan erzitterte.

»Nach langen Jahren suchst du mich auf, Franz …« Eberhard setzte sich die Maske auf und steckte sich eine neue Zigarette an. In der Nähe donnerten Geschütze. »… um mir von deiner Frau zu erzählen. Das Schlimme ist allerdings, dass du nicht zu Ende erzählt hast! Was ist nun aus ihr geworden?«

»Solche wie sie beschmutzen unser Volk, heißt es.« Franz atmete tief durch. »Sie haben Irmgard mitgenommen … Nachdem sie sich eine Woche lang nur gekratzt hatte … Nachdem sie sich eine Woche lang nicht mehr gewaschen hatte … Sie stank wie ein Kadaver …«

»Ich glaube, du bist krank, Franz.« Eberhard ging auf seinen Bruder zu und legte ihm fürsorglich die Hände auf die Schultern. »Dein Husten klingt nicht gut.« Er drehte den Kopf zur Seite, um sich Franz' nach Alkohol stinkendem Atem nicht aussetzen zu müssen. »Mein Alter, denk doch mal nach: Sie ist wahnsinnig geworden und hat Unsinn erzählt! Ich habe doch damals Erwins Mörder gefunden! Es war –«

»Hör auf, Scheiße zu erzählen! Es war gar nicht der, den du geschnappt hattest!« Franz erhob sich von seinem Stuhl, holte einen zusammengefalteten Zettel aus der Hosentasche und schleuderte ihn auf den Tisch. »Schau dir das mal an!«

Eberhard las mehrmals, was auf dem Stück Papier stand. Dann ging er ins Schlafzimmer, um der Hausangestellten Direktiven bezüglich seiner Garderobe zu geben. Er ignorierte den verweinten, bettelnden Blick seiner Ehefrau Karen. Nun war ihm ihr Gemütszustand egal, die asiatischen Horden, die deutsche Frauen vergewaltigten, waren ihm egal, die dem Untergang geweihte Stadt war ihm egal, alles war ihm egal, auch sein verbranntes Gesicht.

Das Einzige, woran er jetzt denken konnte, war, wo sich die Munition für seine Walther befand.

Breslau, Donnerstag, den 15. März 1945,
acht Uhr morgens

In der Festung Breslau waren Automobile und Droschken durch Fahrraddroschken ersetzt worden. Zu Zeiten der Brennstoffkrise waren sie ein unentbehrliches Fortbewegungsmittel – rasch und zuverlässig bewegten sich die Rikschas durch die von Trümmerhaufen oder Soldaten blockierten Straßen. Außerdem waren die Rikschafahrer – meist Veteranen des letzten Krieges – vollkommen gleichgültig gegenüber den Explosionen, den Staubwolken, den einstürzenden Ruinen und den Schreien der Verwundeten, die am Straßenrand saßen und stundenlang darauf warteten, dass ein Sanitätswagen sie abholen würde. Als Rikschas fungierten meist umgebaute zweirädrige Holzwägen, die für einen, maximal zwei Fahrgäste ausgelegt waren: Mütter mit Kindern, Brautpaare, dicke Mamsells mit winzigen Hündchen.

Eberhard und Franz Mock, zwei kräftig gebaute Männer, fanden nebeneinander kaum Platz in dem Gefährt. Die Seiten drückten sich ihnen schmerzhaft in die Hüften, die Knie schlugen gegen die verstaubten Schutzbleche. Doch Eberhard schien die unbequeme Lage nichts auszumachen; er hob immer wieder den Zettel, den ihm Franz mitgebracht hatte, vor die Augen und versuchte aus dem Text irgendetwas über die Person des Autors zu erfahren.

Zumindest konnte er ihm etwas über die Schreibmaschine entnehmen und einige ihrer Besonderheiten: Das kleine »t« erinnerte an ein orthodoxes Kreuz, weil der Querstrich wie doppelt gesetzt aussah; sowohl das kleine wie auch das große »O« bestanden aus zwei voneinander um einen halben Millimeter abgesetzten Kreisen; das kleine »r« scherte mal auf die eine, mal auf die andere Seite aus. Diese Eigenheiten der Type sagten jedoch nichts Wesentliches über den Autor des sonderbaren Textes aus, der Franz so beunruhigt hatte, dass er nach Jahren seinen Bruder aufzusuchen sich gezwungen sah.

Der Text war kurz und lautete wie folgt:

Durchsuche die Wohnung Nummer 7 in der Viktoriastraße 43. Dort befindet sich etwas, das dir helfen wird, den Mörder deines Sohnes zu finden. Beeile dich, solange die Russen noch nicht ins Haus gelangt sind.

Eberhard schnupperte an dem Zettel, konnte jedoch außer einem leichten Geruch nach Moder nichts wahrnehmen. Es roch nach einem lange nicht gelüfteten Büro oder nach einem verschmutzten Lagerhaus oder nach einem Lager für Schreibwaren, in dem Ratten hausten. Franz starrte seinen Bruder entgeistert an, als dieser das Stück Papier an die Lippen hob, als ob er es ablecken wollte. Dazu kam es jedoch nicht, weil die Fahrraddroschke plötzlich ruckelnd einer Gruppe von abgemagerten Kriegsgefangenen mit dem auf ihre Jackenärmel aufgenähten Buchstaben »*P*« auswich. Dann hielt das Gefährt an dem Ort, den Eberhard beim Einsteigen angegeben hatte: unter der Eisenbahnbrücke in der Höfchenstraße. An ihnen vorbei marschierte ein Volkssturmtrupp halbwüchsiger Jungen, in deren Augen Selbstsicherheit und Mut leuchteten. Franz stieg aus und Eberhard bezahlte den Fahrer, der erleichtert in Richtung Hauptbahnhof davonradelte.

Die Brüder starrten den tapferen Verteidigern der Festung Breslau nach. Die Jungen stellten sich in Doppelreihen vor ihrem Befehlshaber, einem gedrungenen Oberleutnant, auf und begannen enthusiastisch mit dem Abzählen. Der Oberleutnant hörte unkonzentriert auf ihre kurzen bellenden Laute und ließ den müden Blick über die Pfeiler der Brücke wandern. Plötzlich blieb sein Blick an Eberhard Mock hängen und wurde auf einmal wach und aufmerksam. Es war deutlich, dass er Mock erkannt hatte. Mit einer Geste rief er seinen Stellvertreter zu sich, gab ihm ein paar Befehle und humpelte zackig auf die Brüder Mock zu.

»Einen schönen guten Tag, Herr Kriminaldirektor!«, rief er und reichte Mock die Hand zur Begrüßung.

»Guten Tag, Herr Oberleutnant.« Eberhard drückte kraftvoll seine Rechte. »Darf ich Sie miteinander bekannt machen: mein Bruder Franz Mock, Herr Oberleutnant Bruno Springs.«

»Sie sehen schon viel besser aus, Herr Kriminaldirektor!« Springs blickte aufmerksam in Mocks verbranntes Gesicht. »Viel besser als vor vier Monaten ...«

»Oberleutnant Springs hat mich gleich nach meinem Unfall in Hamburg gesehen«, erklärte Eberhard seinem Bruder. »Wir trafen uns in dem Dresdener Krankenhaus, und da haben wir gern an die Zeiten zurückgedacht, als wir gemeinsam an der Schuhbrücke im Präsidium arbeiteten.«

»Aber wissen Sie was, Herr Kriminaldirektor ...«, Springs benutzte wieder einmal Mocks ehemaligen Titel, »mir ist gerade klar geworden, dass wir auch im neuen Gebäude des Präsidiums zusammengearbeitet haben, am Stadtgraben. Allerdings nur ganz kurz, weil Sie ja nach dem Fall Marietta von Malten wechselten ...«

»Alte Zeiten, Oberleutnant Springs. Und nun ist es auch eine alte Angelegenheit, die mich zu Ihnen führt. Ein nicht abgeschlossener Fall.«

»Woher wussten Sie, wo Sie mich finden?«, wunderte sich Springs.

»Ich habe gestern in unserer Frontzeitung gelesen, dass Ihre

Leute geholfen haben, den Brand eines Labors in der Sadowastraße zu löschen. Also habe ich Sie in dieser Gegend gesucht«, erklärte ihm Mock. »Ich bin nämlich auf Sie angewiesen, was Ihre Kenntnisse des unterirdischen Breslau angeht. Was schaust du so verwundert, Franz?«, fragte er den Bruder. »In die Viktoriastraße kommen wir nur durch unterirdische Kanäle und Keller, seit gestern oder vorgestern liegt die Viktoriastraße hinter der Frontlinie.« Er beugte sich zu Franz' behaartem Ohr und flüsterte: »Erinnerst du dich daran, was auf dem Zettel steht? Du sollst dich beeilen, bevor die Russen ins Haus kommen. Der Brief wurde wahrscheinlich vorgestern geschrieben. Der Briefschreiber hatte keine aktuellen Informationen über den Verlauf der Frontlinie. Ja, Franz: wir müssen an die Front!«

Breslau, Donnerstag, den 15. März 1945,
Viertel nach acht Uhr morgens

Einer der Jungen aus Springs' Volkssturmtrupp ging voran und beleuchtete den Weg mit einer Taschenlampe. Sie hatten die unterirdischen Gänge beim Heizwerk betreten, liefen durch eine Reihe von kleinen Hallen und dann durch einen langen, geraden Tunnel, der von schmutziggelben Glühbirnen in Drahtkörben erhellt wurde, bis sie schließlich an eine massive Tür gelangten. Ihr Führer drückte auf den Klingelknopf. Ein Guckloch ging auf, und in dem Beton der Tür erschien hinter einem Gitter das misstrauische Auge eines Wächters. Nachdem ihm Mock seinen soeben von Springs ausgestellten Passierschein vorgezeigt hatte, wurde der Blick weniger argwöhnisch. Das Formular mit der Unterschrift des neuen Festungskommandanten, Generalleutnant Niehoff, öffnete ihnen den Weg in die Breslauer Unterwelt.

Diese war finster und voller Staub, aufgewirbelt von den Stiefeln der Soldaten und den Reifen der Motorräder, die sich durch die breiten Tunnel bewegten und in den Seitenstraßen verschwanden. Springs' junger Führer schaute sich das alles mit der Neugierde eines Abenteurers an, doch das Pflichtbewusstsein des Volkssturmsoldaten obsiegte. Er rückte sein veraltetes italienisches Carcano-Gewehr zurecht und kehrte an die Oberfläche zurück, zu seinen üblichen Aufgaben. Der Wächter ließ sie für eine Weile allein, um dann in Gesellschaft eines unrasierten Oberleutnants der Wehrmacht in einer von Putz bestäubten Uniform zu erscheinen. Neben ihnen trottete ein dicker Adjutant mit einer Petroleumlampe in der Hand daher.

»Name?«, fragte der Oberleutnant, der genauso misstrauisch wie sein Untergebener war.

»Hauptmann Eberhard Mock«, hörte er als Antwort und erblickte den Polizeiausweis. »Und das ist mein Bruder Franz.«

Der Oberleutnant bedeutete seinem Adjutanten, die Lampe hochzuhalten. Sehr lange musterte er Mocks elegante Garderobe: die frisch geputzten Lackschuhe, den perfekt geschnittenen zweireihigen Anzug aus indigoblauer Wolle mit silbernen Nadelstreifen, das weiße Hemd, die weinrote Krawatte, das dazu passende Einstecktuch in der Brusttasche. Unter dem Hut blickten ihn glupschige Augen an, die einzigen lebendigen Punkte in den verbrannten toten Hautfalten.

»Oberleutnant Georg Lehnert«, stellte sich der Offizier vor. »Ich habe von Ihnen gelesen, Herr Hauptmann. Diese Narben sind wohl schreckliche Erinnerungen an Ihre Heldentat in Dresden, ist es nicht so?«

»Nicht ganz. Die Narben stammen von brennender Dachpappe, es ist während des Bombardements von Hamburg passiert«, erwiderte Eberhard mit müder Stimme. Allein in dieser Woche war er wohl ein Dutzend Mal auf die Verbrennungen angesprochen worden. Und das war noch eine gute Woche. »Allerdings ist die Sache, die Sie meinen, tatsächlich letzten Monat in Dresden passiert, während des Bombardements.«

»Warum sind Sie in Zivil, Herr Hauptmann?«, fragte Lehnert direkt, der sich von der diamantenen Nadel in Mocks Krawatte irritiert fühlte.

»Lassen Sie mich nun passieren, oder möchten Sie noch Informationen über meinen Zahnersatz einholen?«, gab Mock zurück, holte seine Zigarettendose hervor und bot Lehnert lächelnd eine an. »Ich habe eine wichtige Mission in der Viktoriastraße zu erfüllen. Dort habe ich etwas sehr Wichtiges zurückgelassen, das auf gar keinen Fall dem Feind in die Hände geraten darf. Ich bin Polizeioffizier –«

»Da Sie einen gültigen Passierschein haben, dürfen Sie sich in dem von mir beaufsichtigten Bereich bewegen.« Lehnert tat so, als hätte er Mocks Friedensangebot nicht bemerkt, und ignorierte die Zigaretten. »Ich muss Sie jedoch warnen – einige Tunnel, die in Keller auf der feindlichen Seite führen, wurden von uns zugeschüttet. Andere haben wir zubetoniert, wiederum andere vermint. Falls ich mich recht erinnere, ist der Durchgang zur Viktoriastraße gesichert und von Fallschirmjägern des Regiments 26 besetzt, die mit Sturmgewehren bewaffnet sind. Bitte machen Sie mit ihnen eine Parole aus, damit Sie beim Rückzug aus der Viktoriastraße nicht erschossen werden ...«

»Wie gelangt man dorthin, Herr Oberleutnant?« Diese Frage stellte Franz; er kniff die Augen in der staubigen Luft zusammen, auf der Zunge spürte er den steinernen Beigeschmack von Zement. Irgendwo unweit von ihnen dröhnte ein Betonmischer.

»Die unterirdischen Gänge befinden sich direkt unter den jeweiligen Straßen.« Noch mehr als Eberhards Eleganz missfiel Lehnert Franz' schlampiges Äußeres. »Wenn Sie sich in Breslau auskennen, können Sie überall hingelangen.« Er wies mit einer Kopfbewegung auf das Schild *Sadowastraße*, das an der Wand des Korridors angebracht war. »Solche Schilder gibt es überall. Das einzige Problem wird sein, den richtigen Keller zu finden. Hinter der Frontlinie können unsere Leute Ihnen nicht weiterhelfen.«

Über ihnen donnerte es, und es kam den Männern im Untergrund vor, als bebe die Decke. Eberhard nahm einen tiefen Zug von seiner Zigarette und wusste selbst nicht mehr, ob er Tabakrauch oder Zementstaub inhalierte. Bestürzt bemerkte er, dass eine Staubschicht seinen Anzug bedeckte. Er wischte mit der Handfläche über den Stoff und stellte verärgert fest, dass er den Staub nur in die Struktur der Wolle hineingerieben hatte.

»Sie erlauben die Bemerkung, Herr Hauptmann«, Lehnert grinste säuerlich, »dass Ihre Aufmachung nicht unbedingt das Richtige für die unterirdischen Gänge ist. Deswegen fragte ich nach Ihrer Uniform.«

Eberhard blickte an seinem verdreckten Anzug hinunter, bis zu den Spitzen der Lackschuhe von Andritschke, die soeben ihren Glanz eingebüßt hatten. Und er wusste nicht warum, doch er musste plötzlich an seine Gymnasialjahre denken, und an die Worte seines Sportlehrers, des ehemaligen Athleten Dieter Czypionka. Wenn sich nach der Sportstunde die Jungs aufeinanderwarfen, um alte Rechnungen zu begleichen, betrat Czypionka – tadellos gekleidet, mit seinem nach Pomade duftenden Schnurrbart – den nach Schweiß, Gummi und Hormonen stinkenden Umkleideraum und sprach, ohne den Mund zu verziehen: »Meine Herren, ein Gentleman sollte sogar in diesem Gestank ein Gentleman bleiben!«

Eberhard wiederholte Lehnert Czypionkas Worte, doch statt »Gestank« verwendete er das Wort »Hölle«. Dabei fiel ihm, wütend wie er war, nicht einmal auf, dass er nur sich selbst als einen Gentleman tituliert hatte. Sein Bruder war sichtlich von diesem leeren Geplapper irritiert, und Oberleutnant Lehnert verzog nur das Gesicht und wandte sich an den Wachhabenden. Was er sagte, konnten die beiden Brüder nicht verstehen, weil gerade Warnrufe von Sanitätern ertönten, die jemanden auf einer Tragbahre transportierten. Der Wachhabende ließ ein riesiges Drehrad knattern und verschloss den Durchgang, durch den sie hereingelangt waren.

Lehnert wies auf das einige Schritte weiter stehende Zündapp-Motorrad mit Beiwagen: »Ich kann Ihnen mein Motorrad borgen, Herr Hauptmann.« Lehnert benutzte beharrlich Mocks Armeerang. »So können Sie sich rascher fortbewegen.«

»Ich danke Ihnen, Herr Oberleutnant.«

Mock ließen das Wort »Gentleman« und die Erinnerung an

Herrn Czypionka nicht los. Er sah seinen Sportlehrer vor sich, den glattrasierten Kopf mit den verformten Boxerohren und dem gezwirbelten, abstehenden Schnurrbart; einen Mann mit dem Aussehen eines Schlägers und den Manieren eines englischen Aristokraten. Dann sagte er nachdenklich: »Herr Czypionka würde jetzt sagen: ›Ich möchte mich für meine Arroganz entschuldigen.‹«

»Ich verstehe nicht. Wen meinen Sie?«

»Jemanden, der nicht mehr auf dieser Welt weilt.«

Mock nahm auf dem Sattel des Motorrades Platz, drehte den Schlüssel und trat den Kickstarter an.

»Jemanden aus der Welt der Toten, der auf den Elysischen Feldern wandelt ... Soll ich Ihnen erklären, warum ich außerhalb meiner Wohnung stets einen Anzug trage? Ganz einfach: Ich erweise dieser Stadt die Ehre. So wie ich bei Tisch immer eine Krawatte trage, um Gott für seine Gaben zu danken. Wahrlich, eine dumme Angewohnheit ... Hier unten sollte man Tierfelle tragen und Keulen in den Fäusten schwingen.«

Franz kletterte mühsam in den Beiwagen und dankte Lehnert, indem er seine Eisenbahnermütze für einen Moment von seinem eckigen Kopf lüpfte. Doch der Oberleutnant bemerkte die Geste nicht. Er dachte an den alten Dandy Mock, der seiner Stadt stets die Ehre erwies, unabhängig davon, in welcher Form sie existierte, wer sie regierte, egal, ob oberirdisch oder in der Unterwelt, real oder erträumt. Und er musste auch an seine Tochter denken, die vor einigen Wochen in der Stadt Ohlau die Kriegsbeute der Männer mit den Mongolenaugen geworden war – sie war genauso jung wie das Mädchen, das Mock in Dresden aus den Flammen gerettet hatte.

*Breslau, Donnerstag, den 15. März 1945,
neun Uhr morgens*

Nach einigen Minuten erreichten sie den unterirdischen Hohenzollernplatz, von wo aus sie in einen Tunnel hineinfahren mussten, der sie in die Viktoriastraße 43 führen würde. Sie fuhren weiter; das Dröhnen des Motors, von den Wänden der leeren Korridore zurückgeworfen, machte sie fast taub. Plötzlich bemerkten sie eine provisorische Sperre und unfreundliche Gesichter von Soldaten mit Wehrmachthelmen. Mocks verstaubter Anzug und die Fotografie im Polizeiausweis, auf der er völlig anders aussah als jetzt, machten auf den Unteroffizier Hellmig, der die Abteilung befehligte, keinen großen Eindruck – das vermochte erst der Passierschein. Mock nannte als Losung die lateinische Maxime *»Dum spiro spero«* – »Solange ich atme, hoffe ich«, was Hellmig erst recht irritierte, weil er Fremdsprachen hasste. Eberhard schrieb den Satz mit einem Stück Kohle an die Mauer, damit jeder Wachtposten ihn lesen konnte, bevor er auf ihn schoss. Anschließend betraten die Brüder Mock durch eine massive, niedrige Eisentür die Frontlinie. Das Knallen der Tür, als sie hinter ihnen zuschlug, war wie eine Bombenexplosion, wie ein Schlussakkord, wie das Zufallen einer Tür zur Gefängniszelle.

Eberhard verspürte einen Anflug von Angst, als ihm bewusst wurde, dass sie sich unter feindlichem Territorium befanden. Die durchdringende Stille, die lediglich von einem vibrierenden hohen Ton unterbrochen wurde, entsetzte ihn. Er schaltete seine Taschenlampe ein und musterte die Betonwände des Schutzbunkers, in dem sie sich befanden. Außer der Tür, durch die sie gekommen waren, gab es in dem Raum noch eine Einstiegsluke an der gegenüberliegenden Wand. Auf ein Zeichen von Eberhard drehte Franz an dem verrosteten Rad, zog den dicken Metalldeckel der Luke auf, und nach einer Weile spürten sie einen Luftzug, der den Geruch nach Moder, Rattenexkrementen und Verwesung herantrug. Verwesendes menschliches Fleisch roch nach angebratenen Karotten mit Schwefelgas.

Eberhard betrat das Territorium des Feindes, durchbrach die Finsternis des Kellers und sah vor sich den von Verwesungsgasen aufgeblähten Bauch eines auf dem Rücken liegenden deutschen Soldaten. Sein geübtes Polizistenauge bemerkte sogleich das blutverklebte Loch im Schädel, Metallstücke, die in Brust und Oberschenkeln steckten, abgebrochene Nägel und die zerkratzte Oberfläche der Wände.

»Er hat wohl beim Rückzug getrödelt«, sagte Eberhard zu seinem Bruder und musste schlucken. »Seine Leute hatten schon die Einstiegsluke verschlossen, und er kratzte und kratzte gegen die Wand, bis ihn schließlich eine russische Granate erwischte.«

Franz hörte nicht zu. Er war gerade dabei, seinen alkoholisierten Organismus von Schnapsresten zu befreien. Nach einem letzten Würgen hustete er, spuckte und blickte seinen Bruder aus blutunterlaufenen Augen an. »Scheiße, was war hier los?«

»Das ist die Front. Hast du noch nie eine Leiche gesehen?«, fragte Eberhard und beleuchtete mit der Taschenlampe die Mauer, auf der eine Aufschrift in kyrillischen Buchstaben prangte. Darunter war ein Pfeil gezeichnet, der in Richtung eines kleinen Hügels auf dem Lehmboden des Kellers wies.

»Vorsicht, hier könnte es eine Mine geben! Sieh dir diese Aufschrift an. Die Russen wissen, dass ihr Alphabet für uns wie eine Chiffre ist.«

Er näherte sich einem der Kellerverschläge, dessen Tür nur noch an einem Scharnier hing.

»Komm, hilf mir mal.« Er wies auf die Tür. »Wir machen eine Barriere daraus, damit wir nicht auf die Mine treten, wenn wir zurückgehen.«

Schwer atmend erledigten sie es; Eberhard sprang über den toten Körper und scheuchte ein paar Ratten auf. Eine davon streifte im Vorbeihuschen das Hosenbein von Franz, der vor Ekel in die Luft hüpfte. Eberhard richtete den Lichtkreis auf das Tier und betrachtete es eingehend.

»Die ›MS Breslau‹ sinkt noch nicht ... Noch sind Ratten an Bord«, sagte er leise zu dem Nager.

Sie gingen weiter und leuchteten dabei vor ihre Füße. Auf dem Lehmboden wimmelte es von Flöhen, hin und wieder fiepte eine Ratte, aus einer der geöffneten Türen zu einem geplünderten Kellerverschlag flog mit einem Zischen eine Fledermaus und verschwand in der Dunkelheit. Eberhard suchte den Boden nach Unebenheiten ab und achtete auf die russischen Aufschriften an den Wänden. Er leuchtete in die Kellerräume hinein und roch das Eingemachte, das aus kaputten Gläsern auf den Boden gesickert war, den Geruch nach saurem Wein und vergammelten Säcken.

Sie stolperten über Bretter, alte Fahrradreifen und Einzelteile von Möbeln. Schließlich erreichten sie das Ende des Korridors. Eberhard machte die Taschenlampe aus und nach einer Weile gewöhnten sich seine Augen an die Dunkelheit, die allerdings nicht vollkommen schwarz war. In unbestimmter Ferne war die Finsternis von mehreren parallelen Lichtstreifen durchzogen, die einen leichten Schimmer hervorriefen. Eberhard wurde nach einigen Sekunden klar, dass es Stufenkanten waren, auf die Licht aus dem Treppenhaus fiel.

»Da vorn ist der Ausgang aus dem Keller«, flüsterte er seinem Bruder zu und bewegte sich in Richtung des Lichtscheins.

Sie stiegen die Stufen hinauf, gelangten an eine Tür und lauschten auf Geräusche aus dem Treppenhaus. Alles, was sie hörten, war das Rascheln von Zeitungen auf dem Boden, die vom Wind bewegt wurden, und das Schlagen eines Fensters. Eberhard öffnete vorsichtig die Tür, und nun befanden sie sich vor einer Treppe, die ins Erdgeschoss führte. Mit dem Rücken an der Wand schoben sie sich hinauf. Im Erdgeschoss des Gründerzeithauses flatterten einzelne Seiten aus der ›Schlesischen Tageszeitung‹, auf denen riesige Überschriften an den deutschen Patriotismus appellierten und danach verlangten, die Bolschewisten endgültig aus der Bastion der europäischen Zivilisation zu vertreiben.

Sie stiegen die Holztreppe hoch, auf der Lichtflecke von einem Oberlicht im Dach des Hauses tanzten. Vorsichtig stützten sie sich auf das schwankende Geländer und betraten den ersten Stock. Plötzlich knallte erneut das Fenster, von einem Windstoß bewegt –

der Schlag war so heftig, dass eine der Scheiben zerbrach und die Splitter mit einem klagenden Klirren in den Abgrund des Ventilationsschachtes fielen. Von der Straße her erklang auf einmal wütendes Hundegebell. Die Brüder Mock erstarrten und warteten ab, was passieren würde. Doch nichts geschah. Die Hunde bellten draußen vor dem Haus, die Zeitungen raschelten auf den Treppen und glitten langsam hinunter.

Die Tür der Wohnung Nummer sieben stand weit offen. An der Wohnungstür waren mit weißer Ölfarbe krumme Buchstaben aufgemalt: *Vorsicht Typhus* und drei warnende Ausrufezeichen. Doch Eberhard hatte keine Angst. Er ging hinein und befand sich in einem mit Gerümpel vollgestellten Flur. Unter seinen Schuhsohlen knirschte verschütteter Buchweizen. Die vier Zimmertüren, die vom Flur abgingen, waren geschlossen. Er wusste, dass es am sichersten wäre, den Raum direkt gegenüber vom Eingang zu betreten, weil er von dort aus den Flur würde kontrollieren können. Flüsternd befahl er Franz, zu bleiben, wo er war, auf der Schwelle zur Wohnung – er selbst lief mit schwerfälligen Schritten vor und zertrampelte dabei mit entsetzlichem Krachen die herumliegenden Körner. Er warf sich mit der linken Schulter gegen die Tür und befand sich in einem kleinen Zimmer, dessen Fenster auf eine sonnenüberflutete Straße hinausgingen.

In dem Zimmer waren keine Möbel, keine Gegenstände – lediglich die Gardine vor dem Fenster mit der kaputten Scheibe flatterte leicht. Eberhard wurde bleich und verließ den Raum.

»Geh da nicht rein«, sagte er mit zitternder Stimme zu seinem Bruder.

Franz hörte nicht auf ihn. Entschlossen ging er auf das Zimmer zu, zermalmte zornig die Körner auf dem Boden und schob den Arm seines Bruders zur Seite, der versuchte, ihn aufzuhalten. Laut dem Briefschreiber befand sich in dieser Wohnung etwas, was ihm helfen sollte, den Mörder seines Sohnes Erwin zu finden. Vielleicht ist es in diesem Zimmer, dachte Franz bei sich und drängte sich mit seinen kräftigen Eisenbahnerschultern gegen die Tür, die sein Bruder blockierte. Dieser schob ihn heftig zurück in den Flur, lief in das Zimmer und schloss es von innen ab, mit dem Schlüssel, der immer noch im Schloss steckte. In dem Raum waren keine Möbel, keine Gegenstände – aber er war dennoch nicht leer. Einer der Vorhänge flatterte im Wind. Der andere war über eine auf dem Boden liegende Gestalt gelegt.

»Mach auf, du Arschloch!« Franz wurde laut und trommelte gegen die Tür.

Eberhard beugte sich vor und zog die Gardine von der liegenden Person, auch wenn es allen Gesetzen der Kriminalistik widersprach. Es ging nur schwer vonstatten, weil der Stoff an zwei Stellen mit Blut verklebt war.

»Es war nicht dein Sohn, sondern meiner! Mach auf!« Franz trat jetzt gegen die Tür. »Ich muss wissen, was da drin ist!«

Im oberen Bereich bildete das Blut einen Kreis mit einem Durchmesser von etwa vier Zentimetern; er befand sich an der Stelle, wo die vom Tüll der Gardine bedeckte Gestalt wohl ihren Mund hatte. Es sah aus, als hätte man jemandem die Lippen mit Blut geschminkt, sie dann weit geöffnet und der liegenden Person die Gardine über den Kopf gezogen. Auf dem Weiß des halbtransparenten Stoffes prangte ein kirschschwarzes »o«.

»Wenn du nicht sofort aufmachst, trete ich die verdammte Tür ein!« Franz begriff endlich, dass seine Schreie die Russen herlocken konnten, und sprach leiser. In seiner Lunge rasselte es, ein Eberhard bis dahin noch unbekanntes Geräusch.

Er zog vorsichtig an der Gardine. Ein weiterer Blutfleck war an der Stelle eingetrocknet, wo sich der Unterarm befinden musste. Mock fühlte, wie die Schlagader an seinem Hals pulsierte. Er hielt es nicht mehr aus und riss die gesamte Gardine herunter, ohne sich um die kriminalistische Unversehrtheit des Tatorts zu kümmern.

»Ich komme jetzt rein«, sagte Franz und warf sich gegen die Tür; aus dem Türrahmen rieselte ein wenig Putz, und eine Staubwolke ließ sich auf Eberhards Jackett nieder.

Er klopfte sich den Staub von der Wolle des Anzugs und blickte hinunter auf die liegende Gestalt. Es war ein Wesen weiblichen Geschlechts, von der Taille abwärts nackt. Von der Taille aufwärts war sie in eine viel zu große schwarze Uniform der SS gehüllt. Die Uniform war mit bunten Pailletten bestickt.

»Ebi, ich bitte dich, mach auf«, flüsterte Franz direkt in das Schlüsselloch.

Anstatt des Mundes hatte das Wesen eine blutige Fleischmasse. Neben dem Kopf lag eine Flasche mit abgebrochenem Hals. Auf der Flasche trockneten Blutflecke.

Der Frühlingswind blies hinein in die Wohnung. Die Gestalt bewegte den Arm, an dem soeben noch die blutige Gardine geklebt hatte. Sie machte eine Geste, als ob sie Eberhard winken wollte, doch war sie dazu nicht imstande. Sie hatte nichts, womit sie hätte winken können – ihre Hand war abgetrennt worden.

Franz warf sich noch einmal gegen die Tür und fiel ins Zimmer, in einem Heiligenschein aus Staub.

Breslau, Donnerstag, den 15. März 1945,
zehn Uhr morgens

Die Frau zu tragen wäre für die beiden Brüder Mock ein Leichtes gewesen – wären sie zwanzig Jahre jünger gewesen. Doch weil sie in jenem Alter waren, das üblicherweise als der Lebensabend bezeichnet wird, kam sie ihnen unerträglich schwer vor. Die provisorische Trage erleichterte den Transport nur wenig. Die beiden Männer hatten sie aus Vorhängen, die im anderen Zimmer hingen, eilig zusammengeschustert, indem sie diese miteinander verknotet hatten. Die gewaltigen Knoten an den Enden drückten nun gegen ihre Schlüsselbeine, als sie mit Mühe die Frau hinausschleppten; sie konnten diese Trage an nichts festmachen, es gab keinen Stock, keine Stange, denn in der Wohnung befand sich außer Vorhängen, Gardinen und Tapeten gar nichts mehr. Sogar die Toilettenschüssel war geklaut worden.

Franz ging voran, sein Bruder hinter ihm her, und zwischen ihnen schaukelte die blutende Frau wie in einer Wiege. Eberhard fiel auf, dass bereits der nächste Blutfleck durch den Stoff sickerte. Wie es schien, erfüllte die Amelung-Seidenkrawatte, die er fest über das Handgelenk der jungen Frau gebunden hatte, damit sie nicht ausblutete, ihren Zweck nicht wirklich. Als sie die Kellertreppe bewältigt hatten, legte Eberhard den Körper vor der Tür ab und sog mühevoll, mit einem leisen Zischen, Luft in seine Lungen, die er seit mittlerweile beinahe fünfzig Jahren mit Tabak perforierte. Immer noch schnaufend und ächzend schleppte er sich nochmals die Treppe hoch und ignorierte das aufgeregte Flüstern seines Bruders, der nicht verstehen konnte, warum Eberhard zurückging.

Im Erdgeschoss des Mietshauses drückte er die Flügeltür auf, die zum Haupteingang führte. Beide Türflügel schwangen vor und zurück, und Eberhard sah in dem Spalt, der in immer kürzeren Intervallen entstand, lediglich den Flur zur Haustür – und ein kunstvolles Mosaik, das nach dem Vorbild altrömischer Häuser einen aufgeregten Hund an der Leine darstellte, mit der Aufschrift *Cave canem*. Mock betrat den Windfang und studierte aufmerksam die Liste der Hausbewohner; dann flüsterte er immer wieder einen Namen.

Plötzlich vernahm er die weichen Laute der russischen Sprache und Stiefeltritte auf dem Bürgersteig. Er warf sich auf die kalten Bodenfliesen – genau in dem Moment, als eine russische Patrouille vor dem Haus erschien. Eberhard betete, dass Franz schweigen möge, und spürte unter seiner Wange etwas Feuchtes und Schmieriges. Er hielt die Augen fest geschlossen und versuchte alle Muskeln anzuspannen, um *rigor mortis* vorzutäuschen. Die russischen Soldaten gingen an der Tür des Hauses vorbei und klopften mit ihren Stiefeln einen immer leiser werdenden Marsch. Eberhard erhob sich aus der Ölpfütze und bemerkte schockiert die dunklen fettigen Flecken, die auf seinem Jackett und dem weißen gestreiften Popelinehemd prangten.

Leise ging er wieder durch die Flügeltür und hielt abrupt inne. Die Tür einer der Wohnungen schwang im Luftzug auf. Mock spähte hinein und betrachtete eine Weile die Tischdecken, die aus dem weitgeöffneten Schrank im Flur heraushingen, und die danebenstehenden Stühle. In der Mitte befand sich eine Nähmaschine der Marke »Singer«. Als er die Tür schloss, fiel sein Blick auf das Messingschild mit der Aufschrift *Schneiderei Alfred Uber.* Dann ging er wieder die Treppe hinunter.

Am Fuß der Kellertreppe sah er, wie sich Franz über die Frau beugte und in drängendem Ton auf sie einredete: »Was weißt du über meinen Sohn Erwin Mock? Sag mir alles, was du weißt, du Nutte!«

Eberhard beugte sich über seinen Bruder und stellte entsetzt fest, dass dieser die Wangen der Frau zwischen seinen knorrigen Fingern brutal zusammenquetschte. Sie war noch so jung ... Aus ihrem wunden Mund, den Franz zu einem Schweinerüssel zusammendrückte, kam nichts außer Blut und Speichel. Kein Wort.

Eberhard machte ein paar Schritte zurück an die Wand und vollführte einen Tritt von oben. Sein metallbeschlagener Absatz landete direkt auf der Eisenbahnermütze. Franz stürzte, fiel einige Stufen hinunter und schlug mit dem Kopf gegen die Wand. Unter dem geknickten Schild der Mütze floss ein Blutrinnsal hervor. Eberhard ging auf seinen Bruder zu, hob ihn hoch und flüsterte ihm ein paar Sätze ins Ohr, in einem so süßen Ton, als ob er Liebesschwüre hauchte: »Diese Frau wurde von den Russen vergewaltigt. Sie haben ihr eine kaputte Flasche in den Mund geschoben. Nenn sie nie wieder Nutte, sonst schlage ich dich tot. Kommst du nun mit, du Mistkerl?«

»Ich komme«, flüsterte Franz und griff nach seinem Knoten der Trage.

Breslau, Donnerstag, den 15. März 1945,
elf Uhr vormittags

Bis zur Station von Oberleutnant Lehnert trafen sie unterwegs keinen einzigen Sanitäter, obwohl sie schon vom Posten des Unteroffiziers Hellmig aus über Funk Hilfe angefordert hatten. Eberhard lenkte das Motorrad sehr langsam durch die Straßen und schaute sich fortwährend um. Hinter ihm saß Franz, in dem Beiwagen lag das in einen schmierigen stinkenden Armeemantel eingewickelte Mädchen.

In der unterirdischen Stadt glommen an den Wänden schmutziggelbe Laternen und Azetylenbrenner. In ihrem Schein bemerkte Eberhard an dem Gesichtsausdruck der jungen Frau, dass sie zu krampfen begann. Er drückte aufs Gas und überlegte, wie schlimm wohl die Spitze seines eleganten italienischen Schuhs mittlerweile abgewetzt war – dann schaltete er in den dritten Gang. Ohne darauf zu achten, dass rechts Vorfahrt hatte (wohl die einzige Regel, die im Verkehr der unterirdischen Stadt funktionierte), raste er zur Station von Oberleutnant Lehnert, wo er vor einer Stunde Sanitäter gesehen hatte. Doch nun war dort niemand außer dem Wachposten.

Eberhard hielt die Maschine an; unter den Rädern stoben Staubwolken hervor.

»Hol einen Arzt!«, brüllte er den Wachhabenden an. »Das ist ein Befehl!«, schrie er, als er dessen Zögern bemerkte.

Die Brüder holten das in der Trage liegende Mädchen aus dem Seitenwagen und legten sie auf den Rücken, wobei sie ihre *pudenda* mit dem Vorhang bedeckten. Der Druckverband aus der Krawatte war klebrig von Blut. Die junge Frau stöhnte leise und hob die Lider. Eine Weile starrte sie Eberhard in die Augen. Über ihre zarte, dünne Haut verlief wieder ein Schauer.

Die Pupillen weiteten sich plötzlich. Die Lungen arbeiteten schwer, pumpten blutige Bläschen in ihren Mund. Das Blut floss in einem immer schwächer werdenden Rinnsal durch ihre Adern. Der Schließmuskel öffnete sich. Die gesunde Hand des Mädchens wollte nach Eberhards Ellbogen greifen, doch er spürte nur eine sanfte Berührung – wie eine Liebkosung. Die Blutbläschen platzten auf den trockenen, rauen Lippen der Frau auf. Das Herz hörte auf zu schlagen.

Eberhard Mock beugte sich über das sterbende Mädchen. Aus seinem hervorquellenden Auge rann eine Träne. Als sie starb, dachte er zum ersten Mal am heutigen Tag nicht an seine ruinierte Bekleidung.

Breslau, Donnerstag, den 15. März 1945,
mittags

Eberhard Mock verließ seinen Bruder, ohne sich von ihm zu verabschieden, gleich nachdem sie zurück an der Oberfläche waren. Er wollte ihn nicht mehr sehen, er wollte nicht wissen, warum sein Bruder Kurs auf die Salvatorkirche nahm. Er schaute ihm eine Weile nach: wie der gebeugte Greis Franz Mock, mit seinen alten Eisenbahnerstiefeln über die Pflastersteine schlurfend, zwischen den hohen Häusern davonschlich, wie durch eine steinerne Schlucht.

Dann blickte er auf die Leiche des ermordeten Mädchens, das Franz eine Nutte genannt hatte. Ihre schlanken nackten Beine schauten unter dem Vorhang hervor, die Pailletten der Uniform glitzerten in der Sonne. Mock hustete ein wenig dicken, von Nikotin bitteren Schleim ab und setzte sich auf die Bordsteinkante neben das Mädchen. Trotz des schlechten Geschmacks im Mund steckte er sich die letzte Zigarette an, die noch in der goldenen Zigarettendose war, und dachte konzentriert nach.

Zwei Fragen, die wie lästige Wespen in seinem Gehirn summten, ließen ihm keine Ruhe. Wären diese zwei Fragen nicht gewesen, hätte er schon längst den Tod des »Pailletten-Mädchens« den entsprechenden Behörden gemeldet. Diese würden den Mord als eine weitere bestialische Tat der Russen qualifizieren, woraufhin Mock den Fall in seinem Gedächtnis *ad acta* legen könnte. Wären diese zwei Fragen nicht gewesen, hätte er nach Hause zurückkehren können, seine Frau ein bisschen necken, ein Glas Wein trinken, dem Dienstmädchen seine verschmutzten Kleider in die Hand drücken – und dann hinunter in den Keller gehen, um seine einzigen Freunde zu besuchen. Doch diese zwei Fragen quälten ihn unablässig und ließen ihn auf der schmutzigen Bürgersteigkante neben der geschundenen Leiche des vergewaltigten toten Mädchens ausharren.

Er konnte sehr gut nachvollziehen, warum die Russen das Mädchen mit einer SS-Uniform verkleidet hatten. Diese Art der

Kompensation war für ihn psychologisch sonnenklar. Der Akt der Vergewaltigung ist ein Akt der Unterwerfung und des Sieges über die vergewaltigte Person. Deswegen unterwarfen sich Gefängnisinsassen durch Vergewaltigungen andere Mithäftlinge, die durch die Tatsache der Aufnahme des Spermas des Vergewaltigers zu seinem Sklaven wurden, und zwar nicht nur in sexueller Hinsicht. Mock war das alles klar, weil er nach dreißig Dienstjahren genug Kenntnisse über die düsteren Verhältnisse in den Strafanstalten besaß. Und außerdem kannte er die Reaktionen seiner zwei Ehefrauen, mehr als ein Dutzend Geliebten und zig Prostituierten, mit denen er eine nähere Bekanntschaft eingegangen war. Das Motiv der Vergewaltigung war Mock daher wohlbekannt. Auch das Motiv des Verkleidens einer Frau aus dem feindlichen Stamm mit der verhassten Uniform und dann die Vergewaltigung der so bekleideten Frau leuchtete ihm ein – als ein symbolischer Akt der Unterwerfung des Feindes, als eine Kampfansage, als ein Symbol des Sieges.

Was er allerdings nicht verstehen konnte, war, warum die Vergewaltiger von der Wolga, bis vor kurzem noch schlichte Bauernlümmel, für die es, so dachte er, normal sein musste, in den Stall zu gehen und ein Schwein zu ficken – warum dieses Pack also in minutiöser Arbeit mehr als zwanzig Pailletten (Mock hatte den Vorhang zur Seite geschoben und sie alle gezählt) an die SS-Uniform angenäht hatte. Konnte diese Raffinesse, die einem Caligula zur Ehre gereicht hätte, dem Gehirn eines dieser schreibunkundigen zurückgebliebenen Barbaren entstammen? Es waren Kerle, denen es egal war, ob sie mit einer Ziege, einer Stute, einer Frau oder mit einem zusammengerollten Mantel Verkehr hatten. Ja, es hätte sein können, dass sie eine solche mit Pailletten verzierte SS-Uniform mit sich trugen, um sie all den deutschen Frauen überzustreifen, die sie vergewaltigten; aber in diesem Fall hätten sie nach jedem Akt die Uniform ihrem Opfer wieder ausgezogen und mitgenommen, um sie beim nächsten Mal erneut zu verwenden.

Warum war diese Uniform mit Pailletten bestickt? Das war die erste Frage, die Mock durch den Kopf ging.

Der Raub aller Gegenstände, die sich in der Wohnung befanden (bis auf Gardinen und Vorhänge), war nichts Ungewöhnliches und für Mock eine verständliche Konsequenz des Krieges. Das Ergattern von Kriegsbeute war zum einen der Grund, zum anderen die Folge der meisten Kriege dieser Welt. Warum war aber die Wohnung Nummer sieben komplett auseinandergenommen worden, wenn die Russen in der Schneiderwerkstatt im Erdgeschoss alles stehen gelassen und sich weder für die Möbel noch für die Nähmaschine interessiert hatten?

Warum also nur diese Wohnung? – Das war die zweite Frage, die Mock quälte.

Er erinnerte sich an den letzten Blick des Mädchens, bevor sie starb. Hätte sie aus ihren geschundenen Lippen mehr herausbringen können als nur Bläschen aus Speichel und Blut, hätte sie Mock sicherlich schwören lassen, dass er ihren Mörder ergreifen würde; sie hätte ihn auf sein Seelenheil schwören lassen, dass er den Rest seines Lebens damit zubringen würde, ein paar Russen zu suchen, über die er nicht mehr wusste, als dass sie Pailletten mochten. So war Mock insgeheim froh, dass es dem Mädchen nicht mehr möglich gewesen war, etwas zu sagen; dass sie in völliger Stille gestorben war. Denn hätte sie ihn dazu gebracht, einen feierlichen Schwur zu leisten, hätte er wieder einmal ein Gelübde brechen müssen, nicht zum ersten und nicht zum letzten Mal in seinem Leben.

»Doch, so muss es gewesen sein«, sprach er laut mit sich selbst. »Die Russen haben es getan. Ist doch egal, dass sie diese Wohnung komplett ausgeplündert haben und die Werkstatt des Schneiders Uber nicht. Das ist verdammt noch mal egal! Es waren Russen. Bolschewisten und Barbaren. So. Schluss, aus. Der Fall ist gelöst.«

Am Ende der Straße wurde ein Pferdewagen sichtbar, von dem schwerfällig ein Unteroffizier absprang. Mock erkannte den Adjutanten von Oberleutnant Lehnert.

»Herr Hauptmann, ich habe Ihnen ein Fuhrwerk beschafft«, sagte der Mann mit müder Stimme. »Auf Befehl von Oberleutnant Lehnert. Ich soll Ihnen helfen, den Leichnam draufzuhieven. Der Kutscher wird Sie begleiten, bis Sie ihn wieder entlassen. Er hat schon sein Geld bekommen.«

»Ich danke Ihnen, Unteroffizier –«

»Prochotta.«

»Ich danke Ihnen, Unteroffizier Prochotta.«

Mock erhob sich und klopfte sich aus reiner Gewohnheit die Ärmel der Anzugjacke ab.

»Ich kann mich gar nicht erinnern, dass ich Herrn Oberleutnant Lehnert heute noch einmal gesehen hätte.«

»Herr Oberleutnant Lehnert und ich waren noch mal hier, als das Mädchen bereits tot war. Und Sie waren gerade ...«, Prochotta suchte nach der richtigen Formulierung, »... geistig abwesend. Ich glaube, Sie haben nicht mal die Hinweise des Oberleutnants gehört, wo man ihre Verwandten suchen sollte. Soll ich es für Sie wiederholen?«

»Das haben Sie aber schön gesagt, Unteroffizier. Geistig abwesend ...« Mock beugte sich über den Körper des toten Mädchens und legte ihre Arme und Beine so zurecht, dass sie nicht von der Tragbahre baumelten; dann griff er nach einem der Vorhangknoten und bedeutete Prochotta mit einem Blick, es ihm gleichzutun. »Und ich habe alles gehört. Bitte danken Sie dem Herrn Oberleutnant in meinem Namen.«

Sie trugen die Leiche einige Meter bis zum Pferdewagen, dann holten sie aus und warfen sie mit einem dumpfen Poltern auf die Bretter. Der Fuhrmann hatte einen wuchernden grauen Bart und stank schon von weitem nach Alkohol. Mock schaute zu ihm hinüber und dachte an das sechste Buch von Vergils ›Aeneis‹. Er nickte Prochotta zum Abschied zu, dann ergriff er die Bretterwand des Karrens, stellte einen Fuß auf das Rad und zog sich hoch. Er sprang so hastig hinein, dass er beinahe auf dem auf dem Holzboden liegenden Leichnam der Frau gelandet wäre. Als sich der Fahrer zu ihm umdrehte und fragte, wohin er fahren wollte, zu welchem Friedhof, antwortete Mock mit dem Vergil-Zitat über den Seelen-Fährmann Charon:

»Portitor has horrendus aquas et flumina servat
terribili squalore Charon, cui plurima mento
canities inculta iacet, stant lumina flamma,
sordidus ex umeris nodo dependet amictus.«

Diese Ström' und Gewässer bewahrt der grässliche Fährmann
Charon, in starrendem Wust graunvoll: dem struppige Gräue
Dick umstrotzet das Kinn; hell stehn die Augen im Feuer;
Aufgeknotet enthängt die schmutzige Hülle den Schultern.

Der Fuhrmann knallte mit der Peitsche und das Pferd trottete langsam los. Zumindest er stellte sich keine Fragen.

Breslau, Donnerstag, den 15. März 1945,
drei Uhr nachmittags

Der Fuhrmann Otto Taraba hielt seinen Fahrgast für einen ausgemachten Verrückten, als dieser ihn zuerst bat, zum Zwingerplatz zu fahren, wo er in einem der Hauseingänge verschwand, um nach einer Viertelstunde in einer perfekt sitzenden Polizeiuniform und glänzenden Stiefeln wieder herauszukommen. Er klappte seine Zigarettendose auf und bot Taraba eine Zigarette an. Die Tabaksorte hatte wenig mit dem gemein, was Taraba jeden Tag seinen Lungen vorsetzte. Die nächste Adresse lautete: das Lager in der Bergstraße.

Nach einer Dreiviertelstunde kamen sie dort an. Hauptmann Mock musste sich gegenüber den Befehlshabern jeder einzelnen Patrouille der Feldgendarmerie ausweisen – die Fahrt zur Bergstraße dauerte deswegen so lange, weil keiner der Offiziere und Unteroffiziere, denen gegenüber sich Mock erklären musste, von seiner Heldentat, die weit und breit in der Presse beschrieben worden war, gehört hatte. Und sein verbranntes Gesicht wirkte in solchen Momenten keineswegs wie ein Passierschein, sondern wurde vielmehr zu einem Hindernis, das die Leute misstrauisch machte. Auch der Fliegerabwehralarm, der in regelmäßigen Abständen kam, machte es nicht leichter, durchzukommen: Mock und sein Fahrer mussten sich immer wieder unter der Fuhre verstecken, während die alte Mähre zu ihrer Verwunderung so gleichgültig auf das Heulen der Flieger und die Explosionen der Bomben reagierte wie die leblose Fracht, die sie transportierte.

Nachdem sie die Barrikaden überwunden hatten, die in der Nähe des Freiburger Bahnhofs besonders zahlreich vorhanden waren, fuhr der Pferdewagen endlich in eine Seitenstraße ein, an deren rechter Seite sich die Mauern der Lindner-Maschinenfabrik erhoben. Auf der gegenüberliegenden Seite, da, wo sich einst das Obdachlosenasyl befunden hatte, war heutzutage ein sogenanntes »Sammellager« untergebracht. Man gelangte dahin durch ein Tor, das von der Aufschrift *Arbeit macht frei* gekrönt war. Mock wies sich vor einem Polizisten aus, den er vom Sehen kannte, und erklärte, er wolle den Kommandanten sprechen. Diesmal wurde er ohne unnötiges Zögern hinter das Tor gelassen.

Als er auf dem großen Platz stand, blickte er sich aufmerksam um. Etwa ein Dutzend Holzbaracken standen um einen verschlammten Teich herum, neben dem zwei Arbeiter sich leise auf Polnisch unterhielten und eine Matratze von Läusen und Flöhen säuberten. Das Ungeziefer schwamm an der Wasseroberfläche und Mock hatte den Eindruck, als würde der Teich leben. Er stellte sich vor, wie das Geschmeiß in den nahe gelegenen Wasserbrunnen kroch, und wandte angewidert den Blick ab, der schließlich auf einen sonderbaren Unterstand fiel. Es war ein in den Boden gegrabenes Loch, das von Weidenkörben bedeckt war, die eine Art Dach bildeten. Wenn dieses Ding vor etwas schützte, dann höchstens vor Geschosssplittern.

Sobald es still wurde, hörte man ganz deutlich die weichen Laute der russischen Sprache, die aus den Megaphonen ertönte, die zwei Kilometer weiter, hinter den Eisenbahngleisen am Elisabeth-Kloster, aufgestellt waren. Mock befand sich nahe der Front.

Seine Betrachtungen wurden von einem jungen Polizisten in der Uniform eines Leutnants unterbrochen. »Leutnant Hermann

Schmoll, Adjutant von Kommandant Gnerlich!«, stellte er sich vor, ließ die Absätze knallen und warf den rechten Arm nach oben. »Was kann ich für Sie tun, Herr Hauptmann?«

»Wollen wir uns hier unterhalten?«, fragte Mock, während er den Hitlergruß erwiderte.

»Leider kann ich Sie nicht in die Baracke des Kommandanten bitten, weil er wichtige Gäste hat – und Sie waren nicht angemeldet ...« Dem jungen Leutnant war die Situation sichtlich peinlich. »Vielleicht könnten wir im Ärztezimmer Platz nehmen? Oder bei den Wachleuten? Wie Sie ja wissen, ist unser Lager sehr klein ... Ich hab's!« Schmoll klatschte in die Hände. »Wir könnten uns in der Sanitätsbaracke unterhalten!«

»Ein kleines, völlig harmloses Sammellager, was, Herr Leutnant?«, meinte Mock ironisch. »Ihr habt hier lediglich ein paar Polen aus dem Warschauer Aufstand untergebracht ...«

»Über unsere Gefangenen darf ausschließlich der Herr Kommandant Informationen erteilen!«, sagte Schmoll aufgeblasen. »Ich bin nicht befugt, darüber zu sprechen. Bitte –«, er machte eine unbestimmte Geste, »– lassen Sie uns in die Sanitätsbaracke gehen.«

Sie liefen wortlos den Stacheldrahtzaun entlang auf die Sanitätsbaracke zu, über der eine weiße Flagge mit einem roten Kreuz flatterte. Ein großartiger Wegweiser für Bomber, dachte Mock. Der gepflegte Rasen erinnerte eher an die Anlage eines Sanatoriums – wenn der Stacheldraht nicht gewesen wäre, und die Käfige, in denen sich wütende Deutsche Schäferhunde gegen das Gitter warfen. Ein Schild an der Wand tat kund, dass sich in dieser Baracke der Sitz der Lager-Kommandantur befand. Daneben war ein Wachzimmer, in dem einige Uniformierte saßen. Ein durchdringender, scheußlicher Geruch schlug gegen Mocks Nase – aus den offenen Baracken der Gefangenen stank es nach Exkrementen und feuchter, verpesteter Luft. Außer Doppelstockpritschen standen darin Holztische, Bänke und je ein kleiner Kanonenofen.

Mock wandte sich ab und betrat hinter Schmoll die Baracke mit dem roten Kreuz. In einem winzigen Kabuff befanden sich ein kleiner Tisch und zwei Stühle. Auf einem davon saß ein sich offensichtlich langweilender Polizist. Schmoll befahl ihm, zu gehen. An einer der Wände hing ein gerahmtes Plakat, das dazu aufrief, die Fenster zu verdunkeln. Ein Holunderzweig schlug gegen die Scheiben. Draußen ging ein Mann in einem grauen Anzug und mit einem ebenfalls grauen Hut am Fenster vorbei.

»Ich will mich kurz fassen.« Mock stützte das Kinn auf die Faust. »Heute ist vor meinen Augen ein junges Mädchen gestorben. Ich muss über ihr Ableben jemanden informieren, der in diesem Lager einsitzt.«

»Wie ich bereits erwähnt habe, Herr Hauptmann . . .«, Schmoll schlug ein Bein über das andere, »bin ich nicht befugt, Informationen über unsere Gefangenen herauszugeben.«

»Ich möchte von Ihnen keine Informationen«, erwiderte Mock ruhig. »Ich möchte lediglich die Gefangene Gertrud von Mogmitz sehen. In Breslau weiß doch jeder, dass sich die Gräfin hier befindet.«

Der Leutnant dachte nach. Seine langen, gepflegten Finger trommelten auf der Tischplatte ein Fragment aus einer Brahms-Etüde.

»Sie können die Gefangene von Mogmitz nicht sehen«, erklärte er dann mit seiner melodiösen Stimme. »Alle Entscheidungen bezüglich dieser Person trifft höchstpersönlich der Kommandant Herr Obersturmbannführer Gnerlich. Das ist ja auch verständlich, diese Frau ist ausnehmend gefährlich . . .«

»Dann geh endlich zu deinem persönlichen Gott, du Depp, und erzähl ihm, dass ich heute in der Wohnung von Rüdiger und Gertrud von Mogmitz in der Viktoriastraße 43 ein von den Russen vergewaltigtes Mädchen gefunden habe!« Mock zischte diese Worte langsam und nachdrücklich hervor. »Und dass dieses Mädchen eine Stunde später in meinen Armen gestorben ist. Ich habe ihre Leiche durch die ganze Stadt hierherkutschiert. Also beweg deinen Arsch und übermittle dem Kommandanten Folgendes: Entweder lässt er mich mit der Gräfin von Mogmitz sprechen, damit sie den Leichnam identifizieren kann, oder aber ich lasse ihn euch da, in dem Teich mitten auf eurem Appellplatz!«

Schmoll schmollte und verließ wortlos die Baracke. Mock sah, wie er in Richtung der Tür mit dem Schild *Lager-Kommandantur* lief, und atmete erleichtert aus. Ihm war bewusst, dass er seine Drohung niemals wahrmachen würde. Bisher hatte er nie geblufft, wenn er die Leute in den Schraubstock seiner Erpressungen steckte. Doch die Dinge änderten sich und alles wurde immer schlimmer. Sogar sein Schraubstock der Erpressung, seine liebste Waffe im Umgang mit allerlei Leuten in den letzten dreißig Jahren der Arbeit bei der Polizei, funktionierte im Lager Breslau-Bergstraße nicht mehr.

Breslau, Donnerstag, den 15. März 1945,
halb vier Uhr nachmittags

Niemand kam, um Mock aus dem Besuchszimmer der Sanitätsbaracke hinauszukomplimentieren, obwohl schon eine halbe Stunde vergangen war. Es war also wahrscheinlich, dass Schmoll Mocks Drohung für bare Münze genommen hatte, so unrealistisch sie auch war. Er musste die ganze Angelegenheit seinem Chef referiert haben. Es war auch sehr gut möglich, dass er Angst hatte, sich bei einem hohen Kripobeamten unbeliebt zu machen, der ja ein ranghöherer Offizier war.

Mock lief in dem Raum auf und ab, und schließlich war er so entnervt von dem Plakat, auf dem der Sensenmann auf einem feindlichen Flugzeug hockte und eine Bombe auf ein hellerleuchtetes Haus warf, dass er die Baracke verließ. Der Fuhrmann, der ihn hergebracht hatte, war sichtlich gelangweilt von dem langen Warten; er hatte den Wagen vor dem Einfahrtstor abgestellt, das Pferd ausgespannt und ließ es Hafer aus einem Futtersack fressen. Mock konnte deutlich den grünen Vorhangstoff sehen, der sich um den leblosen Körper des Mädchens schmiegte. Weitere Minuten vergingen, der wachhabende Polizist kehrte ohne ein Wort zu Mock in die Baracke zurück, Mock rauchte weitere Zigaretten, der Fuhrmann war auf seinem Bock eingenickt, von der Frühlingssonne aufgeweckte Fliegen schwirrten um den toten Körper, die Katjuschas hinterließen leuchtende Schweife am Himmel. Weit weg, ungefähr auf der Höhe des Polizeipräsidiums am Stadtgraben, erblühte in der Luft ein riesiger schwarzer Rauchpilz. Ich bin gespannt, was sie diesmal getroffen haben, überlegte Mock, und ihm kam ein sonderbarer Gedanke: Warum war noch niemand auf die Idee gekommen, Wetten abzuschließen, was zuerst von Bomben getroffen würde und was erst später, welche Frau zuerst vergewaltigt würde und welche später, ob Breslau im März oder im April fallen würde?

Plötzlich erschien neben Mock der Mann im grauen Anzug, der ihm schon während des Gesprächs mit Schmoll vor der Baracke aufgefallen war. Er war um die vierzig, glattrasiert, registrierte Mock, der Anzug aus guter Wolle, die Krawatte schlecht darauf abgestimmt. Er konnte weder Wächter noch Gefangener sein – wer war er also?

»Rudolf Brendel, Professor der Philosophie«, sagte der Mann leise, als könne er Mocks Gedanken lesen. »Bitte gehen Sie zurück in die Baracke. Sagen Sie dem Wärter, er soll hinausgehen, dann machen Sie das Fenster zum Hof auf und stellen sich davor. Ich werde draußen stehen. Ich bin ein Freund der Gräfin Gertrud von Mogmitz.«

»Endlich!«, flüsterte Mock bei sich. »Endlich finde ich jemanden, der das tote Mädchen identifizieren kann, bevor alle Fliegen Breslaus sie umschwirren.«

Er tat, wie ihm sein sonderbarer Gesprächspartner aufgetragen hatte. Der Wachmann stand bald draußen und paffte eine Zigarette, die ihm Mock geschenkt hatte, und er selbst stellte sich im Besuchszimmer an das angelehnte Fenster und lauschte dem, was ihm der Philosophieprofessor Rudolf Brendel erzählte – welcher draußen vor der Baracke in einer Blumenrabatte stand.

»Ich habe von Schmoll gehört, dass Sie die Gräfin sehen wollen. Das ist allerdings unmöglich. Sie können nur mich treffen.«

»Ich will aber nicht mit Ihnen reden, sondern mit Frau von

Mogmitz! Warum sollte ich mich mit Ihnen unterhalten? Ist sie etwa Moses und Sie Aaron?« Mock kam sich seltsam vor, wie er so mit der Wand sprach.

»Ich bin ein guter Freund der Familie«, kam die rasche Antwort durchs Fenster. »Und der einzige Mensch, der für sie eine Verbindung zur Außenwelt darstellt. Doch wer sind Sie, Hauptmann? Und was wollen Sie von der Gräfin?«

Mock überlegte lange, bevor er antwortete. Er musste genau abwägen. Es war klar, dass er mit einem Wahnsinnigen sprach. Warum sollte er also dieses Gespräch führen? Wofür hatte er eine kostbare Zigarette geopfert, die letzte aus seinem Vorrat an »Astors«, die nun ein rotgesichtiger Bauer aus dem Ruhrpott (dem Akzent nach zu urteilen) zwischen Zeigefinger und Daumen hielt, wobei er paffte wie eine Dampflokomotive? Die Identifizierung der Leiche, dachte er. Ich muss sie identifizieren lassen, oder aber ich lasse sie gleich in einem anonymen Grab bestatten. Ich mag nicht mehr ihre zerrissenen Lippen sehen, das in ihrem Schoß eingetrocknete Blut, die Sehnen an ihrem abgeschnittenen Handgelenk ... Ich rede jetzt mit diesem Irren, weil er die einzige Person ist, die in dieser Angelegenheit überhaupt mit mir sprechen will.

»Es geht um die Identifizierung einer Leiche«, sagte er schließlich. »Das ist es, was mich hierherführt.«

»Und was hat die Gräfin damit zu tun?«

»Ich habe die Leiche in der Wohnung der Gräfin in der Viktoriastraße gefunden«, gab Mock eine vereinfachte Version.

»Ist es ein Mann? Oder eine Frau? In welchem Alter?«, hörte er von draußen rasche, knappe Fragen.

»Eine junge Frau, um die zwanzig.«

Keine Reaktion. Brendel war vollkommen still. Mock steckte den Kopf aus dem Fenster. Zwischen den Büschen auf der Rabatte war niemand. Mock fuhr zusammen, als ihn jemand an der Schulter berührte. Professor Brendel stand im Besuchszimmer und starrte ihn mit entsetztem Blick an; sein Gesicht glühte kränklich.

»Könnten Sie mir dieses Mädchen zeigen?«, fragte er.

Breslau, Donnerstag, den 15. März 1945, Viertel vor fünf Uhr nachmittags

Der Kutscher Otto Taraba lag auf seinem Wagen neben der Leiche und paffte den billigsten Tabak; er genoss die Wärme des Frühlingsnachmittags. Ähnlich wie seine alte Mähre war er gegenüber allem, was in Breslau passierte, vollkommen gleichgültig geworden. Es mochte andere Bewohner der Festung entsetzen, ihn nicht. Die Russen waren in seinen Augen diejenigen, die sein Einkommen erhöhten, weil sie Tote produzierten, die er transportieren konnte. Und seine Landsleute, die an den Rändern der Stadt verreckten, rechnete er nur noch in Schnaps und Tabak um – das war der einzige Lohn, der in der heutigen schweren Zeit sicher war. Diese Fahrt jetzt war allerdings eine Ausnahme, denn Taraba ließ sich in klingender Münze bezahlen. Zu seinem Glück fehlten ihm nur noch zwanzig Flaschen Selbstgebrannter und deswegen war er diesmal nicht so wählerisch, was sein Honorar anging. Wenn er erst einmal seine vierzig Flaschen zusammen hatte, wollte er sich auf seine Fuhre legen und tagelang nur saufen – und diese Tätigkeit nur zum Füttern seines altersschwachen Pferdes unterbrechen. Dann wäre ihm alles egal. Schon vor Jahren hatte er mit sich selber ausgemacht, dass er Urlaub machen würde, sobald er vierzig Flaschen Schnaps zusammenhatte, was gar nicht so einfach war, wenn man den momentanen Bedarf bedachte.

Er sah, dass sein Fahrgast am Stacheldrahtzaun entlang auf ihn zukam; neben ihm ging ein Sonderling in einem grauen Anzug. Der Fuhrmann Taraba erhob sich misstrauisch von den Brettern und betrachtete, an einem Grashalm knabbernd, eingehend den Offizier mit der verbrannten Visage, der irgendwelche eigenartigen Gesten vollführte. Die beiden Männer waren noch ungefähr zwanzig Meter vom Wagen entfernt.

»Was ist denn?«, rief Taraba.

»Zieh den Vorhang weg und zeig dem Herrn das Gesicht der Frau«, gab der alte Polizist zurück.

Taraba tastete nach dem Kopf der Leiche und zog den Vorhang

herunter, dann packte er das Mädchen an den Haaren und hob den Kopf an. Der Sonderling in dem grauen Anzug lehnte sich plötzlich gegen das Wachhäuschen. Der alte Offizier winkte ab, Taraba ließ die Leiche zurück auf die Bretter des Wagens fallen und legte sich wieder daneben. Er lag da und analysierte die sonderbaren Laute der russischen Sprache, die – von den Megaphonen verstärkt – sehr deutlich über der Frontlinie erschallten.

Breslau, Donnerstag, den 15. März 1945,
fünf Uhr nachmittags

Professor Brendel stand immer noch gegen die Wand des Wachhäuschens gelehnt. Sein Gesicht war fast so grau wie seine Kleidung. Er atmete schnell und erregt.

»Wer ist diese Frau?«, fragte Mock ruhig.

»Fräulein Berta Flogner. Die Nichte der Gräfin. Eine Waise.« Brendel gelang es endlich, durchzuatmen. »Sie liebt sie wie ihre eigene Tochter. Und Gott hat sie ihr in seiner unergründlichen Weisheit genommen ...«

Mock atmete erleichtert auf. Die Tote war nun identifiziert. Jetzt war es für ihn an der Zeit, nach Hause zu gehen, zu seiner Frau, Rippchen in Tomatensoße zu essen, eine der wunderbar aromatischen Zigaretten Marke »Astor« zu rauchen, die in Berlin hergestellt wurden (und die ihn auf dem Schwarzmarkt Unsummen kosteten). Jetzt musste er nur noch diesen leblosen Körper in den Staub des Lagerplatzes werfen, sich zum Zwingerplatz fahren lassen, zu Hause ein paar Gläschen »Danziger Goldwasser« trinken und später im Keller seine Freunde aufsuchen. Es war nicht mehr wichtig, wer dieser Verrückte im grauen Anzug war, was er hier machte, es war egal, wer die geheimnisvolle Gräfin war, die dieser Schmoll als »ausnehmend gefährlich« bezeichnet hatte. Wichtig war nur, dass das Mädchen, das von den Russen vergewaltigt worden war, nun einen Namen hatte: Fräulein Berta Flogner.

Mock ließ den weinenden Professor an der Wand des Wachhäuschens stehen und lief zurück zu der Baracke mit dem roten Kreuz. Er wollte den Platz überqueren, musste aber feststellen, dass das innere Tor, das die Baracke des Kommandanten von den Behausungen der Gefangenen trennte, geschlossen war. Der daneben stehende Wärter rührte sich nicht; er starrte einen Punkt über Mocks Kopf an.

Auf einmal hörte er abgehackte Worte: »Sie wollten mich sehen, Hauptmann Mock? Wie kann ich Ihnen behilflich sein? SS-Obersturmbannführer Hans Gnerlich, zu Ihren Diensten. Ihren Namen kenne ich bereits.«

Der Mann, der diese Worte sprach, war kräftig gebaut; seine Uniform schmiegte sich an seinen Körper wie bei einer Schaufensterpuppe. Auf dem vorstehenden Unterkiefer war ein Schatten von dunklem Bartwuchs auszumachen. Kleine, tiefliegende Augen glänzten unter den graumelierten Haaren, von denen ein paar Strähnen unter der Uniformmütze hervorlugten. Eine Reitpeitsche schlug gegen den glänzenden Schaft seiner Offiziersstiefel. Ein Deutscher Schäferhund kauerte brav zu seinen Füßen. Neben seinem Chef stand Leutnant Schmoll, starrte die Spitzen seiner Stiefel an und war genauso brav und folgsam wie der Hund des Kommandanten.

»Es ist mir eine Ehre, dass Sie sich höchstpersönlich die Zeit nehmen … Ich wollte die Leiche eines jungen Mädchens identifizieren lassen, Herr Kommandant.« Mock spürte Unmut bei dem Gedanken, zum dritten Mal die Geschehnisse des heutigen Tages wiedergeben zu müssen. »Ich habe diese vergewaltigte Frau in einer Wohnung in der Viktoriastraße gefunden. Sie lebte danach noch eine Stunde …«

»Sehr interessant, was Sie hier erzählen, Herr Hauptmann«, sagte Gnerlich. »Doch ich erlaube mir anzumerken, dass sich die Viktoriastraße seit Samstag in russischer Hand befindet. Wie sind Sie also dorthin gelangt? Haben Sie, ein seiner Pflichten enthobener Offizier, vom neuen Kommandanten der Festung einen Passierschein bekommen?«

»Ich bin ein russischer Spion«, erwiderte Mock.

Gnerlich lachte laut auf. Sowohl der Hund als auch der Adjutant zuckten zusammen.

»Ein großartiger Scherz, Herr Hauptmann. Wirklich vorzüglich!«, rief Gnerlich aus und fügte dann giftig hinzu: »Sagen Sie mir nun bitte genau, welchen Umständen ich Ihren Besuch hier zu verdanken habe.«

»Ich habe die Namen der Wohnungsbesitzer auf der Einwohnerliste überprüft: Rüdiger und Gertrud von Mogmitz. Wie jeder Bürger von Breslau kenne ich das Schicksal von General von Mogmitz und seiner Gemahlin. Ich weiß, was mit dem General und seiner Frau nach dem Anschlag auf Hitler passiert ist ... Mir war bekannt, dass die Gräfin in einem Lager in Breslau untergebracht ist, aber ich wusste nicht, dass es sich um die Bergstraße handelt. Ich habe es heute zufällig von einem Soldaten erfahren, der Zeuge war, wie die Nichte der Gräfin in meinen Armen starb.«

»Woher wissen Sie, dass die vergewaltigte Frau ihre Nichte ist?«

»Das hat mir der Herr dort gesagt.« Mock wies mit dem Kopf auf Professor Brendel, der soeben aus dem Gebüsch um das Wachhäuschen auftauchte. »Wie ich von ihm erfahren habe, ist er ein guter Freund der Gräfin.«

»Eine Schlampe ist sie, und keine Gräfin!«, brüllte Gnerlich. »Die schlimmste Schlampe von allen! Oder wie wollen Sie eine Vaterlandsverräterin nennen? Sie werfen hier mit Titeln um sich, Graf, Gräfin, General ... Wissen Sie nicht, dass dieser verdammte Verräter vor seiner Hinrichtung degradiert wurde? Er war kein General mehr, er war ein gemeiner Soldat! Und wissen Sie, dass diese tollwütige Hündin eine englische Spionin war? Eine Hure in den Schlafzimmern britischer Lords?! Wir sollten hier also vom gemeinen Soldaten von Mogmitz und der gemeinen Schlampe von Mogmitz sprechen.«

»Halt den Mund, du Grobian!« Brendels Stimme war genauso kräftig wie die von Gnerlich. »Wag es nicht, noch ein schlechtes Wort über die Gräfin zu sagen, du mieser Kammerdiener, du gewöhnlicher Bediensteter! Warum hast du damals nicht so boshaft gebellt, du Vieh? Sagen Sie bloß, Sie wussten es nicht!«, wandte er sich an Mock. »Dieser Primitivling war einst der Kammerdiener derer von Mogmitz auf ihrem Landgut in Kanth. Wie oft hast du mir, du kleiner Bauer, Pudding und Marmelade zum Frühstück serviert! Und dich dabei tief verbeugt und kriecherisch gelächelt ...«

»Sie sind verwundert über sein Verhalten, Hauptmann Mock?« Gnerlich lachte spöttisch auf. »Ich nicht. Freilich kenne ich ihn schon lange. Er ist ein Verrückter – allerdings ein Verrückter, den ich nicht den Euthanasie-Fachleuten ausliefern kann; ich kann ihm nicht einmal mit meiner Reitpeitsche die Fresse polieren. Ich muss ihn hier tolerieren, Hauptmann Mock, solange er nur verbal ausfällig wird. Und warum? Er hat sich Ihnen als Philosophieprofessor Brendel vorgestellt, nicht wahr? Warum hat er nicht einfach ›Professor Brendel‹ gesagt? Weil Sie ihn sonst möglicherweise mit seinem Vater verwechselt hätten, Professor Brendel senior, Professor für Physik, Ingenieur und Erfinder eines neuartigen Panzerabwehrgeschosses mit Urankern. Ich muss es ertragen, wie dieser Kerl hier herumschleicht und mich beleidigt. Doch ich warte nur auf eine feindselige Geste, auf einen Versuch, auf mich loszugehen ... Dann werde ich ihn umbringen. Ich bin derjenige, der hier herrscht. Und er darf sich ausschließlich vor diesem Tor aufhalten, in der Nähe der Sanitätsbaracke. Das Lager darf er nicht betreten. Im Lager herrsche ich. Wollen Sie sehen, wie ich herrsche?«

»Ich weiß, dass Sie hier herrschen«, sagte Mock mit erschöpfter Stimme. »Herr Professor Brendel junior hat die Leiche identifiziert. Ich habe somit meine Aufgabe erfüllt. Erlauben Sie mir, Ihr Reich zu verlassen, Herr Kommandant.«

Gnerlich hörte Mock gar nicht zu. Er gab Leutnant Schmoll ein Zeichen, und dieser lief zu dem Tor, das ins Lager führte. Der Kommandant schlug nervös mit seiner Gerte gegen den Stiefel; der Hund tänzelte genauso nervös um sein Herrchen herum und setzte sich schließlich neben die glänzenden Stiefel. Sein haariger Schwanz produzierte Wolken aus Staub. Gnerlich lächelte Mock breit an, lächelte Brendel an, lächelte Schmoll an – und auch die vier Soldaten, die durch den staubigen Hof eine Frau in einem verdreckten Kleid schleiften; die Frau schrie und versuchte sich loszureißen; Gnerlich lächelte eine untersetzte Aufseherin an, die die Frau mit einem heftigen Tritt durch das Tor beförderte; dann lächelte er den Hund an, als dieser der Gefangenen an die Kehle ging.

»Bitte: die Frau Gräfin.« Gnerlich drückte Schmoll seine Uniformmütze in die Hand. Sein etwas zu langes, graumeliertes Haar stand oben auf dem Kopf ab.

»Hast du nicht gesagt, Mock, dass du entweder mit der Gräfin sprichst oder uns die Leiche in den Teich schmeißt? Dann rede doch mit ihr! Ich weiß nur nicht, ob sie dir irgendwas erzählen wird . . .«

Bei diesen Worten trat er der Frau in den Bauch. Die Gräfin krümmte sich auf dem Boden und hielt sich den Unterleib. Das verklebte Haar verdeckte vollständig ihr Gesicht. Gnerlich ließ seine Gerte durch die Luft sausen. Mock konnte nicht sehen, wohin er traf. Brendel ging mit wütendem Brüllen auf Gnerlich los.

»Nicht«, stöhnte die Frau und schob sich die Haare aus dem Gesicht. »Rudi, bitte, tun Sie es nicht! Er wartet doch nur darauf, Sie umzubringen!«

Brendel blieb stehen, fiel auf die Knie und ballte die Hände zu Fäusten. Die Soldaten richteten ihre Waffen auf ihn. Brendel schluchzte lauthals. Gnerlich blickte Mock an und lächelte breit.

»Siehst du, wer hier herrscht, Mock?«, sagte er und sprang mit beiden Beinen auf den Körper der liegenden Frau.

Die Absätze der Offiziersstiefel trafen auf ihren Rippen auf; Gnerlich stolperte und fiel beinahe hin. Er streckte eine Hand aus, um das Gleichgewicht zu halten, dann ballte er langsam die Faust. In seinem Handschuh befand sich eine Handvoll Sand. Er beugte sich über die Gräfin von Mogmitz, packte ihre Haare und zerrte sie vom Boden hoch. Dann schüttete er ihr den Sand in die weitgeöffneten Augen und den Mund. Die Schramme von dem Schlag mit der Peitsche wurde grau vor Staub.

»Da, du Hure.« Gnerlich beugte sich wieder vor, um noch eine

Handvoll Sand aufzunehmen. »Das magst du, wie, du Hure? Dann friss!«

Mock schloss die Augen und sah seinen Bruder Franz vor sich, wie er sich über das sterbende Mädchen beugte und sie »Nutte«, nannte. Er sah seinen beschlagenen Schuh auf Franz' Kopf landen. Er sah die zerrissenen Sehnen an der Hand von Berta Flogner. Er sah, wie das Blut durch seine Amelung-Krawatte sickerte. Er fühlte die letzte Liebkosung der Finger der gesunden Hand von Fräulein Flogner. Und er ging auf Gnerlich los.

Eine Maschinengewehrsalve ließ ihn innehalten. Er stand da und starrte Gnerlich in die Augen – doch er konnte sie nicht lange sehen. Nach dem ersten Schlag sah er den Himmel über Breslau. Der zweite Schlag warf ihn mit seinem verwundeten Gesicht direkt in den trockenen Sand. Aus dem Augenwinkel heraus bemerkte er, wie die untersetzte Aufseherin zärtlich und fürsorglich den Schweiß von Gnerlichs Gesicht wischte.

»Siehst du, Mock, wer hier herrscht?« Gnerlich scheuchte die Frau fort wie eine lästige Fliege. »Du zumindest nicht mehr ... Du wurdest deiner Pflichten entbunden. Jetzt bist du in dieser Stadt ein Niemand! Verschwinde aus Breslau! Es gehört dir nicht mehr! Und lass uns ruhig die Leiche da, dann haben meine Hunde etwas zu fressen.«

Mock lag im Staub des Platzes, die Gräfin von Mogmitz biss in die Erde, Gnerlich wischte ein Stäubchen von seinem Stiefel, Brendel weinte – und durch den Stacheldraht beobachtete der betrunkene Fuhrmann Taraba die Szene.

Breslau, Donnerstag, den 15. März 1945,
halb sieben Uhr abends

Dr. Lasarius war über siebzig – davon hatte er zehn Jahre als Arzt in Kamerun gearbeitet und beinahe vierzig als Pathologe im Gerichtsmedizinischen Institut in der Auenstraße. In all den Jahren hatte er schon oft auf seinem Tisch Leichen von vergewaltigten Frauen gesehen, doch eine so makabre Gewalttat wie diese hier war ihm noch nie untergekommen. Als er die Voruntersuchung des Leichnams des mehrmals geschändeten Opfers beendet hatte, musste er an seine schlimmsten Fälle aus der afrikanischen und deutschen Zeit denken. Die auf seinem Tisch liegende Frau war fast in zwei Hälften gerissen worden, ein eher heimisches Motiv, so machte es die Gestapo. Ein afrikanischer Akzent waren wiederum die parallel verlaufenden Wunden, wie er sie auch in Kamerun bei den Opfern der Sekte der Leopardenmenschen gesehen hatte. Diese Wunden bedeckten die Seiten des toten Körpers.

Lasarius rückte seine Gummischürze zurecht und schob eine metallene Visiervorrichtung in die Vagina der Toten. Dann drehte er an einer kleinen Schraube, so dass er nun exakt untersuchen konnte. Er beugte sich über das Opfer. Im Inneren ihres Körpers glitzerte etwas. Lasarius nahm seine Pinzette und holte einen grünen Glassplitter heraus. Er drehte noch einmal an der Schraube.

»Gawlitzek!«, rief er in Richtung seines Sektionsgehilfen. »Gib mir einen größeren Spiegel! Und schneide sie weiter auf, bis zum Unterleib, verstehst du?«

»Mache ich, Herr Doktor«, murmelte der alte Gehilfe und kam mit einem größeren dreieckigen Spiegel zurück. Dann führte er das Skalpell durch den toten Körper bis hinunter zum Venushügel.

Lasarius beugte seine braungefleckte Glatze über die Frau und schob seine von Reagenzien verfärbten Finger dahinein, wo – wie es der Dichter sagen würde – kein Prophet mehr herauskommen würde.

Unter dem Metall der Pinzette spürte er einen harten Gegenstand. Sein Herzschlag beschleunigte sich. Er drehte an der Schraube der Visiervorrichtung und schob die Pinzette tiefer hinein, die an dem harten Gegenstand abrutschte. Dann bekam er ihn zu fassen. Der Pathologe zog die Pinzette zurück und blickte auf das Ding, das er hervorgeholt hatte.

Dr. Siegfried Lasarius hatte schon Einiges gesehen in Kamerun und auch in Breslau. Aber so etwas war ihm noch nie untergekommen. In der Scheide der toten Frau befand sich ein blutiger Flaschenhals mit einem Porzellanverschluss. An den rauen Kanten des Glases klebten winzige Blutgerinnsel.

Lasarius erhob sich und traf eine Entscheidung, die für den ihm seit Jahren assistierenden Gawlitzek etwas völlig Kurioses war. So etwas war im Breslauer Institut für Gerichtsmedizin noch nie geschehen, so weit Gawlitzeks Erinnerung reichte. Es war noch nie vorgekommen, dass Dr. Lasarius eine nicht zu Ende geführte Autopsie auf den nächsten Tag verschoben hätte.

Doch jetzt atmete er schwer und sagte zu seinem Gehilfen: »Wir machen morgen weiter. Ich fühle mich nicht wohl. Geh nach Hause!«

»Jawohl, Herr Doktor. Auf Wiedersehen«, murmelte der alte Assistent und ging hinaus.

Lasarius warf ein Gummilaken über den toten Frauenkörper und verließ seinen Arbeitsplatz. Er schrubbte sich die Hände ordentlich mit Marseiller Seife, dann desinfizierte er sie mit Spiritus. Er schloss die Leichenhalle ab und warf den Schlüssel zwei Pförtnern zu, die am Haupteingang saßen. Dann schleppte er sich langsam die Treppe hoch in sein Büro. Durch die Türritze drang der Geruch des Rauchs aus dem Schornstein des nahe gelegenen Krematoriums. Lasarius setzte sich an seinen gewaltigen Schreibtisch und atmete schwer. Nach einer Weile hielt er in seinen verfärbten Fingern einen kleinen Zettel mit einer Telefonnummer.

Er wählte und sagte, als sich eine Männerstimme meldete: »Es ist wieder passiert, Herr Sturmbannführer. Es ist das geschehen, wovon Sie gesprochen haben.«

»Schweigen Sie darüber, Doktor. Denken Sie an Ihre Tochter.«

Breslau, Donnerstag, den 15. März 1945, sieben Uhr abends

Hauptmann Mock und Professor Brendel saßen in einer der letzten in Breslau noch offenen Kneipen, die offiziell als ein Luftschutzbunker fungierte. Es handelte sich um den Keller des Restaurants »Schlesierland« in der Gartenstraße. Ihr rechtmäßiger Besitzer, der Vorkriegs-Gastwirt Arthur Bittner und sein stiller Teilhaber, der Befehlshaber eines der Volkssturmbataillone, Heinz Frank, kümmerten sich nicht besonders um ihre noch verbliebenen Gäste. Diese waren wohlhabend genug, um die Kapitulation der Festung Breslau im Zustand eines durchgehenden alkoholischen Rausches abzuwarten – und sie hatten so gute Beziehungen, dass sie keinen Gedanken an die allgemeine Arbeitspflicht verschwenden mussten. Unter den Gästen waren Offiziere in Zivil, die sich hier vom Erteilen sinnloser Befehle erholen konnten; dann Kriegerwitwen und die sogenannten »Festungsbräute«, die dank ihrer Reize um die Evakuierung im Januar herumgekommen waren und nun das Privileg hatten, nicht arbeiten zu müssen und manchmal sogar etwas zu essen für ihre kranken Kinder zu bekommen; außerdem Besitzer von Bestattungsfirmen und schließlich Geistliche ohne sichtbar zur Schau getragene Anzeichen ihrer Profession. Die Letzteren ertränkten theologische Fragen im Alkohol und redeten über alle möglichen Themen, außer über Philosophie und Politik. Die Gäste drängten sich in dem engen, verrauchten Keller und ließen ihre betrunkenen Blicke über die anderen schweifen. Meist lauschten sie schweigend den Kriegsballaden, die mit Begleitung eines verstimmten Akkordeons zum Besten gegeben wurden, oder aber sie legten mit Handzeichen die Preise für die Dienste der »Festungsbräute« fest. Die Besitzer der Kneipe kümmerten sich – da sie so gut wie gar keine Konkurrenz hatten – weder um die Qualität der ausgeschenkten Getränke noch um die Kundenfreundlichkeit der Bedienung.

Hauptmann Mock und Professor Brendel sprachen dem Kräuterlikör »Rübezahl« zu, und das nicht zu knapp. Dazu aßen sie stark mit Knoblauch gewürzte Hasenpastete. Die Menge an Knoblauch konnte nur von der weisen Voraussicht des Fleischers zeugen, der seine Ware so lange wie möglich verkaufen wollte, ohne dass sie für die Kundschaft nach irgendwelchen unangenehmen Dingen roch.

Die beiden heute von Gnerlich so schlimm gedemütigten Männer scherten sich weder um die Qualität des Essens noch um das Verhalten des Kellners, der ihnen das Bestellte mit so viel Schwung servierte, dass ein Stück Pastete vom Teller auf das mit Bierflecken besudelte Tischtuch rutschte. Sie saßen schweigend da, und keiner wusste, wie er seinem Gegenüber am rücksichtvollsten die Fragen stellen sollte, die ihn am meisten beschäftigten.

Nachdem sie den toten Körper von Berta Flogner dem überarbeiteten Bestatter übergeben hatten, hatten sie noch lange auf der Straße gestanden und einander angeblickt. In Mocks Kopf rauschte es regelrecht vor Fragen und Zweifeln, doch ihm war bewusst, dass – wenn er sie äußern sollte – er sich zu tief in die Angelegenheit hineinbegeben würde. Eine Angelegenheit, die doch so einfach war, und mit der Identifizierung des Leichnams für ihn beendet.

»Warum haben Sie zugelassen, dass er Sie so misshandelt?«, wollte Professor Brendel wissen.

»Ich bin Katholik«, lächelte Mock spöttisch, nachdem er den Wunsch unterdrückt hatte, den Gelehrten für seine Neugier anzufahren. »Als er mir auf die eine Wange schlug, habe ich ihm eben die andere hingehalten.«

Diese Antwort beeindruckte Professor Brendel zutiefst. Er legte seine Hände auf Mocks Schultern und flüsterte: »Sehen Sie es wirklich so? Das ist wunderbar! Ich dachte, dass sich heutzutage niemand mehr an die Weisungen der Bibel hält. Wir müssen uns unbedingt darüber unterhalten ...«

»Aber doch nicht hier?« Mock schaute sich vielsagend um. Die tapferen Horden der Verteidiger der Festung machten gerade die Häuser in der Kaiserstraße dem Erdboden gleich; in die Auenstraße drang eine klebrige schwarze Rußwolke.

»Lassen Sie uns zurück in die Leichenhalle gehen – das ist der beste Ort für solche Gespräche.«

»Ich kenne einen besseren Ort«, gab Mock zurück.

Nun saßen sie also an diesem besseren Ort und lauschten wortlos der rührseligen Geschichte von Annemarie, der Tochter des Bataillons, die einem Offizier vorwarf, dass er den Mädchen immer zu viel versprach. Der Akkordeonspieler brach kurz ab, um einen Schluck Schnaps zu trinken. Professor Brendel und Hauptmann Mock taten es ihm gleich.

»Sagen Sie mir doch bitte, Herr Hauptmann ...«, Brendel wischte sich den Mund mit einer Serviette ab und trank den Rest des Likörs aus, ohne am Rand des Glases auch nur den kleinsten Tropfen zu hinterlassen, er trank den Kräuterlikör wie den besten Bordeaux, »... warum Sie vom Dienst entbunden worden sind. Ist es, weil Sie sich nicht damit einverstanden erklären, Böses zu tun?«

»Werter Professor.« Mock antwortete erst nach einer Weile, als ihm klar geworden war, dass sich Brendel keineswegs über ihn lustig machte. »Ob ich mich damit einverstanden erkläre oder nicht, meine Einstellung ist keinen Pfifferling wert. Sogar mein heutiger Kutscher, der gesehen hat, wie ich mich gegen das Böse aufgelehnt habe, wird es morgen vergessen haben.«

»Doch unser Volk besteht nicht nur aus versoffenen Individuen, die die Moralvorstellungen einer Amöbe besitzen!«, rief Brendel hitzig. »Sondern eben auch aus Menschen wie Ihnen, Hauptmann, aus Ehrenmännern, die nicht zögern, einer misshandelten Frau zu Hilfe zu kommen. Und, ohne dass ich mir schmeicheln wollte, aus Menschen wie mir, die anstatt die belagerte Festung zu verlassen, den wertvollsten Menschen zu retten versuchen: die Gräfin Gertrud von Mogmitz.«

»Wie wollen Sie sie denn retten? Es genügt ein Wort von Gnerlich beziehungsweise eine knappe Bewegung seines Fingers am Abzug, und am nächsten Tag werden seine Hunde ordentlich zu fressen bekommen ...«

»Es ist grausam, was Sie da sagen, Herr Hauptmann.« Brendel versteckte sein Gesicht in den Händen. »Doch Gnerlich wird sie nicht töten. Ihr Tod wäre sein Ende. Mein Vater, der seit über einem Vierteljahrhundert mit den von Mogmitz befreundet ist, würde Gnerlich vernichten. Sie wird erst sterben, wenn ein Gericht sie zum Tode verurteilt. Und kann ein Kriegsgericht jemanden zum Tode verurteilen, dessen einziges Vergehen es ist, polnischen Zwangsarbeitern zu helfen und die Ehefrau eines Widerständlers zu sein?«

»Leider ja. Ein Kriegsgericht kann das durchaus tun ... Aber ich hätte eine Frage an Sie: Warum schaltet sich Ihr Vater nicht jetzt schon ein, wenn Gnerlich so ausfällig gegen die Gräfin wird, sie derart misshandelt?« Mock war bewusst, dass er seine Einstellung nun offen darlegte, wenn er Hitlers Feinde nicht kritisierte.

»Sie werden es wohl nicht begreifen.« Brendel schaute Mock zwischen seinen Fingern hervor an. »Sie wünscht es nicht.«

»Das begreife ich tatsächlich nicht.« Mock sprach lauter, damit der Professor ihn verstehen konnte – der Akkordeonspieler entwarf jetzt für die Gäste des Lokals die Vision des Todes, der einen kohlschwarzen Rappen in Flandern ritt. »Erklären Sie mir die Zusammenhänge, bitte! Vielleicht bin ich doch nicht so schwer von Begriff.«

»Wie können Sie so etwas von sich sagen, Sie, ein berühmter Kriminalbeamter!«, rief der Professor. »Frau von Mogmitz bewundert Sie!«

»Wofür? Für meine kriminalistische Arbeit?« Mock schnippte mit den Fingern, um den Kellner zu rufen. »Die kann sie doch gar nicht kennen.«

»Nein, Herr Hauptmann. Sie bewundert Sie für Ihre Haltung, die Sie kürzlich bewiesen haben. Die Angelegenheit war in aller Munde. Verzeihen Sie, aber ich habe die genauen Umstände vergessen ...«

»Genau das ist es, wonach Sie vorhin auf der Straße gefragt haben, Herr Professor.« Mock hatte die Zigarette in den Mundwinkel geklemmt und nahm vom Kellner zwei Gläser mit Likör und einen Teller entgegen, auf dem ein mickriger Hering lag. »Warum habe ich zugelassen, dass Gnerlich mich so behandelt? Weil ich ein alter, schwacher Mann bin, und diese Kanaille ist beinahe zwanzig Jahre jünger als ich.«

»Aber, aber, lieber Herr Hauptmann«, unterbrach ihn Brendel. »Hier geht es doch nicht um die physische Kraft! Wie kann er einen älteren und so berühmten Mann wie Sie derart demütigen?«

»Wenn Sie mich nicht unterbrechen«, sagte Mock lächelnd, »werde ich Ihnen alles erklären. Ich bin suspendiert. *De facto* bin ich also Zivilist. Und Sie haben ja selbst gesehen, wie Gnerlich mit Zivilisten umspringt. Soll ich ihn wegen Körperverletzung anzeigen?«

»Ach, jetzt weiß ich es wieder!« Der Professor hatte das nächste Glas Likör gekippt und lallte bereits ein bisschen. »Sie wurden wegen dieser Geschichte da, wegen dieses Falls suspendiert, ich kann mich nicht mehr erinnern . . .«

»Ja, es war der sogenannte Fall Roberth«, bestätigte Mock und verfiel in Schweigen; er war wütend auf sich selbst, weil er sich diesem Sonderling anvertraut hatte.

»Ich weiß es, ich weiß es wieder!«, rief Brendel.

»Bitte, Herr Professor, sprechen Sie doch leiser«, sagte Mock entnervt.

»Das ist es, wofür die Gräfin Sie so bewundert! Für Ihr Verhalten im Fall Roberth«, flüsterte Professor Brendel. »Es ging doch um einen Perversen, der kleine Mädchen vergewaltigte – und Sie haben ihn umbringen lassen . . .«

»Was man mir nie nachweisen konnte.«

»Doch die Gräfin ist überzeugt, dass es tatsächlich so war, und sie findet, dass Ihre Tat –«

»Es ist reine Hypothese!«

»– Ihre hypothetische Tat etwas Bewundernswertes war! Weil Sie nach dem Evangelium gehandelt haben. Erinnern Sie sich an die Stelle aus der Bergpredigt? ›Selig sind, die da hungern und dürsten nach Gerechtigkeit, denn sie sollen satt werden.‹ Sie ist der Meinung, dass Sie, Hauptmann Mock, nach Gerechtigkeit gedürstet haben; es hätte ja sein können, dass dieser Perverse freigekommen wäre, und das konnten Sie nicht zulassen . . .«

»Lebt die Gräfin denn im Einklang mit dem Evangelium?« Mock beschloss, das Gespräch nun in eine andere Richtung zu lenken.

»Selbstverständlich!« Der Professor schenkte sich noch ein wenig Likör ein. »Für sie ist das Evangelium der einzige Wegweiser im Leben. Und vor allem die Bergpredigt! Die darin enthaltenen Richtlinien befolgt sie Buchstabe für Buchstabe. Das ist auch der Grund, warum sie ihr ganzes Hab und Gut unter den Armen verteilt hat, bevor sie ins Lager ging, zu diesem Psychopathen Gnerlich. ›Selig die Barmherzigen‹, hat unser Herr gesagt ...«

»Stimmt es wirklich, dass Gnerlich ihr Kammerdiener war?«

»Ja, das stimmt!« Der Professor schlug sich mit der Faust gegen die Brust. »Soweit ich mich erinnere, war er damals der einzige Kammerdiener der Familie. Sie haben ihre Dienerschaft stets sehr gut behandelt. Gnerlich war fast ein Familienmitglied, zumindest jedenfalls ein Freund. Ich weiß es ganz sicher, weil ich seit meiner Kindheit immer wieder Gast bei den von Mogmitz war. Ich habe sogar den alten Grafen noch gekannt ... Mit dem jüngeren Grafen war ich auf Du und Du. Und dieser Lümmel hat uns damals bedient – das lässt er sich jetzt vergelten!«

»Was denn? Jahre an Demütigung?«, fragte Mock.

»Aber natürlich nicht!« Die laute Stimme des Professors verriet seine fortgeschrittene Trunkenheit. »Wie kann ihn jemand gedemütigt haben, in dieser christlichen Familie?« Er stützte den Kopf auf die Faust. »Ich weiß nicht, was da in dieser Bestie erwacht ist ... Er kündigte seinen Arbeitgebern und trat der NSDAP bei. Ab Beginn des Krieges diente er in der SS-Wachmannschaft in Buchenwald. Dann meldete er sich zu den SS-Totenkopfverbänden und kämpfte zuerst in Frankreich und dann an der Ostfront. Er wurde immer wieder befördert, einmal schwer verwundet und wurde von der Front evakuiert. Nach seiner Genesung wurde er zum stellvertretenden Kommandanten von Groß-Rosen ernannt. Und als ihm im September 1944 die Stelle als Kommandant des Lagers angeboten wurde, *notabene* eine enorme Beförderung, lehnte er ab. Stellen Sie sich das vor! Er bat um eine andere Funktion;

ganz besonders war er an der Stelle des Kommandanten des Lagers Breslau-Bergstraße interessiert. Genau zu der Zeit, als die Gräfin dorthin gebracht wurde ... Er ist absichtlich hingegangen, um diese heilige Frau zu quälen, können Sie sich das vorstellen? Lassen Sie uns trinken, Herr Hauptmann!« Brendel hob sein Glas. »Nach uns die Sintflut!«

»Pfui, das ist aber nicht schön, Herr Professor.« Mock grinste. »Dieser Ausspruch mag vielleicht einer Dirne im achtzehnten Jahrhundert angestanden haben, aber doch nicht Ihnen, einem Christen, der sich wortwörtlich an die Gebote der Bibel hält ... Ich werde es anders formulieren: Lassen Sie uns trinken! Nach uns kommt ganz gewiss die Sintflut!«

Mock schaute sich um. Mehrere Gäste waren auf sie aufmerksam geworden – Brendel hatte zu laut gesprochen. Aber es war wohl nicht möglich, das Thema zu wechseln, der Professor schien wie besessen von der Gräfin von Mogmitz. Mock erhob sich von seinem Stuhl und ging an die Theke aus ungehobelten Brettern. Die allein an der Bar sitzende Frau schaute ihn an und drehte sich angewidert weg. Mock machte sich nichts daraus, sondern betrachtete genüsslich ihre großen Brüste und üppigen Schenkel. Er spürte, dass die Frühlingsgefühle auch vor ihm nicht haltmachten. Es war Frühling, Frühling in der Festung Breslau.

Breslau, Donnerstag, den 15. März 1945,
zehn Uhr abends

Eberhard Mock kam am Zwingerplatz an; er war mit einer Fahrraddroschke gefahren, die der Barmann aus dem »Schlesierland« für ihn bestellt hatte – eine für dortige Verhältnisse geradezu unermessliche Gnade. Einen noch größeren Gefallen tat ihm der Rikschafahrer, der den betrunkenen Professor Brendel nach Hause in die Borsigstraße kutschierte und dabei half, ihn in die Wohnung im ersten Stock zu transportieren. Dem Fahrer stand dabei der Hauswart zur Seite, der viel Mitgefühl für den besoffenen Professor hatte, den er schon als Kind gekannt hatte und immer noch »unseren kleinen Rudi« nannte.

»Seit dem Tod seiner Mutter und seiner Schwester trinkt er öfter«, murmelte der Hauswart und wischte Kräuterlikör und Hasenpastete vom Kinn des »kleinen Rudi«. Mock vernahm es wie durch einen Nebel und versenkte diese Information sofort in der Tiefe des Vergessens. Er wollte den Hauswart nicht nach den Umständen des Todes von Brendels Familienmitgliedern ausfragen. Er hatte genug von blutrünstigen, rührseligen Geschichten von durch die verlausten Rotarmisten hingeschlachteten Deutschen. Er wollte nichts mehr hören von den tapferen Hunden (Deutschen Schäferhunden, was sonst!), die sich den Vergewaltigern ihrer Frauchen an die Kehlen warfen und durch eine Salve aus einer Maschinenpistole starben. Er hatte es so satt, von den Grausamkeiten des Krieges zu erfahren. Er war enerviert von den immer wieder gleichen Luftangriffen, dem durchdringend hohen Jaulen der Sirenen, dem Trommeln der Schuhe auf der Treppe, wenn die Leute sich in den Keller flüchteten. All das irritierte ihn, weil es nichts Aufregendes mehr war. Es war wie das tägliche Entleeren der Gedärme. Und außerdem hatte das alles den Beigeschmack nach gerechter Strafe – so sah es Mock in den Tiefen seiner vom Gerechtigkeitszwang pervertierten Seele.

Vielleicht war es die Strafe dafür, dass sein gutmütiger Zahnarzt, Dr. Zuckermann, für immer die Augen hatte schließen müssen. Die mitleidigen Worte des Hauswarts ließ Mock also in den Abgründen des Vergessens verschwinden. Er wollte nicht schon wieder über den Sinn und die Gerechtigkeit oder auch Ungerechtigkeit der Historie sinnieren, deren Opfer heute Fräulein Berta Flogner geworden war. Er mochte sich nicht zum hundertsten Mal einreden, dass der Tod die schlichte Antithese des Lebens sei, und dass das Fehlen des Todes die Synthese unmöglich machen würde – und somit das Erreichen der puren, kristallinen, logischen Schönheit, von der Anfang des neunzehnten Jahrhunderts ein Weiser aus Berlin geträumt hatte.

Mock stand halb betrunken in der Tür zur Wohnung von Professor Brendel und betrachtete die Staubflocken, die durch die Wohnung schwebten, die zerwühlte Bettwäsche – und gab sich alle Mühe, angesichts dieses Odeurs von Junggesellentum die Worte des Hauswarts zu vergessen. Hätte er sie in sein Gedächtnis einsickern lassen, hätte er sich nämlich eingestehen müssen, dass das Leiden der Menschheit gar nicht die Bedingung für die Existenz einer göttlichen Symphonie der Welt ist, also eine notwendige Dissonanz – sondern dass das menschliche Leiden eine Kakophonie ist, ein unverzeihlicher Fehler. So wie das Handgelenk von Berta Flogner, aus dem Sehnen und Adern heraustraten wie Drähte aus einem durchschnittenen Kabel, eine entsetzliche Negation der Gesetze der menschlichen Anatomie war. Mock wollte das Sterben der besten aller Welten, der Welt der Odermetropole, dieser feuchten Welt der Seuchen, weder sehen noch spüren. Nachdem ihn die großen Brüste und die üppigen Schenkel so erregt hatten, wollte er nur noch eines: das urzeitliche Ritual feiern.

Und er wollte es bei sich zu Hause tun, mit seiner Frau. Er stieg also am Zwingerplatz in den dritten Stock, schloss die Tür auf und stellte sich in die Tür zur Küche, deren Fenster mit schwarzem Papier verdunkelt waren. Im schwachen Schimmer der Kerze bemerkte Eberhard die verweinten Augen seiner Ehefrau, er sah, wie sie mit einer Gabel in dem gebratenen Weißkohl herumstocherte, der das Schweineschnitzel bedeckte, das man nur noch mit Berechtigungskarten bekam. Von der anderen Seite der fensterlosen Tür, die zum Zimmer der alten Dienerin Marta führte, ertönte deren Schnarchen.

Mock ging auf Karen zu und hob sie ächzend vom Stuhl hoch. Ohne auf ihren – zunächst entschiedenen, dann immer schwächeren – Protest zu achten, tauchte er in die Dunkelheit des Schlafzimmers ein. Er frohlockte wie ein Jüngling, als er Karen sanft aufs Bett legte. Eberhard knöpfte seine Uniform und sein Hemd auf, Karen kämpfte mit den Bändern ihres Morgenrocks, er zog seine lange Unterhose aus, sie warf den Morgenrock weit von sich, er näherte sich ihr, sie legte sich bequem auf den Rücken, er blickte an sich hinunter, sie wartete gespannt, er verfluchte leise den Alkohol und sein ungehorsames, launisches *membrum virile*, sie sah verwundert zu, wie er ans Fenster ging. Die Reißzwecken klackten auf den Fußboden, das schwarze Papier rutschte leise raschelnd auf die Fensterbank. Das Licht des Mondes, von dem Mock gehofft hatte, dass es aus der Dunkelheit einen verlockenden weiblichen Körper hervorzaubern würde, fiel auf unförmige Hängebrüste, die unter die Achseln rutschten und Fettpolster am Bauch. Seine Manneskraft wollte nicht zurückkehren. Karen blickte ihren Ehemann an: Der blasse Schimmer hob aus der Dunkelheit vernarbte Krater der Verbrennungen und behaarte Männerbrüste hervor, die auf einen geblähten Bauch fielen. Beide Eheleute schlossen gleichzeitig die Augen.

»Mein Liebling, setz die Maske auf.« Karen sagte es so sanft, wie sie nur konnte. »Und verdecke das Fenster. Du weißt, unverdunkelte Fenster können uns große Probleme bescheren. Und dann komm zu mir …«

Mock hielt sich lediglich an die ersten zwei Bitten seiner Frau. Danach verließ er die Wohnung. Er ging in den Keller, wo ihn schon von weitem seine treuen Freunde mit lautem Fiepen begrüßten.

Breslau, Freitag, den 16. März 1945,
sieben Uhr morgens

Mock trank den letzten Schluck Kaffee und zerbiss ein Karamellbonbon aus der Produktion von Marta Goczoll. Seine Ehefrau und er saßen einander im Salon wortlos gegenüber. Mock hielt mit zwei Fingern eine Porzellantasse, Karen hatte einen angeschlagenen Emaillebecher in den Händen, der unter diesen Umständen wohl passender war. Beide starrten auf die auf dem Schwarzmarkt gekaufte Dose mit Kaffee der Rösterei Machwitz, auf der drei Neger mit Röckchen grinsten.

Die Behältnisse, aus denen die Eheleute Mock ihren Morgenkaffee tranken, hatten eine symbolische Bedeutung. Eberhards Porzellantasse sagte aus: Alles ist beim Alten, das Bombardement von Breslau hat nur episodischen Charakter, bald werden wir unser normales Leben zurückhaben, also lasst uns die Kontinuität unseres Tuns bewahren und wie immer den Kaffee aus Tassen trinken. Karens Emaillebecher schrie: Wir haben Krieg! Breslau fällt, es wird bald kapitulieren, die Zukunft ist unsicher, alles um uns herum vergänglich, wie soll man also den Kaffee wie sonst aus Tassen trinken, man muss ihn wie am Lagerfeuer aus blechernen Bechern trinken, wie auf einer Wanderung, deren Ende ungewiss und unbekannt ist. So führten die Gefäße untereinander eine hitzige Diskussion – im Gegensatz zu den Herrschaften Mock, die auf die Kaffeedose starrten und in bleischwerem Schweigen verharrten.

Die Stille wurde vom Läuten der Türklingel unterbrochen. Aus der Küche ertönten Martas Schritte, dann war das Knacken des Schlosses zu vernehmen. Schließlich hörten sie gedämpfte Stimmen und ein Klopfen an der Tür des Salons.

»Herein!«, rief Mock.

Marta trat ein und reichte ihm eine auf einem silbernen Tablett liegende Visitenkarte. Mock las: *Prof. Dr. hab. Dr. h.c. Rudolf Brendel.*

»Bitten Sie den Herrn Professor in mein Arbeitszimmer«, sagte Mock zu seiner Bediensteten.

Marta ging wieder hinaus, dann ging auch Eberhard. Karen saß am Tisch und starrte wütend auf das Silbertablett. Gerade am Tag zuvor hatte sie Marta befohlen, es in einer der Kisten zu verstauen.

Breslau, Freitag, den 16. März 1945,
fünf Minuten nach sieben Uhr morgens

Professor Brendel drückte kurz Mocks Hand, bevor er in einen Sessel fiel. Mit einem Kopfschütteln lehnte er nacheinander Kaffee, Tee, eine Zigarette und schließlich eine Zigarre ab. Er sah schlimm verkatert aus. Seine Augen waren in dem aufgedunsenen Gesicht versunken, aus dem Mund entwich übelriechender Atem, und die Haare standen steif vom Kopf ab. Sein grauer Anzug war zerknittert, die Krawatte schief gebunden, und die Hutkrempe war an einigen Stellen geknickt. Aber Mock hätte ebenfalls nicht besonders gut ausgesehen, hätte er sein Gesicht nicht mit der schwarzen Samtmaske verhüllt.

Er will sich entweder für sein gestriges Verhalten entschuldigen oder sich für meine Fürsorglichkeit bedanken oder Bibelsprüche zitieren, dachte Mock bei sich. Doch keine seiner Vermutungen traf zu.

»Herr Hauptmann, ich habe heute früh eine Nachricht erhalten«, sagte Brendel langsam. »Von einem Vertrauten aus dem Lager. Die Gräfin hat heute Morgen aufgehört zu sprechen. Ich war soeben bei ihr. Es ist wahr. Sie spricht nicht mehr.«

»Die Gräfin von Mogmitz? Spricht nicht mehr?« Mock konnte sich an diesem Morgen keiner besonders raschen Auffassungsgabe rühmen.

»Ja.« Der Professor hatte keine Kraft, Mocks idiotische Frage zu kommentieren. »Sie. Hat aufgehört zu sprechen. Sie macht den Mund auf und bringt kein Wort heraus. Das kann eine Auswirkung des Schocks sein ...«

»Vielleicht erfüllt sich ein weiterer Segnungsspruch?«, grinste Mock. »Steht es nicht so in der Bibel? ›Selig sind die Stummen‹?«

»Nein. So hat es Christus in der Bergpredigt nicht formuliert, Herr Hauptmann.« Professor Brendel war vollkommen ernst. »Lassen Sie uns gehen. Ich muss immer in ihrer Nähe sein. Nun, da sie nicht mehr spricht, braucht sie mich mehr denn je. Ich nehme Sie mit. Unten steht ein Motorrad.«

»Ich finde, Sie tun das Richtige. Sie haben auch meinen Segen.« Mock machte das Zeichen des Kreuzes in der Luft und stand auf. »Gehen Sie mit Gott, Professor!«

»Die Gräfin will Sie sehen, Herr Hauptmann.« Der Professor saß unbewegt im Sessel. »Unbedingt! So lautet ihr Wunsch.«

»Die Antwort ist: nein«, entgegnete Mock knapp.

»Sie fleht darum, Herr Hauptmann! Sie müssen dieser unglücklichen Frau helfen.«

»Ich muss nicht, und ich werde nicht. Ich habe keine Lust, noch einmal von Gnerlich geschlagen zu werden. Ich habe meine Pflicht erfüllt.«

»Und was war Ihre Pflicht? Die Leiche von Fräulein Flogner zu transportieren? War das alles? Mehr mussten Sie nicht tun? Sind Sie ein Totengräber, Herr Hauptmann? Oder welche Pflicht haben Sie gemeint?«

»Ich meinte meine ehemaligen Pflichten als Polizist«, murmelte Mock und merkte, wie er in dieser Diskussion den Kürzeren zog. »Ich habe festgestellt, dass die Täter, die für die Vergewaltigung und Ermordung von Fräulein Flogner verantwortlich waren, russische Soldaten sind. Damit ist meine Rolle in diesem Fall zu Ende. Niemand ist im Krieg in der Lage, die Täter zu ergreifen und sie der Gerechtigkeit zuzuführen ...«

»Herr Hauptmann, ich flehe Sie an! Diese heilige Frau ist verstummt!« Der Professor beugte sich über Mocks Schreibtisch und packte ihn an den Aufschlägen seines Morgenmantels. »Vielleicht wird sie nie wieder ein Wort sprechen. Ich weiß nicht, was genau sie von Ihnen will, aber möglicherweise ist es etwas, was ihre zerrütteten Nerven beruhigen kann. Vielleicht kann sie so die Beherrschung über sich selbst zurückgewinnen, und auch über ihre Sprachfähigkeit. Sie sind in dieser Situation nicht Polizist, Sie sind wohl der einzige Mensch, der ihr die Fähigkeit zu sprechen zurückgeben kann. Dank Ihnen wird die Gräfin weiterhin Gutes tun können ...«

»Sie kann ebenso gut stumm Gutes tun.« Mock packte den Professor an den Handgelenken und schob ihn von sich fort. »Aber ist schon recht. Wir fahren. Ich muss mich nur anziehen.«

Der Professor machte vor Freude einen Satz. Er würde sich wohl weniger freuen, wenn er den wahren Grund wüsste, warum ich zum zweiten Mal die Gräfin von Mogmitz treffen will, dachte Mock. Er hatte einfach keine Lust, sich noch länger dem Gestank nach verdautem Alkohol aus Brendels Mund auszusetzen; um dem zu entgehen, hätte er heute auch sämtliche Mörder und Gangster getroffen, die er über dreißig Jahre hinweg in deutsche Gefängnisse gesteckt hatte.

Breslau, Freitag, den 16. März 1945,
mittags

Mock und Brendel saßen schon seit vier Stunden im Besucherraum des Lagers. Mock legte seine gefalteten Hände auf den Bauch und drehte Däumchen, Brendel starrte ihn mit flehentlichem Blick an und bat ihn wortlos um Geduld.

Der vertrocknete Holunderzweig scharrte über die kaputte Fensterscheibe. Der Wachmann döste auf einem Hocker vor sich hin.

Die Uhr schlug immer weitere Stunden. Der Sekundenzeiger auf Mocks eleganter Armbanduhr der Marke »Schaffhausen« kreiste unablässig. Mock drehte Däumchen. Brendel starrte ihn flehentlich an. Mock bewegte weiter seine Daumen. Brendel sah noch einmal in seine Richtung. In diesem Moment sprang Mock so abrupt von seinem Stuhl auf, dass dieser umfiel. Der Wachmann schreckte hoch und griff nach seiner Walther.

Mock lief zum Ausgang, Brendel rief: »Herr Hauptmann, ich flehe Sie an!«

Die Holunderzweige schlugen gegen das Fenster, Mock nahm seinen Mantel, die Tür ging auf. Die untersetzte Aufseherin, die tags zuvor so zärtlich den Schweiß vom Gesicht des Kommandanten gewischt hatte, trat ein. Mock hielt inne. Zwei andere Wärterinnen setzten die Gräfin Gertrud von Mogmitz auf einen Stuhl. Mock erstarrte bei ihrem Anblick; Brendel warf sich ihr zu Füßen und begann, ihre Hände mit Küssen zu bedecken. Mock verhüllte sein Gesicht mit der Samtmaske, damit sich die Gräfin nicht vor ihm ekeln musste. Die dicke Wärterin grinste schief.

Als er endlich ihr Gesicht sehen konnte, entpuppte sich die

Gräfin von Mogmitz als eine wunderschöne, etwa dreißigjährige Blondine. Ihre Haare waren mit einem Strick zu einem Zopf zusammengebunden. Sie hatte ein schlichtes graues Kleid an, das bis an ihre wohlgeformten Knie reichte, deren Anblick Mock daran erinnerte, dass er gestern dem Frühling huldigen wollte. Doch der Ausdruck in ihrem Gesicht ließ seine Gedanken ganz woanders hinwandern. Ihre großen grauen Augen standen voller Tränen. Die Muskeln in ihrem Gesicht waren erschlafft und die Wangen hingen leicht hinunter. Der zitternde Mund sah aus wie eine blasse Lemniskate. Die Gräfin von Mogmitz war das personifizierte Leid. Mock vergaß seine Frühlingsgefühle – seine Gedanken wurden bitter und philosophisch.

»Wir haben sie gerade vom Begräbnis zurück hierhergebracht«, sagte eine der Wärterinnen und fügte in entschuldigendem Ton hinzu: »Deswegen mussten die Herren so lange warten.«

»Wirklich sehr großzügig vom Herrn Kommandanten«, bemerkte Mock trocken, »dass er der Gräfin erlaubt hat, sich von ihrer Nichte zu verabschieden.«

»Der Kommandant ist Anhänger der wahren urgermanischen Religion«, sagte die dicke Aufseherin daraufhin und lächelte Mock an. »Und da ist der Totenkult eben sehr wichtig. Deswegen ...«

»Das passt aber nicht ganz, Fräulein Hellner!«, Brendel kniete der Gräfin zu Füßen und schaute die Aufseherin zornig an. »Dieser Bauernlümmel hält sich nicht ganz an die Gebote der urgermanischen Religion. Diese befiehlt nämlich auch Gastfreundschaft. Und gastfreundlich war er gestern nicht gerade!«

Das Gesicht der Hellner veränderte sich bis zur Unkenntlichkeit. Die Grimasse, die es verzerrte, machte es ganz widerlich; so widerlich, wie die Gedanken der Aufseherin sein mussten. Sie biss die Zähne zusammen und die Haut über ihren Wangen spannte sich, um sich gleich darauf mit einem Netz aus Falten zu überziehen. Es sah aus, als würden kleine Wellen über das blasse, von Aknenarben entstellte Gesicht laufen, oder als würden sich kleine Insekten unter der Haut bewegen.

»Er war doch einverstanden, dass ihr heute herkommt, obwohl ihr ihm gestern so lästig gefallen seid! Ihr habt Glück, dass er gerade nicht da ist!«, sagte sie mit zusammengebissenen Zähnen und schlug mit ihrer Peitsche auf den Tisch. »Ihr habt fünf Minuten.« Sie spreizte die Finger und legte die Hand mit den abgekauten Nägeln auf die Tischplatte. Mock konnte ihren Schweiß und die Schnapsfahne riechen. »Fünf Minuten, verstanden?«

Die Aufseherinnen gingen hinaus. Mock setzte sich wieder auf seinen Stuhl und schaute die Gräfin an. Diese lächelte ihn durch Tränen an und schloss plötzlich die Augen. Unter ihren langen Wimpern rollten langsam schwere, salzige Tropfen hervor. All das ging lautlos vonstatten, ohne Schluchzen und Schniefen. Dieses Leid war wie das Leid der homerischen Helden: erhaben und heroisch. Mock konnte sich kaum zurückhalten, ihr die Tränen abzuwischen. Doch das war gar nicht nötig, denn plötzlich hörte die Gräfin zu weinen auf. Sie öffnete den Mund, dem sich ein unbestimmtes Seufzen entrang. Brendel schob ihr rasch ein Blatt Papier mit dem Monogramm *R.B.* und einen schwarzen Füller zu.

Sie begann zu stenographieren. Daran war etwas Gewöhnliches. Mock erinnerte sich an eine ehemalige Geliebte, Ingrid, die Stenotypistin war. Sie hatte rosa Kleider, Dauerwellen und Tanzmusik geliebt; man konnte ihr imponieren, wenn man sie zu einem Schweineschnitzel mit Bier ausführte. Mock, der Stenographie immer mit diesem unkomplizierten Mädchen in Verbindung brachte, betrachtete diese Fähigkeit als etwas ähnlich Anspruchsloses und Banales wie Kochen und Waschen. Doch nun, während er die schlanken Finger der Gräfin betrachtete, die das Papier mit gebogenen und kantigen Zeichen überzogen, nobilitierte er in Gedanken das Stenographieren und setzte es auf ein Niveau mit Walzertanzen oder Jagen. In seiner Erinnerung wurde das lustige, rundliche Gesicht von Ingrid schmal und vergeistigt, ihre verschwitzten Händchen mit den kurzen Fingern und grellroten Nägeln wurden zu langen, zarten Fingern mit ovalen Nägeln. Die Vergleiche zwischen Ingrid und der Gräfin, die Mock anstellte, kamen automatisch und ohne sein bewusstes Zutun; es war wie eine Rückkopplung.

Denn auf einmal erschienen die komplizierten Stellungen und hemmungslosen Praktiken, denen er sich damals mit der kleinen Stenotypistin hingegeben hatte, wieder vor seinem inneren Auge. Doch die Hauptrolle in diesen Szenen spielte nicht mehr jenes willige Mädchen. In seiner Phantasie erschienen ein schlanker dreißigjähriger Körper und wehende blonde Haare – und die Brüste, die vor seinem Gesicht auf und ab hüpften, waren nicht mehr rund und keck, sondern reif und süß wie Birnen. Trotz seiner zweiundsechzig Jahre spürte Mock in seinen Lenden einen sanften Hauch des Frühlings.

Professor Brendel begann die stenographischen Notizen für Mock zu übersetzen, und dieser schämte sich plötzlich seiner Gedanken und hörte aufmerksam zu.

»Ich flehe Sie an, finden Sie den Mörder meiner Berta!«, las Brendel langsam vor; aus seinem Mund kam der Geruch nach miesem Schnaps und schlechten Zähnen. »Sie sind doch ein Gerechter! Der letzte Gerechte in Sodom. Es ist gesagt: ›Selig sind, die da hungert und dürstet nach Gerechtigkeit.‹ Und Sie dürsten doch nach nichts so sehr wie nach Gerechtigkeit!«

Mock blickte in die Augen der Gräfin. Ohne die Tränen waren sie nun klar und rein wie Wasser in einem Gebirgssee. Ihr Blick war voller Ergebenheit, Sanftheit und dunkler Geheimnisse, von denen es Mock ganz heiß wurde. Er schüttelte den Kopf und blickte auf seine Armbanduhr. Es war eine erprobte Methode, seine Gedanken zu kontrollieren; der Hauptmann, von Natur aus ungeduldig und pedantisch pünktlich, war auf einmal furchtbar aufgeregt. Wieder einmal ein verlorener Tag, den er einem Irren und einer Wahnsinnigen gewidmet hatte, die von ihm verlangten, dass er irgendeinen russischen Soldaten ausfindig machte. Bestimmt soll ich ihr den Mörder direkt vor die Nase führen, und davor soll ich den Russen sicher noch bei Gnerlich anmelden und darum bitten, dass er das Territorium des Lagers betreten darf! Vielleicht soll ich innerhalb weniger Tage Russisch lernen, mich auf die Seite der Feinde schlagen, mich unter die Soldaten mischen, eine diskrete Ermittlung durchführen, den Mörder ausfindig machen und ihn dann am Ohr packen und durch die Kanäle auf die deutsche Seite schleifen, ja? Mock blickte auf die Uhr und wurde richtig wütend. Er musste sich sehr zusammenreißen, um das alles nicht laut zu sagen. Er musste sich immer wieder an den Schmerz erinnern, den die Welt der Aristokratin mit dem edlen Gesicht zugefügt hatte, und er blickte wieder in ihre traurigen und gleichzeitig bittenden Augen.

Der pünktliche und akkurate Mock ärgerte sich über den Verlust des heutigen Nachmittags; er schmerzte ihn sicherlich nicht so bitter wie die Gräfin der Verlust ihrer Nichte, war aber nicht minder destruktiv. Er gab sich große Mühe, in seinen Vergleichen die richtigen Proportionen beizubehalten, doch der Dämon der Ungeduld wurde wieder laut und schrie: Du hast vier Stunden verloren! *Diem perdidisti!*

Mock schlug mit der Faust auf den Tisch und sagte sehr langsam, während ihm der frostige Ton die Lippen vereiste: »Werte Gräfin! Herr Professor Brendel kam heute am frühen Morgen zu mir und richtete mir Ihre Bitte aus, den Mörder von Fräulein Flogner zu finden. Als ich mich weigerte, überredete er mich mit Hilfe von Bibelzitaten, und mit seinem …«, hier beugte er sich zum Ohr der Gräfin und flüsterte: »… übelriechenden Atem. Ich bin hierhergekommen«, sprach er nun laut, »weil ich mich von Ihrem Kummer habe weich machen lassen. Wissen Sie, ich bin nämlich weich wie ein Dreiminutenei. Mir geht das Leid anderer Menschen nahe.«

Besonders das Leid von schönen Frauen, flüsterte ihm der boshafte Dämon in Gedanken zu.

»Und manchmal reagiere ich eben irrational. Dennoch würde ich niemals etwas so Dummes und Sinnloses tun wie einen russischen Vergewaltiger suchen: denn dann müsste ich die gesamte Rote Armee verhaften! Verstehen Sie mich?«

»Bitte …« Brendel schob Mock ein Blatt mit einem gedruckten Text zu; dann las er weitere Steno-Zeichen ab, die die Gräfin in der Zwischenzeit niedergeschrieben hatte. »Bitte, Hauptmann Mock, lesen Sie das. Dann werden Sie begreifen, warum die Gräfin so sehr daran glaubt, dass Sie den Mörder ihrer Nichte finden werden.«

Mock blickte auf einen ihm unbekannten Text hinunter. Es war ein Eröffnungsreferat für das Universitätsjahr 1944/45 an der juristischen Fakultät der Universität Erlangen. Das Referat hatte den Titel »Selbstjustiz im deutschen Recht«. Mock begann, lautlos den mit Bleistift markierten Absatz zu lesen:

Hier haben wir noch ein Beispiel für Selbstjustiz und ihre Folgen. Im Jahre 1927 wurde ein Gefangenentransport überfallen, in dem der zweiundvierzigjährige Messerschleifer Fritz Roberth ins Gefängnis überführt werden sollte, dem man zur Last gelegt hatte, die zehnjährige Adele G. vergewaltigt und ermordet zu haben. Die Angreifer überwältigten die Wachleute und entführten den Gefangenen. Einige Monate später fischte man den kastrierten Leichnam des Fritz Roberth aus der Oder. Die Untersuchung wurde ein halbes Jahr danach aus Mangel an Beweisen eingestellt. Im Jahre 1944 wollte SS-Obergruppenführer Adolf Roberth seinen Bruder rehabilitieren und von den Vorwürfen der Vergewaltigung und des Mordes befreien und stellte Antrag auf Wiederaufnahme des Verfahrens. Als Hauptverdächtiger bei der Entführung und Ermordung von Fritz Roberth galt Hauptmann Eberhard Mock, der im Jahre 1927 stellvertretender Leiter der Mordkommission des Breslauer Polizeipräsidiums war. Die Zeugenaussagen der Teilnehmer des Überfalls auf den Gefangenentransport belasteten Hauptmann Mock schwer. Er wurde vom Dienst suspendiert und dem Staatsanwalt in Breslau vorgeführt. Unabhängig davon, wer nun für diesen Akt der Selbstjustiz verantwortlich war, haben wir es hier mit dem Motiv des »einsamen Rächers« zu tun, das deutlich mit dem Lynch-Motiv kontrastiert, von dem nun die Rede sein wird …

Mock hörte auf zu lesen, und Brendel dolmetschte weiter die Steno-Notizen der Gräfin: »Sie sind der einsame Rächer, der einzige Gerechte. Sie müssen die Mörder meiner Berta finden. Bitte erbarmen Sie sich meiner! Töten Sie Bertas Mörder, so wie Sie den Mörder der kleinen Adele, den perversen Fritz Roberth, getötet haben! Bin ich denn Ihrer Gnade nicht wert?«

Jetzt übertreibt sie aber, dachte Mock. Jetzt vergleicht sie mich mit Gott. Er spürte einen schlechten Geschmack im Mund. Er stand auf, um sich zu verabschieden, und die Gräfin fiel vor ihm auf die Knie und faltete die Hände wie zum Gebet. Sie hob ihre hellgrauen Augen zu ihm empor und bewegte den Mund, als formuliere sie unaussprechliche Worte. Ihre vollen Lippen waren nicht mehr blau angelaufen; die flehentlichen Anrufungen füllten sie mit Blut. Aus dem Hanfstrick lösten sich ein paar blonde Strähnen und umrahmten ihr Gesicht.

Mock konnte den Blick nicht von der vor ihm knienden Frau wenden. Er sah schon in seiner Phantasie, wie seine kurzen, dicken Finger in ihr wirres Haar griffen, wie er ihren Kopf an sich zog. Auf einmal fühlte er sich unwohl. Der Dämon der Ungeduld war irgendwohin verschwunden, und statt seiner wurde nun in Mocks Gehirn und Lenden ein anderer Dämon wach. Mock vertrieb ihn mit einem leisen Fluch und wandte sich zum Gehen. Da packte ihn die Gräfin an den Kniekehlen und ihre Haare verwirrten sich noch mehr. Sie erstarrte in der Bewegung; Mock zuckte zusammen und zog die Jacke seiner Uniform herunter, um seine wahren Gefühle für die Gräfin Gertrud von Mogmitz einigermaßen zu verbergen.

»Gut«, sagte er laut und atmete erleichtert auf, als die Gräfin ihn endlich losließ. »Ich werde dieses Vieh finden und Ihnen zu Füßen werfen, Gräfin. Ich beginne mit der Untersuchung.«

In diesem Augenblick trat die Wärterin Hellner in den Raum und verkündete das Ende des Besuchs. Dann packte sie die Gräfin wortlos am Nacken und zog sie zu sich. Mock kam es so vor, als würde das sadistische Verhalten der pockennarbigen Wärterin der Gräfin eine perverse Freude machen. Auf einmal erschien ihm alles sündhaft und unanständig. Sogar die Bewegung von Brendels Hand, die den Motorradschlüssel rhythmisch auf dem Tisch hin und her schob, während er zu Mock sagte, dass er hierbleiben wolle, so dass der Hauptmann bei der Untersuchung über das Motorrad verfügen könne, sogar diese Geste erschien Mock lüstern.

Er setzte sich auf das Motorrad und spürte immer noch den gehässigen Dämon in der engsitzenden, über den Hüften spannenden Uniformhose. Auf einmal ging ein üppiger Frühlingsregen los. Mock streckte sein Gesicht zum Himmel, der von Explosionen widerhallte, und spürte, wie sich seine Gedanken beruhigten. Er knöpfte seinen Ledermantel bis unter den Hals zu und rückte die Motorradbrille zurecht, dann zog er eine Regenhaube aus Wachstuch über seine Mütze. Die Zündapp wollte ihm nicht gehorchen und schlitterte auf dem feuchten Belag der Märkischen Straße. Die Maschine bekam er jedoch schneller unter Kontrolle als seine Gedanken – aber auch die wurden schließlich wieder normal, seinem Alter angemessen.

Eberhard Mock war es nun gelungen, den Dämon zu bekämpfen; er spürte eine unbestimmte Traurigkeit. Diese hatte nichts damit zu tun, dass er Gewissensbisse hätte. Nein, die Stimme seines Gewissens sagte nicht: »Du alter Lüstling, eine verzweifelte Frau kniete vor dir und du stelltest dir eine wilde Orgie vor! Diese Frau bat dich darum, dass du den Mörder des ihr am nächsten stehenden Wesens findest, und du warst einverstanden, weil du dir vorstelltest, dass sie es dir *in natura* vergelten würde! Du Kanaille, in dem Augenblick, als du es ihr schworst, wusstest du schon, dass du den Schwur nicht halten würdest, wie jedes Mal ...« Nein, die Stimme seines Gewissens sagte etwas vollkommen anderes.

Über der Freiburger Straße regnete es Bomben vom Himmel. In dem Gründerzeithaus, in dem sich die Mock wohlbekannte Detektei von Theodor Bork befand, explodierte eine Gasleitung und brachte das Haus zum Bersten. Die Fenster platzten; Glas und Holzsplitter regneten in einer Art Nebel auf den Tank des Motorrads herunter, hinter dem sich der Hauptmann, der blitzschnell abgesprungen war, duckte. Das Haus fiel langsam und majestätisch in sich zusammen, die Rohre zischten und spuckten Wasser, die Ofenkacheln rissen sich aus ihren Fugen, Sprungfedern durchbrachen die Sesselpolsterungen, die Schornsteine spuckten Ruß, Staub erhob sich in schwarzen und weißen Streifen von der Erde.

Mock sprang auf das Motorrad und fuhr wieder los, zum Gefängnis, das im neuen Gebäude des Polizeipräsidiums untergebracht war. Splitter von Ziegelsteinen peitschten ihm über den Rücken. Als er über die Straßenbahngleise neben dem Gerichtsgebäude fuhr, empfand er keinerlei Gewissensbisse mehr. Doch sie tauchten wieder auf, als er zum Schlesischen Museum der Bildenden Künste kam. Mock beschloss, hier den Regen abzuwarten, der gerade heftiger wurde. Er schob das Motorrad an die Treppe und trat in den Säulengang des Museums. Er lehnte sich mit dem Rücken an die Eingangstür und steckte sich eine Zigarette an, obwohl das nach den Luftschutzbestimmungen verboten war. Der Tabakrauch verdunkelte Mocks Lunge und erhellte seinen Verstand.

Nun konnte Mock seine Traurigkeit und Unruhe definieren. Es waren nicht die Gewissensbisse eines anständigen Menschen, der plötzlich zu einem geilen alten Satyr geworden war – auch nicht die Gewissensbisse eines Ehrenmannes, der zu einem Lügner geworden war, welcher genauso schnell Versprechen gab, wie er sie brach. Es waren die Gewissensbisse eines Polizisten, der schon öfter einen Unschuldigen für einen Täter gehalten hatte. Die Stimme seines Gewissens war kreischend und meckernd wie die Stimme seines langjährigen, mittlerweile verstorbenen Chefs Heinrich Mühlhaus. Der alte Polizist Mock hörte diese Stimme und spürte trotz der durchdringenden Kälte, wie seine Wangen brannten.

Die Stimme lachte verächtlich: »Na, du Held unter den Polizisten, du unfehlbarer Jagdhund, der du nie auch nur die leiseste Spur verloren hast! Lässt dein Geruchssinn im Alter nach? Denkst du wirklich, du alter Idiot, dass Berta Flogner von den Russen vergewaltigt und ermordet worden ist? Die Pailletten auf der Uniform weisen deiner Meinung nach auf Russen hin, ja? Das sind aber sonderbare russische Soldaten, die die Wohnung der von Mogmitz verwüsten, aber die Möbel und die Nähmaschine in der Werkstatt des Schneiders Uber verschonen! Und wer hat deinen Bruder Franz über ein angebliches Geheimnis in der Mogmitz-Wohnung informiert? War das auch ein Russe, der auf einmal Schuldgefühle bekam, ja? Ein Russe, der zuerst das Mädchen vergewaltigte, ihr dann eine Flasche in die Scheide rammte, um schließlich auf Deutsch einen Brief an Franz zu schreiben? Ein Russe, der von dem Mordfall an deinem Neffen Erwin von vor beinahe zwanzig Jahren wusste? Du kannst mir viel erzählen, aber nicht, dass in dem Fall Berta Flogner die Russen die Täter sind!«

Mock glühten vor Scham nun nicht nur die Wangen, sein ganzer Körper brannte. Er drehte sich um und schlug vor Wut und Verzweiflung mit aller Kraft gegen die Tür des Museums. Das Dröhnen, das in den leeren Räumen des Gebäudes widerhallte, vermochte ihn keineswegs zu beruhigen. Er begann mit beiden Händen gegen die Tür zu trommeln, und je mehr seine Fäuste und Handgelenke schmerzten, desto kleiner wurde die Flamme der Scham in seinem Inneren. Er spürte, dass er heute noch gegen einen anderen Dämon kämpfen musste. Er lehnte das Gesicht gegen das Holz und triumphierte in Gedanken über eine weitere Bestie. Und dann verlor er das Gleichgewicht und fiel hinein ins Museum, direkt vor die Füße eines erschrockenen Aufsehers, der auf das Trommeln gegen die Tür reagiert hatte.

Der Museumsangestellte Erich Klamke starrte verwundert den Offizier im Ledermantel an, der sich vom Boden erhob und lächelnd zu ihm sagte: »Wussten Sie, dass Berta Flogner von den Russen vergewaltigt und ermordet wurde? Es waren Russen! Ganz bestimmt!«

»Lassen Sie uns für ihre Seele beten«, sagte der alte Kustos mit einem Ausdruck grenzenlosen Erstaunens auf dem Gesicht.

Breslau, Samstag, den 17. März 1945,
zwei Uhr morgens

Sie lagen in vollkommener Dunkelheit und Stille im Bett. Durch das schwarze Papier vor den Fenstern drang nicht der schwächste Schimmer. Die Scheiben zitterten nicht, der Fußboden vibrierte nicht, in der Stadt Breslau herrschte nächtliche Ruhe. An die Belagerung erinnerte lediglich der leichte Brandgeruch, der durch die Ritzen im Fensterrahmen hereindrang.

»Ich freue mich so, Ebi, dass du dich endlich zu der Entscheidung durchringen konntest, um die ich dich so oft gebeten habe«, flüsterte Karen und schmiegte sich mit ihrem nackten warmen Körper an ihn. »Ich bin überzeugt, dass wir es schaffen werden, es ist ein großartiger Plan. Die Stadt als Verwundete in einem Flugzeug zu verlassen ...«

»Weißt du, Karen ...« Mock legte seinen Arm um Karens Hals und zog ihren Kopf auf seine Brust. Er wusste, wie sehr sie die Berührung seiner rauen Brusthaare mochte. In der Dunkelheit verschwanden ihre beiden unperfekten Körper mit ihren grauen Haaren, dem Übergewicht, den Verbrennungen und Falten; die Finsternis segnete das Fest, dem sich die Eheleute heute Nacht leidenschaftlich hingegeben hatten.

»Ich bin ein Dickkopf. Und ich habe dir nie viel über meine Arbeit erzählt, nicht wahr?«

»Das stimmt.« Karen küsste ihn auf die Brustwarze und biss dabei leicht zu. »Es war nicht viel.«

»Nun werde ich dir aber etwas erzählen.« Mock streichelte den Arm seiner Frau, der so glatt war wie eh und je, wie damals, vor dem Krieg. »Heute habe ich den letzten Fall abgeschlossen, der mir keine Ruhe gelassen hat. Nur dieser eine Fall hat mich noch in Breslau festgehalten ...«

»Ich kann mein Glück gar nicht fassen!« Karen hatte schon immer dazu geneigt, pathetisch zu sein.

»Ja. Nur dieser Fall hielt mich hier fest.« Mock setzte sich auf und begann, auf dem Nachttisch blindlings nach seiner Zigarettendose zu tasten.

»Ich packe gleich alle Porzellantassen und dein Schachspiel ein«, sagte Karen. Das Rascheln von Seide ließ ihn vermuten, dass Karen aufgestanden war und ihren Morgenmantel angezogen hatte. »Dann komme ich wieder zu dir und wir werden eine unserer letzten Nächte in Breslau verbringen ...«

Er hörte, wie Karen im Wohnzimmer geschäftig hin und her

lief, wie die Tassen klirrten, die sie in Sackleinen und Zeitungspapier einpackte, dann hörte er aus seinem Arbeitszimmer das Klappern von Schachfiguren, die in ihre Kiste rutschten. Er befand sich beinahe schon in der Umarmung des Schlafs, als Karen auf dem Flur einen entsetzlichen Schrei ausstieß. Eberhard stand auf und dankte Gott für diesen Schrei, der ihn nicht mit einer brennenden Zigarette im Mund hatte einschlafen lassen. Karen schrie immer noch. Mock drückte die Zigarette im Aschenbecher aus. Die Dienerin schrie nun auch. Mock zündete mit zitternden Händen eine Kerze an, zog sich rasch die Hose an und lief ohne Maske und Hausschuhe in den Flur.

Als er den Grund des Schreiens der beiden Frauen erblickte, hörte er auf, Gott zu danken. Im flackernden Schein der Kerze sah er eine abgeschnittene Hand. Irgendjemand hatte eine abgeschnittene zierliche Frauenhand durch den Briefkastenschlitz gestopft. Karen hörte auf zu schreien und schaute ihren Ehemann an. Nun wusste sie, dass diese Nacht mitnichten die letzte Nacht in Breslau sein würde, dass ihr dickköpfiger Mann nicht rasten noch ruhen würde, bis der Verbrecher gefasst war, der ihm abgeschnittene Mädchenhände schickte; sie wusste, dass – wenn sie Eberhard jetzt ansehen würde – sie starre dunkle Augen sehen würde, mit einem erbarmungslosen, empfindungslosen Blick. Sie schaute dennoch zu ihm hin und konnte keinen Gesichtsausdruck ausmachen; mittlerweile hatte er die Maske aufgesetzt. Er näherte sich der Hand und wickelte sie in ein sauberes weißes Küchentuch mit der Aufschrift *Erwache und lache!*. Schwer atmend ging er in sein Arbeitszimmer und ließ sich auf einen Stuhl fallen. Marta schlich verschreckt zurück in die Dienstbotenwohnung. Karen setzte sich ihrem Ehemann gegenüber in den Sessel, in dem am Morgen Professor Brendel sich ausgeruht hatte. Sie hasste den nach Schnaps stinkenden Philosophen – dafür, dass er ihr den Mann wegnahm.

Eberhard blickte irgendwohin zur Seite, als er sagte: »Habe ich dir versprochen, dass wir so schnell wie möglich Breslau verlassen werden?«

»Ja, das hast du gesagt, vorhin im Bett, nachdem wir uns geliebt hatten«, flüsterte Karen mit Hoffnung in der Stimme. »Wirst du dein Wort halten?«

»Nein.« Er erhob sich, ging zu ihr und drückte sie an sich. Auf Gesicht und Händen spürte er das Kratzen ihrer Nägel, er fühlte ihre Tränen auf seiner Brust, er empfand Trauer und Schmerz, er fühlte ihr Leid genauso wie sein eigenes Leid. Und nun dankte er Gott für gar nichts mehr.

Breslau, Samstag, den 17. März 1945, sieben Uhr morgens

Auf dem Laurentius-Friedhof in der Auenstraße sanken die Schuhsohlen von vier schwarzgekleideten Männern immer tiefer in die lehmige, vom Regen aufgeweichte Erde. Zwei von ihnen arbeiteten schwer, und ihre Schuhe rutschten immer wieder weg; sie hatten dreieckige Hüte auf, und auf ihren langen Mänteln prangten verschmutzte Jabots.

Dr. Lasarius und Hauptmann Mock standen etwas weiter weg und schauten wortlos zu, wie das frisch aufgeschüttete Grab, neben dem ein Kreuz mit der Aufschrift *»Berta Flogner 1928 – 1945«* lag, wieder aufgegraben wurde. Der Wind peitschte den Regen gegen die Pappeln auf dem Friedhof, gegen Mocks Ledermantel, gegen die alte Melone von Dr. Lasarius, der Regen floss von dem steilen Dach der unweit gelegenen Friedhofskapelle, trommelte auf den hölzernen Sarg, der in einer Zeit, in der Menschen in Säcken begraben wurden, ein wahrer Luxus war. Die zwei Totengräber holten den Sarg an die Oberfläche. Einer von ihnen schob eine kleine Schaufel in den Spalt zwischen Deckel und Seitenteil des Sarges. Dann zog er die Nägel aus dem Deckel, und der andere schob diesen zur Seite, so dass der Körper der toten Frau sichtbar wurde. Mock und Lasarius näherten sich dem Grab.

Der Regen trommelte auf das bläuliche Gesicht von Berta

Flogner, lief in ihre Ohrmuscheln, auf denen die Haut bereits zu schrumpeln begann, peitschte ihr geblümtes Perkal-Kleid und floss an der linken Hand mit den schwarz gewordenen Nägeln hinunter. Lasarius hob ihren rechten Arm und schob den Ärmel des Kleides hoch. Mock holte aus seiner Tasche das kleine Päckchen und wickelte es zum zweiten Mal an diesem Tag aus. Lasarius nahm die abgeschnittene Hand aus dem Geschirrtuch und legte sie an das rechte Handgelenk der Leiche. Nach einigen Sekunden blickte er Mock an und nickte. Vom Rand seines Hutes floss Wasser in den Sarg.

»Es passt. Das ist ihre Hand«, stellte Lasarius fest, legte den abgeschnittenen Körperteil neben den Kopf des Mädchens in den Sarg und drehte sich zu Mock um. »Hätten Sie eine Zigarre für mich, Herr Kriminaldirektor?«

»Leider nein, ich habe nur Zigaretten dabei.« Mock fand es eigenartig, mit seinem letzten Polizeititel angesprochen zu werden, den er 1934 bekommen hatte, als er zum Chef der Mordkommission des Breslauer Polizeipräsidiums ernannt worden war. »Doch in meinem Motorrad habe ich etwas noch viel Besseres.«

Sie schleppten sich unter den Ulmen entlang, immer wieder in die aufgeweichte Erde einsinkend.

»He!«, schrie ihnen einer der Totengräber hinterher. »Und unsere Bezahlung?«

Mock lief zurück und drückte dem Totengräber zwei Wodkaflaschen und einige in Zeitungspapier gewickelte Zigaretten in die Hand. Der Mann teilte sie mit seinem Kollegen, der gerade dabei war, energisch den Sargdeckel zuzuschieben. Dann griff er nach einem Hammer und wollte ausholen, merkte aber, dass sich sein Arm nicht bewegen wollte. Der alte Hauptmann mit dem verbrannten Gesicht hielt ihn in einem schraubstockartigen Griff.

»Was hast du mit der Hand gemacht?«, fragte er, ohne den Arm des Totengräbers loszulassen.

»Was soll ich schon gemacht haben?«, erwiderte dieser und riss sich los. »Sie liegt da drin, im Sarg.«

»Du Idiot«, sagte Mock leise. »Würde es dir gefallen, wenn

deine abgeschnittene Pfote im Sarg irgendwo neben deiner dämlichen Fresse liegen würde, statt da, wo sie hingehört?«

»Sollen wir sie vielleicht ankleben?«, fragte der Totengräber mit einem boshaften Leuchten in den Augen.

Mock näherte sich dem Sarg und warf den Deckel in eine braune Pfütze, aus der eine schmutzige Fontäne hochspritzte. Er zog den rechten Ärmel der Toten hoch und legte die Hand exakt ans Gelenk; dann riss er ein paar Streifen von dem Küchentuch, in das sie eingewickelt gewesen war.

»Helft mir mal, beide!«, befahl er knapp. Als sich die Totengräber wieder dem Sarg näherten, erklärte Mock es genauer: »Einer hält die Hand, der andere den Arm, und ich binde alles fest.«

Die Totengräber taten, wie ihnen befohlen. Als Mock mit dem schlichten Eingriff im Bereich der plastischen Chirurgie fertig war, blickte er die zwei nachdrücklich an und sagte: »Dies hier ist ein Mensch! Und wenn ein Mensch Arme, Beine und einen Kopf hat, muss alles an seinem Platz sein, begreift ihr das, ihr Pack? Dieses Mädchen wurde einst von jemandem geliebt, und auch sie hat jemanden geliebt, jemand drückte und küsste zur Begrüßung diese abgeschnittene Hand, die ihr einfach so irgendwohin tun wolltet.«

Er musterte die beiden Männer, die ihm stumm und erstaunt zuhörten, dann senkte er die Stimme: »Und obwohl dieser Körper nun der Vergangenheit angehört, obwohl sie seit dem Moment, da jemand ihr eine Flasche hineingerammt hat, nur noch ein regloser Leichnam ist, gebührt diesem Leichnam doch Respekt! Versteht ihr? Die Nase gehört ins Gesicht, der Kopf auf den Hals und die Hand an den Arm, ihr Hurensöhne!«

Mock ging zurück zu Lasarius, und die Totengräber machten sich daran, den Sargdeckel zuzunageln. Der Hauptmann nahm den Pathologen am Arm und sie liefen gemeinsam die Ulmen-Allee entlang in Richtung des Friedhofstors.

»Wie haben Sie das formuliert, Herr Kriminaldirektor?«, schnaufte Lasarius. »Ich habe es nicht richtig gehört ... Was ist ihr mit einer Flasche angetan worden?«

»Herr Doktor, dieses Mädchen wurde vergewaltigt, und danach wurde ihr eine Flasche in die Scheide gesteckt. Ich habe ›gerammt‹ gesagt, obwohl es auch sein kann, dass jemand sie mit seinem Fuß in das Mädchen hineingetreten hat – ich bin mir da nicht sicher ...«

Auf der halbkreisförmigen Auffahrt vor dem Friedhofstor stand Mocks Motorrad. Der Hauptmann ging darauf zu und holte aus dem Beiwagen eine Steinzeugflasche.

»Das ist für Sie, Herr Doktor.« Mock reichte Lasarius die Flasche. »Und entschuldigen Sie bitte, dass ich Sie so früh geweckt habe.«

»Ich bin ein alter Mann. Eigentlich müsste ich schon längst selber auf meinem eigenen Sektionstisch liegen«, lächelte Lasarius und steckte die Flasche in die Innentasche seines Mantels. »Wissen Sie was? Am liebsten würde ich mich wirklich da hinlegen und an mir selbst eine Autopsie durchführen! Mich selbst vom Hals bis zum Nabel aufschneiden. Ich wüsste zu gern, was ich zu sehen bekäme ... Eine von Nikotin gefleckte Lunge? Verstopfte Arterien? Aufgeschwollene Venen?«

Mock zog sich die Handschuhe über und kickte den Motor an. Lasarius setzte sich hinter ihn und packte ihn fest um die Taille. Sie fuhren los. Obwohl es zum Leichenschauhaus nicht weit war, brauchten sie ziemlich lange. Auf Befehl irgendeines Feldwebels musste Mock in die Sternstraße abbiegen und dann langsamer fahren. Er würgte wegen der Abgase, die ein vor ihnen fahrendes Auto ausstieß. Und in diesem Moment, inmitten von Lärm und Abgasen, beugte sich Dr. Lasarius über Mocks Schulter und begann, ihm etwas ins Ohr zu brüllen.

So erfuhr Mock von Vergewaltigungen und Morden an polnischen Zwangsarbeiterinnen aus dem Lager in der Clausewitzstraße. Er hörte von Lasarius die Fakten über das letzte Opfer, eine Zofia Grzybowska, die ebenfalls eine Bierflasche mit abgeschlagenem Hals in der Scheide gehabt hatte, erfuhr von dem Gestapo-Mann, der Lasarius verboten hatte, irgendjemandem vom Fall Grzybowska zu erzählen. Mock konnte sich später nicht daran erinnern, über welche Umwege er den alten Medikus in sein Leichenschauhaus fuhr, er dachte nicht mehr an die giftigen Abgase, die ihm die Luft abschnürten – doch er erinnerte sich sehr genau daran, was Lasarius für den Fall angedroht worden war, dass jemand von den vergewaltigten polnischen Mädchen erfuhr, die auf seinem Sektionstisch landeten. Mock erfuhr auch, warum der Doktor sich nun entschlossen hatte, ihm von alledem zu erzählen, und warum er sich auf seinen eigenen Autopsietisch legen wollte.

Die Tochter von Lasarius, Irmina, die sich der »Rassenschande« strafbar gemacht und einen der Assistenten ihres Vaters, Dr. Heinrich Goldmann, geheiratet hatte, war eine Woche zuvor gemeinsam mit ihrem Ehemann im Gewahrsam der Gestapo verstorben. Dr. Lasarius hatte es durch einen offiziellen Brief erfahren, am gestrigen Abend.

Breslau, Samstag, den 17. März 1945,
neun Uhr morgens

Mock saß breitbeinig auf dem Motorrad, beide Fersen fest auf die Erde gestemmt, und wiegte sich hin und her. Er starrte auf die Ziegelmauer der Medizinischen Klinik und versuchte, seine Gedanken zu sammeln. Er musste auf Grund dessen, was ihm Lasarius auf dem Weg in die Stadt ins Ohr gebrüllt hatte, Beweisführungen entwickeln. Als sie schließlich in der Auenstraße vor den roten Gebäuden der Medizinischen Klinik angekommen waren, hatte der alte Arzt nicht mehr auf Mocks Fragen geantwortet, die sich auf den Fall Grzybowska und die anderen vergewaltigten polnischen Zwangsarbeiterinnen bezogen. Er wollte nicht einmal den Namen des Gestapo-Mannes nennen, der ihm gedroht hatte, sollte er sein Schweigen brechen. Doch das hieß nicht, dass Lasarius gar nichts gesagt hätte.

Lasarius hatte die Steinzeugflasche an seinen Körper gedrückt und sich in Richtung des Leichenschauhauses geschleppt. Dabei lobte er in höchsten Tönen die außergewöhnliche Begabung seines ehemaligen jüdischen Assistenten Heinrich Goldmann und wiederholte, er wolle sich nun auf dem Sektionstisch zur ewigen Ruhe betten. Außerdem riefen ihn wichtige Pflichten, er müsse gehen.

»Ich habe noch zu tun«, wiederholte der Doktor. »Ich muss die Autopsie der Polin zu Ende führen.«

Während der Autopsie, bei der Mock ihm assistierte und seine Angaben zu den inneren Organen notierte, hatte Lasarius kein Wort mehr über die ermordeten polnischen Zwangsarbeiterinnen gesagt.

Nun saß Mock wieder auf seiner modernen Zündapp und ordnete die Informationen, die er von Lasarius bekommen hatte. Seit einer Weile schon bekam der alte Pathologe vergewaltigte und ermordete Polinnen auf den Autopsietisch, die in der »Famo«-Fabrik gearbeitet hatten. Über jeden dieser Fälle musste der Doktor einen bestimmten Gestapo-Offizier informieren, der Lasarius verboten hatte, auch nur ein Wort über die ganze Angelegenheit zu verlieren – sonst würden Lasarius' Tochter und ihr jüdischer Ehemann ermordet werden. Vorgestern hatte Lasarius noch eine Polin ins Leichenschauhaus geliefert bekommen, Zofia Grzybowska. Die Bestialität, mit der die junge Frau getötet worden war, machte den Pathologen unempfindlich gegenüber den Drohungen des Nazis – und die Nachricht vom Tod seiner Tochter machte dann ohnehin alles null und nichtig. Das war alles, was Mock wusste. Doch die wichtigste Information fehlte ihm. Das Dröhnen des Motors während der Fahrt hatte den Namen des Mannes, den der Doktor herausgeschrien hatte, übertönt. Als Mock ihn nachher, beim Einparken der Maschine, noch einmal darauf ansprach, tat Lasarius, als hätte er die Frage nicht gehört.

Vielleicht will er nicht mehr, dachte Mock und stieg vom Motorrad, stellte es auf den Ständer und begab sich zu dem kleinen Gebäude, in dem die Pathologie untergebracht war. Vielleicht hat er zwischendurch was getrunken und sich mittlerweile beruhigt. Vielleicht nennt er mir jetzt den Namen dieses Mistkerls, dachte

Mock und betrat das Gebäude. Vielleicht kann ich ihn irgendwie überzeugen. Mock legte sich seine Argumentation zurecht, während er den gefliesten Flur hinunterging. Er öffnete die Tür zum Autopsieraum und hoffte, dass Lasarius' psychische Erstarrung vorbei war.

Mocks Vermutungen waren zum Teil richtig. Lasarius hatte etwas getrunken. Er lag nackt auf dem Autopsietisch, neben sich eine leere Flasche. Seine aus den Höhlen tretenden Augen starrten zur Decke. Drei störrische feuchte Haarsträhnen ringelten sich um seinen beinahe kahlen Schädel. Zwischen seinen Zähnen steckte ein zusammengerollter Zettel. Mock nahm aus einer Metallschale eine frisch desinfizierte Pinzette und holte das Stück Papier heraus. In Lasarius' gestochener Schrift stand darauf: *Zyankali.*

Ein junger Assistent betrat den Saal.

»Was ist denn hier los?«, fragte er entsetzt. »Gerade hat jemand hier geschrien. Davor hat der Alte getrunken ...«

»Nennen Sie ihn nicht ›Alter‹, Sie respektloser Flegel! Er ist der bedeutendste Gerichtsmediziner, den ich je gekannt habe«, erwiderte Mock und reichte dem Assistenten den Zettel. »Und hier haben Sie das fertige Ergebnis einer Autopsie. Eine sehr interessante Situation, junger Mann. *Theoria cum praxi comparata.*«

Mock sprach es und verließ die Leichenschauhalle. Er ging zu seinem Motorrad und reagierte nicht auf die Grüße der alteingesessenen Mitarbeiter des Gerichtsmedizinischen Instituts, die ihn noch aus seinen Zeiten bei der Polizei kannten und die kürzlich erst wieder durch seine heldenhafte Tat in Dresden von ihm gehört hatten. Mock dachte an die drei feuchten Haarsträhnen, die auf dem Schädel des Doktors klebten. Er erinnerte sich nur zu gut an diese dünnen Haarsträhnen. 1919 – Lasarius beugt sich über die Leichen von vier männlichen Prostituierten, die am Ufer der Oder gefunden wurden, seine ewige Zigarre zwischen den Zähnen. Ein stickig warmer Morgen, Mock steht daneben, von einem bösen Kater gequält, Lasarius fächelt sich mit seinem altmodischen Zylinder Luft zu und macht wie üblich zynische Bemerkungen über seine kalten Schützlinge. 1927 – Mock sieht die dünner werdenden Haare auf dem Schädel des Pathologen, als sie gemeinsam den verwurmten Körper eines Musikers aus seiner Grabstätte in einer Wand herausholen, wo ihn der Mörder, der bei seinen Opfern Kalenderblätter zurücklässt, eingemauert hat. 1933 – Mock kann die Schweißtropfen beobachten, die zwischen den drei Haarsträhnen hervortreten, als sie beide im Salonwagen des Zuges Berlin–Breslau auf den aufgeschlitzten Bauch der siebzehnjährigen Marietta von der Malten starren, in dem widerliche Skorpione auf ihren Insektenbeinen herumwuseln, steinzeitliche Kreaturen, die Gott wohl nur aus Versehen am Anfang der Welt erschaffen hatte.

Und am heutigen Morgen hatte Mock zum letzten Mal diese drei dünnen Haarsträhnen gesehen, präzise auf den Schädel geklebt, wie ein Feigenblatt beschämt die nackte Haut der kahlen Stelle bedeckend. Dieser Schädel mit den drei Strähnen würde von nun an für Mock ein Wegweiser bei all seinen Handlungen sein, und sein Schandmal, sollte er seine Nachforschungen vernachlässigen. Wie ein Albtraum würden ihn Lasarius' Haarsträhnen im Schlaf heimsuchen und ihm nicht erlauben, sich entspannt auf die andere Seite zu drehen und weiterzuschlafen. Man müsste Lasarius' Schädel mit den drei Strähnen ins Wappen der Stadt Breslau aufnehmen, dachte Mock und schwor sich, genau wie der alte Medikus seine Stadt nicht zu verlassen.

Breslau, Samstag, den 17. März 1945,
sechs Uhr abends

In seiner Wohnung am Zwingerplatz rechnete Mock nicht mit Veränderungen. Als er sich angetrunken und keuchend die Treppe hochschleppte, stellte er sich vor, wie die (wie immer eingeschnappte) Karen auf dem Sofa saß und gute alte deutsche Literatur las, gerührt das Schicksal von Effi Briest verfolgte oder dem Wind im ›Schimmelreiter‹ von Theodor Storm lauschte. Die alte Dienerin Marta bereitete sicherlich schon den mit Speck gefüllten Fasan vor, den Mock mit zusätzlichen Lebensmittelkarten besorgt hatte. Gleich würde er sich im Flur auf den Hocker setzen, seine Armeestiefel und die Uniform ausziehen und dann die Bedienstete bitten, ihm ein Bad einzulassen. Alles um ihn herum würde von russischen Bomben erbeben, und vielleicht würde das Wasser in der Wanne Wellen schlagen, so dass er sich mit geschlossenen Augen vorstellen könnte, dass er an der Oberfläche eines Ozeans dahintrieb.

Er öffnete die Wohnungstür und ließ sich schwerfällig auf den Hocker fallen. Er legte seine Uniformjacke ab und zog sich die Hausjacke über das verschwitzte Hemd. Da betrat Karen den Flur. Sie war makellos gekleidet, in ein cremefarbenes Kostüm und Seidenstrümpfe. Die Schminke und die Hochsteckfrisur machten sie viel jünger, und Mock fand seine Ehefrau auf einmal ausnehmend schön. Doch dann erstarrte er, als er sich an die Worte irgendeines Dichters erinnerte: »Im Augenblick des Abschieds erscheint alles anders und außergewöhnlich.« Er stand auf, ging auf seine Frau zu, nahm sie in die Arme und küsste sie. Sie gab ihm weder die Umarmung noch den Kuss zurück, doch sie machte sich auch nicht los; sie stand nur einfach da, mit herabhängenden Armen.

»Meine liebe Karen«, begann er rasch in ihr kleines, leicht abstehendes Ohr zu flüstern, »du willst doch nicht gehen? Du kannst von hier nicht weggehen ... Du kannst allerhöchstens fliegen ... Und wir werden von hier wegfliegen, du wirst sehen, mit einem Flugzeug, du und ich – ich habe noch meine Kontakte und Möglichkeiten. Glaub mir bitte: nur diese eine letzte Morduntersuchung, ich muss nur noch diesen einen verdammten Mörder finden, dem ich gerade auf die Spur gekommen bin, diese Spur wird mich zu ihm führen, ich kann jetzt nicht aufgeben. Doch man wird uns keine Körperteile mehr vor die Tür legen, glaube mir, Karen, alles wird wieder gut, du willst doch jetzt nicht gehen ...«

»Ich existiere doch gar nicht für dich«, sagte Karen langsam. »Du bist erst jetzt lieb und fürsorglich, weil du das Gefühl hast, dass ich dich verlassen will ...«

»Warte bitte, Karen, erzähl keinen Unsinn.« Mock nahm sie am

Ellbogen und führte sie in Richtung Wohnzimmer. »Komm, lass uns reden …«

»Du hast mich nie zu schätzen gewusst!« Karen riss sich von ihm los. »Du hast mich immer nur als eine dumme, dicke Milchkuh gesehen!«

»Das stimmt nicht«, log er – doch dann log er nicht mehr: »Ich habe dir nie von meiner Arbeit erzählt, weil ich dich vor dieser Welt schützen wollte, von der du keine Ahnung hast …«

Karen ging zur Tür von Mocks Arbeitszimmer und öffnete sie ganz weit.

»Diese Welt ist soeben in unser Zuhause eingedrungen, Ebi«, sagte sie. »Sieh selbst.«

Mock blieb auf der Schwelle stehen. Noch bis vor wenigen Augenblicken war er überzeugt gewesen, dass ihn in der Wohnung am Zwingerplatz kein *novum* erwartete, dass ihn die vertraute Umgebung mit nichts überraschen könnte. Man kann sich eben auf gar nichts verlassen, dachte Mock und betrachtete seinen Bruder Franz, der in seinem schmutzigen Eisenbahnermantel auf dem Boden saß, breit lächelnd die Lücken in seinem Gebiss zeigte und einen dumpfen Geruch verbreitete.

Breslau, Samstag, den 17. März 1945,
Viertel nach sechs Uhr abends

Franz Mock hatte Handschellen um die Handgelenke. Und neben ihm saß im Sessel ein Sanitäter in Uniform.

»Gott sei Dank, dass Sie endlich da sind, Herr Hauptmann!« Der Sanitäter sprang auf, knallte die Hacken zusammen und stellte sich vor: »Unteroffizier Gottfried Haberstroh. Ich bringe Ihnen Ihren Bruder und einen Brief von Sturmbannführer Kraus vom RuSHA, bitte quittieren Sie.« Nach diesen Worten nahm Haberstroh Franz die Handschellen ab und heftete den Blick starr auf das barocke grün-goldene Muster der Tapete.

Eberhard ging auf seinen Bruder zu und schaute ihn sich genau an. Franz grinste immer noch, stank immer noch. Mock setzte sich hinter seinen Schreibtisch und faltete den Brief von SS-Sturmbannführer Erich Kraus vom Rasse- und Siedlungshauptamt in Breslau auseinander. Kraus war zuständig für Fragen der geistigen Gesundheit und der Euthanasie. Das Dokument hatte ganz oben ein Siegel mit einem Adler, der das indogermanische Symbol des Heils in den Krallen hielt.

»Am 16. März d. J. um 8 Uhr 20 Minuten griff die Patrouille unter Unteroffizier Nagedusch in der Tauentzienstraße den Bürger Franz Mock, 67 Jahre alt, pensionierter Eisenbahnarbeiter, wohnhaft Breslau, Nikolaistraße 7, auf.«

Was für ein sonderbarer Satzbau, dachte Mock bei sich, während er laut vorlas, damit Karen es ebenfalls hörte.

»Das Verhalten von Franz Mock erfüllte den Tatbestand der Erregung öffentlichen Ärgernisses, daher wurde der Besagte von der Patrouille zur nächsten Dienststelle, Revier XIV der Sicherheitspolizei in der Feldstraße 40, abgeführt. Der dortige Diensthabende, Kriminalwachtmeister Mundry, überwies Mock gemäß der Instruktion RDT 1425/934 an meine Behörde. Ich bin – anders als Mundry – zu dem Schluss gekommen, dass Mock keine Anzeichen von geistiger Krankheit aufweist, sondern sich im Zustand eines Alkoholrausches befindet. Daher beschloss ich, ihn der Fürsorge seines Bruders Eberhard Mock, 62 Jahre alt, wohnhaft Breslau, Zwingerplatz 1, zu unterstellen. Mit der Überführung wird Unteroffizier Haberstroh beauftragt. Gez. SS-Sturmbannführer E. Kraus, RuSHA Breslau.

Empfangsbestätigung –«

Mock unterschrieb das Dokument und gab es dem Unteroffizier zurück.

»Dieses Dokument ist für mich, ein identischer Durchschlag für Sie, Herr Hauptmann«, sagte Haberstroh, gab Mock sein Schreiben, meldete sich ab und ging zur Tür.

»Hüten Sie sich vor Pleonasmen, Herr Unteroffizier!«, rief ihm Eberhard nach. »›Ein identischer Durchschlag‹«, äffte er den jungen Sanitäter nach. »Und außerdem ist er gar nicht identisch«, murmelte er.

Unter dem Schreiben, am Rande des Papiers stand eine handschriftlich hingekritzelte Notiz. Diese Worte las Mock jedoch nicht laut vor, er wollte nicht, dass Karen sie mitbekam:

Ihr Bruder ist wahnsinnig. Nur aus Rücksicht auf unsere alte Bekanntschaft habe ich ihn nicht in die Euthanasie überstellen lassen. E.K.

Mock schaute nachdenklich auf seinen Bruder, der immer noch lächelte und immer noch stank. Dieser Gestank war jedoch nicht dem Alkohol verschuldet. Franz sonderte einen Geruch ab wie ihn Eberhard vor einigen Monaten gespürt hatte, als er in die psychiatrische Abteilung des brennenden Dresdener Krankenhauses eingedrungen war, um aus der Wohnung des Oberarztes Bennert dessen sechzehnjährige Tochter Elfriede zu befreien. Dort hatte es nach ungewaschenen Körpern, die durch dicken, undurchlässigen Wollstoff von der Luft isoliert waren, gerochen.

»Die Juden haben es getan, Ebi!« Franz grinste von einem Ohr zum anderen. »Die Juden waren es.«

»Was haben die Juden getan?«

»Die Juden sind die Mörder!« Franz kratzte sich die grauen Bartstoppeln. »Die Mörder von meinem Erwin.«

Mock musste Mundry und Kraus recht geben. Sein Bruder war verrückt geworden.

»Die Juden meucheln uns«, fuhr Franz unbekümmert fort. »Sie werden uns alle töten.«

Das konnte Eberhard nun nicht mehr ertragen. Und dies nicht nur, weil er sich gerade an die Totenmasken des freundlichen Dr. Moritz Zuckermann und eines seiner eigenen besten Mitarbeiter, Heinz Kleinfeld, der der Sohn eines Rabbiners war, erinnert hatte; nicht nur, weil er sich selbst sah, wie er zehn Jahre zuvor Moses Hirschberg während eines Verhörs geschlagen hatte; es waren nicht nur Gewissensbisse oder traurige Erinnerungen. Er spürte schmerzhaft am eigenen Körper die Beleidigung, die Dummheit von Franz' Äußerungen, die wie klebriger Speichel an ihm haftete. Er wollte nicht zur Kenntnis nehmen, dass hier ein kranker Mensch vor ihm saß. In seinem Bruder sah er nicht ein mitleiderregendes Individuum, sondern einen stumpfsinnigen Propagandisten, der bereit gewesen wäre, ins Feuer zu springen, um ein Komma in den Schriften seines Führers zu verteidigen.

»Wir haben *sie* gemeuchelt, du Dummkopf«, sagte Eberhard. »Deswegen sind keine Juden mehr da, in Breslau, in Deutschland. Nur noch ihre Spuren sind da.«

»Keine Juden, ha ha!«, spottete Franz. »Wer hat denn das Mädchen getötet, da, wo wir waren? Auch ein mieser Jud!«

»Was erzählst du für einen Unsinn?« Eberhard spürte, wie ihn die Geduld verließ. »Woher hätte dieser Jude kommen sollen? Was plapperst du da, du Idiot?«

»Du bist der Idiot.« Franz hörte auf zu lachen und richtete seine Augen, die schwarz und rund wie die eines Affen waren, auf den Bruder. »Sie hat es mir selbst gesagt ... Nichts über Erwin. Aber über die Vergewaltigung. Wer das getan hat. Sie sagte, dass es ein Jude war ... Und gibt es bei den Russen etwa keine Juden?«

Mock spürte für einen Augenblick Erleichterung. Sein Bruder hatte ihm unbewusst geholfen, ihm für einen kurzen Moment die Hoffnung zurückgegeben, dass die ganze Geschichte von Pailletten, einem teilweise ausgeraubten Haus und der Hand einer Toten, die an ein verwesendes Handgelenk gelegt wurde, nur ein Albtraum gewesen war, die Ausgeburt einer kranken Phantasie. Vielleicht ist es tatsächlich ein russischer Jude gewesen, zum Beispiel ein Offizier des Volkskommissariats für Innere Angelegenheiten, dachte Mock bei sich und klammerte sich nun fieberhaft an diesen Gedanken. Dieser Gedanke war wie ein Requiem für seine imaginären Pflichten als Polizist, er war wie ein Passierschein in die Freiheit, wie eine Erlaubnis, die Festung zu verlassen, wie das Versprechen, das er Karen gegeben hatte – mit ihr alt zu werden. Dieser Gedanke war so irreal wie der Nebel, und so wie der Nebel verzog er sich auch und ließ einzig helle, klare, kalte, kristalline Schlussfolgerungen zurück.

»Es waren keine Russen, Franz«, sagte Eberhard langsam. »Es waren Deutsche.«

»Wie kannst du es wagen?«, rief Franz und stand vom Boden auf. »Wie kannst du es wagen, du Schwein? Du Judenlaus! Du Nisse!«

In Mocks Gehirn verhakten sich immer noch die Glieder der Kette aus Ursache und Wirkung. Nicht einen Augenblick hörte er auf, logisch zu denken. Die Schläge, die er seinem Bruder verpasste, waren Taten der Liebe und der Gnade – wie das eiskalte Wasser, das die Körper der Wahnsinnigen in den Eisenkäfigen in den Irrenanstalten peitschte. Eberhard setzte seine Gelenke in Bewegung und vollführte die Schläge ausschließlich mit Ellbogen und Knien. Ein Knie in die Hoden, ein Ellbogen auf die Nase, als Franz zusammensackte, ein Ellbogen ins Gesicht, Drehung nach hinten, ein Knie ins Kreuz.

Eberhard keuchte. Franz blutete. Eberhard kniete sich neben ihn hin und wischte mit dem Ärmel seines Morgenmantels das Blut von der Nase seines Bruders.

»Marta, setz bitte Badewasser auf!«, rief er, ohne in Richtung Tür zu blicken, und betrachtete angewidert den blutbeschmierten Ärmel. »So, du bleibst nun hier bei mir, Bruder, damit du keinen Unsinn mehr anstellst.«

Er hob den Blick, zu Karen hin. Doch sie war nicht mehr da. Statt ihrer stand Marta in der Tür und hielt ein sauberes weißes Handtuch bereit.

Breslau, Samstag, den 17. März 1945,
halb sieben Uhr abends

SS-Sturmbannführer Erich Kraus residierte im Gebäude des Polizeipräsidiums am Schweidnitzer Stadtgraben, wo alle möglichen Abteilungen, Unterabteilungen und Dezernate der gleichgeschalteten deutschen Polizei untergebracht waren – darunter die Breslauer Abteilung des Rasse- und Siedlungshauptamtes, die die Entscheidungsgewalt über Personen jüdischer Abstammung und geisteskranke Personen hatte.

Mock musste wegen der Barrikaden über den Museumsplatz fahren. In den Mauern des neoklassizistischen Gebäudes des Schlesischen Museums der Bildenden Künste waren Bombentrichter zu sehen, da, wo er noch vor kurzem vor dem Regen Zuflucht gesucht hatte. Am meisten ärgerte Mock die Zerstörung an dem steinernen Pferd, auf dem Kaiser Friedrich III. saß. Das stolz erhobene Vorderbein war von Splittern verletzt, und der edle Bogen der Mähne war durchbrochen. Auf dem Ledermantel des Motorradfahrers setzte sich der Ruß ab, der über dem Telegraphenamt schwebte. Mock beeilte sich, damit er nicht vollkommen vom Dreck zugeschüttet wurde, bog in den Anger ein und parkte auf dem Bürgersteig vor dem Eingang zur Abteilung des RuSHA, der sein langjähriger Feind Erich Kraus vorstand. Mock klopfte sich den Schmutz vom Mantel und ging hinein.

Sofort spürte er den Blick von zwei Paar Augen auf sich. Das eine Paar gehörte dem alten Portier Oskar Handke, den Mock seit fast dreißig Jahren kannte, das andere zu einem jungen Wachmann mit dem trägen Gesicht eines selbstsicheren Welteroberers und Frauenhelden, den Mock weder kannte noch kennen wollte. Er erwiderte Handkes Gruß, blieb vor ihm stehen und sah zu, wie der Portier die Angaben zur Person aus seinem Polizeiausweis in ein in weinroten Stoff gebundenes Buch übertrug, auf dem die Aufschrift *März 1945* stand. Anschließend griff Handke zum Telefonhörer und meldete jemandem das Erscheinen von Hauptmann Eberhard Mock. Dieser bewunderte währenddessen die pedantischen Eintragungen in das Buch: Jeder, der bei der Breslauer Abteilung des Rasse- und Siedlungshauptamtes der SS vorsprach, bekam zwei Ziffern zugeteilt, die mit einem Schrägstrich voneinander getrennt waren. Mock vermutete, dass die erste die aktuelle Besucherzahl dieses Monats war, die zweite die Zahl des Besuchs seit Beginn des laufenden Jahres. Er erhielt einen Passierschein mit der Nummer 21/167 sowie einen Hinweis von Handke: »Zimmer Nummer 227. Sturmbannführer Kraus wird Sie in einer Viertelstunde empfangen, Herr Kriminaldirektor.«

»Danke, Handke.« Es war Mocks zweite sentimentale Zeitreise

an diesem Tag, zurück in jene Zeiten, als man ihn noch mit »Kriminaldirektor« titulierte, in jene weit zurückliegenden Jahre, als ihn bittere Gedanken und das Gefühl der Hoffnungslosigkeit noch nicht vierundzwanzig Stunden am Tag erfüllten. Idealisiere diese Zeiten bloß nicht, dachte Mock bei sich, als er an dem jungen Wachmann mit dem Gesicht eines Stierkämpfers vorbeiging. Schließlich waren es auch Zeiten, in denen du es mit diesem Arschloch zu tun hattest, zu dem du jetzt gehst.

Er erinnerte sich an das triumphierende Lächeln des ehemaligen Kommandanten der Polizei in Frankenstein, als dieser 1934 als Chef der Breslauer Gestapo in diesem Gebäude erschien. Er erinnerte sich an Kraus' unbeugsame moralische Prinzipien und seinen Hass auf die Juden, die Slawen, das Theater, die Philharmonie, Alkohol und alle Ehemänner, die ihre Frauen betrogen. Mock konnte den raffinierten Sadismus nicht vergessen, mit dem sich Kraus hervorgetan hatte, als er Mocks jungen Freund Herbert Anwaldt mit Insektenstichen folterte; damals hatte Mock zusammen mit Anwaldt die Untersuchung über den Mord an der jungen Marietta von der Malten geführt. Doch vor allem konnte sich Mock nicht vorstellen, dass Kraus bereit gewesen sein könnte, etwas für ihn zu tun, ohne eine Gegenleistung zu verlangen. Er lief den langen Gang entlang und war sich nun ganz sicher, dass Kraus, als er seinen Bruder frei ließ, der am Tag zuvor anscheinend an einer Bewusstseinsstörung gelitten hatte, Mock damit zu etwas verpflichten wollte. Er setzte sich auf den Besucherstuhl vor Zimmer 227 und analysierte alle Punkte seines Plans, der ein antizipierendes Manöver sein sollte: Er wollte Kraus zuerst danken, bevor dieser von ihm die Rückzahlung der Schuld einfordern konnte.

Breslau, Samstag, den 17. März 1945,
Viertel vor sieben Uhr abends

Der Adjutant, dessen hochmütigen Gesichtsausdruck sich der Wachmann am Eingang zum Vorbild nehmen konnte, schaute sich Mocks Passierschein genau an und wies ihn wortlos zu der offenen Tür mit dem Schild: *SS Rasse- und Siedlungshauptamt Breslau.* Mock schenkte dem impertinenten Adjutanten keine Beachtung und stellte sich in der Tür auf. Er blickte mit Dankbarkeit und Demut auf die kleine Gestalt in der schwarzen Uniform der Schutzstaffel, die an einem gewaltigen, auf Hochglanz polierten Schreibtisch saß, auf dem ein riesiger Aschenbecher aus Bakelit stand. Kraus war mit den Jahren schrumpelig geworden wie ein alter Apfel.

»Heil Hitler!«, brüllte Mock, ließ den rechten Arm nach oben schnellen und knallte die Absätze zusammen.

»Heil Hitler!«, brüllte Kraus zurück und sprang dabei hinter seinem Schreibtisch auf. »Bitte nehmen Sie Platz, Herr Hauptmann.«

»Danke.« Mock setzte sich auf den harten Stuhl vor dem Schreibtisch.

Kraus betrachtete aufmerksam Mocks verbranntes Gesicht, seinen von fettigem Ruß verdreckten Ledermantel und kniff die Augen in einem vermeintlichen Lächeln zusammen. Doch sein Mund bewegte sich nicht, nicht einmal, als eine Explosion das Gebäude erbeben ließ. Eine Scheibe fiel klirrend aus dem Fenster auf die Pflastersteine des Innenhofes. Danach wurde alles still. Nur der Putz, der von der Wand bröckelte, raschelte. Kraus war offensichtlich nicht bereit, als Erster das Schweigen zu brechen.

»Herr Sturmbannführer, ich danke Ihnen für die Rettung meines Bruders«, sagte Mock und schaute Kraus demütig an. »Sie hatten vollkommen recht: mein Bruder war tatsächlich betrunken.«

»Sie sind ein Held, Hauptmann Mock. Wie könnte ich den Bruder des Helden von Dresden zur Euthanasie überstellen?«, sagte Kraus und trommelte mit den Fingernägeln auf den Tisch.

»Ja ... Schon Euripides wusste, dass der Wein den Wahnsinn

über den Menschen bringt. Manchmal ist es nicht leicht zu unterscheiden, ob ein Mensch nur betrunken oder geistesgestört ist ...«

»Im Gegenteil.« Kraus hörte auf zu trommeln. »Man kann es sehr wohl unterscheiden. Man braucht nur zu schnuppern. Ich habe an Ihrem Bruder gerochen. Und er roch nicht nach Alkohol. Er stank nur nach seiner eigenen Scheiße. War er also betrunken oder wahnsinnig, was würden Sie sagen, Herr Hauptmann?«

»Mein Bruder ist ein abstinenter Alkoholiker.« Mock war auf diese Frage vorbereitet. »Wissen Sie, was Alkoholiker alles anstellen, wenn sie auf Entzug sind und keine Medikamente einnehmen?«

»Nein, das weiß ich nicht, Mock«, meinte Kraus in verärgertem Ton. »Ich weiß dafür sehr genau, was jeder andere an meiner Stelle getan hätte, wenn er einen solchen Haderlumpen wie Ihren Bruder vor sich gehabt hätte. Er hätte ihn an die Euthanasie überwiesen, begreifen Sie doch!«

»Ich bin Ihnen sehr verbunden, Herr Sturmbannführer.« Mock war auf Beleidigungen vorbereitet, und auch auf die Tatsache, dass Kraus seinen Dienstrang weglassen würde. »Und ich würde mich gern revanchieren ...«

»Und wie?« Kraus knipste die Spitze einer Zigarre ab und tat vollkommen gleichgültig.

»Es geht um das Verbrechen der Rassenschande«, flüsterte Mock und verfiel in bedeutungsvolles Schweigen.

»Ein widerliches Verbrechen«, murmelte Kraus und paffte eine Rauchwolke in die Luft. »Gedenken Sie zu Ende zu sprechen oder wollen Sie mit mir reden wie neulich Ihr Bruder?«

»Ein hoher Gestapo-Offizier ...« Mock hatte sofort an der Formulierung »gedenken Sie« gemerkt, dass Kraus für den Moment davon absehen würde, seinen Gesprächspartner zu demütigen. »... vergewaltigt polnische Arbeiterinnen aus der ›Famo‹-Fabrik. Ich weiß es ganz genau, ich kann Ihnen alle Details liefern. Sie können denjenigen ganz schnell ausfindig machen. Ich kann mich nur an seinen Namen nicht genau erinnern ...« Hier hatte Mock eine Erleuchtung: »Doch er lautet ähnlich wie der Name des

Dichters Heine! Die Verhaftung dieses Offiziers wäre noch ein Erfolg auf Ihrer persönlichen Liste – Sie sind doch der Chef einer Abteilung, die für uns Deutsche von solch immenser Bedeutung ist ... Seine Verhaftung würde uns allen die Gewissheit geben, dass sogar in schweren Zeiten dekadentes Verhalten strengstens bestraft wird.«

Kraus erhob sich und lief zweimal um den schweren Schreibtisch herum. Plötzlich machte er vor Mock Halt. Diesmal lächelten nicht nur seine Augen, auch sein Mund lächelte mit. Sein ganzer verschrumpelter Kopf wackelte, so sehr grinste Kraus.

»Warum sitzen Sie auf diesem harten Stuhl, Hauptmann Mock?«, sagte er und entblößte starke, gesunde Zähne, zwischen denen die Fasern von Fleischresten steckten. »Da sitzen doch nur Gefangene! Warum nehmen Sie nicht in dem Sessel Platz, da, unter der Zimmerpalme? Wie wäre es mit einer Zigarre, Hauptmann?«

Breslau, Samstag, den 17. März 1945,
sieben Uhr abends

Willy Reimann, der Adjutant des Sturmbannführers, blickte auf seine Uhr und zählte die Minuten bis zum Ende eines arbeitsreichen Tages. Er sehnte den Moment herbei, da er endlich frei von dem »tollwütigen Hund Kraus« sein würde, wie er seinen Chef in Gedanken nannte. Am meisten irritierte es Reimann, wenn Kraus ihn (was nicht selten vorkam) mit Beschimpfungen für etwas bewarf, was er selbst ihm zuvor zu tun aufgetragen hatte. Neulich hatte er ihn als »letzten Idioten« beschimpft, weil Reimann den Brief einer Frau weggeworfen hatte, die ihren Nachbarn als einen »verkappten Juden« denunzierte. Kraus war anfangs der Meinung gewesen, dass die Frau, die schon öfter bei ihm gewesen war, nicht die geringste Ahnung habe, wie ein Jude überhaupt aussah. Doch als sich herausstellte, dass es sich um die Ehefrau des Neffen des

Bürgermeisters handelte, hatte Kraus einen Anfall bekommen und Reimann vollkommen zur Sau gemacht: dieser sei unfähig, die Korrespondenz der Abteilung zu führen. Als Reimann sich zu verteidigen versuchte und sich auf den zuvor erhaltenen Befehl berief, bekam er obendrein noch eine Ohrfeige von seinem Chef.

So befürchtete der Adjutant, dass eine solche Situation auch heute entstehen könnte, nachdem dieser sonderbare Hauptmann mit dem vernarbten Gesicht bei Kraus aufgetaucht war. Reimann hielt sich an die Befehle seines Vorgesetzten und behandelte den Ankömmling kühl, indem er ihm schweigend mit dem Zeigefinger die Tür zu Kraus' Büro wies. Doch bereits nach fünf Minuten kam Kraus ins Sekretariat gestürmt und befahl seinem Adjutanten, zwei Tassen echten Kaffees aufzubrühen. Und bereits da schleuderte er wütende Blicke um sich. Reimann spürte, dass sein Chef heute wieder schlechte Laune haben würde.

Nun, nach einem gut viertelstündigen Gespräch, öffnete Kraus die Tür und verabschiedete sich herzlich von seinem Gast.

»Willy!«, sagte er. »In einer Stunde will ich das Verzeichnis aller Mitarbeiter der Gestapo in Breslau auf meinem Schreibtisch haben! Danach kannst du zurück in die Kaserne. Morgen früh wirst du auf deinem Schreibtisch dieselbe Liste vorfinden, einige Namen darauf unterstrichen. Du wirst einen Brief an den Leiter der Gestapo schreiben, in welchem du ihn bittest, dass er mir diese Leute für ein Gespräch vorbeischicken möge.« Kraus blickte Reimann nachdrücklich an und brüllte: »Hast du den Befehl begriffen, du Depp? Oder wirst du ihn wieder falsch verstehen? So wie vorhin, als ich gesagt habe, du sollst Hauptmann Mock zuvorkommend behandeln? Und? Nun entschuldige dich für dein arrogantes Verhalten, aber sofort!«

»Es tut mir leid . . .«, stammelte Reimann.

Er hatte sich nicht geirrt – er kannte seinen Chef zu gut.

Breslau, Samstag, den 17. März 1945,
Viertel nach sieben Uhr abends

Unteroffizier Hellmig war froh, dass er heute zum letzten Mal den Durchgang an der Viktoriastraße zu überwachen hatte. Die Nähe der Front flößte ihm stets eine vage Furcht ein. Es war nicht so sehr die Angst davor, in Gefangenschaft zu geraten, oder vor den unmenschlichen sibirischen Temperaturen, oder vor einer Kugel in den Hinterkopf. Nein – Hellmig fürchtete sich vor einem Monster, das am Eingang zu dem verwunschenen Keller hockte; dieses Monster erschien ihm wie ein Vampir oder ein Werwolf, der in der Finsternis des Kellers lebte und sich von Ratten und Kadavern ernährte. Der Unteroffizier erinnerte sich an Erzählungen der Kriegsveteranen von der Ostfront, die damals wie Hellmig ihre Wunden in Karlsbad kurierten. Er hatte viel über die Schlitzaugen der Barbaren gehört, über ihre Todesverachtung, über ihre Krankheiten. Er hatte unglaubliche Angst vor diesen Menschen, er fürchtete sie wie eine wilde Seuche, wie die Pest – die sie, wie er fest glaubte, übertrugen. Daher beobachtete er aufmerksam jede Ratte, die von der »russischen Seite«, also von der Viktoriastraße her durch den Tunnel gerannt kam: ob sie nicht irgendwie komisch lief, Blut spuckte, krampfhaft zuckte. Weil er bisher keine Anzeichen der Pest bei den Nagern hatte beobachten können, verfluchte er seine eingebildete Angst vor der Seuche und schoss wütend auf die kleinen Tiere – dabei ignorierte er die schüchternen Andeutungen seiner Untergebenen, man solle keine Munition verschwenden.

Nun schoss er wieder. Er sah eine vorbeihuschende Ratte und zielte auf sie. Die Kugel prallte einige Male pfeifend von den Wänden ab. Die Ratte konnte entkommen, was Hellmig noch mehr ärgerte. Er setzte noch einmal an, doch er schoss nicht. Jemand hatte ihm die Hand auf den Arm gelegt. Eine schwere, feindselige Hand. Der Unteroffizier zuckte zusammen und drehte sich um. Was er erblickte, war eine schwarze Maske, die notdürftig ein zerstörtes, zerfurchtes Gesicht bedeckte. Hellmig schrie auf; ihm war, als hätte er gerade den Vampir aus seinen Albträumen gesehen.

»Das ist aber nicht nett, Unteroffizier, auf diese nützlichen Tiere zu schießen«, sagte der Mann. »Sie wissen wohl nicht, wie klug Ratten sind. Doch nun zum Kern der Sache: Erinnern Sie sich noch an mich? Vorgestern, in den Morgenstunden, die Parole: *Dum spiro . . .*«

»*. . . spermo*«, antwortete Hellmig.

»*. . . spero*, Unteroffizier Hellmig«, lächelte Mock. »Aber als ich in Ihrem Alter war, dachte ich auch nur an das eine. Sie erinnern sich also an mich?«

»Ja, ich erinnere mich, Herr Hauptmann.« Hellmig starrte Mock an, mit der Unruhe eines Menschen, der von seinem Vorgesetzten dabei erwischt worden war, wie er Munition verschwendete.

»Ich hätte ein paar Fragen an Sie.« Mock blickte in den Tunnel, wo Staub in Streifen von der Decke fiel. »Ist in den letzten Tagen außer mir noch jemand auf die russische Seite gegangen?«

»Ja«, antwortete Hellmig und strengte sein Gedächtnis an. Froh, dass ihn der hohe Kripo-Offizier nicht wegen der Schüsse auf die Ratten gescholten hatte, wollte er sich alle Mühe geben und so genau wie möglich die betreffenden Personen beschreiben. »Am Mittwoch, dem 14. März, trat ich meinen Dienst hier an. Am Abend desselben Tages kam ein Kübelwagen vorgefahren. Er wurde von einem Offizier in SS-Uniform gefahren, so sah es zumindest für mich aus.«

»Ein SS-Obersturmbannführer?« Mock fühlte sich wie damals, vor Jahren, wenn er einer Spur zum Greifen nah war, wenn er den Geruch der Angst bei den Tieren spürte, die er jagte, wenn er auf der Suche nach Verbrechern mit seiner Vorstellungskraft die Häusermauern durchleuchten konnte. »War er allein?«

»Nein, neben ihm saß sein Adjutant.«

»Wie sah er aus?«

»Ich habe ihn mir nicht genau angeschaut. Es sah aus, als würde er schlafen.«

»Schlafen?«

»Na ja, so sah es halt aus. Er saß regungslos vorn neben dem

Fahrer, also neben diesem Obersturmbannführer, und hatte die Augen zu.«

»Können Sie ihn mir trotzdem beschreiben? Besondere Kennzeichen? Groß, klein, dick, glatzköpfig, rothaarig?«

»Klein, zusammengekauert. In einem Regenmantel mit aufgesetzter Kapuze. Er sah aus, als ob er schlafen würde.«

»Gut, Unteroffizier.« Mock wurde auf einmal so ungeduldig, dass sein Rücken juckte. »Und nun stellen Sie mir bitte die ganze Situation noch mal dar. Alles der Reihe nach: Wann sind diese Männer hierhergekommen? Was haben sie gesagt? Haben sie Ihnen irgendwelche Befehle erteilt? Was haben Sie geantwortet? Erzählen Sie mir alles!«

»Jawohl.« Die drei Falten auf Hellmigs Stirn waren ein Zeichen für seine konzentrierte geistige Arbeit. »Sie kamen am Abend. Ich hatte gerade meinen Dienst angetreten. Der SS-Obersturmbannführer war sehr unfreundlich zu mir … Ganz anders als Sie! Er brüllte nur seine Befehle heraus, hat keine Dokumente vorgezeigt, und als ich sie sehen wollte –«

»Alles der Reihe nach, Unteroffizier.« Mock holte seine Zigaretten hervor. »Erzählen Sie alles in Ruhe der Reihe nach, sonst höre ich auch auf, freundlich zu sein. Ich mag nämlich keine Rattentöter!« Er dämpfte die Drohung seiner Worte mit einem Lächeln und reichte dem jungen Unteroffizier Zigaretten und Feuer.

»Sie kamen am Abend. Der Obersturmbannführer schrie, dass er auf die russische Seite fahren wollte. Und als ich ihn gewarnt habe, dass es da gefährlich ist, brüllte er mich an, ich wäre ein …«

»Wiederholen Sie jedes seiner Worte, egal, wie vulgär es sein mag.« Mock entließ eine Rauchwolke gegen die Decke des Tunnels.

»Ein dummer Scheißer«, gab Hellmig sichtlich angewidert zurück. »Dann wollte er die Parole wissen. Die habe ich ihm gesagt, und er fuhr los.«

»Wie lautete das Passwort?«

»Na, wie immer: ›Liebichhöhe‹. Und die Antwort: ›Konditorei‹.«

»Gut. Sie haben ihm also die Losung gegeben, und was weiter?« Mock blickte auf einen kleinen, sich bewegenden Schatten an der Wand.

»Er wiederholte sie und fuhr zum Eingang des Schutzraums. Nicht so wie Sie. Sie haben ja das Motorrad hier abgestellt und sind zu Fuß weitergegangen, zusammen mit dem anderen Herrn ...« Hellmig unterbrach sich und schaute ebenfalls auf den Schatten der Ratte.

»Jetzt rede doch über ihn und nicht über mich! Und konzentrier dich!« Mock spürte aufkeimende Wut.

»Jawohl.« Hellmig drückte die zur Hälfte gerauchte Zigarette aus und steckte den Rest hinter ein Ohr. »Er fuhr zum Eingang und danach habe ich ihn vorerst nicht mehr gesehen. Ich habe nur das Knallen der Tür gehört.«

»Sind beide Männer aus dem Kübelwagen ausgestiegen?«, wollte Mock wissen.

»Das weiß ich nicht. Von da, wo ich stand, konnte man sie nicht besonders gut sehen. Und die Glühbirne über dem Eingang brannte nicht, nicht wie jetzt.«

»Wann kamen sie zurück?« Mock schielte zu der Glühbirne hinüber, die wie ein umgedrehter Totenkopf aussah.

»Der SS-Mann kam allein zurück. Der andere war weg.«

»Jetzt erzählen Sie alles genau!« Mock merkte, wie er mit fortschreitendem Alter immer ungeduldiger wurde. Vor Jahren konnte er während eines die ganze Nacht dauernden Verhörs alle Nuancen und leisen Widersprüche mitbekommen, damit spielen, ein feines Netz aus Synonymen weben, Wortspiele machen – und jetzt würde er am liebsten in diese dumme Fresse schlagen. »Aus dem Einstieg ist nur der Obersturmbannführer wieder rausgekommen, richtig? Ist er dann zu Ihnen gekommen? War er allein? War es so, Unteroffizier?«

»Ja, genauso war es«, beeilte sich Hellmig zu versichern. »Er fuhr zu uns heran. Er war allein. Und er sagte, seinen Adjutanten hätte es erwischt, er sei auf eine Mine getreten ...«

»Kam Ihnen daran irgendetwas komisch vor?«, fragte Mock –

diese Frage stellte er stets ganz zum Schluss, weil er sie für den wichtigsten Teil eines Verhörs hielt. »War irgend etwas ungewöhnlich oder unerklärlich?«

»Alles«, erwiderte Hellmig. »Alles war komisch. Die ganze Sache, von Anfang bis Ende.«

»Und was war daran am komischsten?«

»Dass er so lustig war! So gut gelaunt!«

»Wer?« Mock kribbelte der Rücken, als würde eine Kolonie Ameisen darübermarschieren.

»Der SS-Mann war gut gelaunt«, murmelte der Unteroffizier. »Als er sagte, dass der andere auf eine Mine getreten war, da hat er so gegrinst. Und außerdem ...«

»Außerdem?« Mock wollte mehr.

»Der Adjutant, der war auch so komisch ... Irgendwie ...«

»Irgendwie was?«

»Er sah aus, als wäre er schwul. Irgendwie geschminkt ... Aber ich bin mir nicht sicher.«

Mock drückte seine Zigarette an der Tunnelwand aus. Ihm war bewusst, dass das, was sie gleich tun würden, für den Unteroffizier Hellmig schwer werden würde, der – nach seiner Jugend und seinem naiven Verhalten zu urteilen – erst seit kurzem bei der Armee war und wohl noch nie auf andere Lebewesen als Ratten geschossen hatte. Wahrscheinlich hatte Unteroffizier Hellmig noch nie eine Leiche gesehen, noch nie den Gestank von Verwesung gespürt. Und jetzt würde er eine Leiche sehen, von Metallsplittern durchbohrt, wegen der Verwesungsgase aufgequollen, umgeben von seinen Lieblingsnagern, den Ratten. Er würde in das Gesicht des Toten blicken und keine Augen sehen, nur zwei Löcher, von den scharfen Zähnchen der kleinen Tiere herausgebissen. Es war klar, wie Unteroffizier Hellmig darauf reagieren würde. Doch was würde er sagen, wenn die ganze heute verzehrte Suppe erst einmal draußen war?

Was würde der Junge dann sagen? Wen würde er in dem verrottenden Körper erkennen? Den kleinen, schläfrigen und geschminkten Adjutanten des geheimnisvollen SS-Obersturmbannführers?

»Lassen Sie uns gehen«, meinte Mock. »Wir nehmen seine Leiche mit. Ich lasse nicht zu, dass ein deutscher Soldat da liegen bleibt; er muss beerdigt werden.«

»Das schaffe ich nicht!« Hellmig war entsetzt. »Ich kann das nicht ... Ich habe noch nie jemanden begraben ...«

»Wir gehen«, wiederholte Mock. »Im Krieg sind wir alle Totengräber.«

Sie gingen los. Danach war alles so, wie es Mock vorhergesehen hatte. Er stützte sogar den Unteroffizier, als dieser mehrere Teller Suppe aus seinem Organismus beförderte. Alles war genauso. Mit einer Ausnahme. Die Augen der Leiche waren unversehrt.

Hellmig schwor, und schlug sich dabei auf die Brust, dass er diesen Mann noch nie zuvor gesehen hatte – und dass es ganz gewiss nicht der Adjutant des SS-Mannes war.

Breslau, Samstag, den 17. März 1945,
acht Uhr abends

Der Kübelwagen und der Laster mit Soldaten hielten mit quietschenden Reifen an. Unteroffizier Werner Prochotta kletterte unter der Plane hervor und lief zu dem Wachposten in der unterirdischen Viktoriastraße. Neben dem Stacheldrahtverhau wimmelte es von Menschen. Das Objekt ihres Interesses war ein alter Eisenbahner, der den Eindruck machte, als wäre er betrunken. Er stand inmitten der Soldaten und lallte etwas, mit dem Finger auf den Eingang zum Bunker zeigend, der von einer schwachen Funzel erleuchtet war.

Prochotta näherte sich der Menschenmenge und sagte zu einem der Soldaten: »Wo ist der Befehlshaber dieses Postens?« Seine dröhnende Stimme erklang in der Pause zwischen zwei gestammelten Sätzen des alten Eisenbahners. »Ich soll ihn ablösen.«

Alle Soldaten drehten sich zu Prochotta um. Ihre Gesichter sahen böse und angespannt aus, als würden sie auf etwas warten. Aus der Gruppe tauchte ein junger Mann ohne Mütze auf.

»Unteroffizier Jürgen Hellmig. Ich bin hier der Befehlshabende«, sagte er.

»Unteroffizier Werner Prochotta«, stellte sich der Neuankömmling vor. »Ich soll Sie ablösen, und das da ...« Er wies mit der Hand auf die Soldaten, die auf dem Lastwagen saßen. »... sind meine Leute.«

»Zeigen Sie mir bitte Ihre Papiere und Ihren Passierschein.« Hellmig setzte sich die Mütze auf und blickte den Mann feindselig an.

Er wusste, dass es seinen Leuten nicht anders ging. Seit einer Woche saßen sie jetzt hier im Grenzland des Großdeutschen Reiches und hatten das Gefühl, die Zivilisation und ihr Vaterland zu verteidigen. Sie fühlten sich gebraucht. Einer von ihnen hatte sogar ein Lied geschrieben, über die unterirdische Bastion in Breslau, die eher zugeschüttet wird, als dass sie sich ergibt. Und nun kam dieser Besserwisser daher und wollte sie zurückschicken, zu ihrem unausgeglichenen Oberleutnant Springs. Plötzlich war es Hellmig, als könne er nicht mehr ohne das alles leben, vor dem er sich die ganze Zeit so gefürchtet hatte und was er so schnell wie möglich hatte hinter sich lassen wollen. Morgen würde er statt des Atems des gefährlichen Monsters, das unter dem Betoneingang zum Bunker hauste, den Gestank nach verbranntem Gummi und vergossenem Benzin riechen. Statt der angespannten Erwartung war ihm die langweilige Routine der Bedienung der Krupp-Flugabwehrkanone 8,8 bestimmt. Hellmig hätte nie gedacht, dass man nach Angst süchtig werden konnte.

»Gut, ich danke Ihnen«, sagte er und betrachtete das füllige, glattrasierte Gesicht des Unteroffiziers Prochotta, das ihn aus dessen Ausweis anblickte. »Zurück an die Oberfläche!«, rief er seinen Leuten zu, die mit feindseligen Blicken die Kollegen musterten, die jetzt vom Lastwagen sprangen.

»Einen Moment.« Der dickliche Prochotta in seiner sauberen, gebügelten Uniform und mit dem akkuraten Scheitel machte auf

Hellmig den Eindruck eines Strebers. »Jetzt möchte ich Ihren Ausweis sehen. Alles muss nach Vorschrift ablaufen. Wir müssen es ins Rapportbuch eintragen. Oberleutnant Springs hat nämlich angeordnet, dass wir ab heute ein Rapportbuch führen.«

»Sofort.« Hellmig steckte seine Hand in die Tasche und sein Gesicht wechselte die Farbe. Er begann, fieberhaft seine Taschen zu durchsuchen. »Verdammt, er ist weg!« Er schaute Prochotta verwirrt an. »Ich muss ihn verloren haben, als ich mich vorhin übergeben habe.«

»Achtung!«, rief einer von Hellmigs Leuten. »Der haut ab! Schaut nur, wie schnell er ist!«

»Wer?«, fragte Hellmig, während er immer noch nach seinen Dokumenten suchte.

»Der alte Eisenbahner«, erwiderte Prochotta, zog seine Waffe und zielte, wobei er ein Auge zukniff. »Er könnte ein russischer Spion sein!«

»Nicht schießen!«, schrie Hellmig und versetzte Prochotta einen Hieb gegen den Arm. Die Kugel schlug neben der Glühbirne am Eingang ein. »Schnappt ihn!«

Hellmigs Leute rannten los, dem Eisenbahner hinterher. Doch er war schon zu weit weg. Die Eingangsluke knallte. Die Soldaten blieben stehen und schauten ihren Vorgesetzten an.

»Lasst ihn«, brüllte Hellmig. »Das ist zu gefährlich! Dort sind Minen!«

Unteroffizier Hellmig konnte sich nur zu gut an die russischen Warnaufschriften erinnern, die ihm Mock gezeigt hatte. Doch der alte Eisenbahner musste sie vergessen haben. Und so wurde er zu einer Opfergabe für den Werwolf, das mythische Monster, das hinter der riesigen Betontür lauerte. Die Bestie hatte den alten Mann verschluckt und spuckte nun Feuer und Rauch, die aus dem Eingang zum Bunker quollen. Die massive Tür wurde herausgerissen, der Atem der Bestie schleuderte sie einige Meter weit und bedeckte dann alles mit Ruß – einschließlich der sauberen, frisch gebügelten Uniform von Unteroffizier Prochotta.

Breslau, Sonntag, den 18. März 1945,
sieben Uhr abends

Kurt Wirth und Hans Zupitza wurden die »Breslauer Ratten« genannt. Obwohl ihnen selbst diese Bezeichnung nicht ganz zusagte, charakterisierte sie doch ganz gut ihre Tätigkeit. Die Welt des unterirdischen, illegalen Handels in Breslau war das Gebiet, über das sie herrschten – gemeinsam mit den Befehlshabern der Armeeabteilungen und den Leitern der Rüstungsfabriken, die in der Unterwelt ihre Lagerräume hatten und für die die Breslauer Tunnel günstige Transportwege waren. Dieses Gebiet kontrollierten Wirth und Zupitza von ihrer modernen Wohnung in der Dahnstraße 37 aus – genau genommen, von einem kleinen Bunker aus, den sie im Garten hatten errichten lassen. Dieser hatte durch einen Tunnel eine hervorragende Anbindung an das Labyrinth unter der Oder, von wo aus wiederum eine riesige Arterie zu dem gerade im Bau befindlichen Flugplatz in der Kaiserstraße führte.

Aus dieser Verkehrsarterie bogen immer wieder Motorräder ab in das Wirrwarr der feuchten, schimmeligen, schlecht gekennzeichneten Korridore. Durch die Korridore wanderten Adjutanten aus den unterirdischen Militärstützpunkten oder die Schichtleiter aus den geheimen Rüstungsfabriken. Unruhig gingen sie dort entlang und lauschten auf das Geräusch der unterirdischen Gewässer – und ihre Unruhe steigerte sich noch, wenn sie auf den riesenhaften stummen Hans Zupitza trafen, der sie in den kleinen Bunker im Garten führte. Dort wartete schon sein Prinzipal Wirth. Die Leute beruhigten sich immer erst, wenn sie den alten Kurt Wirth erblickten, der dann mit einem Kopfnicken ihre Abrechnungen über den Verkauf des synthetischen Benzins (das aus den Werken in Pölitz stammte) entgegennahm. Bis vor kurzem war der Brennstoff noch über die Oder transportiert worden; die Nachfrage danach war enorm, vor allem unter den aus Breslau flüchtenden Reichen.

Diese hätten sich problemlos auch den größten Laster voll Benzinfässer leisten können, doch die rigorosen Einschränkungen im Verkauf des Benzins, das ausschließlich für die Armee bereitstehen sollte, führten dazu, dass die für die Flucht mit allerlei Waren und Kunstwerken gefüllten Fahrzeuge nutzlos in den Auffahrten ihrer herrschaftlichen Häuser und Paläste stehen bleiben mussten. An diesem Punkt erschienen Wirth und Zupitza. Oder vielmehr ihre Leute mit Benzinkanistern – und die Reichen ließen einen Teil ihrer Familienjuwelen oder geraubten Kunstschätze zurück und fuhren in Richtung der sagenumwobenen Schweiz ab.

Seit die Belagerung im Februar verschärft worden war, stagnierte die Nachfrage nach Benzin, weil ohnehin niemand aus der Stadt hinauskonnte. Da fingen Wirth und Zupitza an, mit Schokolade und französischem Cognac zu handeln, wovon sie in weiser Voraussicht den ganzen Krieg über Vorräte gehortet hatten. Die Adjutanten der Offiziere und die Untergebenen der Fabrikdirektoren bekamen dreißig Prozent vom Umsatz ausgehändigt und kehrten – von dem riesigen stummen Kerl begleitet – mit den Taschen voll Gold zurück.

Als Wirth vom Garten ins Haus zurückging, spürte er den Blick von General Curt Queissner auf sich, der auf dem Balkon stand und eine Havanna paffte. Sie zogen sich ins Hausinnere zurück und rechneten, im Esszimmer sitzend und dem Glockenklang eines nahe liegenden Klosters lauschend, bis auf den letzten Pfennig ab. General Queissner kassierte vierzig Prozent, dreißig Prozent bekam Wirth. Das Geld kam in seinen Tresor, der in der Wand unter dem Küchenfenster verborgen war, mit dem ein Avantgarde-Architekt die Hausecke geschmückt hatte. Der General verabschiedete sich mit einem Kopfnicken von Wirth; er ließ sich nie dazu herab, die Hand des Kriminellen zu berühren, für den er Wirth insgeheim hielt. Dann fuhr er mit seinem Assistenten in die Mozartstraße, in eine Villa, in der er byzantinische Gelage und römische Orgien veranstaltete.

Diese Geschäfte blühten seit nunmehr acht Monaten. Mitte 1944 hatte General Queissner in einem der geheimen unterirdischen Casinos zwanzigtausend Mark an Wirth verloren und ihm die *Va-banque*-Lösung vorgeschlagen: Als Einsatz dienten gewisse Handelsinformationen, die der General auf die besagte Summe geschätzt hatte. Und Wirth war darauf eingegangen. Als ihm der General vier Könige zeigte, antwortete Wirth mit vier Assen – und sicherte sich damit eine ruhige und gesicherte Existenz in der Odermetropole. Trotz einiger Festnahmen, mehrerer Meuchelmorde und einer außerplanmäßigen Erweiterung der Gehaltsliste waren alle mit dem Arrangement zufrieden: von den wohlhabenden Bewohnern Breslaus, die für die Flucht ihre letzten Ersparnisse aufbrauchten, über die Handelsreisenden in der Unterwelt und die korrumpierten Herrscher derselben bis hin zu Wirth und seinem stummen Handlanger Zupitza. Es war etwas ungerecht, dass nur diese beiden die »Breslauer Ratten« genannt wurden, denn sie begaben sich – im Gegensatz zu den vielen kleinen Rädchen der Maschinerie, die sie in Gang gesetzt hatten – persönlich nur selten in die Unterwelt. Dennoch hatten die beiden viel mit Ratten gemeinsam: sie waren vorsichtig, schlau, verschlagen, intelligent, vorausschauend und hochgefährlich.

Mock mochte den Spitznamen von Wirth und Zupitza. Er kannte die beiden Männer seit der Zeit, als er Kriminalassistent bei der Polizei war und seine größte Sorge darin bestand, ob die Prostituierten auch tatsächlich regelmäßig zu den gynäkologischen Untersuchungen gingen – wenn dies nicht geschah, musste Mock ihre Zuhälter bestrafen. In jener längst vergangenen Zeit, kurz nach dem Ersten Weltkrieg, hatte Mock Wirth und Zupitza kennengelernt. Jenen Tag zählte er zu den glücklichsten seines ganzen Lebens. Mock gewann in den beiden loyale Mitarbeiter, die ihm mittlerweile seit zwei Jahrzehnten ergeben waren und ihm stets wichtige Informationen aus der Verbrecherwelt lieferten. Die unbequemen Könige der *Demimonde* wurden bestraft, und Wirth und Zupitza führten weitere Aufträge von Mock aus, deren Umsetzung für ihn als Polizisten gefährlich oder unmöglich gewesen wäre. Ganz freiwillig taten sie es jedoch nicht, Mock musste sie manches Mal zur Mitarbeit überzeugen. So lebten sie seit langer Zeit in Symbiose: Wirth und Zupitza arbeiteten für Mock, und dieser drückte bei ihren Geschäften immer wieder ein Auge zu, auch wenn einmal eine blutige Auseinandersetzung mit der Konkurrenz fällig war. Das kam jedoch selten vor, schließlich war Breslau keine Stadt des Verbrechens wie beispielsweise Chicago.

Als Mock sein Motorrad in der Dahnstraße 37 vor Wirths großzügigem Haus parkte, dachte er an die alten Zeiten zurück. In den Lagerhäusern von Wirth und Zupitza hatte Mock einst Menschen untergebracht, um sie vor einem wahnsinnigen Mörder zu schützen, der seinen Opfern die Knochen brach und die Lungen durchstach; in ihren Kellern sperrte er unrechtmäßig (während sein Chef Mühlhaus so tat, als wisse er von nichts) Verdächtige ein, die er mit Hilfe von schmerzhaften Experimenten darauf testete, ob jemand von ihnen der berüchtigte »Kalenderblattmörder« sein könnte. Es waren Wirth und Zupitza, die den Kinderschänder Fritz Roberth 1927 mit ein paar Kollegen seiner gerechten Strafe zugeführt hatten. Und sie waren es auch, die 1934 einen sadistischen Gestapo-Mann entführten, ihn in einen Zahnarztsessel setzten und ihm erst einmal zeigten, was wahrer Sadismus ist. So war es, dachte Mock. Wir haben einander gebraucht, und jetzt brauche ich die beiden, doch sie brauchen mich nicht mehr. Können Verbrecher sentimental sein? Oder sind sie nur berechnend? Werden sie mir diesmal ohne Bedingungen helfen, oder werden sie den beiderseitigen Nutzen abwägen?

Er drückte auf die Klingel am Tor, das auf das Grundstück führte. Oben auf der Treppe erschien der riesige Zupitza. Er näherte sich dem Zaun und betrachtete den Mann, der Einlass verlangte. Dieser fühlte sich auf einmal gedemütigt durch die Tatsache, dass er seine Mütze und Gesichtsmaske abnehmen musste, um erkannt zu werden. Dann lächelte Zupitza und ließ Mock hinein. In der Wohnung wies er ihm den Weg nach rechts, Richtung Küche und dann zu einem steilen Treppchen. Mock ging hinunter und fand Kurt Wirth in einer kleinen Vorratskammer, inmitten von Weinregalen. Als er Mock erblickte, lächelte er und griff nach einem seiner besten Weine – einem hervorragenden rheinischen Hattenheimer von 1936.

Breslau, Dienstag, den 20. März 1945,
acht Uhr morgens

Im RuSHA klingelte das Telefon. Der Adjutant Willy Reimann legte die ›Schlesische Tageszeitung‹ beiseite, die stolz berichtete, dass auf den Straßen von Breslau eine »wahre Geißel für die Bolschewisten« erschienen sei, und zwar der Panzerzug »Pörsel«. Reimann strengte seine Vorstellungskraft an, um den militärischen Sinn der Idee zu begreifen. Wozu ein Panzerzug in Breslau? Das Telefon klingelte immer noch. Reimann schüttelte den Kopf, söhnte sich mit der eigenen Unwissenheit aus und hob den Hörer ans Ohr.

»Büro der Leitung Rasse- und Siedlungshauptamt, Breslau«, meldete er sich.

»Hier spricht Hauptmann Eberhard Mock«, hörte er eine leicht kurzatmige Stimme. »Ich rufe an wegen des Termins, den ich mit Sturmbannführer Kraus ausgemacht habe. Könnten Sie mich mit ihm verbinden?«

»Leider nein.« Reimann hielt sich sehr genau an die Anweisungen von Kraus, den er sicherheitshalber mehrmals gefragt hatte, wie er sich zu verhalten habe – wobei er sich wieder heftigen Beleidigungen aussetzen musste. »Ich soll Ihnen aber etwas von ihm ausrichten. Warten Sie bitte einen Moment.« Er holte aus der Schreibtischschublade einen Zettel, mit Kraus' krakeliger Schrift vollgeschrieben. »Ich lese es Ihnen vor: *Werter Herr Hauptmann Mock, ich habe den Mann von der Gestapo gefasst, der sich der Rassenschande schuldig gemacht hat. Ich kümmere mich persönlich um ihn. Ich danke Ihnen für Ihre Hilfe, Herr Hauptmann, und sehe die Angelegenheit nun als abgeschlossen an. Heil Hitler!* Das wäre es, Herr Hauptmann.«

»Danke und auf Wiederhören.« Reimann vernahm Mocks leicht belustigte Stimme. »Habe ich es nicht gesagt?«, sagte dieser, bevor er den Hörer auflegte.

Reimann tat es ihm nach und überlegte eine Weile, was Mock so belustigt hatte und was dieses »Habe ich es nicht gesagt?« zu bedeuten hatte. Hätte er Mock besser gekannt, wäre ihm klargewesen, dass dieser Ausruf ein Schlachtruf war, mit dem der alte Hauptmann zur Attacke blies. Hätte er ihn besser gekannt, wäre ihm klargewesen, dass das Lachen des Hauptmanns ein nervöses, gereiztes, unheilverkündendes Lachen war; er hätte auch gewusst, dass Mock durchaus auf diese Antwort von Kraus vorbereitet war. Doch Reimann kannte Mock nicht. Und so konnte er nicht wissen, dass Mock sehr wohl die Persiflage des alten proletarischen Spruches kannte: »SS-Männer aller Verbände, vereinigt euch!«

Breslau, Mittwoch, den 21. März 1945,
halb neun Uhr morgens

Chlorazetophenon ist ein für menschliche Augen sehr gefährliches Mittel – wenn es mit ihnen in Berührung kommt, ruft es Brennen und Tränenfluss hervor, so heftig, dass man nur noch von einem Eimer Wasser träumt, in den man seinen Kopf stecken könnte. Unter dem Einfluss von Chlorazetophenon verkrampfen sich plötzlich die Bronchien und man wird für eine Weile blind. Man verliert zwar nicht das Bewusstsein, ist aber völlig willenlos.

Eine Prise dieses Pulvers war im Falz des Ausweises versteckt, der auf den Namen Jürgen Hellmig ausgestellt war. Oskar Handke starrte erstaunt auf das in dem Dokument klebende Foto. Für den altgedienten Polizisten am Empfang war vollkommen klar, dass dies das Foto eines anderen Menschen war. Ein Blick genügte, und Handke konnte feststellen, dass der vor ihm stehende ältere Soldat auf keinen Fall 1920 geboren sein konnte, so wie es unter Hellmigs Namen stand. Handke blickte hinüber zu dem Wachmann, der mit dem Gesichtsausdruck eines Stierkämpfers oben an der Treppe stand, und wollte schon den Alarmknopf drücken, der unter der Tischplatte angebracht war. Doch er schaffte es nicht mehr. Der Soldat, der vor dem Fenster der Dienststube stand, beugte sich plötzlich vor und blies kurz auf den Ausweis. Das trockene Pulver traf Handkes Augen, er versuchte, sie zu reiben, doch er merkte, wie ihm seine Hände den Dienst versagten. Sein Körper verdrehte sich und er stürzte auf den Fußboden.

Der Wachpolizist bewunderte derweil den massigen Körperbau eines anderen Soldaten, der – einen Fuß auf die oberste Stufe der Treppe gestützt – sich die hohen staubigen Kavalleriestiefel mit einem Taschentuch polierte. Als der Wachmann bemerkte, was mit Handke passierte, griff er nach seinem Schmeisser-Gewehr. In diesem Moment wedelte der hünenhafte Liebhaber sauberer Stiefel mit seinem Taschentuch vor dem Gesicht des Polizisten herum. Aus dem Tuch stob eine Wolke weißen kristallinen Pulvers hervor. Die Beine des Toreros gingen wie bei einem Spagat auseinander und er knallte mit dem Kopf auf den Steinboden. Er gab ein mitleiderregendes Quieken und dann ein Krächzen von sich. Der massige Soldat drang daraufhin in das Dienstzimmer ein, ergriff das in weinrotes Leder gebundene Buch mit der Aufschrift *März 1945*, reichte es dem älteren Mann, und beide verließen das Treppenhaus über einen Seiteneingang. Die gesamte Aktion hatte drei Minuten gedauert, während derer niemand vom Anger her das Gebäude des Polizeipräsidiums betrat.

Nach weiteren drei Minuten befand sich das Buch in den Händen eines Mannes, der im Beiwagen eines Motorrads saß. Sein Gesicht war von einem aufgestellten Mantelkragen und von einem tief in die Stirn gezogenen Hut verdeckt. Während sich der Riese aufs Motorrad setzte und sein Gefährte hinter ihm Platz nahm, blätterte der Mann mit dem Hut in dem Buch und ging die Einträge der letzten Woche durch. Als das Motorrad losfuhr, rief der Passagier im Beiwagen etwas in einer seinen Gefährten unbekannten Sprache aus und klopfte sichtlich erfreut auf einen der Namen der Besucher des RuSHA. Der Name klang ganz ähnlich wie der Nachname des den Nazis so verhassten Dichters Heinrich Heine.

Breslau, Mittwoch, den 21. März 1945, zehn Uhr abends

In der Stadt herrschte Stille. Der Regen wusch nach einem weiteren Tag der Belagerung den Staub und den Ruß von den Straßen; es regnete in schrägen Streifen, die der Wind in wechselhaften Stößen vor sich hertrieb.

SS-Hauptscharführer Hans Heide verließ sein Quartier in der Bischofstraße. Sein Regenmantel war sofort mit Wassertropfen bedeckt. Ähnliche Tropfen rannen von der Tapete der Küche einer Wohnung auf der gegenüberliegenden Straßenseite, eine Explosion hatte die vordere Mauer des Hauses weggerissen. Die Mauer war eingestürzt und hatte schamlos das Innere des Hauses entblößt. Das ganze Gebäude sah auf einmal aus wie ein riesiges Puppenhaus, in dem die verschiedenfarbigen Wände eine für das ästhetisch geschulte Auge erschütternde Kakochromie bildeten. Der schräg fallende Regen peitschte gegen die Wände der Küchen und Zimmer, was manche Bewohner des Hauses gar nicht zu stören schien. Einer von ihnen nahm, als er Heide erblickte, den Wasserkessel vom Herd und verschwand in einem anderen Raum, in den man von der Straße aus nicht hineinblicken konnte. Dann lief er die Treppe hinunter und stellte sich in den Hauseingang, den Blick auf den Rücken des davoneilenden SS-Mannes geheftet.

Dieser ging rasch in Richtung des Neumarkts, am Restaurant »Gauhaus« vorbei und in die Langeholzgasse hinein. Der Mann aus dem zerstörten Haus schlich ihm unauffällig nach, bis er an der Deutschen Bank angekommen war. Dort stand ein massig gebauter Mann mit einer Zigarette im Mund. Sie blickten einander zur Begrüßung kurz an und wechselten die Rollen: Nun folgte der Riese dem SS-Mann Heide, und der andere Mann stellte sich an die Ecke, stützte die Hände auf den Knien ab und atmete schwer, wie nach einem langen Lauf.

Am Neumarkt angekommen, schaute Heide sich um und bemerkte hinten in der Langeholzgasse einen sehr großen Mann, der sich gerade hinunterbeugte, um seine Schnürsenkel zu binden. Heide stellte sich an den Neptunbrunnen und steckte sich eine Zigarette an. Der Riese richtete sich wieder auf und verschwand in der Kupferschmiedestraße. Der SS-Mann rauchte seine Zigarette zu Ende und betrachtete aufmerksam den leeren Platz. Dann ging er langsam eine Treppe hinunter, die unter den Platz führte – und rannte sofort wieder hoch. Doch der Platz war leer. Beruhigt ging Heide wieder hinunter und klopfte an die Tür, die in die Unterwelt führte. Ein Wächter in einer weinroten Phantasie-Uniform öffnete ihm. Auf seiner Brust baumelten sonderbare Orden mit einem eingravierten Mund darauf, und die Schulterstücke hatten die Form nackter weiblicher Körper. Der Wachmann erkannte Heide, nickte ihm kurz zu und ließ ihn wortlos ein.

Breslau, Mittwoch, den 21. März 1945,
Viertel nach zehn Uhr abends

Unter dem Neumarkt war im Jahre 1944 ein System von Schutzbunkern errichtet worden, das mit dem Regierungsgebäude und dem Hatzfeldt-Palais verbunden war. Die Bunker waren an Kanalisation, Wasser und Gas angeschlossen und mit Ventilationsschächten versehen. Einige der Bunker waren regelrechte große Säle, mit einem Kranz aus kleineren Räumen, die um sie herum angeordnet waren.

Das Bunkernetz brachte Hauptmann Otto von Schebitz, der den Bau beaufsichtigt hatte, auf die Idee, in einem der Säle einen luxuriösen unterirdischen Puff für höhere Offiziere einzurichten. Die Böden wurden mit dicken Teppichen ausgelegt, die Wände mit einer goldenen Tapete ausgekleidet. An Möbeln stellte man vor allem niedrige Sofas hinein. Und bald waren auch Frauen da, die von Schebitz von anderen Bordellen in Breslau abwarb, mit dem Versprechen großzügigen Verdienstes und des Umgangs mit höheren Kreisen.

Einer der Stammgäste war ein gewisser Hauptmann, dessen Lieblingsmädchen eine gewisse Klara Mesletzky war. Diese dreiundzwanzigjährige Blondine (die von Schebitz aus einem Bordell für ausländische Arbeiter geholt hatte), hielt das Interesse des Hauptmanns an ihrer Person für eine große Auszeichnung. Ungeachtet seines fortgeschrittenen Alters war der Hauptmann sehr viril und zärtlich. Er stellte keine überflüssigen Fragen und gab keine unerwünschten Ratschläge. Er trocknete einfach nur Klaras Tränen, wenn es ihr schlecht ging, und schwieg dabei mitfühlend. So erwartete ihn Klara zweimal die Woche mit ausgebreiteten Beinen und zählte stets die Minuten, bis es einundzwanzig Uhr war – dies war nämlich die bevorzugte Zeit des Hauptmanns. Doch seit einem halben Jahr war der Hauptmann nicht mehr gekommen. Klara glaubte ihn tot und gewöhnte sich langsam an den Gedanken, ihn verloren zu haben.

Umso größer war ihre Freude, als er wieder erschien. Jetzt lag sie im Hauptraum des Bordells an seiner Seite, schmiegte sich zum ersten Mal seit vielen Monaten an seinen Körper und atmete den ihr wohlbekannten leichten Duft nach Eau de Cologne von Welzl. Die samtene Gesichtsmaske, die das Gesicht des Hauptmanns bedeckte, gab ihr Rätsel auf, doch Klara hielt sich zurück und stellte keine Fragen, weil sie wusste, dass ihr Stammkunde das nicht mochte. Um den Stoff herum zeigten sich jedoch längliche rosafarbene Narben – und diese befriedigten ihre Neugierde wenigstens teilweise. Die Maske störte sie übrigens nicht weiter, gab sie doch den Blick frei auf das, was Klara an dem Haauptmann am meisten mochte: seine großen, grün-braunen, leicht spöttisch blickenden Augen.

Jetzt musterten diese Augen, weder vergnügt noch irritiert, den SS-Mann, der sich in aufgeknöpfter Uniform und ohne Mütze auf dem Sofa gegenüber fläzte und immer wieder in heiseres derbes Lachen ausbrach. Offensichtlich amüsierte ihn die pantomimische Szene, die direkt vor ihm von zwei Mädchen dargestellt wurde: sie hielten Mauserwaffen aus Holz in den Händen und taten so, als ob sie aufeinander schossen. Dabei ließen sie Geräusche erklingen, die Mock weniger ans Schießen als an das Zischen der Luft aus einem kaputten Reifen erinnerten. Der SS-Mann ließ sich davon jedoch nicht stören und amüsierte sich königlich; er lachte herzlich, als eine der jungen Frauen eine Granate aus Holz in die Hand nahm und so tat, als ob sie diese werfen wollte. Dabei schwang ihre wohlgeformte Brust im Ausschnitt ihres schwarzen Hemdes. Der Hauptmann musste irgendetwas an dieser Szene sehr faszinierend finden, denn er griff in seine Tasche und holte seine Brille hervor.

»Sag mir, mein Schatz, ist dieser Offizier ein Stammkunde von euch?«, sagte er mit sanfter Stimme zu dem neben ihm liegenden Mädchen und wies mit den Augen auf die Szene der Verteidigung der Festung Breslau. »Weißt du, meine Augen werden immer schlechter ...«

»Ja«, erwiderte sie. »Seit drei Monaten kommt er fast jeden Tag her.«

»Und – haben deine Kolleginnen nichts anderes an als schwarze Hemden?«, stellte er noch eine Frage.

»Das sind keine Hemden, lieber Herr Hauptmann«, lächelte ihn Klara an. »Das sind Jacken von SS-Uniformen. Und ja – Monika und Frieda haben außer den Uniformjacken nichts an.«

»Ich verstehe.« In der Stimme des Hauptmanns schwang eine ungeduldige Note mit. »Und das, was auf den Uniformjacken so glitzert? Was ist das?«

»Das sind Pailletten«, informierte ihn seine Gespielin. »Hauptscharführer Heide mag Mädchen in Jacken mit Pailletten.«

Breslau, Mittwoch, den 21. März 1945,
elf Uhr abends

Klara Mesletzky war sehr enttäuscht von dem heutigen Verhalten des Hauptmanns. Sie hatte schon geglaubt, dass die guten alten Zeiten zurückgekehrt wären, in denen ihr Lieblingskunde ihr

Komplimente machte und ihr das Schachspielen beibrachte. Damals verbrachten sie miteinander ganze Abende und ganze Nächte, und Klara ertappte sich immer wieder bei dem Gedanken, dass sie sich wohl in diesen älteren Gentleman mit dem kantigen Gesicht und den perfekten Manieren verliebt hatte. Doch sie verwarf diesen Gedanken so schnell sie konnte, eingedenk der Warnungen ihrer altgedienten Kolleginnen, welche sagten, dass sich eine Prostituierte überall und in jeden verlieben dürfe – nur nicht in einem Bordell und nicht in einen Kunden.

Daran dachte sie jetzt, als sie vor dem SS-Mann kniete und seine harten Finger auf ihren Ohren spürte. Sie tat das, was sie am besten konnte – ihr Hauptmann hatte sie für diesen Dienst an dem SS-Mann fürstlich entlohnt. Auf seinen Befehl hin hatte sie sich vor einer Viertelstunde dem sich auf dem Sofa räkelnden Freund paillettenbesetzter Uniformen genähert und ihm erklärt, sie sei bereit, alles für ihn zu tun, und dass der Besitzer des Puffs sie bereits dafür entlohnt hätte. Hauptscharführer Hans Heide kannte Major Otto von Schebitz sehr gut, und auch dessen Geschäftsprinzip, nach dem die Stammkunden hin und wieder umsonst verwöhnt wurden. Klara schloss die Tür des Separees nicht ab, das hatte ihr der Hauptmann ausdrücklich befohlen. Sie nahm jedoch nicht an, dass ihr Lieblingskunde durch den Schlitz der angelehnten Tür zuschauen würde; das war nicht sein Stil.

Irgendwas stimmte hier nicht. Doch der SS-Mann hatte gar nicht darauf geachtet, ob Klara hinter sich absperrte. Er hatte sich rasch seiner Hose entledigt und hielt nun – in Gedanken die hehren Prinzipien des Bordellbesitzers lobend – die etwas abstehenden Ohren des Mädchens fest und beschleunigte die Bewegungen ihres Kopfes. Doch das, was er plötzlich in den Augen spürte, war kein Staub paradiesischer Blumen. Die Tränen, die über seine Wangen rannen, waren keine orgasmischen Tränen. Und die Lähmung, die ihn erfasste und ihn zu Boden stürzen ließ, hatte nichts mit Zuckungen der erotischen Erfüllung zu tun. Heide zuckte auf dem Boden, als würde er Kopulationsbewegungen ausführen, doch seine aufgeblähte Lunge bekam keine Luft mehr.

Das entsetzte Mädchen schaute zu, wie ihr Hauptmann den SS-Mann, dem er zuvor eine Spritze in den behaarten Oberschenkel gejagt hatte, in den Teppich einrollte. Nun setzte er sich auf dieses sonderbare Paket, klopfte sich die weißen Pulverkristalle vom Ärmel und lächelte Klara an.

»Du warst sehr tapfer!«, meinte er. »Und du wirst niemandem davon erzählen, was hier geschehen ist. Deine Kolleginnen sind mit anderen Kunden beschäftigt, sie haben gar nicht mitbekommen, was mit dem Hauptscharführer passiert ist. Wir bleiben noch ein Weilchen hier sitzen, aber du musst heute nicht mehr arbeiten. Schlaf ein bisschen, mein Liebes, du hattest einen schweren Abend ...«

Der Hauptmann nahm sie auf die Arme und trug sie zum Sofa, er legte sie hin, deckte sie mit einer Wolldecke zu und streichelte ihre Wange. Seine grün-braunen Augen blickten gütig.

»Du warst sehr mutig ...«, sagte er. »Wenn du wieder wach wirst, schau unter das Kissen. Da liegt was für mein kleines Mädchen. Vom Osterhasen.«

Breslau, Mittwoch, den 21. März 1945,
Mitternacht

Drieschner und Jagode, zwei Wächter im Puff unter dem Neumarkt, ließen sich den Schnaps schmecken, welchen ihnen ein schmächtiger Alter mit einem schmalen Fuchsgesicht als Bezahlung gegeben hatte. Die Bezahlung war großzügig ausgefallen, was aber vollkommen gerechtfertigt war. Die Wächter hätten nämlich großen Ärger mit ihrem Chef, Major von Schebitz, bekommen, falls er heute sein Lokal inspiziert und entdeckt hätte, dass sich darin jemand aufhielt, der kein Offizier, sondern ein Schmuggler war. Denn so hatten die Wächter den Beruf des fuchsgesichtigen Mannes eingeschätzt, als sie seinen perfekt geschnittenen Anzug aus englischer Wolle und den Siegelring am kleinen Finger taxierten – doch ausschlaggebend waren die vier Flaschen Weinbrand, die er ihnen in die Hand gedrückt hatte.

Sie wunderten sich nicht, dass der Schmuggler sich mal etwas ganz Feines leisten und »Offiziersnutten«, wie er es formulierte, kennenlernen wollte. Und sie wunderten sich auch nicht, dass er einen Kumpan mit dem Aussehen eines Ochsen dabeihatte.

»Jeder würde die Mädels hier kennenlernen wollen, was, Jagode?«, lachte Drieschner und öffnete eine der Flaschen. »Na, dann wollen wir mal!«

Die Wächter tranken abwechselnd aus demselben Glas, an dem sie jeweils mit Hilfe einer Streichholzschachtel die Füllhöhe abmaßen. Der ältere Mann mit dem Fuchsgesicht und sein riesiger Freund verschwanden in den Räumen des Puffs. Der Abend verstrich langsam, wie immer an einem Wochentag – nur hin und wieder erbebte die Decke, was aber normal war. Die Stunden vergingen. Ein Offizier betrat das Bordell und kaufte eine Karte für eine Stunde, wie die meisten der Kunden hier. Als Drieschner die Summe in das Kassenbuch eintrug, stellte er fest, dass die Zahlen nach unten rutschten, aus den Rubriken ausscherten, dann immer größer wurden. Er schüttelte den Kopf und sah zu, wie Jagode erneut das Glas füllte: »Na, Helmut, noch einen?«

Das Letzte, woran sich der Wächter Drieschner nach diesem Abend erinnern konnte, war der Flaschenhals, aus dem der goldene Strom auf den Tisch floss. Jagode konnte auf einmal das Glas nicht treffen. Der Weinbrand ergoss sich über das Kassenbuch.

Breslau, Donnerstag, den 22. März 1945,
drei Uhr morgens

In der verwüsteten Wohnung in der Viktoriastraße kroch der Schimmer des von den Russen entzündeten Lagerfeuers über die Wände und über die Zimmerdecke. Mock stand dicht an der Wand neben dem Fenster und betrachtete aufmerksam die sechs russischen Soldaten draußen, die sich mit Hilfe von melancholischen Liedern und von Wodka, den sie aus ihrem Kochgeschirr tranken, aufzuwärmen versuchten. Sehnsüchtige, traurige Melodien schwebten durch die deutsche Luft, drangen in deutsche Wohnungen ein, verteilten sich in den deutschen Straßen. Mock blickte auf die Eisenbahnermütze seines Bruders hinunter, die er im Keller gefunden hatte. Es war, als wären die russischen Balladen eine Art Requiem für Franz, der in der Woche zuvor nach Walhalla gegangen war.

Mock gab seinen Leuten ein Zeichen; Wirth und Zupitza legten Heide auf dem Fußboden des Zimmers ab, in dem Berta Flogner vergewaltigt worden war. Wirth holte ein Paar Handschellen hervor. Der kleine Schlüssel knackte im Schloss. Das linke Handgelenk von Heide und der Fensterrahmen, aus dem die Scheibe herausgefallen war, wurden miteinander verbunden. Der Körper des SS-Mannes hing nun einzig und allein an dem angeketteten Arm, so dass seine Gelenke mit Schmerz reagierten. Zunächst spürte er ihn im Handgelenk, dann im Schlüsselbein. Dann wurde Heide endgültig wach. Er zwinkerte mit den Augenlidern, um wenigstens einen minimalen Lufthauch zu produzieren, der die Staubpartikel von seinen Lidern fortwehen würde. Schließlich öffnete er die Augen und blickte seine Henker an.

Mock, Wirth und Zupitza (die beiden Ganoven mit Schmeisser-Pistolen bewaffnet) hockten an der Wand, damit sie von der Straße her nicht zu sehen waren.

Mock näherte sich Heide auf allen vieren und lächelte ihn an. »Sag mal, Hans ...«, flüsterte er. »Wenn du es so richtig besorgt haben willst, wenn du richtig Spaß haben willst, was machst du da? Oder reicht dir etwa normales Ficken?«

Heide wollte etwas sagen, aber die Bandage, die ihm den Mund verband, machte es unmöglich. Er wollte sie sich vom Gesicht reißen, doch seine Hand steckte im eisernen Griff Zupitzas. Mock schob ihm den Hals einer zerbrochenen Flasche unter die Nase. Heide starrte ihn entsetzt an.

»Schiebst du einem Mädel eine Flasche rein?«, zischte Mock.

»Das macht dich richtig geil, oder? Da spritzt du doch sofort ab, stimmt's, du Schweinefresse?«

Heide warf sich herum. Sein Handgelenk knackte. Er schloss die Augen und rutschte zu Boden. Die Kette der Handschellen verhinderte, dass er fiel. Der Fensterrahmen reagierte auf den Wechsel der Stellung des SS-Mannes und knallte laut gegen die Wand. Die Russen auf der Straße hörten auf zu singen. Auf einmal herrschte Stille. Mock gab Zupitza ein Zeichen und dieser schlug Heide mit der flachen Hand ins Gesicht. Mock flüsterte etwas, das die düstersten Vorahnungen des SS-Mannes bestätigte: »Wir sind hier nicht vor Gericht, du Hurensohn. Doch das Urteil wird vollstreckt werden! Ich heiße Eberhard Mock. Du wirst dich in der Hölle an meinen Namen erinnern.«

Die vom Knallen des Fensters alarmierten Russen beratschlagten sich laut. Schließlich hörten die Deutschen das Trampeln von Stiefeln auf dem Kopfsteinpflaster. Mock griff nach Wirths Schmeisser und stellte sich ans Fenster. Als er abdrückte, sah er die vor Überraschung weit aufgerissenen Augen der russischen Soldaten. Das Wüten von Schüssen ließ das Haus erzittern, rauchende Patronenhülsen sprangen über den Boden. Mock hielt sich auf den Beinen und sah ganz deutlich die Staubschwaden über der Straße, die absplitternden Steine, das Blut, das aus dem Hosenbein eines der Russen floss. Plötzlich fielen Ziegelstücke und Putzwolken von der Decke des Raums.

»Weg hier!«, schrie Mock, und alle drei liefen sie aus dem Zimmer. »Passt im Keller auf die Minen auf!«

Die Schritte von Wirth und Zupitza hämmerten auf der Treppe. Mock blieb in der Wohnungstür stehen, um einen letzten Blick auf Hauptscharführer Hans Heide zu werfen, der sich – an den Fensterrahmen gekettet – hin und her warf. Dann rannte Mock seinen Kameraden hinterher. Als er die Kellertreppe erreichte, ließ die Explosionswelle einer Granate die verglaste Eingangstür in die Luft fliegen, und scharfe Kristalle rieselten auf die Treppenstufen. Auch Mocks Mantel bekam einiges ab. Er lief hinunter, hinter sich hörte er Schritte und Schreie. Als er sich endlich in der sicheren Dunkelheit der Kellergewölbe befand, zwischen den wohlbekannten unangenehmen Gerüchen und den freundlichen Tönen der fiependen Ratten, erfasste ihn eine starke Druckwelle, die ihn einige Meter weiter warf. Er schlug mit dem Rücken gegen die Mauer und rutschte hinunter auf den Lehmboden. Neben seinem Kopf flog ein Stück einer Kellertür vorbei. Er fauchte vor Schmerz, als er scharfe Stiche auf seinem zerstörten Gesicht fühlte. Holzspäne bohrten sich in die gespannte Haut der Narben. An seinen Ohrmuscheln spürte er warme Rinnsale.

Mock erhob sich und trottete hinkend Richtung Heimat. Er ging an dem verwesenden Körper des Soldaten vorbei, an den weichen Fladen, die das Einzige waren, was von seinem Bruder geblieben war, und stand schließlich am Eingang zum Schutzbunker, wo Wirth und Zupitza voller Unruhe auf ihn warteten; ihre Augen leuchteten in der Dunkelheit. Nach einer Weile fand er sich in seinem vertrauten Breslau wieder. Er wischte sich das Blut von den Ohren, entfernte die Holzspäne aus den Wunden und den Barthaaren und versuchte den aufdringlichen Gedanken fortzuscheuchen, dass er während der Flucht die Eisenbahnermütze verloren hatte – das einzige Stück, das ihn an seinen Bruder erinnert hatte. Und noch ein anderer Gedanke rumorte in seinem Kopf und verursachte ihm ein schlechtes Gewissen: Ich habe vergessen, Heide nach dem Brief an Franz zu fragen. Ich bin zerstreut, sagte er zu sich. Die Gerechtigkeit ist blind, und zerstreut.

Breslau, Donnerstag, den 22. März 1945,
zehn Uhr morgens

Karen schnitt die Haut der Blutwurst an, und eine bräunliche, dickflüssige Lava ergoss sich auf den Teller; auf ihrer Oberfläche schwammen Fettstückchen und winzige Kügelchen aus Graupen. Die Gabel drückte gegen die Scheibe Vollkornbrot, die wie Löschpapier die klebrige Soße aus der Blutwurst aufsaugte. Mock schnitt sich ein Stück vom zitternden Eiweiß seines Setzeis ab, bestreute es mit Salz, Pfeffer und gemahlenen Senfkörnern, dann drang er mit einer sanften Bewegung seines Messers in das Innere des Eigelbs, das sich in einem schmalen Rinnsal um das Achtel der Salzgurke ergoss. Er nahm einen Schluck Getreidekaffee, der mit Zichorie und Saccharin gewürzt war.

Am Frühstückstisch der Eheleute Mock war heute nur der Kaffee bitter. Die beiden spürten nämlich noch die Süße des frühen Morgens, als Eberhard um fünf nach Hause gekommen war und seine Frau so weckte, wie sie es am liebsten mochte. Und wie unzählige Male zuvor in den fünfzehn Jahren ihrer Ehe glaubte Karen Eberhards Beteuerungen – sie glaubte ihm, als er, nach dem Liebesrausch in ihren Armen liegend, erklärte, seinen letzten Mordfall abgeschlossen zu haben. Er würde sich heute ins Allerheiligenhospital begeben, um mit einem befreundeten Arzt zu sprechen, der das angeblich schwer verwundete Ehepaar Karen und Eberhard Mock in seinem Krankenhaus unterbringen sollte. Anschließend, erzählte Eberhard, würde ein in Gandau landendes Flugzeug, das prominente Kranke abholte, sie beide aus der belagerten Stadt herausschaffen. Sie würden nach Kopenhagen gehen, wo Karen ja zahlreiche Familienangehörige hatte.

»Ich spreche heute mit Dr. Bock. Er wird sich um alles kümmern. Doch bevor ich zu ihm fahre …«, Mock schluckte ein hartkantiges Stück Brot, das er zuvor in Eigelb und Blutwurst gestippt hatte, hinunter, »… muss ich noch die Gräfin von Mogmitz aufsuchen. Ich habe gestern den Mörder ihrer Nichte der Gerechtigkeit zugeführt. Das will ich ihr noch berichten. Ich werde gegen sechs zum Essen zurück sein.«

»Gut.« Karen schob ihren Teller von sich und steckte sich eine Zigarette an. Sie paffte und blies eine Rauchwolke aus, ohne zu inhalieren – ihr Ehemann war schon immer der Meinung gewesen, dass Zigaretten an Karen verschwendet waren. »Wusstest du, dass es in Kopenhagen ein phantastisches Konzerthaus gibt? Wir werden oft abends hingehen. Du wirst deinen Frack anhaben, und ich mein lachsfarbenes Kleid … Alle sagen, dass es mir gut steht …«

»Das lachsfarbene? Welches meinst du?« Mock rauchte ebenfalls, doch verschwendete er dabei keine Zigaretten und nahm tiefe Züge. Nach dem Essen sog sein Organismus das Nikotin mit jeder Zelle in sich auf.

»Na, das, welches du mir aus Paris mitgebracht hast!«

»Ach, du meinst das rosafarbene!« Er identifizierte lächelnd das Kleid, das er im Salon von Coco Chanel erstanden hatte. »In der Tat, es steht dir sehr gut ...«

»Oh nein, was soll ich bloß mit diesem Kerl machen!« Karens Lachen perlte durchs Esszimmer. »Lachsfarben ist doch nicht rosa! Das ist eine vollkommen andere Farbe!«

»Wie du meinst.« Mock richtete sich die Gesichtsmaske und das seidene Halstuch, das er einst in Kopenhagen gekauft hatte und das nun im Ausschnitt seines Hemdes prangte. »Und was wollen wir noch in Kopenhagen tun?«

»Im Sommer werden wir an den Strand von Amager gehen ...«, erwiderte Karen mit verträumter Stimme; so war es immer, wenn sie in Gedanken in ihre Heimatstadt zurückkehrte, die sie einst verlassen hatte, um in Berlin und später in Breslau zu studieren. »Und im Winter werden wir den Raureif auf den Bäumen in den Tivoli-Gärten bewundern ... Du wirst an deine sprachwissenschaftlichen Studien aus den Zeiten deiner Jugend zurückkehren können. Du hast mir doch mal erzählt, dass das dein Traum wäre. Die wissenschaftlichen Bibliotheken in meiner Heimatstadt sind erstklassig! Kannst du dir vorstellen, deinen Lebensabend im Lesesaal der Universitätsbibliothek zu verbringen? Da, wo der Geist des berühmten Sprachwissenschaftlers Rasmus Kristian Rask über allem schwebt? Du träumst doch immer noch davon, linguistische Phänomene zu untersuchen ...«

»Ich habe ja schon alles verlernt.« Mock drückte seine Zigarette aus und verfiel ins Nachdenken. »Früher haben mich zum Beispiel Lautverschiebungen in lateinischen Silben sehr interessiert. Und jetzt weiß ich gar nicht mehr, wie diese Verschiebungen aussahen ...«

»Du wirst alles auffrischen können! Wir vergessen doch nichts, was wir einst geliebt!« Karens Ton wurde immer pathetischer. »Ich zum Beispiel . . .« Sie brach ab.

»Was wolltest du sagen?« Mock verabscheute Pathos und fürchtete, dass Karen ihm gleich etwas anvertrauen würde. »Sprich doch weiter.«

»Ich zum Beispiel kann dein Lächeln am Tag unserer Hochzeit nicht vergessen. Dieses Lächeln war fröhlich und redlich, wenn auch etwas ironisch – und es versprach so viel . . .«

»Ach, lass das. Alte Zeiten.« Mock fühlte sich, als hätte er sich mit Zucker vollgefressen und ihn dann mit flüssigem Honig hinuntergespült. »Ich muss jetzt los.«

»Tu doch nicht härter, als du bist! Hör auf, dich zu verstellen!« Karen packte ihren Ehemann am Ärmel der Hausjacke und schmiegte ihr Gesicht an seine kräftige, mit einem Siegelring geschmückte Hand. »Ich weiß doch, dass du innerlich unsicher und zerrissen bist . . . Du musst mir nicht jemanden anderen vorspielen. Du bist mir deswegen so lieb, weil du diese Empfindsamkeit besitzt. Ich könnte niemals mit jemandem zusammenleben, der die Innerlichkeit eines Gorillas aufweist! Und deine Empfindsamkeit ist beinahe feminin . . .«

Mock riss seine Hand unter Karens Wange weg. Auf der Haut ihres Gesichts erschien eine rote Spur, wo der Siegelring sie aufgekratzt hatte. Karen stöhnte kurz auf vor Schmerz und blickte ihren Ehemann gekränkt an. Mock wurde von einer Welle des Mitleids überflutet, beugte sich über sie und streichelte ihr dichtes Haar, das sie mit einer teuren Vorkriegs-Haarfarbe tönte.

»Jetzt kann uns nichts mehr daran hindern, Breslau zu verlassen«, sagte er und streichelte ihren Kopf. »Nicht einmal mein Bruder Franz.«

»Was ist denn mit ihm? Ist er etwa tot?«, fragte Karen und bemühte sich vergeblich, die Freude in ihrer Stimme zu verbergen.

»Weg ist er. Und Schluss!«, antwortete Mock und verließ das Esszimmer. Er war zufrieden. Der klebrige Geschmack nach gezuckertem Honig in seinem Mund war verschwunden.

Breslau, Donnerstag, den 22. März 1945, mittags

Russische Petljakow-Jagdflugzeuge stürzten in ganzen Schwärmen vom Himmel. Mock sah durch das Fenster den Rauch vom Freiburger Bahnhof heranwehen und überlegte, dass es am sichersten wäre, eine unterirdische Verbindung zur Bergstraße zu finden. Er spuckte einen Klumpen Speichel mit einem Beigeschmack nach Ruß aus, der seine Zunge verklebte, dann startete er das Motorrad und fuhr los Richtung Blücherplatz. Das Motorrad rutschte immer wieder in die Gleise auf der Schweidnitzer Straße. Hinter den kaputten Scheiben der Schaufenster flatterten Gardinen im Wind. Sie warteten auf die Brigaden der Hitlerjugend, zu deren Aufgaben es gehörte, Gardinen abzureißen, die – laut dem Befehlshaber der Festung – die Bewohner der Stadt für weiße Flaggen der Kapitulation halten könnten.

Mock gelangte an das Gebäude der Alten Börse, wo er sich einmal in der Woche bei der Feldgendarmerie der Festung Breslau melden musste. Ein Unteroffizier mit einem von Phosphor verbrannten Gesicht stellte keinerlei Fragen und knallte den Stempel mit solcher Wucht auf Mocks Karte, dass er beinahe ein Loch ins Papier gerissen hätte. Nachdem er den Passierschein, der es Mock erlaubte, sich sowohl oberirdisch als auch unterirdisch durch die Stadt zu bewegen, diesem wieder ausgehändigt hatte, sahen sich beide schweigend an. Dann erklärte der Unteroffizier dem Hauptmann, wie er zur Bergstraße kam, und salutierte mürrisch.

Mock hielt sich an die Empfehlungen und fuhr zunächst in den Schutzbunker unter dem Gebäude der Alten Börse, dann nahm er den Weg die Gleise entlang, die den Blücherplatz einerseits mit dem Hauptbahnhof, andererseits mit dem Bunker am Striegauer Platz verbanden. In ebendiese Richtung bog Mock ab und gelangte nach einer Viertelstunde in den Bunker. Dort herrschte reges Treiben. Deutsche Soldaten und ausländische Arbeiter, der Sprache nach Polen, luden irgendwelche Kisten von einem riesigen Lastwagen und stellten sie auf einer Rampe ab. Die Schmalspurbahn stieß Dampf und Kohleabgase so überreichlich aus, als würde sie gleich eine Reise um die ganze Welt antreten. Mocks Motorrad fuhr an immer weiteren Waggons vorbei und gelangte schließlich an eine Gabelung: Rechts führten die einen Gleise (so vermutete er zumindest) nach Deutsch-Lissa, links ging ein dunkler Tunnel ab. Über der Wegkreuzung befand sich unter der Decke auf Stahlträgern ein beleuchteter Verschlag, in dem der Dienstraum untergebracht war – von dort aus führte eine Stahltreppe an die Oberfläche, in die Stadt zurück. Mit einer ähnlichen Treppe konnte man in den Tunnel hinuntersteigen, was Mock nun zu tun beabsichtigte.

Plötzlich hörte er ein lautes, durch Lautsprecher vervielfältigtes »Halt!«, und ihm wurde warm von dem überdimensionalen Lichtfleck, der auf ihn schien. Er klappte den hohen Mantelkragen hinunter, nahm die Motorradbrille ab und blickte hoch. Einer der Wachleute hielt in den Händen ein Megaphon, der andere einen Scheinwerfer.

»Ihren Namen bitte, Herr Hauptmann!« Die verstärkte Stimme wurde von den Wänden zurückgeworfen.

»Eberhard Mock«, rief er.

»Warten Sie bitte.«

Der Lichtkreis bewegte sich ein Stück von seinem Gesicht weg und Mock setzte die Brille auf. Er sah nun deutlich, wie der eine der Wachleute die Kurbel der Funkanlage zu drehen begann. Er sprach kurz mit jemandem und nahm dann die Kopfhörer ab.

»Na, dann, gute Fahrt, Herr Hauptmann«, hörte Mock ihn rufen. »Immer geradeaus und nach einer Weile sind Sie schon an den unterirdischen Lagern der Lindner-Werke.«

Der leuchtende Kreis rutschte nun gänzlich von Mock herunter, sprang hoch, bewegte sich nach links und verschwand in dem finsteren Tunnel, der in Richtung Stadtgraben führte. Der Hauptmann setzte sich die Gesichtsmaske auf, dann die Motorradbrille, hob dankend die Hand und trat den Anlasser an. Das Motorrad sprang an und zerschnitt die Dunkelheit des Tunnels mit seinem Scheinwerfer. Der Fahrer konnte allerdings nicht viel sehen, weil das Licht immer wieder von der Finsternis verschluckt wurde. Doch er wusste, dass die Wände aus roten Ziegeln waren und dass der Tunnel breit genug war, um zwei Kübelwagen nebeneinander Platz zu bieten. Er fühlte das leise Knirschen des feuchten Sandes am Boden des Tunnels, dann hörte er ganz deutlich das Plätschern von Wasser. Ein Tropfen fiel in den aufgestellten Kragen auf Mocks Nacken und rollte seine Wirbelsäule hinunter. Mock erschauerte, und die Bewegung ließ das Motorrad ein wenig schlittern. In der Ferne schimmerte Licht. Mock hielt an. Das Wasser am Boden des Tunnels war flacher geworden, es tropfte nicht mehr von der Decke. Ich muss unter einem Kanal hindurchgefahren sein, dachte er. Jetzt bin ich wohl nicht weit von der Lindner-Fabrik.

Er hatte recht. Kurze Zeit später befand er sich an einem unterirdischen Rondell, in dessen Mitte statt eines Verkehrslotsen ein dicker Sergeant mit Helm auf einer Zündapp saß. Als er Mock erblickte, hob er die Hand und bedeutete ihm, anzuhalten. Nachdem er den Dienstgrad und den Namen des Fahrers erfahren hatte, wollte er keine Dokumente mehr sehen und gestattete ihm mit einer kreisförmigen Bewegung der Hand, weiterzufahren.

»Zur Lindner-Fabrik, muss ich da hier lang?«, wollte Mock wissen und wies auf den ersten Weg zu seiner Linken.

»Nein«, schnaufte der Dicke. »Die zweite links!«

Mock dankte ihm und fuhr weiter. Das unterirdische Breslau machte ihn ruhig und gelassen. Seine geraden Straßen waren wie klare Strahlen der Rationalität, seine Kreuzungen waren in Mocks Projektionen wie Zusammentreffen unterschiedlicher Gedankengänge, die mit großartiger Toleranz jeder in seine eigene Richtung wegführten; die Rondelle, an denen er durchfuhr, waren wie philosophische Systeme, in der perfekten Form – dem Kreis – gestaltet; sie ordneten das Chaos der Gedanken und brachten Struktur in die Verzweigungen der Zweifel. Mocks Verstand bildete zusammen mit dem *ordo subterraneus* einen einzigen großen monistischen Organismus, mit einem klaren, transparenten Aufbau und einer Ordnung, die auf Gerechtigkeit basierte.

Breslau, Donnerstag, den 22. März 1945,
ein Uhr mittags

Mock bog aus dem breiten Tunnel in den letzten schmalen Abschnitt ab, der zu den Lindner-Werken führte – dieser war sehr unbequem zu fahren, ungefähr zweihundert Meter lang und sehr schmal; es war ein ehemaliger Eisenbahntunnel, auf dessen Boden sich noch Schienen befanden. Das Motorrad holperte somit dauernd über die Holzschwellen, wobei Mocks innere Organe so vibrierten, dass er sich beinahe hätte übergeben müssen. Schließlich war er hindurchgefahren und hielt erleichtert am Ende des Tunnels an. Zwei Wachleute in einem gepanzerten Häuschen grinsten, als sie Mocks angespanntes Gesicht bemerkten – anscheinend kam eine solche Reaktion bei der Durchfahrt öfter vor.

»Hat am Anfang des Eisenbahntunnels das Signal für Einfahrtsverbot geleuchtet?«, wollte einer der Soldaten wissen, während er Mocks Papiere kontrollierte.

»Da hat nichts geleuchtet«, erwiderte Mock mit schwacher Stimme.

»Das Ding ist schon wieder kaputt, Kurt!« Der Mann bekam offensichtlich schlechte Laune. »Bring es doch endlich in Ordnung, wer ist denn hier der Elektriker?«

»Jawohl, Herr Leutnant!«, sagte der gerügte Kurt.

»Entschuldigung, Herr Hauptmann«, sagte der Befehlshaber des Postens. »Aber das ist sehr gefährlich. Das Warnlicht brennt nicht, und die Leute fahren einfach in den Tunnel rein, so wie Sie. Und wenn ihnen dann diese Draisine entgegengerast käme, was dann?« Er wies hinter sich auf die Maschine, die hinter dem Häuschen stand. »Bis acht Uhr hast du es repariert, verstanden, du Ochse?«, brüllte er Kurt zu. »Um acht fährt der Kommandant des Lagers mit der Draisine nach Hause zurück«, fügte er hinzu, als er Mocks verwunderten Blick bemerkte. »Bitte sehr, hier entlang, Herr Hauptmann. Hinter der Draisine befindet sich ein Aufzug, mit dem Sie und Ihr Motorrad hochfahren können.«

Mock war noch benommen von der Fahrt auf den Gleisen,

hinzu kam der Sprachduktus des Leutnants, schnell wie eine Karabinersalve, was ihn zusätzlich verstörte. Er winkte zum Dank und fuhr weiter. Hinter der Draisine nahm er den Aufzug und machte den Motor seiner Maschine aus. Der Soldat, der den Aufzug bediente, drehte an der Kurbel und sie fuhren los. Bald darauf war Mock oben, in einer der Lindner-Fabrikhallen. Er fuhr durch die Halle hindurch zum Ausgang. Dort musste er kurz stehen bleiben, so hell war die Sonne, die ihn blendete. Schon von weitem sah er das Tor der Fabrik, und weiter hinten das Lager.

Er wollte die Maschine vor dem Tor stehen lassen, doch der Wachmann ließ für ihn die Schranke hochgehen und zeigte auf den Weg, der zwischen Stacheldrahtzäunen zu der Baracke führte, in der sich das Besuchszimmer, die Sanitätsräume und die Kommandantur des Lagers befanden. Mock war erstaunt ob des höflichen und unvorschriftsmäßigen Benehmens des Wachmanns, der weder nach einem Ausweis verlangte noch Mock einen Passierschein aushändigte. Nun ja, schließlich hat er mich nur hereingelassen, dachte Mock, als er das Motorrad bei den Holunderbüschen parkte, die um die Baracke herum wuchsen. Du bist viel zu pedantisch und zu misstrauisch. Denkst du, dass alle so sind wie du? Die Welt würde durchdrehen, wenn alle Individuen so wären wie ein gewisser Eberhard Mock. Willst du, weil deine Vorstellung über das Verhalten anderer Menschen nicht mit der Wirklichkeit übereinstimmt, dir den triumphalen Moment verderben, da du der unglücklichen Gräfin die Nachricht über die Rache der Götter am Mörder ihrer Nichte bringst?

»Lieber Herr Professor!«, rief er, als er Brendel bemerkte. »Ich gebe Ihnen hiermit das Motorrad mit herzlichem Dank zurück. Ich werde es nicht mehr brauchen. Heute Nacht haben die Russen den Mörder von Fräulein Flogner geschnappt und bestraft. Sie haben ihn, in seiner SS-Uniform, in der Viktoriastraße vorgefunden. Ich habe ihn den Bolschewisten-Bestien zum Fraß vorgeworfen.« Mock lief mit ausgestreckten Armen auf den Professor zu, als ob er ihn umarmen wollte. »Was glauben Sie, was sie ihm angetan haben? Entweder brennt seine Seele schon in der Hölle, oder aber sein Körper wird bald in Sibirien erfrieren. *Tertium non datur*, Herr Professor. Eine dritte Möglichkeit gibt es nicht!«

»Sie hatte ein samtiges Fötzchen ...« Hinter dem Professor tauchte Kommandant Gnerlich auf.

Mock hörte nicht hin, starrte stattdessen die beiden Männer an – der eine, Brendel, in seinem grauen, fleckigen Anzug, an die Wand der Baracke gekauert, das Gesicht in den Händen; der andere, Gnerlich, in seiner schwarzen SS-Uniform, die über der breiten Brust spannte, breitbeinig dastehend, mit einem Grinsen im Gesicht – seine kleinen, durchdringenden, tief im Schädel sitzenden Augen hatten graue Augenringe und blitzten ironisch. Mock erstarrte.

»Sie hatte ein enges samtiges Loch«, wiederholte Gnerlich. Diesmal hörte Mock es ganz deutlich. »Eine wunderschöne kleine Fotze, eng wie ein Ring.«

Mock fühlte einen sonderbaren Geschmack im Mund. Gnerlich rollte mit den Augen und streckte die Zunge heraus, dann griff er sich an den Schritt und begann schwer zu stöhnen.

»Oh, diese kleine Flogner, die war so heiß!«, schnaufte er und imitierte Kopulationsbewegungen.

Mock blickte zu Brendel, als ob er dort die Antwort auf die eine schreckliche Frage suchte. Die Tränen des Philosophen beantworteten alles.

»Mock, dieser Unteroffizier vom Posten in der Viktoriastraße hat dir doch von einem SS-Mann erzählt ...«, Gnerlich hörte auf, sexuelle Ekstase vorzuspielen, und ließ die Gerte in seiner schwarz behandschuhten Hand wippen, »... und von seinem verschlafenen Adjutanten. Dieser Adjutant war Fräulein Flogner, die süße Berta ... Und wer der SS-Mann war? Na, wer war es wohl, Mock? Bist du sicher, dass es derjenige war, den du den Russen zum Fraß vorgeworfen hast?«

Mock wurde auf einmal bewusst, dass Karen zu Hause auf ihn wartete – und dass er jetzt nicht dorthin zurückkehren konnte. Sie saß wohl auf den gepackten Kisten und starrte erwartungsvoll auf die Wohnungstür. Und wen würde Karen dort erblicken? Ihren

Mann Eberhard, den tapferen Verbrecherjäger? Der ihr im Bewusstsein der erfüllten Pflicht sagte: »Nun endlich ist alles vorbei! Karen, wir fahren nach Kopenhagen, und dort werden wir das Meer und den Raureif auf den Bäumen bewundern.« Nein, Karen würde einen alten Versager sehen, der ihr mitteilte: »Dieser Fall ist noch nicht abgeschlossen. Die Gerechtigkeit wird niemals siegen. Jeder Polizist ist dazu verurteilt, in der ewigen Nichterfüllung zu leben ...«

Auf einmal fühlte er ein Stechen in der Brust; es war, als hätte er eine heiße Kartoffel im Hals, die sich langsam und brennend durch die Speiseröhre schob, bis sie im Magen anlangte. Doch es war kein Herzinfarkt. Es war Wut. Die Wut auf den Menschen, der ihm nicht erlaubte, in Ruhe nach Hause zurückzukehren. Er öffnete den Mund und fühlte, wie seine Lungen heftig die Luft einsogen, die danach kraftvoll an den Stimmbändern entlang hinausgepresst wurde. Mocks Brüllen ließ das ganze Lager in der Bergstraße erzittern – und er warf sich auf Gnerlich, seine Motorradbrille in der rechten Hand. Er wollte die Brille dem Kommandanten in den Hals rammen. Gnerlich lachte und drehte sich herum, hin und her, um den armseligen, ihr Ziel verfehlenden Hieben Mocks zu entgehen.

»Die Junge war besser als die Alte!«, lachte Gnerlich. »Die Alte hat einen Arsch wie ein Stiefelschaft, aber die Junge war so eng wie ein Ehering!«

Mock attackierte mit seinem beschlagenen Schuh Gnerlichs Schienbein. Dieser sprang zur Seite, um dem Tritt zu entgehen, und lachte noch mehr.

»Hau endlich ab aus Breslau, Alter! Und hör auf, so zu hüpfen, sonst muss dich noch eine Krankenschwester nach Hause bringen!«

Mock bekam eine Erleuchtung. Er musste bloß das Hindernis beseitigen, das zwischen ihm und seiner Rückkehr nach Hause stand, zwischen ihm und Karen, die es immer noch wert war, dass er sie liebte und ehrte. Er griff in sein Halfter. Da knurrte Gnerlich wie ein Tier und holte mit dem Bein aus. Mock hatte plötzlich das

Gefühl, als würde sein Schienbein aus dem Kniegelenk springen. Der Schmerz verdrehte ihm den Fuß. Er krümmte sich zu Boden und fühlte Gnerlichs Stiefel auf seinem Nacken. Mock landete flach im Staub vor der Baracke.

»Mach mal ein Nickerchen, Alter! Und hör auf, hier auf Lateinisch zu brabbeln!«, rief Gnerlich und trat noch einmal zu. Mock verlor endgültig das Bewusstsein.

Breslau, Donnerstag, den 22. März 1945,
drei Uhr nachmittags

Als Mock wieder wach wurde, lag er auf einer harten Pritsche im Isolierzimmer des Lagers. Er bewegte den Kopf und verlor beinahe erneut das Bewusstsein. Ein dumpfer Schmerz strahlte vom Ohr zum Hinterkopf aus. Mock fasste sich ans Gesicht; die Maske war noch da. Mit den Fingerkuppen konnte er zwei neue schmale, längliche Wunden auf der Wange erspüren.

»Das kommt von der Gerte«, sagte Professor Brendel leise. »Sie sind nach seinem Tritt ohnmächtig geworden, und dieses Vieh hat Sie noch zweimal mit der Peitsche traktiert.«

»Vielleicht stimmt es gar nicht.« Mock setzte sich auf und fühlte sich, als würde ihm jemand die Schädeldecke abschrauben. Er versuchte, seine Gedanken zu sammeln. »Vielleicht hat er sie gar nicht vergewaltigt, sondern er sagt es nur, um die Gräfin zu quälen.«

»Ich weiß es nicht.« Brendels Wangen zitterten. »Jetzt weiß ich gar nichts mehr ...«

Jemand bewegte sich plötzlich in der Ecke des Isolierzimmers. Die in ein zerrissenes Kleid gehüllte Gestalt legte sich ein Stück Pappe auf die Knie und begann, darauf Linien und Kreise zu zeichnen. Helles Haar fiel ihr über das Gesicht. Ihre Hand, mit einer kleinen Brandwunde wie von einer Zigarette darauf, bewegte sich schnell, sicher und ohne zu zögern. Die Wärterin Waltraut Hellner trat in die Tür des Raumes, wandte sich aber gleich wieder ab.

Mock erhob sich von seiner Liege und drehte sein Gesicht der Wand zu. Er richtete sich die Uniform, strich sich die Haare glatt und korrigierte den Sitz des schweren Gürtels. Dann drehte er seinen schmerzenden Körper wieder zum Raum hin. Gräfin Gertrud von Mogmitz betrachtete ihn mit vollkommener Ruhe. In ihrer ausgestreckten Hand mit der Brandnarbe hielt sie das Stück Pappe.

»Töten Sie ihn!«, las der Professor die stenographische Notiz vor. Mock und die Gräfin schauten sich lange an, ohne zu blinzeln. »Töten Sie den Mörder meiner geliebten Nichte! ›Selig sind, die da hungern und dürsten nach der Gerechtigkeit, denn sie sollen satt werden!‹«

»Herr Hauptmann, tun Sie es!« Diesmal waren es Brendels eigene Worte. »Sie können mein Motorrad behalten.«

Die Gräfin streckte Mock die zweite Hand entgegen. Darin hielt sie eine verblasste Fotografie. Die Wärterin Hellner sprang blitzschnell auf sie zu und zerrte ihr das Bild aus der Hand, das in zwei Hälften zerriss. Dann stieß sie die Gräfin heftig gegen die Wand.

»Ich habe dir doch gesagt, du darfst deinen Besuchern nichts mitgeben!«, schrie sie. »Oder willst du Besuchsverbot bekommen?«

Gertrud von Mogmitz rutschte auf die Knie und kroch in die Ecke des Raums. Mock spürte wieder die heiße Kartoffel in der Brust.

»Das ist nur eine alte Fotografie, wertes Fräulein Hellner«, sagte Brendel ruhig. »Und keine geheime Nachricht.«

Die Frau bewegte den Blick von einer Person zur anderen. Sie war im Alter der Gräfin, etwa Mitte dreißig, doch sie sah viel älter aus. Ihre Augen hatten einen düsteren und erschöpften Ausdruck, ihr Gesicht war von Furchen durchzogen, die von Nikotin und schlaflosen Nächten stammten. Um ihren Mund lagen winzige Pfeile aus Falten, um ihre Augen ein Netz aus Krähenfüßen. Mock hatte bereits Menschen mit einem solchen Gesichtsausdruck gesehen, aber er konnte sich nicht mehr erinnern, wo. Die Hellner schnaubte verächtlich, warf die zerrissene Fotografie auf den Boden und kehrte zu ihrer Ausgangsstellung zurück – in der sie wie eine gelangweilte Karyatide wirkte.

Mock hob die beiden Bildhälften vom Boden auf und legte sie ordentlich nebeneinander. Vor einem Gebäude aus dem achtzehnten Jahrhundert stand der Mock aus Zeitungsfotos bekannte General Rüdiger von Mogmitz, neben ihm seine schöne blonde Ehefrau, die sich bei ihm untergehakt hatte, und auf seiner anderen Seite sein Vater, der alte Graf von Mogmitz. Zu beiden Seiten der hochwohlgeborenen Familie stand das Dienerpaar: eine stämmige junge Frau mit einem Häubchen auf dem Kopf und ein gut gebauter Kammerdiener, in einer perfekt sitzenden Livree. Der heutige Obersturmbannführer Hans Gnerlich war offensichtlich dazu geboren, eine Uniform zu tragen.

Mock schaute zu der in der Ecke des Raums kauernden Gräfin von Mogmitz hinüber und begriff nun ihren dunklen Blick. Dieser sagte: »Vergiss niemals dieses Gesicht!« Er zog die Hacken zusammen und verbeugte sich vor der Gräfin, dabei das Gesicht wegen des Schmerzes verziehend, der in seinem Bein explodierte. Er wusste nun, was er zu tun hatte, wohin er gehen musste.

Niemand würde ihn davon abhalten, zurück nach Hause zu gehen, zu Karen. Niemand. Kein Kammerdiener, kein SS-Mann. Als er an der Hellner vorbeiging, blickte er ihr in die Augen. Er roch ihre Alkoholfahne, und nun erinnerte er sich auch, woher er diesen Gesichtsausdruck kannte.

Er kannte ihn von sich selbst. Er hatte ihn schon so oft gesehen, wenn er morgens die Hände auf das Waschbecken im Bad stützte, in den Spiegel blickte, sich selbst die geschwollene, mit weißlichem Belag bedeckte Zunge herausstreckte. Dann blickte er in seine blutunterlaufenen Augen und schwor sich, nie wieder einen Tropfen Alkohol zu trinken.

Breslau, Donnerstag, den 22. März 1945,
halb vier Uhr nachmittags

Mock fuhr durch die Tunnel und die Korridore der unterirdischen Stadt, und seine Überlegungen waren gänzlich anders als die, die er zuvor auf dem Weg in die Bergstraße angestellt hatte. Die Straßen unter der Erde waren chaotisch angeordnet, ihre Kreuzungen waren gefährlich und unausweichlich, und die Rondelle waren mitnichten dazu da, zu ordnen und zu kontrollieren; sie waren wie Mühlen, die sich hoffnungslos, sinnlos um ihre eigene Achse drehten. Mocks Gedanken waren finster wie die Korridore, durch die er fuhr – sie gabelten sich und verschwanden in dem dämmrigen Licht der Laternen und der Flammen der Azetylenbrenner. Doch Mock hatte genug vom Chaos. Er wollte wenigstens seine innere Welt geordnet wissen.

Zum einen – sagte er zu sich – muss ich mir darüber klar werden, was meine Schuldgefühle auslöst. Zum anderen ... Er war sich nicht sicher, was dieses andere sein sollte. Es war ein glitschiger, schlüpfriger, dunkler Gedanke, der sowohl seiner Logik als auch seiner Intuition entglitt. Er hielt die Maschine irgendwo am Stadtgraben an, in einem kalten, feuchten Tunnel, dann stieg er ab, lehnte sich mit dem Rücken an die Wand und steckte sich eine Zigarette an, die seine Kopfschmerzen noch verstärkte. Schließlich machte er sie wieder aus und legte die Kippe in seine goldene Zigarettendose. Zunächst werde ich mich mit den Schuldgefühlen beschäftigen, dachte er bei sich und wandte seine altbewährte Methode an. Er schloss die Augen, erinnerte sich an vergangene Erfahrungen und wartete auf den Druck im Zwerchfell: das zuverlässigste Zeichen, dass seine innere Wunde wieder aufgegangen war. Doch weder verspürte er den bekannten Druck beim Gedanken an Heides entsetzte Augen, als dieser am Fensterrahmen angekettet hing, noch bei der Erinnerung daran, wie ihm die verschwitzte Eisenbahnermütze seines Bruders aus der Hand fiel, noch bei der Vorstellung von Karens tränenvollen Augen. Doch die Muskeln seines Zwerchfells zuckten schmerzhaft, als er daran zurückdachte, wie die Wärterin Hellner die Gräfin von Mogmitz brutal gegen die Wand stieß. Und er spürte wieder die heiße Kartoffel in der Speiseröhre.

Nachdem ihm sein Eudaimonion diese Information geliefert hatte, ignorierte Mock die Kopfschmerzen und steckte sich die angerauchte Kippe wieder an. Das Rauchen klärte seine Gedanken, die Nikotinpartikel beschleunigten die Bewegungen der Neuronen. Plötzlich konnte er den glitschigen Gedanken greifen, der sich zuvor der Zange seiner Erkenntnis verweigert hatte. Ich verstehe nicht, sagte er zu sich, warum Gnerlich es erst jetzt zugegeben hat, und warum er es überhaupt gestanden hat! Und warum hat er sich damit Zeit gelassen, bis ich den vermeintlichen Täter, also Heide, gefunden und bestraft habe? Ist Gnerlich so ein raffinierter Sadist, dass er die Leute an dem Punkt anfängt zu quälen, wenn sie glauben, ihre Qualen wären zu Ende? Wenn sie gerade ein in ihrem Leben wichtiges Kapitel abgeschlossen haben und dabei sind, sich etwas Neues, Besseres aufzubauen? Na ja, dieses Verhalten wundert mich gar nicht, ich habe es ja selbst oft genug angewendet, den Verdächtigen gegenüber. Wie oft habe ich einen Verdächtigen aus der Untersuchungshaft entlassen, nur um ihn dann verfolgen zu lassen? Und dann, nach ein paar Tagen, die der Delinquent in Freiheit genießen durfte, nachdem er gutes Essen, Alkohol und Frauenkörper gekostet hatte, schlug ich wieder zu, ich stürzte mich auf ihn wie ein Habicht und sperrte ihn ein, in die Keller, zu den Spinnen und den Würmern, deren er sich nicht erwehren konnte.

Mock erinnerte sich auf einmal an einen solchen Verdächtigen, der die psychische Folter nicht ertragen hatte und in dem finsteren Verschlag einem Herzanfall erlegen war. Er schloss wieder die Augen und sah den von Läusen und Flöhen bedeckten Körper, der auf dem dreckigen Lehmboden lag. Jetzt schmerzte sein Kopf so sehr, dass er die Fingerspitzen gegen die Schläfen drücken, sich mitten im Tunnel hinhocken und innehalten musste. Es vergingen einige Minuten, bis das Bild der Leiche und des Ungeziefers in der Finsternis verflog.

»Warum denkst du an das alles?«, sagte er laut zu sich selbst, und seine kräftige Stimme hallte von den Wänden wider. »Du hast einen Hurensohn umgebracht, dann bring noch einen um, und dann geh endlich nach Hause, nimm Karen mit und verlass diese Stadt, solange es noch möglich ist! Und sonst nichts! Du bist nicht sicher, ob Gnerlich Berta Flogner getötet hat? Na und? Bring ihn einfach um! Das Leid der Gräfin wird ein Ende haben, und du wirst von hier weggehen können im Bewusstsein einer erfüllten Pflicht. Und dann hast du endlich diese verdammte Untersuchung, die letzte Ermittlung deines Lebens, beendet! Dann wird es nur noch Karen und Kopenhagen geben, den Raureif an den Bäumen im Park, Abende in der Philharmonie und die Rückkehr zu den linguistischen Freuden deiner Jugend. Den Weg dorthin versperrt dir ein einziger Mensch, eine Kanaille, und wenn du ihn tötest, wirst du der Menschheit einen großen Gefallen tun. Es wird sein wie damals, als du den Perversen Fritz Roberth hast umbringen lassen. Es wäre besser für alle. Und Schluss!«, brüllte er rasend vor Zorn auf sich selbst. »Verstehst du?! Das wär's!«

Er setzte sich wieder auf die Maschine, kickte den Anlasser und fuhr heftig an; unter den Rädern spritzte feuchter Schlamm auf. Das Echo im Tunnel wiederholte »Das wär's ... Das wär's ...« und gab Mock Zuversicht. Die Straßen waren wieder geordnet und gerade – und seine Kopfschmerzen verschwunden.

Breslau, Donnerstag, den 22. März 1945,
vier Uhr nachmittags

Während der Belagerung der Festung Breslau hatte Kurt Wirth begonnen, sich für Kunstgegenstände zu interessieren, welche die Reichen massenhaft loswerden wollten, um die Stadt zu verlassen; diejenigen, die schon immer reich gewesen waren, und auch diejenigen, die erst durch den Ausverkauf jüdischer Besitztümer reich geworden waren. Sie veräußerten eigene und fremde Familienschätze und gewannen dadurch Mittel, um aus Breslau zu verschwinden. Als am sechzehnten Februar der Belagerungsring um Breslau endgültig geschlossen wurde, hörten die Aristokraten und die Reichen auf, ihre Wertgegenstände zu veräußern, und freundeten sich mit dem Gedanken an, dass sie gemeinsam mit ihren Kostbarkeiten unter den Ruinen der Odermetropole begraben sein würden.

Doch bis dahin war es Wirth gelungen, eine großartige Sammlung anzulegen. An den Wänden seines Salons hingen barocke Gemälde schlesischer Meister und Stiche aus dem achtzehnten Jahrhundert mit Darstellungen von Jagdszenen. Die Bilder beruhigten Wirths Nerven und ließen ihn das durchdringende hohe Geräusch vergessen, das sein Gehirn seit dem Moment produzierte, da er von der vollständigen Abdichtung des Belagerungsringes erfahren hatte. Dieser jaulende Ton prallte gegen die Knochen seines Schädels, summte unentwegt und lästig. Und plötzlich war es Wirth – der Meereslandschaft und weite Flussgebiete gewohnt war, die seit jeher sein natürlicher Raum waren –, als hörte er das wohlbekannte Knallen einer zufallenden Gefängnistür. Wirth, der seit Jahrzehnten den Schmuggel auf See- und Binnenwegen kontrollierte, war, als hörte er die Klappe des Spions in der Tür quietschen und dann den rasselnden Atem aus den verkohlten Lungen des Wärters, der durch das Türfenster in die Zelle blickte.

Die Stadt Breslau war gefangen, und damit auch er. Er steckte in einer Zelle fest. Und nur die Portraits der pausbäckigen Bauern und der stolzen Adligen, die aus der Werkstatt Michael Willmanns stammten, und die Darstellungen der bewaffneten Konflikte von Menschen, Göttern und Kentauren konnten Wirths Gedanken für einen Moment in die Welt der Phantasie und der Illusionen entführen.

Auch jetzt, während seines Nickerchens nach dem Mittagessen, schwebten seine Gedanken gen Himmel und ruhten sich auf barocken Wolken aus, die mit dem hebräischen Tetragramm versehen waren. Wenn nur *ein* Mensch nicht gewesen wäre ... Eberhard Mock. Er war es, der Wirths Gedanken aus den ätherischen Regionen zurück auf die Erde geholt hatte und sie wieder in Dreck, Gestank und Ruinen eintauchen ließ.

»Vorbei, werter Herr Mock«, murmelte Wirth und starrte düster nach draußen, in seinen gepflegten Garten. »Die Zeiten sind vorbei, als ich auf Zuruf bereit war.«

Er sprach es und fühlte tiefe innere Befriedigung. Endlich hatte er keine Angst mehr vor dem ehemals allmächtigen Polizisten, hatte sich von ihm emanzipiert. Die gestrige Aktion war der letzte Gefallen, den er Mock getan hatte. Nachdem sie den SS-Mann den Soldaten mit dem roten Stern auf den Uniformmützen zum Fraß vorgeworfen hatten, war Wirth bewusst geworden, dass der alte Mann nur noch ein Wrack war, mit seinem von flammender Pappe verbrannten Gesicht und den mit Leberflecken bedeckten Händen – nur noch ein jämmerlicher Bittsteller. Und einen Bittsteller konnte Wirth eigentlich im Flur abfertigen, um ihn dann auf die Straße zu werfen. Schon jetzt wusste Wirth, dass er kein demütiger, gehorsamer Diener mehr war; denn er hatte sich erlaubt, seinen ehemals mächtigen Schutzpatron nicht mehr »Herr Kommissar«, »Herr Kriminalrat« oder »Herr Hauptmann« zu nennen, sondern nur noch schlicht und einfach »Herr Mock«. Es war dieselbe Höflichkeitsform, die er bei seinem Schneider benutzte, den er »Herr Friesel« nannte, oder bei dem Bäcker an der Ecke, zu dem er »Herr Johnsdorf« sagte. Nun blickte er mit einem etwas höhnischen Grinsen auf Eberhard Mock, der von einem Stich an der Wand zum anderen ging und irgendetwas sagte.

Wirth konzentrierte sich wieder und hörte: »... geschrieben ist?« Mock wies mit dem Zeigefinger auf eines der Bilder. Es stellte einen in Gedanken versunkenen Mann dar, der am Strand saß, vor sich das stürmische Meer. »Das ist Lateinisch. Ich übersetze es mal für dich. Es bedeutet: ›Angenehm ist es, am Ufer des unruhigen Meeres zu sitzen und den Sturm zu betrachten.‹ Und auch du, Wirth, betrachtest den Sturm ...«

Mocks Worte verschwanden in der Irritation, deren Watte plötzlich Wirths Ohren verstopfte. Er hatte wirklich genug von Mocks Klugscheißereien, von diesen lateinischen Zitaten, deren Unkenntnis ihn stets demütigte, diesen Sätzen, die scheinbar immer vollkommen offensichtlich in ihrer Aussage waren, von subtilen Anspielungen, die er nicht verstand. Er hatte genug von den Aristokraten, die ihm ihre Familienjuwelen mit überheblicher Miene aushändigten. Er hatte genug von Eberhard Mock, der genauso ein Verbrecher war wie er selbst und die ganze Zeit so tat, als wäre er jemand Besseres. Gestern habe ich dir geholfen, ich weiß selbst nicht warum, dachte Wirth. Aber heute ist mir ganz sicher nicht danach. Heute werde ich dich aus dem Haus jagen.

»... um Respekt.« Mock ging zu Wirths Kredenz und schenkte, ohne den Gastgeber zu fragen, zwei Gläser Cognac ein. »Jeder möchte respektiert werden. Und ich weiß, dass du immer geglaubt hast, ich würde dich nicht ausreichend respektieren ...«

»Halt die Fresse!«, zischte Wirth. »Ich war dir im alten Breslau zu Diensten. Aber dieses Breslau ist jetzt Vergangenheit. Und nun – verschwinde aus meinem Haus!«

»Es gibt nichts, was erniedrigender wäre«, Mock tat, als hätte er die scharfen Worte nicht gehört, »als einseitiges Duzen. Ich habe Sie, Herr Wirth, jahrelang geduzt, und Sie nannten mich immer bei meinen vollen Titeln und erwiesen mir Respekt. Das kann ich nicht länger zulassen!«

Mock stellte die beiden zu zwei Dritteln gefüllten Gläser auf dem Tisch neben Wirth ab.

»Ich habe die Ehre, mit Ihnen Brüderschaft zu trinken«, sagte er. »Wollen wir du zueinander sagen?«

In Wirths Kopf herrschte Chaos, als er mit seinem ehemaligen Patron anstieß. Die bernsteinfarbene Flüssigkeit erwärmte seine Eingeweide. Mock bewunderte weiter Wirths Kunstschätze. Die Minuten vergingen, von draußen waren Explosionen zu hören. Nichts hatte sich verändert, und doch war alles anders. Der alte Ganove Wirth war tot. Geboren war Herr Kurt Wirth, Kunstkenner und Barockliebhaber, der – wenn ihm nur danach wäre – eine sublime Diskussion über das Motiv des Überflusses in der Kunst des Barocks mit seinem Freund Eberhard beginnen könnte. Doch er würde diese Diskussion auf später verschieben, weil sein alter

Freund Eberhard heute mit einer großen Bitte an ihn herangetreten war. Die Minuten vergingen, Rauchsäulen stiegen in die Luft.

»Gut, Eberhard«, entgegnete Kurt. »Und nun sag mir bitte, um wen es geht und was genau wir zu tun haben.«

Breslau, Donnerstag, den 22. März 1945,
Viertel vor acht Uhr abends

Major Wjatscheslaw Komarenko startete vom Flugplatz bei Kanth, und schon bald überflog er die Ortschaft Opperau, von der er wusste, dass es ein typischer Urlaubsort war, wo sich die wohlhabenden Bewohner Breslaus in der Sommerfrische erholten. Mit Interesse betrachtete er die nicht gerade beeindruckenden einstöckigen Häuser, das Sportzentrum mit einem Freibad (dessen Bassin nun statt mit Wasser mit verrostetem Schrott gefüllt war) und ein wunderhübsches Schlösschen, das an der Ecke der Hauptstraße zwischen alten Bäumen stand.

Der Wachhabende vor dem Lager Bergstraße öffnete die Schranke und der Kübelwagen passierte das Tor. Der SS-Obersturmbannführer saß auf dem Rücksitz unter der Plane. Außer dem Fahrer begleitete ihn nur noch ein Soldat mit entsichertem Gewehr. Der Soldat blickte sich nach allen Seiten um, meistens heftete er jedoch den Blick auf den Himmel, von wo das grimmige Knurren russischer Flugzeuge ertönte. Der Wagen überquerte langsam die Straße und befand sich dann auf dem Gelände der Lindner-Werke.

Hans Zupitza saß in dem gepanzerten Wachhäuschen und starrte auf das Signallicht an der Wand. Wie er von zwei Soldaten erfahren hatte, die nun gefesselt auf dem Boden lagen, ging das Licht dann an, wenn der Aufzug losfuhr. Gerade befand sich die Kabine des Aufzugs im oberen Bereich, und der ihn bedienende Soldat wartete auf einen sehr wichtigen Fahrgast, der pünktlich um acht hinunterfahren sollte.

Der Petljakow-Bomber war bereits in den Luftraum der Festung Breslau eingedrungen. Er schwebte über dem blattlosen Dickicht der Bäume eines riesigen Parks mit einem Teich, an dem ein großes, repräsentatives Gebäude stand. Den Major Komarenko packte Wut auf die Faschisten, deren prunkvolle Gebäude Allegorien des Hochmuts und des Pathos waren, und auf einmal hatte er den Wunsch, eine seiner Fünfzig-Kilogramm-Bomben direkt auf das Gebäude abzuwerfen, das er gerade überflog. Er beherrschte diesen plötzlichen Impuls und verfluchte sich selbst, flog über den Park hinweg und wandte sich Richtung Nordwesten. Nach einigen Minuten erblickte er sein Ziel.

Der Wagen, in dem Gnerlich saß, fuhr in die Fabrikhalle ein und hielt an ihrem anderen Ende neben einem riesigen Blechschuppen, der aussah, als würde er aus dem Boden wachsen. Der Schuppen war sozusagen die Endhaltestelle des Aufzugs, der in die Räume unter der Fabrik fuhr. Der SS-Mann verabschiedete den Fahrer mit dem Hitlergruß und betrat den Aufzug in Gesellschaft des Soldaten mit dem entsicherten Gewehr. Der Soldat, der den Aufzug betätigte, knallte die Hacken zusammen, hob den Kopf und betätigte das Aufzugrad – das Rad setzte einen Dynamo in Bewegung und übermittelte einen Impuls an die Stromleitung; der Strom wurde an die Aufzugkabel geleitet und gelangte schließlich durch die Unterputzleitungen zur Glühbirne in dem Wachhäuschen.

Als Zupitza das angehende Licht bemerkte, beugte er sich vor und hob eine Panzerfaust vom Boden auf, so mühelos, als wäre es ein kleines Aluminiumrohr. Er richtete die Waffe auf den mittleren Teil des Aufzugschachts, schaute durch das Visier und wartete.

Der Tunnel, durch den die Draisine fuhr, war ein Einbahntunnel. An seinem Ende befand sich die Einfahrt in einen anderen Tunnel, der im rechten Winkel abging. Mock wusste, dass die Draisine bis zu der Stelle fuhr, wo die Gleise zu Ende waren. Dort hielt sie an, die Passagiere stiegen aus und gingen zu Fuß weiter. Manchmal erwartete ein Gefährt die Passagiere. Heute wartete ein Motorrad auf Gnerlich. Doch sein Fahrer saß nicht auf dem

Sattel, sondern lag neben der Maschine und biss in einen Knebel. Eberhard Mock und Kurt Wirth hockten an der Wand und starrten in die Dunkelheit, in die Richtung, von wo mit der Draisine Hans Zupitza kommen sollte – der die Leiche des Kommandanten Gnerlich transportieren würde.

Der Petljakow-Bomber, geflogen von Major Komarenko, befand sich nun direkt über den Lindner-Werken. Die Bombenluken gingen auf. Die Luftabwehr-Artillerie hinterließ in der Luft weiße Wolken, die Komarenkos Bomber wie Ornamente auf einem barocken Bild umgaben. Der Major betätigte einen Hebel, und der Flieger wurde auf einmal um zweihundert Kilogramm leichter. Der Bomber flog davon und machte Platz für seinen Nachfolger. Die Bomben rissen riesige Löcher in die mehrstöckigen Hallen. Feuer und Rauch schossen hoch und leckten an den Unterseiten der Flieger.

Zupitza sah den Aufzug hinunterfahren. Er hätte ihn jetzt problemlos mit einer Granate treffen können, aber er war geduldig. Er wartete, bis der Aufzug verlangsamte und sich in der Mitte des Schachts befand. Als es so weit war, erzitterte die Erde, die Stahlseile spannten sich an und barsten schließlich. Zupitza schoss, das Geschoss fegte auf den Schacht zu wie eine bösartige Hornisse, zu der Stelle hin, wo sich der Aufzug in diesem Augenblick befinden sollte. Doch der Aufzug war bereits weiter nach unten gerast; der Schacht, das Wachhäuschen und die Draisine waren gut sichtbar zwischen den aufstiebenden Funken. Plötzlich krachte und quietschte der Aufzug und der Blockademechanismus wurde aktiviert. Der Aufzug hielt zwei Meter über der Erde. Von oben aus dem Schacht wälzten sich Feuer und Rauch hinunter und erfüllten bald den unterirdischen Tunnel. Zupitza bewegte sich vorwärts, die zweite Panzerfaust mit sich schleppend. Er konnte nichts sehen, Rauch und Staub drangen ihm in die Augen. Er zielte wieder, auf die Stelle, wo sich der Aufzug befinden musste, und schoss. Er hörte das Summen des nachgebenden Metalls und spürte, wie ihm Splitter um die Ohren flogen.

Er hatte seine Aufgabe erfüllt. Der Aufzug war zerstört. Gnerlich war tot. Zupitza näherte sich der Draisine und bewegte die Weiche, in deren Mechanismus Putzstücke knirschten. Als er losfuhr, hatte er den Eindruck, als würde von hinten jemand auf die Draisine springen. Er zog seine Pistole und schoss.

Die Erde erbebte, Staub und Rauch erfüllten den Tunnel. Mock und Wirth setzten sich Schutzbrillen auf und spürten ein Zittern unter ihren Füßen. Mock legte die Wange auf die Gleise. Das Beben wurde immer deutlicher.

»Er kommt!«, schrie er zu Wirth. »Es ist vorbei!«

Beide rannten der Draisine entgegen. Nach etwa fünfzig Metern blieben sie stehen, machten die Taschenlampen an und schwenkten sie, um Zupitza das verabredete Signal zu geben. Er sollte verlangsamen, sobald er das Licht der Taschenlampen sah, und dann halten, damit er nicht in die Wand hineinfuhr, die den Tunnel abschloss. Das Beben war schon ganz nah und wurde zu einem Dröhnen, das kaum zu ertragen war.

»Was ist los?!«, schrie Wirth. »Warum hält er nicht an?«

Das war das Letzte, was er sagte – und womöglich das Letzte, was er dachte. Die Draisine tauchte aus den Rauchwolken auf; sie wurde lediglich von einer kleinen Petroleumlampe erleuchtet, die an ihr angebracht war. Beide Männer sprangen zur Seite, um der Höllenmaschine zu entgehen, und schmiegten sich an die Mauern des Tunnels. Wirth spürte auf einmal einen entsetzlichen Sog, dessen er sich nicht erwehren konnte. Dann hörte er ein Knacken und Schmatzen. Er hörte es noch, obwohl er es mit keinem seiner Sinne mehr hätte wahrnehmen dürfen – er konnte doch weder sehen noch hören, wie Teile seines Körpers auf die Wände spritzten, wie seine Extremitäten unter dem Druck der Maschine brachen.

Mock spürte den Sog der Ewigkeit ebenfalls, aber er konnte ihm widerstehen. Er fühlte einen heftigen Schlag gegen die Wirbelsäule und stürzte. Er merkte, wie sprühende Funken sein Gesicht noch mehr verbrannten. Er lag auf den Gleisen. Die Draisine hatte lediglich seinen Ledermantel am Rücken zerrissen. Zwischen den Fingern spürte er einen warmen, weichen, klebrigen, unbekannten Gallert. Er legte die Wange auf die bebenden Gleise und sah die Draisine hinter sich; als sie bremste, stoben Funken hoch. Mehr konnte Mock nicht sehen, wegen des stinkenden Nebels aus Ruß und Rauch, die der Luftzug in die Tunnel der unterirdischen Stadt hineingezogen hatte. Er konnte nicht mehr atmen, drückte sich mit den Fingern die Nase zu und schloss fest den Mund. Vor seinen Augen waberten in der Luft die Silhouetten zweier Männer auf der Draisine: der lachende Kommandant Gnerlich, der einen Fuß auf den blutigen Körper des leblosen Zupitza gestellt hatte.

Als Mock der Wahrheitsgehalt seiner Vision bewusst wurde, beschloss er, endlich aufzugeben. Er wollte nicht mehr kämpfen. Er zog die Finger von der Nase und nahm einen tiefen Atemzug. Der flammende Ruß drang in seine Lunge. Und dann hörte er nur noch einen höllischen Lärm, als die Draisine gegen die Wand raste.

Breslau, Freitag, den 23. März 1945,
sechs Uhr morgens

Mock öffnete die Augen und sah eine unebene, geweißelte Zimmerdecke. Die ungleichmäßige Wirkung ergab sich durch Holzbretter, die ungenau aneinandergenagelt waren. Eine Zimmerdecke aus Brettern, dachte Mock. Aber wo, wo kann das bloß sein?

»Sie sind in der Sanitätsbaracke, im Lager in der Bergstraße, Herr Hauptmann«, hörte er die Stimme von Professor Brendel. »Ich bin bei Ihnen. Bleiben Sie ruhig liegen und ich erzähle Ihnen alles.«

Mock wollte sich nicht an die Anweisung des Professors halten. Zuerst bewegte er seine Extremitäten; der Schmerz, den er fühlte, war keine Explosion, er war eher wie ein sanftes Signal aus den erschöpften Muskeln. Und es war ein Zeichen, dass seine Knochen nicht gebrochen waren. Er hob den Kopf, um eventuelle blaue

Flecke und Blessuren zu begutachten. Dann ging es los. Blut stürzte aus seiner Nase und rann ihm in den Mund, von dort aus in die Lunge, und trug Rußpartikel mit sich. Der erste Hustenanfall zerriss ihn fast und warf ihn zurück auf die Pritsche. Der zweite erschütterte seinen Magen.

Mock packte den Rand der Pritsche und übergab sich in den daneben stehenden Eimer. Die Krämpfe des Erbrechens wüteten in ihm, einem epileptischen Anfall gleich.

Plötzlich fühlte er sanfte Hände an seinen Schläfen. Jemand hielt seinen Kopf und achtete darauf, dass sich dieser über dem Eimer befand. Die kühlen Hände waren für Mock wie eine wunderbare Tröstung, wie die Zärtlichkeit eines Engels. Er fiel auf den Rücken zurück und spürte einen durchdringenden Schmerz in der Wirbelsäule. Er kniff die Augenlider zusammen und wartete darauf, dass alle seine inneren Organe ihren angestammten Platz wieder einnahmen.

Und wieder spürte er die Berührung auf der Stirn; er hielt die Augen geschlossen, weil er fürchtete, dass das sich um ihn kümmernde Wesen nur eine Ausgeburt seiner Phantasie sein könnte, eine Vision, die verschwinden würde, sobald er die Augen aufmachte und sich wieder in der Wirklichkeit befand. Doch die Neugier war stärker. Mock öffnete die Augen – und die Erscheinung verschwand nicht.

Gräfin Gertrud von Mogmitz wischte ihm die Stirn ab. Sie hatte immer noch dasselbe graue Kleid an. Ihre hellen Haare ohne eine Spur von Grau waren zu einem Pferdeschwanz zusammengebunden. Das Leid hatte eine scharfe Linie um ihren Mund gezogen, ihre Augenlider rot gefärbt. Der dunkelblaue Fleck, der vom Schlag der Wärterin herrührte, betonte das Weiß ihrer Haut. Gegen die Auswirkungen der Schmerzen setzte sich die Gräfin durch ein vages, distanziertes, leicht spöttisches Lächeln zur Wehr. Ihre wunderschönen graublauen Augen waren feucht und blickten ihn warm an. Sie wischte Mocks Lippen mit einem Tuch ab und schob ihren Stuhl wieder zurück.

Mock wollte sie aufhalten, an sich ziehen, sie küssen – doch ein

Gedanke, der auf einmal brutal in seinen Kopf eindrang, erlaubte es ihm nicht. Ihm wurde bewusst, dass er seine Maske nicht auf dem Gesicht hatte. Du alter Satyr!, sagte dieser Gedanke. Willst du dieses wunderbare Geschöpf deinem alten, wabbeligen Körper aussetzen? Willst du ihre zarten Lippen mit deinem nach Erbrochenem stinkenden Atem besudeln?

*»Latine loqui possumus?«**, hörte er auf einmal Brendels Stimme.

»Warum?«, antwortete er ihm auf Deutsch, weil ihm kein lateinisches Wort einfallen wollte.

»Ne custos nostra capiat, quid dicamus.« Brendel bewegte den Kopf. *»Quae elementis humanitatis non imbuta sit.«***

Mock hob erneut den Kopf. Die Übelkeit kehrte zurück. Es war ihm jedoch möglich, das Innere der Baracke zu mustern. Die Gräfin saß auf einem Stuhl, Brendel stand neben ihr, wie immer in seinem zerknitterten Anzug, und die Wärterin Hellner döste auf einer Liege, die sich Mocks Pritsche gegenüber befand. Die Tür stand offen und die Kälte, die aus dem Flur der Baracke hereinwehte, ließ Mock erschauern. Die Gräfin packte ihn sorgfältig in die Wolldecke ein und richtete ihm unter dem Kopf den mit Stroh gefüllten Sack aus rohem Leinenstoff.

»Sprechen Sie langsam und in einfachen Sätzen.« Mocks riesige, geschwollene Zunge behinderte ihn beim Sprechen. »Aber zuerst möchte ich etwas trinken.«

Die Gräfin hob seinen Kopf und flößte ihm Wasser ein. Jeder Schluck war wie eine Liebkosung, wie ein Kuss. Er hätte viel dafür gegeben, wenn er weiter so hätte daliegen können, mit seinem Kopf in ihrer Armbeuge, wo er sich an dem Gefühl ihrer seidigen Haut erfreuen konnte, wo er mit einer kleinen Bewegung die Stirn an ihren wohlgeformten Busen schmiegen konnte.

* Können wir Latein sprechen?
(Anmerkung des Autors: Ich möchte ergänzen, dass Brendel ein einfaches Latein gebraucht, ohne stilistische Ambitionen.)

** Damit unsere Bewacherin nicht versteht, was wir sagen. Denn sie hat keine humanistische Bildung genossen.

*»Praefectus vivit, quamquam vulneratus et pede aegrotus est«**, hörte Mock und spürte eine Woge der Übelkeit. Er drehte sich zur Seite, und wieder fühlte er, wie die sanften, kühlen Hände der Gräfin seinen Kopf hielten. Seine Eingeweide erzitterten, doch diesmal landete nur ein dunkler Streifen Speichel in dem Eimer.

*»Nemo praeter te et praefectum vivus est. Aer per lucam in muro a machina factam influit et tibi saluti fuit. Postquam per exploratores inventus es et nobis reportatus.«***

Mock fiel auf die Pritsche zurück. Die Gräfin wischte seine schweißnasse Stirn ab. Die Nachricht vom Tode Wirths und Zupitzas wurde durch das Lateinische neutralisiert. Die Sprache seiner Studienzeit, die nun die Funktion eines Geheimcodes hatte, war wie ein Filter, durch den die Bilder der Vergangenheit nicht dringen konnten. Mock konzentrierte sich nur noch darauf, die Wortfolge *lucam a machina factam* und die Dativ-Konstruktion *tibi saluti* zu begreifen. Er wollte nicht zulassen, dass in seinem Bewusstsein Bilder der beiden unzertrennlichen Breslauer Freunde, die wie Castor und Pollux waren, aufkamen – Erinnerungen an Wirth und Zupitza, die ihm die ganzen Jahre so treu gedient hatten und die nun seinetwegen in den Ruinen der Stadt begraben lagen.

»Es waren einfach nur Ganoven …« Mocks Zunge bewegte sich mittlerweile etwas flüssiger in seinem ausgetrockneten Mund. Und während er den erstaunten Brendel anblickte, fiel ihm eine Formulierung aus dem Unterricht in Kirchenlatein ein:

»Latrones sine conscientia.« ***

Er schloss die Augen und spürte auf einmal Tränen unter den Lidern. Er kniff sie so fest zusammen, dass ihn die Augen schmerzten. Doch es half nichts. Die Tränen rannen auf die Wangen und

* Der Kommandant lebt, aber er ist verletzt und hat ein krankes Bein.

** Niemand hat überlebt, außer dir und dem Kommandanten. Luft ist durch ein Loch in der Mauer, das die Maschine hineingebrochen hat, eingedrungen und brachte dir Erlösung. Dann wurdest du von Spähern gefunden und zu uns gebracht.

*** Diebe ohne Gewissen.

suchten sich einen Weg durch die tiefen Furchen in seinem entstellten Gesicht. Er hatte weder nach dem Tod seiner Mutter geweint noch eine Träne um seinen Vater und um seinen Bruder vergossen. In seinem ganzen Leben hatte er nur zweimal geweint: als ihn seine erste Frau Sophie verlassen hatte und jetzt, nach dem Tod von Wirth und Zupitza.

Wieder spürte er die Hand der Gräfin auf seinem Gesicht. Er öffnete die Augen. Nun waren sie völlig trocken.

»Schön, schön!«, sagte er zu ihr. »Ich bin anscheinend durch und durch verdorben. Ich weine nur wegen Nutten und Verbrechern.«

Die Gräfin zuckte zusammen und blickte Brendel an. Sie begann aufgeregt zu gestikulieren. Mock schien es, als säße er in einer Theateraufführung, in der ein Schauspieler pantomimisch etwas darstellt, während der andere seine Gesten für das Publikum übersetzt.

Brendel sagte nun nichts mehr, was die Wärterin nicht hätte hören dürfen, und so wechselte er wieder ins Deutsche. Als die Gräfin die Faust hob, interpretierte er ihre Worte so: »Weine niemandem nach! Wir werden uns alle im Haus des Herrn wiedersehen!« Den Rest las er von einem Zettel ab, den die Gräfin mit Stenographiezeichen füllte. »Alle, aber diejenigen, die aus dieser Stadt stammen, die am ehesten. Doch du und ich werden erst später im Haus des Herrn ankommen, denn wir werden diese Hölle auf Erden überleben!«

Mock bekam es mit der Angst zu tun, dass die Gräfin verrückt geworden war. Doch ihr Blick war fest und ruhig, und er brachte ihm Tröstung und Gewissheit. Sie wandte ihre Augen dem Professor zu und da wurde der Blick entschieden und befehlend. Und auch Mock beugte sich diesem Befehl, obwohl in seinem Gehirn unablässig zwei logische Gedanken wüteten: Warum sollten andere sterben und er und die Gräfin überleben? Und warum zählte die Gräfin Professor Brendel junior nicht zu den Überlebenden? Doch er stellte keine Fragen. Ihm schien, als bedeute der Blick der Gräfin: »Erkläre ihm alles!« Mock irrte sich nicht. Brendel gehorchte dem stummen Befehl: »Ich kenne ihre Art zu denken und zu argumentieren, Herr Hauptmann. Sie wird überleben, weil sie alle Bedingungen erfüllt, die Jesus in der Bergpredigt an die Gläubigen gestellt hat. Die Gräfin ist ›geistlich arm‹, wie es bei Luther heißt, das bedeutet, dass sie auf gottgefällige Weise kindlich ist. Wissen Sie, was dies ausdrücken soll, Herr Hauptmann?«

»Nein, ich weiß es nicht«, brachte Mock mühsam hervor.

»Ich bitte um Geduld. Ich werde Ihnen alles erklären.« Brendel blickte voller Bewunderung in die hellen Augen der Gräfin. »Die Gräfin denkt in einer axiologisch eindeutigen Weise, wie ein Kind. Ein Kind fragt seine Eltern, ob jemand gut oder böse ist. Die Eltern antworten ihm eindeutig, denn es gibt nur Schwarz oder Weiß, keinen Graubereich. Ein Vater wird nicht antworten: ›Er ist zum Teil gut, zum Teil böse.‹ Die Gräfin fragt Gott in ihrer Eigenschaft als Sein Kind. Und Gott antwortet durch die Bibel! Dies zum einen ...« Brendel hob den Zeigefinger und holte tief Luft. »Und zum anderen: Woher soll ein Kind wissen, dass der epistemologische Wert der Antwort des Vaters die Wahrheit ist?«

»Ich weiß nicht, woher das Kind das wissen soll«, seufzte Mock. »Aber ich hätte eine Bitte an Sie. Verschonen Sie mein verwirrtes Gehirn und reden Sie freundlicherweise klarer.«

»Gut.« Brendel lächelte liebenswürdig, als sei Mock ein wissensdurstiger, aber ein wenig begriffsstutziger Student. »Nun. Woher weiß das Kind, dass der Vater die Wahrheit spricht? Die Antwort ist einfach: weil das Kind seinem Vater vertraut. Und so ist auch die Gräfin – sie vertraut Gott. Somit ist sie ›geistlich arm‹, also von schlichtem Geist. Lassen Sie uns fortfahren. ›Selig sind, die da Leid tragen, denn sie sollen getröstet werden.‹ Die Gräfin leidet, das ist für alle offensichtlich. Für sie war Berta wie ihre eigene Tochter. Nun wurde das unglückliche Mädchen zum Opfer des *carnificis horribilis, qui his castris praeest**. Und außerdem *carnifex comitem nostram per tormenta cruciat***. Er rächt sich für die Jahre seiner Dienerschaft.«

* Des grausamen Henkers, der diesem Lager vorsteht.

** Quält unsere Gräfin mit Foltern.

»Ich habe Sie nicht verstanden«, sagte Mock, immer mehr fasziniert. »Die Vokabeln *carnifex* und *tormentum* sind mir gerade entfallen.«

»*Carnifex* bedeutet so viel wie *cruciator*, Henker. Und *tormentum* ist *dolor corporis a cruciatore factus**.« Brendel blickte vorsichtig zu der Wärterin hinüber, die wach geworden war und ihr Gespräch belauschte.

»Bitte sprechen Sie weiter, Professor, das ist sehr interessant ...« Mock richtete sich etwas auf und stützte sich auf den Ellbogen.

»Nun. ›Selig sind die Sanftmütigen.‹ Die Gräfin ist die Sanftmut in Person, Sie haben es selbst erlebt. Ein entsetzliches Leid hat ihr die Sprachfähigkeit genommen. Die nächste Seligpreisung bezieht sich auf die, die nach Gerechtigkeit dürsten.«

»Ja«, unterbrach Mock den Professor. »Sie hat sogar an meinen Gerechtigkeitsdurst appelliert. Sie hat mir *imaginem cruciatoris* gegeben, auf dass es mich stets an die *necessitate ultionis*** erinnert.«

»Was soll das?«, brüllte jetzt die Wärterin. »Redet so, dass ich es verstehen kann! Sonst bringe ich euch alle auseinander! Was ist das für eine Verschwörung?«

»Gute Frau, Sie hätten in der Schule besser aufpassen sollen«, erwiderte Brendel. »Wer kein Latein kann ...«

Mock hatte Angst, dass die »gute Frau« sich beleidigt fühlen und ihre Wut an der Gräfin auslassen würde und sagte: »Ist schon gut. Wir werden ab jetzt auf Deutsch sprechen. Obwohl ich Ihnen nicht garantieren kann, dass Ihnen alle Worte verständlich sein werden ...«

»So ein hässliches Monster mit einer Fresse wie Blumenkohl, und spielt den Klugscheißer!«, erwiderte die Wärterin, während sie Mock musterte. Sie setzte sich auf die Liege und heftete den Blick ihrer kleinen dunklen Augen auf ihn, feindselig und konzentriert.

»Wir waren gerade bei jenen, die da nach Gerechtigkeit dürs-

* Entsetzlicher Schmerz, durch den Henker zugefügt.

** Ein Bild vom Henker. / Notwendigkeit der Rache.

ten«, sagte Brendel, der das Verhalten der Wärterin als Zeichen nahm, weitersprechen zu dürfen. »Dann geht es um die Barmherzigen. Die Gräfin hat schon oft Beweise ihrer Barmherzigkeit geliefert, indem sie sich für Verfolgte und Unterdrückte einsetzte, was Ihnen wohlbekannt sein dürfte ...«

»Natürlich ist es mir bekannt.« Mock versuchte vergebens, sich an den Rest der Bergpredigt zu erinnern. »Man sprach überall davon, wie die Gräfin schwangeren polnischen Arbeiterinnen aus den Arbeitslagern in Burgweide und der Clausewitzstraße geholfen hat – und dass sie den dort geborenen Kindern ein Heim bei sich auf dem Gut gab. Ich weiß noch, dass ich einen Artikel darüber gelesen habe. Nur war dieser auffällig feindselig der Gräfin gegenüber.«

»Das muss nach der Sache mit ihrem Ehemann gewesen sein«, meinte Brendel. »War es nicht so, Frau Gräfin?«

Diese nickte kurz und begann fieberhaft etwas zu notieren. Sie war so schön in ihrer Selbstvergessenheit ... Mock spürte das warme Aufkommen des Mitgefühls, als er auf ihre Hände mit der trockenen, dünnen Haut blickte.

Brendel schaute auf die geheimnisvollen Zeichen, die aussahen wie handschriftliche Abschriften der Symbole in den römischen Katakomben, und sagte: »Ja, ja, selbstverständlich doch, Gräfin. Ich werde es gleich übersetzen. Natürlich, ich sehe es genauso ...«

»Wie viele Seligpreisungen gibt es denn insgesamt?«, unterbrach Mock den Professor. »Ich habe alles vergessen, das Lateinische und die Religion erst recht ...«

»Neun.« Der Professor zählte lautlos alle, die er bisher erwähnt hatte. »Ich habe von fünfen gesprochen. Noch vier: Seligpreisung derjenigen, die reinen Herzens sind, der Friedfertigen, derjenigen die um der Gerechtigkeit willen verfolgt werden und diejenigen, die wegen ihrer Liebe zu Gott geschmäht und verfolgt werden. An die letzte kann ich mich nicht wortwörtlich erinnern, ich kann sie nicht exakt aus dem Gedächtnis zitieren ...«

»Das macht nichts«, meinte Mock und wandte sich direkt an Gertrud von Mogmitz. »So oder so: alles stimmt, vielleicht bis auf die letzte Seligpreisung. Es sei denn, jemand verfolgt die Gräfin wegen ihrer Liebe zu Gott?«

Die Gräfin presste die Lippen zusammen und wies auf die Tür; dann schrieb sie etwas.

»Carnifex«, antwortete Brendel für sie, *»est cultor doctrinae paganae, non Christianae.«**

»Schluss jetzt! Du solltest doch kein Latein mehr reden!«, brüllte die Hellner den Professor an und ging hinaus auf den Flur. »Heinz, wir schaffen die hochwohlgeborene Madame jetzt hier raus!«

Brendel versuchte gar nicht erst zu protestieren. Ein hochgewachsener Wachmann betrat, das Gewehr im Anschlag, das Krankenzimmer.

Die Gräfin erhob sich, lächelte Mock an – und dann winkte sie ihm zum Abschied zu. Diese Geste wäre passend gewesen für einen Abschied unter Freunden nach einem Spaziergang, einem gelungenen Picknick oder nachdem man zusammen im Kino war, ging es Mock durch den Kopf.

So verabschiedeten sich schöne Frauen einst in der Pergola an der Jahrhunderthalle, und die Sonne beleuchtete von hinten ihre weißen, im Wind flatternden Kleider; Frauen, die den Kopf kokett zur Seite legten und den Männern unter der Hutkrempe hervor ein amüsiertes Lächeln schickten. Dann gingen sie davon, ihre schmalen Absätze klapperten auf dem Boden – und der Mann blieb allein zurück, in einem Korridor aus Blättern.

Mock schloss die Augen und schlief ein, genoss dabei die Lichtreflexe der Sonne, die hellen Punkte in dem Blätterdach im Park.

* Der Henker. Er ist Anhänger der heidnischen und nicht der christlichen Religion.

Breslau, Freitag, den 23. März 1945, neun Uhr morgens

Mock spürte einen Druck auf dem Unterarm. Karens warmer Kopf lag in seiner Armbeuge. Er merkte, wie es in seinem eingeschlafenen Arm kribbelte, und erhob sich schwerfällig. Ein kurzer Schmerz zuckte durch seine Wirbelsäule. Die freie Hand tauchte er in die dichten Haare seiner Frau, hob ihren Kopf leicht an und befreite seinen Arm.

Er sah die Falten um Karens Augen und spürte etwas Bitteres in seiner Kehle; dabei wollte er doch nicht mehr weinen. Er beugte sich hinunter und küsste ihren Hals. Aus dem Augenwinkel sah er, wie ein Ohrwurm aus ihrem Ohr krabbelte. Statt Ekel verspürte er nur plötzliche Neugierde: Warum hieß das Tier auf Deutsch Ohrwurm, während es auf Latein *forficula auricularia* hieß, »Ohrenschere«? Konnte es wirklich sein, dass es Trommelfelle durchknabberte? Ein zweiter Wurm kroch aus Karens Ohr und rannte über Mocks Arm, dabei scherte er mit seinem Unterleib nach links und rechts. Mock spürte ein Kitzeln unter den Achseln, dann einen schmerzhaften Stich. Er zuckte zusammen und setzte sich abrupt im Bett auf. Karens Kopf fiel zur Seite. Aus ihren Ohren floss eine dicke, gelbliche Flüssigkeit, und die darin schwimmenden Ohrwürmer erhoben ihre wütend zuckenden Zangen. Mock schrie verzweifelt und ergriff den Kopf seiner Frau, ohne auf die boshaften Tiere zu achten, die durch die dichten Haare auf seinen Unterarmen krochen. Er hörte ein leises Knacken. Karens Kopf war vom Nacken abgebrochen, und aus ihrem Hals stieg dunkler Rauch. Mock verschluckte sich an seinem eigenen Speichel und spürte ein Kribbeln im Gesicht. Der Ohrwurm hatte seine Scheren in Eberhards Augenwinkel gerammt, und irgendjemandes Fingerspitzen zogen seine Lider auseinander.

Mock öffnete die Augen und sah über sich das zerfurchte, graue, besorgte Gesicht des Professors Brendel. Die Furchen verschwanden beinahe, als er lächelte.

»Sie müssen einen Albtraum gehabt haben, Herr Hauptmann«, meinte er. »Wünschen Sie, sich zu übergeben?«

Mock schüttelte den Kopf und sammelte seine Kräfte. Er setzte sich auf seiner harten Pritsche auf und fühlte ein Kreiseln in seinem Kopf. Ihm war, als würde irgendeine klebrige, dicke, warme Flüssigkeit seinen Schädel ausfüllen und alles verstopfen.

»Können Sie sich noch erinnern, was ich vorhin auf Latein gesagt habe?«, wollte der Professor wissen.

Mock nickte und schleppte sich von der Pritsche. Der raue Stoff des Hemdes klebte an seiner Haut. Draußen vor dem Fenster schlug der Holunderzweig mit den vertrockneten schwarzen Beeren gegen die Scheibe. Der Fußboden erzitterte von den Explosionen, die sich unweit der Bergstraße ereigneten.

»Wer hat mich ausgezogen?«, fragte Mock; er stellte sich vor, wie die Gräfin seinen wabbeligen Altmännerkörper anfasste, und plötzlich ekelte er sich vor sich selbst. »Und warum?«

»Ihre Uniform ist verschmutzt und zerrissen«, antwortete Brendel. »Sie hat bei Ihrer heldenhaften Tat gelitten.« Er reichte Mock ein in Zeitungspapier eingewickeltes Päckchen. »Hier – die Zivilkleidung eines der Gefangenen. Die borgt Ihnen der stellvertretende Lagerkommandant Gerstberger. Bitte, ziehen Sie sich um, ich warte vor der Tür.«

Brendel verließ den Raum. Mock riss mit zitternden Händen das Papier auf und sah sich die Kleider an. Er holte die Hose hervor, schob seine dünnen krummen Glieder in die zu weiten Hosenbeine. Als er die zahlreichen Knöpfe an der Hose schloss, wurde ihm der Sinn der Worte des Professors bewusst. Sein Kopf hörte auf, sich zu drehen, und die klebrige Substanz darin wurde fest. Die Fragen, die sich ihm plötzlich aufdrängten, stellten ihn wieder auf die Beine und machten ihn vollkommen wach. Rätsel mit einer Ursache-Wirkung-Konstruktion hatten ihn schon immer begeistert, sein Gehirn munter gemacht – völlig unabhängig davon, ob es von Alkoholmissbrauch oder Schlägen schmerzte.

»Warum das denn?«, rief er zu Brendel, während er den Gürtel schloss. »Wieso ist dieser Gerstberger so nett zu mir?«

»Ich sage Ihnen noch etwas«, kam Brendels Stimme von draußen. »Der stellvertretende Kommandant stellt Ihnen sein Motorrad zur Verfügung. Ich werde Sie damit nach Hause fahren. Meine Maschine befindet sich momentan immer noch unter der Erde.«

»Sie haben mir meine Frage nicht beantwortet, Herr Professor.« Mock kämpfte mit den Bändchen, die statt Manschettenknöpfen an den Hemdsärmeln angebracht waren.

»Gerstberger nennt Sie den ›Helden von Dresden‹.« Brendels Stimme war völlig ernst.

»Ich verstehe ...« Mock probierte das Jackett an und rieb sich die Schläfen mit den Fingerspitzen.

Alles kam wieder ins Gleichgewicht. Nur der leichte Kopfschmerz und der saure Geschmack im Mund erinnerten Mock an die vergangenen unangenehmen Erlebnisse. Er band sich die alte Krawatte um den Hals, die er unter anderen Umständen nicht mal angeblickt hätte, und hörte ein leises Knacken. Es klang wie im Traum, als Karens Kopf vom Hals abbrach. Eberhard setzte sich wieder hin und spürte, wie ihm die Tränen in die Augen stiegen. Er hätte viel dafür gegeben, Karen in den Armen halten zu können. Er stellte sie sich vor, wie sie jetzt an ihrem Toilettentischchen saß und ratlos die grauen Strähnen betrachtete, die durch die blonde Haarfarbe hindurchschimmerten, wie sie heimlich um ihren seit über vierundzwanzig Stunden verschollenen Mann weinte, wie sie – jetzt ganz besonders – ihre Schwäche nicht zugeben wollte und sich, als ob nichts wäre, an ihre üblichen kosmetischen Aktivitäten machte. Doch es würde nicht lange dauern, da würde sie es nicht mehr durchhalten können – beißende Tränen würden sich den Weg durch ihre vor Kummer enge Kehle bahnen, gleich würde sich Karen auf das Bett werfen und vor Weinen explodieren, gleich würde sie unter Tränen Gebete an ihren Gott schicken, auf dass er aus dem wütenden Himmel Bomben auf das Haus am Zwingerplatz hinunterschicken möge, um sie zusammen mit ihrer unerwiderten Liebe zu Eberhard unter den Trümmern zu begraben.

Mock hätte viel darum gegeben, Karen jetzt in die Arme schließen zu können. Es trennten ihn nur die wenigen Schritte von ihr, die er zum Motorrad gehen musste, und dann die knappe halbe Stunde Fahrt durch die zerbombte Stadt. Dann würde er bei ihr sein, sie an sich drücken, sich bei ihr entschuldigen, sie beruhigen – und sie würden endlich Breslau verlassen und nach Kopenhagen fliehen. Er würde Gnerlich irgendwann später töten, nach dem Krieg; dann würde er seinen Kopf als Trophäe dieser heiligen Frau, der Gräfin Gertrud von Mogmitz, vor die Füße werfen.

Brendel, beunruhigt von dem Knarren der Pritschenbretter, betrat das Zimmer. Mock drückte sofort die Fingerspitzen gegen seine Augenlider; die letzten Tränen rieb er sich in die empfindliche Haut der Narben in seinem Gesicht. Er muss bemerkt haben, dass ich weine, dachte Mock. Wenn ich die Hände vom Gesicht nehme, wird er die Spuren meiner Tränen sehen.

Als Eberhard Mock noch ein junger Student war, überwältigten ihn öfter Anfälle von unbegründeter Heiterkeit. Es reichte schon, dass er zwei Begebenheiten, die nichts miteinander zu tun hatten, in Gedanken miteinander verband, und schon brach er in Lachen aus – das er im Unterricht zügeln musste. Es war halb so schlimm, wenn ihn dieses sinnleere Lachen während einer Vorlesung des sanftmütigen Archäologieprofessors Richard Förster überwältigte. Leider war es Eberhard auch einmal während der Veranstaltung des strengen Professors Eduard Norden passiert. Dem Studenten war bewusst, dass er sich sofort beruhigen musste, sonst würde er sich der beißenden Wut des Lehrers aussetzen. Der alberne Scherzbold begann also, über traurige und unwiderrufliche Dinge nachzudenken, wie den dereinstigen Tod seiner Eltern oder das Gesicht seines Arztes, als er Eberhard mitteilen musste, dieser habe sich mit Syphilis angesteckt. Die Lachattacke war vorbei, der Professor konnte seinen Unterricht über Plautus' Anapäste fortsetzen – und der junge Eberhard Mock hatte eine neue Methode des Widerstands in schwierigen Situationen erlernt.

Auch jetzt, als seine Schwäche von Brendel hätte entdeckt werden können, zwang er sich, seine Gedankengänge zu wechseln: von sanft und zärtlich zu böse und wütend. Er zwang sich, Wut auf

Karen zu empfinden. Karen ist so süßlich und übertrieben pathetisch!, dachte er. Was sie sagt, ist dümmlich und trivial, sie redet wie ein exaltierter Backfisch. Es fehlt nur noch, dass sie in ihrer übersteigerten Aufregung herumhüpft und mit ihrem skandinavischen Akzent ruft: »Och, Ebi! Die Welt ist so wundervoll!« oder »Das hast du aber schön gesagt!«

Mock nahm die Hände von den Augen und sah den beunruhigten Brendel an, dann stand er auf, und sie gingen zusammen aus der Sanitätsbaracke. Der Himmel dröhnte von Explosionen, von der Gräbschener Straße zog eine Welle schwarzen Rauchs vorüber.

Doch Mock nahm das alles nicht wahr. Er sah weder den Rauch noch den Stacheldrahtzaun des Lagers noch das Wachhäuschen, und auch nicht das bekümmerte Gesicht des Professors, der ihm in den Beiwagen des Motorrads half. Mock hatte nur das Gesicht seiner Ehefrau vor Augen, ihren spöttisch verzogenen Mund, wie sie mit einer Freundin sprach und dieser ihren Schwager Franz beschrieb; sie nannte ihn verächtlich den »Eisenbahner«, ihr Speichel zerstob in der Luft; der Speichel der Aristokraten der germanischen Welt, der Speichel ihrer Vorfahren, der stolzen Wikinger. Was konnte diese nordische Prinzessin anderes als Verachtung gegenüber einem schlichten Mann aus der verkommenen Breslauer Altstadt verspüren! Sie hasste und verachtete ihn, diese exaltierte Idiotin, Absolventin der Philosophie, die nicht die leiseste Ahnung von der Denkweise eines aufrichtigen, schlichten Menschen hatte, von seinem offenen Herzen, von seiner gewöhnlichen Trauer, von seinen klaren, atavistischen Prinzipien!

Brendel legte einen nach Mottenkugeln riechenden Mantel um den im Beiwagen sitzenden Hauptmann, packte ihn ordentlich ein und setzte sich dann ans Steuer.

Sie fuhren unter der Eisenbahnbrücke an der Märkischen Straße hindurch und kamen bald darauf in die Friedrich-Wilhelm-Straße. Den größten Teil der Straße belegten kaputte Tische, Schränke ohne Türen, Eisenbetten. Brendel bahnte sich einen Weg zwischen den zerstörten Möbeln und den Pferdeleichen, die am Straßenrand lagen. Irgendein Brennkommando begoss das Eckhaus mit Benzin und Spiritus. Doch auch das konnte Mock weder sehen noch riechen.

In seiner Nase war jetzt nur noch der Duft von Karens Lieblingsparfüm »Paradiso«. Ein Sommerabend im Jahre 1937. Sie kehren aus der Philharmonie nach Hause zurück; doch der Tank des Adler ist leer. Also wollen sie ein Taxi nehmen. Die Leute warten schon am Taxistand. Schließlich sind Karen und Eberhard dran. Das Taxi fährt heran. Drei junge Männer rennen darauf zu. Sie schieben Mock zur Seite. Springen in den Wagen. Einer von ihnen lächelt Karen an. Das Taxi fährt mit ihnen davon. Mock, beinahe platzend vor Wut, sucht vergebens nach seiner Waffe. Sie hat ihn damals angelächelt, diesen kleinen Mistkerl in der Kadettenuniform!, dachte Mock, ohne auf den scharfen Geruch aus den Eimern zu achten, die von zwei Sanitätern geschleppt wurden.

»Dieses Mittel gegen Phosphorverbrennungen stinkt aber erbärmlich!«, rief Brendel und versuchte, das Poltern der einstürzenden Mauern zu überschreien. »Wenn nur das Wasser mit Kalk versetzt wäre, dann würde es nicht so riechen!«

Das Krachen war so laut, dass es Mocks Gedanken für einen Augenblick von seiner Frau ablenkte, die er sich schwarzzumalen versuchte. Er blickte zu Brendel hinüber, der aus einer Staubwolke heraus lächelte.

»Nietzsche schrieb in ›Also sprach Zarathustra‹: ›Gelobt sei, was hart macht!‹«

»Wie bitte?« Mock glaubte, sich verhört zu haben.

»Ich sagte lediglich, dass die Häuser hier einst einen gelben Anstrich hatten.« Mock musste sich tatsächlich verhört haben. »Und nun sind alle schwarz.«

Mock schwieg und überlegte, in welchem Zustand er seine Frau antreffen würde, wenn er zu Hause ankam: Würde sie in Tränen aufgelöst sein oder höhnisch grinsen? Oder würde sie ihn freundlich und keck anlächeln, wie damals den gutaussehenden

Kadetten am Taxistand? Der ihren verfetteten, vor Wut platzenden Mann zur Seite gestoßen hatte!

»Nietzsche hat auch gesagt: ›Du gehst zu Frauen? Vergiss die Peitsche nicht.‹«

Diesmal bat der Hauptmann den Professor nicht, den Satz zu wiederholen; es würde sich nur wieder herausstellen, dass er sich verhört hatte.

Sie kamen zum Königsplatz. Brendel hielt an, um eine Kolonne von älteren Männern vorbeizulassen, die rostige Gewehre geschultert hatten. Sie schleppten sich Schritt für Schritt vorwärts – über ihnen die zwei Skulpturen des Herkules, der mit dem Nemeischen Löwen kämpfte. Brendel tauchte in das Gewirr der kleinen Gassen in der Altstadt ein und parkte nach zehn Minuten vor Mocks Haus am Zwingerplatz. Mock kletterte aus dem Beiwagen und warf sich den Mantel über die Schultern. Seine Gedanken waren dermaßen mit der Person Karens beschäftigt, dass er vergaß, Professor Brendel zu danken, dass sich dieser um ihn gekümmert hatte und – ja! – dafür, dass er ihm das Leben gerettet hatte. Als ihn der Professor am Ellbogen nahm und ins Haus führen wollte, fertigte ihn Mock mit einer Handbewegung wie einen lästigen Hausierer ab.

Eberhard stieg langsam die Treppe hoch. Die Wohnungstür war offen. Auf der Schwelle stand Gräfin Gertrud von Mogmitz. Mock fiel vor ihr auf die Knie. Sie legte die Hände um seinen Kopf. Er spürte, wie ihr Körper zitterte, und dachte: Wie kann es sein, dass die Gräfin einen so fetten, unförmigen Körper hat ...

Da hörte er Karens Stimme: »Mein Liebster, ich wähnte dich schon tot!«, flüsterte sie unter Tränen.

Mock erhob sich. Seine Augen waren klein und schwarz wie die eines Affen.

»Ich habe dir doch versprochen, dass wir Breslau bald verlassen werden, nicht wahr?«, sagte er mit sanfter Stimme.

»Ja, ja, das hast du!«, rief Karen – und dann begriff sie. Durch Tränen blickte sie in die starren Augen ihres Ehemanns. Sie wusste, was sie gleich hören würde, sie wusste, was dieser sanfte Ton in der Stimme ihres Mannes bedeutete. Es hieß, dass ihre Zukunft in den Trümmern dieser Stadt lag.

Ihre Intuition hatte sie noch nie getäuscht. So war es auch dieses Mal.

Breslau, Freitag, den 23. März 1945,
halb elf Uhr vormittags

Mock saß am Küchentisch und trommelte mit den Fingernägeln auf die Wachstuchdecke. Er bemühte sich, denselben Rhythmus zu klopfen wie Karens Absätze draußen auf der Treppe, nachdem sie aus der Wohnung gerannt war. In den Takt kamen plötzlich neue Nuancen, als würde ein Daimonion Mocks Finger bewegen und Töne wie Schluchzer und Jammern zum Klappern der Absätze hinzufügen. Aus den Tönen entstanden Bilder, die sein Gehirn registriert hatte, bevor Karen die Wohnung verließ. Das vordergründigste Bild war ihr Gesicht. Ihm wurde bewusst, dass sie ihn mit einem Blick angesehen hatte, den er noch nie an ihr wahrgenommen hatte. Dieser Gesichtsausdruck war weder traurig noch wütend oder drohend. Er war einfach nur fremd. Eberhard spürte auf einmal einen Druck im Zwerchfell und hörte auf, auf die Tischplatte zu trommeln. Ihm war eingefallen, dass er vergessen hatte, sie vom Arbeitsdienst zu befreien; Karen hatte keine abgestempelte Arbeitskarte – und dies wurde mit dem Tode bestraft.

»Ach was, sie wird gleich zurückkommen!«, sagte er beruhigend zu sich selbst. »Wohin kann sie schon ohne die Arbeitskarte der Festung Breslau? Sie wird in einer Viertelstunde wieder da sein, spätestens in einer Stunde. Na, da klopft es schon an der Tür – es ging noch schneller, als ich gedacht habe ...«

Er ging in den Wohnungsflur und legte sich schon Worte der Entschuldigung zurecht. Ich werde ihr das »Paradiso«-Parfüm besorgen, dachte er. Dann öffnete er die Tür und sah den Mann an, der auf der Schwelle stand. Dieser benutzte ganz gewiss kein Parfüm.

»Sie haben das Foto von Gnerlich im Beiwagen vergessen«, meinte Professor Brendel und reichte ihm das entzweigerissene Bild.

»Bitte kommen Sie herein, Herr Professor.« Mock öffnete die Tür ganz weit. »Und lassen Sie uns einen Schnaps trinken!«

Breslau, Freitag, den 23. März 1945,
acht Uhr abends

Als das Wasser begann, ihm in die Nase zu dringen, wurde er wach und schrie vor Entsetzen. Er lag im kalten Wasser in seiner Badewanne. Schauer liefen über seinen Körper. Er erhob sich hastig, so dass das Wasser über den Badewannenrand schwappte. Als er aus der Wanne stieg, rutschte er aus und verlor das Gleichgewicht. Er ruderte mit den Armen und griff nach dem am Haken hängenden Handtuch. Der Aufhänger riss und Mock fiel auf den Boden, mit den Hinterbacken schwer auf die nassen Fliesen klatschend. Der Schmerz im Rücken erinnerte ihn an die Draisine, die ihm ein Loch in den Mantel gerissen hatte und beinahe die Wirbelsäule zerschmettert hätte. Er versuchte zu schlucken, doch es gelang ihm nicht; seine ausgetrockneten Speicheldrüsen weigerten sich, zu funktionieren. Er räusperte sich und beförderte einen dicken Klumpen Schleim aus den verbrannten Lungen.

»Marta!«, rief er und bedeckte seine Geschlechtsteile mit dem Handtuch. »Marta, komm und hilf mir auf, ich komme nicht hoch!«

Doch niemand kam. Mock schloss die Augen und versuchte sich an die Begebenheiten des heutigen Tages zu erinnern. Karen war aus der Wohnung gerannt, Marta war nicht da, Professor Brendel war gekommen, und sie hatten gemeinsam drei Flaschen Schnaps geleert. Der Professor trank langsam, er selbst gierig – da, wo Brendel ein Glas trank, hatte Mock zwei gekippt. Der Professor erklärte wieder einmal irgendwelche Eigentümlichkeiten der Bergpredigt, und der Hauptmann lallte wirre Fragen. Als Brendel ihn vor irgendetwas zu warnen versuchte, lachte Mock nur verächtlich.

Das war alles, woran er sich erinnern konnte, das war alles, was ihm vom heutigen Tag geblieben war, aus dem verstreuten Mosaik der Stunden. Er rappelte sich mühsam hoch und drehte den Wasserhahn auf; dann hielt er den Kopf darunter, öffnete den vertrockneten Mund und hielt ihn unter den Wasserstrahl. Sein Kopf platzte beinahe von den Giften, die er gestern und heute seinem Körper einverleibt hatte; zum Teil freiwillig, zum Teil widerwillig oder unwillentlich. Als er den Kopf hob, floss das Blut rasch aus dem Gehirn ab und vor seinen Augen schwammen schimmernde Partikel, wie die Goldplättchen im Likör »Danziger Goldwasser«. Doch er ließ nicht zu, dass er ohnmächtig wurde, und steckte den Kopf in das eiskalte Wasser, das sich noch in der Badewanne befand. Nach einigen Sekunden tauchte er wieder auf und schüttelte sich das Wasser aus den schütteren Haaren. Auf dem Regalbrett über dem Waschbecken fand er einen Kamm; ohne in den Spiegel zu blicken glättete er sich die Haare, setzte seine andere Gesichtsmaske auf, zog den Morgenmantel an und verließ das Badezimmer. Er wusste genau, dass der brennende Kater, der seinen Magen marterte, bis zum Morgen nicht nachlassen würde. Er wusste, dass er diese Nacht nur mit Lesen überstehen würde, mit Büchern, die er gierig und ohne etwas davon aufzunehmen verschlang.

Mock begab sich in sein Arbeitszimmer, wo sein alter gemütlicher Ledersessel einladend mitten im Raum stand. Mock freute sich schon auf die Mußestunden.

Neben dem Sessel stand ein Tischchen, doch statt seiner Zigarren fand Mock einen Brief darauf – geschrieben in Professor Brendels akkurater Handschrift. Mock nahm ihn in die Hand und begann zu lesen, völlig unkonzentriert, wie immer, wenn er verkatert war. Doch mit jedem gelesenen Satz wurde seine Konzentration größer:

Werter Herr Hauptmann!

Ich muss Ihnen ein schmerzhaftes Geheimnis verraten, über das ich nicht sprechen kann, weil ich es nicht über die Lippen bringe. Gräfin Ger-

trud von Mogmitz bewundert Sie über alle Maßen. Diese Bewunderung ist verbunden mit etwas, das ich mich nicht erdreisten würde, zu benennen. Wenn ich darüber schreiben will, versagt mir die Feder ihren Dienst. Warum bringe ich die Courage nicht auf, darüber zu schreiben? Weil ich Eifersucht verspüre. Doch ich muss Ihnen davon schreiben, weil in der Heiligen Schrift steht: »Es sei aber eure Rede: Ja, ja! Nein, nein!«

Und obwohl der Dämon der Eifersucht mich auffrisst, werde ich es nun niederschreiben: Die Gräfin hat sich in Sie verliebt. Es ist sehr schmerzlich für mich, der sie schon seit langen Jahren anbetet! Ich weiß, dass für die Gräfin die Seele das Wichtigste ist – und Ihre Seele hat sie verzaubert. Meine Seele hingegen ist für sie lediglich interessant, mehr nicht. Vielleicht beunruhigt sie sie ein wenig; doch die Ihre fasziniert sie. Fragen Sie bitte nicht, woher diese Faszination kommt; versuchen Sie nicht, sich dem mit den Methoden eines Ermittlers zu nähern. Auch wenn ich wüsste, was ihr an Ihnen am Wichtigsten ist, würde ich es nicht sagen. Ich nehme mir heraus, mit Ihnen kein Wort darüber zu sprechen, weil dieses Thema für mich zu schmerzhaft ist. Ich fühle mich wie ein verschmähter Liebhaber. Gleichzeitig trage ich Ihnen nichts nach, ich verspüre keine Feindseligkeit Ihnen gegenüber. Ich bin lediglich traurig.

Als Anhänger der Idee des passiven Determinismus gebe ich mich vollkommen in Gottes Hand und akzeptiere Seinen Willen. Eine solche Einstellung schließt jegliche Affekte aus. Und ich wiederhole: Ich bitte mir aus, niemals mit Ihnen darüber sprechen zu müssen. Ich habe es nun niedergeschrieben und fühle Erleichterung – wie immer, wenn man sich etwas Schmerzhaftes von der Seele geredet hat. Nun, da ich Ihnen meine Gefühle der Gräfin gegenüber und ihre Gefühle für Sie anvertraut habe, muss ich zugeben, dass dies nicht ganz uneigennützig geschah. Denn wenn Sie sich nun, da Sie von den Gefühlen der Gräfin für Sie wissen, in sie verlieben und mit ihr zusammenkommen, wird mir die Segnung des Leidens zuteil, eine der neun Seligpreisungen der Bergpredigt. Wenn ich Sie zusammen mit der Gräfin sehe, wie Sie einander liebevoll anblicken, werde ich leiden – und ich will dabei sein und es sehen, denn das Leiden ist der Sinn unseres Lebens.

Ich habe Ihnen heute schon einiges hiervon erzählt, doch ich fürchte, dass Sie sich nicht daran erinnern werden. Es ist für mich gut nachvoll-

ziehbar, dass Sie die gestrigen Vorfälle abreagieren mussten – das gescheiterte Attentat auf Gnerlich, den Tod Ihrer Freunde, all das. Kein Wunder also, dass Sie getrunken haben. Und da mir die alkoholischen Gefilde wohlbekannt sind, weiß ich, dass jener, der dort wandert, unweigerlich an den Punkt kommt, da sich sein Körper und seine Psyche voneinander trennen. Der Körper ist scheinbar vollkommen unter Kontrolle, motorisch und verbal – die Wege des Geistes aber fallen dem Vergessen anheim. So war es auch mit Ihnen. Sie haben mir geistreiche und anspruchsvolle Fragen gestellt, doch ich fürchte, dass Sie sich weder an Ihre Fragen noch an meine Antworten erinnern werden.

Mock filterte – nachdem er den ersten Teil des Briefes gelesen hatte – aus dem Gewühl seiner widersprüchlichen Gedanken einen bestimmten heraus, der allerdings so entsetzlich war, dass er ihn sofort wieder verdrängte. Er nahm die Maske vom Gesicht und schleppte sich in die Küche, wo er den Wasserhahn aufdrehte und eine alte Milchkanne füllte. Als er in sein Arbeitszimmer zurückkehrte, bemerkte er im Vorbeigehen im Flurspiegel sein faltiges, zerstörtes Gesicht, auf dem die dünne Haut über den Brandnarben spannte. Der entsetzliche Gedanke kam wieder auf, und diesmal war er wie ein Hustenanfall, der einen Wasserfall des Erbrechens nach sich zog. Mock wusste, dass ihm nichts übrig blieb, als den Gedanken laut und deutlich auszusprechen; er wusste, dass er den Dämon beim Namen nennen musste, sonst würde er ins Bad rennen und sich schmerzhaft übergeben müssen. Er setzte sich, die Milchkanne in den Händen, in seinen Sessel und sagte den Zauberspruch, der den bösen Dämon vertreiben sollte: »Wie gut, dass Karen mich verlassen hat! Die Gräfin liebt mich, und nun, da sie weg ist, stört mich meine Ehefrau nicht mehr. Karen ist weg und ich bin frei! Jetzt kann ich die Gräfin haben!«

Seine letzten Worte gingen in einem Hustenanfall unter. Er näherte die Milchkanne seinem Mund und befreite seinen Organismus von den angesammelten Giften. Das Erbrechen brachte seiner Seele die innere Ruhe zurück, und seinem Körper das Gleichgewicht der Flüssigkeiten. Einige Minuten saß er starr in seinem Sessel, dann stand er auf und brachte die Milchkanne ins

Badezimmer, wo er sie ausspülte und sich dann den grauen Bart säuberte. Schließlich nahm er eine Schere und schnitt sich den Bart ordentlich zu. Dann zog er sich mit ausgesuchter Eleganz an: einen frisch gereinigten dunkelblauen Anzug mit hellen Nadelstreifen, ein weißes Hemd, eine weinrote Krawatte. Auf das Gesicht setzte er die feine Samtmaske und begutachtete sich im Spiegel.

»Nun ist alles wieder in Ordnung«, meinte er zu sich. »Der Dämon ist vertrieben.«

Er kehrte in sein Arbeitszimmer zurück, setzte sich an seinen Schreibtisch und steckte sich eine Zigarette an. Auch der nächste Teil des Briefes von Professor Brendel war für den ehemaligen verhinderten Linguisten Mock hochinteressant:

Sie waren an einer bestimmten Fragestellung interessiert. Dass die Gräfin das Objekt aller neun Seligpreisungen ist, daran haben Sie nicht gezweifelt. Aber dass sie den Untergang der Stadt Breslau überleben wird, das war für Sie nicht offensichtlich. Ganz unverständlich jedoch war für Sie, dass auch Sie selbst am Leben bleiben werden. Sie haben sich selbst als »Negierung aller Seligpreisungen der Bergpredigt« charakterisiert. Doch Sie stimmten mir zu, dass eine Charaktereigenschaft an Ihnen mit einer der Segnungen übereinstimmt: »Gesegnet sind, die da dürstet nach Gerechtigkeit.« Und Sie fragten mich irritiert, warum gerade Sie gerettet werden sollten, wenn Sie nur eine der Bedingungen der Bergpredigt erfüllten.

Lassen Sie es mich so erklären: Auf die Gräfin treffen alle neun Seligpreisungen zu – jedoch in unterschiedlichem Maße. Und der Hunger nach Gerechtigkeit ist bei ihr am wenigsten ausgeprägt. Er wird immer von den anderen Eigenschaften übertroffen werden – sollte die Gräfin wählen müssen zwischen Barmherzigkeit und Gerechtigkeit, zwischen Friedfertigkeit und Gerechtigkeit und so weiter, so wird immer die Gerechtigkeit weniger wichtig für sie sein. Daher braucht sie eine Ergänzung: jemanden, für den das Erreichen von Gerechtigkeit über allem anderen steht! Und das sind Sie.

Ich fasse nun zusammen: Gräfin Gertrud von Mogmitz wird die Hölle von Breslau überleben, wenn sie eine Komplementärpersönlichkeit findet, die unbedingt ›nach Gerechtigkeit dürstet‹. Eben Sie! Wenn Sie nicht nach Rache an Gnerlich dürsten, wird die Gräfin hier sterben müssen. Sie sind eine Bedingung sine qua non *ihrer Errettung! Und damit sie errettet werden kann, müssen Sie den Tod von Gnerlich wünschen, müssen ihn töten. Er ist immer noch am Leben. Er befindet sich in dem Lazarett in der ehemaligen jüdischen Schule am Rehdigerplatz, direkt an der Frontlinie. Dort werden Sie ihn finden. Töten Sie ihn! Oder nein – tun Sie zumindest alles, um ihn zu töten. Doch im letzten Moment wird Gott nicht zulassen, dass Sie ihn töten. Denn wenn Gnerlich erst einmal tot ist, werden Sie Ihren Zorn verlieren, und Ihren Durst nach Gerechtigkeit. Gott hat Ihnen gezeigt, dass Sie auserwählt sind: weil er Ihnen nicht erlaubte, Gnerlich in den unterirdischen Tunneln der Bergstraße zu töten!*

Verstehen Sie nun, warum Sie und Gräfin von Mogmitz unversehrt die Hölle von Breslau überleben werden?

Professor Rudolf Brendel, Doktor der Philosophie

Breslau, Freitag, den 23. März 1945,
neun Uhr abends

Nach der Lektüre von Brendels Brief beschloss Mock, Gott zu prüfen. Obwohl die Ausführungen des Philosophen klar und verständlich waren, hatten sie Mock keineswegs überzeugt. Er fand die Theorie von einer »Komplementärpersönlichkeit« nur wenig schlüssig. Außerdem sagte das Zitat aus Matthäus 5,6 nichts über eine Errettung aus – darin ging es ausschließlich um Seligpreisungen. Und »selig sein« hieß nicht automatisch »aus Breslau gerettet werden«. Die Tatsache, dass die Gräfin daran glaubte, konnte man mit ihrem religiösen Wahn erklären, aber dass ein Philosophieprofessor auf so etwas hereinfiel, das war wirklich unbegreiflich …

Eines war jedoch gewiss. Sein Attentat auf Gnerlich war vereitelt worden, durch das gleichzeitige Bombardement der Bergstraße. Konnte das ein Zufall sein? Mock glaubte nicht an Zufälle. Ähnlich wie Professor Brendel glaubte er nur an den Determinismus.

Und nun beschloss Mock, Gott zu prüfen und Gnerlich zu töten.

Breslau, Freitag, den 23. März 1945,
zehn Uhr abends

Mock sperrte die Tür hinter sich zu; während er die Treppe hinunterging, tastete er nach seiner Pistole. In Gedanken provozierte er Gott: Und, was willst du tun, um mich aufzuhalten? Nichts wird mich daran hindern, Gnerlich zu töten. Ich werde den Krankensaal betreten und ihm eine Kugel ins Hirn jagen. Sie werden mich ins Krankenhaus lassen, warum sollte irgendjemand misstrauisch werden? Niemand wird mich daran hindern, diese Bestie zu töten!

Das erste Hindernis auf seinem Weg der Tugend war Arthur Grünig, der zehnjährige Sohn des Hausmeisters. Der Junge trat gerade aus der Dienstwohnung im Erdgeschoss, grüßte den älteren Herrn und hielt ihm ein Paket hin; bei näherem Hinsehen stellte es sich als ein verschnürter Leinenbeutel heraus, in dem der Junge sonst seine Sportkleidung aufbewahrte. Doch diesmal schien sich in dem Beutel etwas Lebendiges zu befinden. Mock nickte Arthur zu und ging in seine Wohnung zurück. Der Kleine folgte ihm.

»Schauen Sie mal«, meinte der Junge, »wie groß er ist ...«

Mock sagte kein Wort. Er steckte eine Taschenlampe in seine Hosentasche und holte einen Beutel mit trockenem Brot. Dann griff er in den Küchenschrank und nahm eine kleine Dose heraus, in der Marta die selbstgemachten Karamellbonbons aufbewahrte. Er drückte die Dose dem Kleinen in die Hand. Schließlich hatte er sich die Bonbons verdient. Der kleine Arthur war ein Götterbote, der verhindern sollte, dass die Bestie getötet wurde. Und er hielt in Mock das Gefühl der permanenten Spannung aufrecht, die dieser so dringend benötigte, als der, der nach Gerechtigkeit dürstet. Der Sohn des Hausmeisters rannte polternd die Treppen hinunter. Mock ging deutlich langsamer hinterher. Arthur Grünig lief in die Wohnung seines Vaters; und Mock stieg in den Keller.

Im Kellerverschlag der Familie Mock hörte man ein trauriges Fiepen. Es erklang aus einem Käfig, der mit einer kleinen Wolldecke verhüllt war. Mock riss die Decke vom Käfig und erblickte mehrere Ratten, die an den Gitterstäben hochkletterten und beunruhigt ihr Herrchen begrüßten. Eine von ihnen war verletzt, ihr Fell war räudig und fleckig, ihr Körper war von Wunden bedeckt.

»Deine Tage sind gezählt, mein Ärmster!«, sagte Mock mitleidig zu dem Tier. »Deine Kumpane werden dich bald aufgefressen haben. Aber erst mal schauen wir, wie sie den Neuzugang begrüßen ...«

Damit öffnete er die Käfigklappe und schob das von Arthur gefangene Tier hinein. Die anderen waren überrascht und verwirrt. Sie näherten sich der neuen Ratte und beschnupperten sie. Nur das verletzte Exemplar blieb in der Ecke liegen und schnaufte, offensichtlich vor Wut. Mock warf das trockene Brot in den Käfig und betrachtete die Nager eine Weile.

»Ihr seid meine einzigen Freunde in der Festung Breslau«, eröffnete er ihnen. »Und nun seid ihr auch noch Werkzeuge in Gottes Hand. Ihr seid gesegnet, ihr sollt mich davon abhalten, eine Bestie zu töten ...«

Er deckte den Käfig wieder ab und ging aus dem Keller in den Hof. Er befand sich nun an der Mauer, die die Corpus-Christi-Kirche von den Souterrainwohnungen abgrenzte, die einst vom Lumpenproletariat bewohnt worden waren. Nun hausten dort die Familien von Kleinganoven; diese selbst waren längst nicht mehr da – entweder waren sie im Krieg gefallen oder in Sibirien mit dem Abholzen der Wälder beschäftigt.

Mock wunderte sich daher umso mehr, als er an der Mauer drei glimmende Punkte von brennenden Zigaretten bemerkte. Dann bewegten sich zwei davon und einer der Punkte sprühte Funken. Drei dunkle Silhouetten liefen auf Mock zu. Dieser spürte auf einmal wachsende Selbstzufriedenheit. Ich kann Gottes Handlungen voraussehen, ich weiß, wie er denkt, dachte er bei sich. Er will mich davon abhalten, Gnerlich umzubringen. Zuerst die Ratten, jetzt diese Schurken. Aber nicht einmal diese drei werden mich aufhalten können! Dass sie ebenfalls Werkzeuge in der Hand Gottes sind, das ist gewiss. Denn wo sollten sie sonst plötzlich herkommen, in einer Zeit, da jeder Mann in Breslau eine Uniform trägt und die Festung verteidigt? Sie sind Gottes Werkzeuge, daher kann ich sie nicht töten, sonst würde ich Gott beleidigen. Aber ich werde sie zumindest ein bisschen ärgern!

Als sie Mock schon so nah waren, dass er boshaft grinsende Gesichter unter den Radfahrermützen sehen konnte, zog er seine Pistole und schoss ohne Vorwarnung über den Köpfen der Gotteswerkzeuge in die Luft. Die Zigaretten zischten in den Pfützen, und die Männer verschwanden in der Dunkelheit. Sie haben sich in Luft aufgelöst, dachte Mock. Schließlich sind sie Gottes Abgesandte, also Engel.

Er überquerte den Hof, ohne noch einmal gestört zu werden, und stand gegenüber dem Gebäude des Stadttheaters. Raschen Schrittes lief er über die Schweidnitzer Straße, passierte das Polizeipräsidium und gelangte unter die Eisenbahnbrücke. Dort standen die ersten Barrikaden. Als er sie erklomm, stolperte er und stützte sich, um das Gleichgewicht wieder zu erlangen, auf etwas Glattem und Feuchtem ab. Es war schwarzer Granit, auf dem noch die Reste einer Aufschrift zu sehen waren:

Geliebter Ehemann und Vater.

Auf meinem Grab, dachte Mock, wird kein solches Wort stehen. Weder bin ich Ehemann noch Vater. Auf meinem Grabstein wird stehen: *Jagdhund Mock.*

Nachdem er die Barrikade passiert hatte, bemerkte er eine Menschengruppe in der Gabitzstraße. Diese Leute benahmen sich sonderbar, sie hielten Topfdeckel in den Händen, schlugen damit gegeneinander und produzierten so eine unerträgliche metallene Kakophonie. Es war die Antwort auf das Dröhnen der russischen Megaphone, aus denen Tanzmusik schallte.

Mock näherte sich der Frontlinie. Er hielt im hellen Licht des Mondes, der gerade hinter einer Wolke hervorgekommen war, Ausschau nach Blindgängern, die von den Engeln dorthin geworfen sein mochten, um ihm den Weg zu dem Lazarett zu versperren, in dem die Bestie ihren letzten stinkenden Atemzug tun würde. Er kämpfte sich durch die Trümmer, schwer atmend, doch er bemerkte es gar nicht. Was ihn beschäftigte, war ein geeigneter neuer Name für die Botschafter Gottes, die ihm die süße Rache an Gnerlich vereiteln sollten. »Engel«, dieses Wort passte nicht. Engel sind Wesenheiten, die sich ihrer Bestimmung sehr wohl bewusst sind; und Ratten und Ganoven konnten wohl kein rechtes Bewusstsein dafür entwickeln, welche Aufgaben ihnen bevorstanden. Ich werde sie nicht Engel, sondern Erscheinungen nennen, beschloss Mock.

An der Schule in der Schwerinstraße kletterte er von den Trümmerhaufen hinunter und wäre beinahe einer Erscheinung direkt ins Gewehr gelaufen. Ein junger Kerl mit einem zu großen Helm drückte den Lauf der Waffe gegen Mocks Brust und starrte den eleganten älteren Mann mit der Maske misstrauisch an.

»Ihren Passierschein!«, knurrte der Soldat.

»Sofort, sofort«, erwiderte Mock und griff in seine Tasche, um die Pistole hervorzuholen.

Der junge Soldat Georg Kittlaus war von Natur aus nervös. Schon zu Hause in Thüringen, in einem kleinen Dorf nahe Zeulenroda, hielt man ihn für einen Hitzkopf. Er geriet jedes Mal in Rage, wenn die Kühe ins Korn liefen, und dann verkloppte er sie in der Scheune mit dem Stock. Eines Tages war ein Schwein aus seinem Stall ausgebüxt und der Knecht Kittlaus erhielt den Auftrag, es wieder einzufangen – was ihm allerdings erst eine Stunde später gelang. Als das Tier endlich zurück war, wollte er seine Wut an ihm auslassen, packte den Futtertrog und wollte ihn auf den Kopf des Schweins knallen. Das Vieh riss sich los und sauste zwischen seinen Beinen hindurch davon. Kittlaus fiel in den Mist. Das Schwein wurde nach einer Woche wiedergefunden. Der Bauernlümmel erst nach zweien – er hatte sich vor Wut in den Wald geflüchtet.

Sein aufbrausendes Wesen wurde noch extremer während des Krieges, unter dem russischen Bombardement Breslaus. Als Kittlaus jetzt einen vermeintlichen Spion mit Gesichtsmaske vor sich sah, drückte er ab. Georg Kittlaus war von Natur aus nun mal extrem nervös.

Breslau, Samstag, den 24. März 1945,
fünf Uhr morgens

Dr. Willy Schötzl, Chirurg in dem provisorischen Lazarett am Rehdigerplatz, hatte seit dreißig Stunden nicht geschlafen. Er fühlte Sand unter den Augenlidern und schwankte leicht, als er auf das Gewebe des großen Brustmuskels starrte und mit der Pinzette das abgeflachte Stück Blei zu ergreifen versuchte, das nicht sonderlich tief im Schlüsselbeinbereich steckte. Die Pinzette rutschte immer wieder von dem Stück Blei ab und landete im Muskelgewebe, welches dadurch noch mehr beschädigt wurde. Dann stiegen winzige Wellen von Blut an die Oberfläche der Haut des Patienten.

Dr. Schötzl legte sein Werkzeug zur Seite und gab dem Pfleger mit dem Kopf ein Zeichen. Der Pfleger verstand sofort. Er reichte dem Doktor ein Glas Schnaps und schaute zu, wie sich dessen Kehlkopf leicht auf und ab bewegte. Schötzl tauchte die Pinzette in Spiritus. Er spürte die Wirkung des Alkohols, und als sein Kopf leicht zu schwirren begann, rammte er sein Gerät erneut in die Wunde und erwischte gleich beim ersten Versuch das Stück Blei. Hochzufrieden zog er das Stückchen Metall mit der Pinzette in der rechten Hand heraus, in der linken hatte er das Schnapsglas. Er warf die Kugel in eine Blechschale; es klirrte, als die Kugel, die Pinzette und das leere Schnapsglas hineinfielen.

Dr. Schötzl ließ sich schwer auf einen Stuhl fallen und nahm einen tiefen Zug aus der Zigarette, die ihm der Pfleger angezündet und zwischen die Lippen gesteckt hatte. Dem Doktor fielen die Augen zu. Der Pfleger nahm ihm die Zigarette wieder aus dem Mund und tat selbst einen gierigen Zug. Dies sah Dr. Schötzl wie halb im Traum und war sich nicht sicher, ob die Dreistigkeit des Pflegers nicht nur das Produkt seiner eigenen Vorstellungskraft war. Erst recht war er sich nicht sicher, inwiefern das nächste Bild real war: Sein Patient, den er soeben operiert hatte, der ältere Mann mit der Schusswunde und dem verbrannten Gesicht, erwachte aus der Narkose und fragte mit dröhnender Stimme: »Sind Sie eine göttliche Erscheinung, Herr Doktor?«

»So ein Kompliment habe ich in meinem Leben noch nicht bekommen ...«, murmelte der Doktor und fiel in tiefen Schlaf.

Breslau, Samstag, den 24. März 1945,
ein Uhr mittags

Mocks Augen klappten auf und blickten auf die weiße Zimmerdecke, die von feuchten Schlieren bedeckt war. Seine Augäpfel bewegten sich von links nach rechts, registrierten Bandagen, Medizinfläschchen und den braunen Ölsockel der Wände. Plötzlich erstarrte sein Blick und konnte sich nicht von anderen – hellblauen und feuchten – Augen lösen.

»Die Operation ist schon vorbei«, sagte mit melodiösem österreichischen Akzent die Besitzerin der blauen Augen. »Nun haben Sie alles überstanden. Haben Sie vielleicht Durst?«

Mock antwortete nicht. Er wollte jetzt nur eines: Er wollte weder essen noch trinken, noch der Natur Tribut zollen, wie es einst der Kaiser Claudius formuliert hatte. Er dachte nur an eines, an seine Gesichtsmaske, die er sich aufsetzen wollte, um der traumhaft schönen Krankenschwester den Anblick seines Gesichts zu ersparen. Er hob die linke Hand an sein Gesicht, doch statt des samtigen Gefühls der Maske spürte er einen durchdringenden Schmerz in der Brust. Die Luftwege reagierten mit dem Stocken des Atems, die Schweißdrüsen produzierten riesige Tropfen, der Kopf fiel zurück auf das Kissen.

»Bleiben Sie bitte ruhig liegen«, sagte die Schwester und wischte ihm den Schweiß vom Gesicht. Mock spürte ihre Hände auf seinen Wangen und hatte nun keine Illusionen mehr, ob er die Maske aufhatte oder nicht. Er schloss die Augen, um den Ekel im Gesicht der schönen Frau nicht sehen zu müssen.

»Wo bin ich?« Er wunderte sich, als er statt des erwarteten leisen

Röchelns eines Kranken seine übliche tiefe Stimme vernahm. »Und wie lange muss ich hier bleiben?«

»Sie befinden sich im Feldlazarett am Rehdigerplatz«, erwiderte die Schwester. »Sie haben eine kleine Operation hinter sich. Sie können in ungefähr einer Woche hier raus.«

Also bin ich in dem Hospital gelandet, in dem auch Gnerlich liegt!, dachte Mock. Ich war auf dem Weg hierher, als ich angeschossen wurde. Das ist ein weiteres Zeichen. Je näher ich der Bestie komme, desto mehr dürste ich nach Gerechtigkeit.

Im Raum lag noch die Vibration der hohen Stimme der Krankenschwester. Einige Töne klangen belustigt. Er öffnete die Augen und erblickte ihr lächelndes Gesicht. Sie winkte ihm zu und drehte sich zur Tür. Er hatte keinen Zweifel, dass dieses Wesen ein wahrhaftiger Engel war, nicht nur eine Erscheinung.

»Schwester!«, rief er so laut, dass die Kranken zu seiner Linken und zu seiner Rechten zusammenzuckten. »Ich hätte eine große Bitte an Sie . . .«

»Ja, ich höre?« Das Mädchen blickte ihn ernst an. Sie fürchtete plötzlich, dass dieser ältere Herr, auf den sie offensichtlich großen Eindruck gemacht hatte, anfangen könnte, ihr unsittliche Anträge zu machen oder dumme Witze zu erzählen, wie die Soldaten aus dem zweiten Stock, die bei ihrem Anblick die Hände unter die Decken steckten. Doch nein: Das verbrannte Gesicht des Patienten war schüchtern und ruhig, und seine Augen blickten offen und ehrlich.

»Schwester, könnten Sie mir bitte eine Bibel bringen?«

Breslau, Sonntag, den 1. April 1945,
acht Uhr morgens

Der Tag der Auferstehung Christi war wunderschön und sonnig. Die russischen Bomber kamen aus südlicher Richtung. Einige von ihnen flogen auf die Liebichhöhe zu, und als sie sich darüber befanden, taten die Piloten ihre Pflicht.

In die Stabsräume von General Günter von Rodewald, der stellvertretender Oberbefehlshaber der SS und der Polizei war, drang lediglich ein leichtes Beben – obwohl sich der Stab vier Stockwerke unter einem eben bombardierten Gebäude befand. Der General spürte das Vibrieren der Steinberge über sich und fühlte sich unwohl. Er begann auf seinem Stuhl hin und her zu rutschen. Doch es war nicht die Gefahr, dass die Betonplatten über ihm einstürzen könnten, die den General dazu brachte, nervös zu zappeln.

Der Grund war in seinen langen Unterhosen versteckt. Es brannte und juckte ihn. Ich muss mich bei dieser Nutte angesteckt haben, dachte von Rodewald und verfluchte den kalten, regnerischen Sonntag zwei Wochen zuvor, als er in der prächtigen Villa von General Curt Queissner in Wilhelmsruh zu Gast gewesen war. Dort waren hohe Offiziere der SS und der Wehrmacht versammelt, um den Jahrestag der Aufkündigung des Versailler Vertrages zu feiern. SS-Sturmbannführer Erich Kraus, Chef der Breslauer Abteilung des Rasse- und Siedlungsamtes, stand in Queissners Salon und prostete – nach dem Vorbild des Führers – den Gästen mit Wasser zu. Als dieser stumpfsinnige Moralapostel endlich gegangen war, atmeten viele der Gäste erleichtert auf.

Und dann begann die richtige Feier. Anfangs war es elegant und geschmackvoll; es gab Wein vom Rhein und von der Mosel – kein mieses »Haase«-Bier, das die Proleten tranken –, Kaviar, Hechtstücke, Truthahn und zartes Wild mit Käse, in dem Pfifferlingstückchen steckten. Die Mädchen, die die Gäste bedienten, hatten lediglich knappe Zimmermädchenschürzen an, andere wiederum nur Militärstiefel und Uniformjacken. Es gab Wein, Wein in Strömen, und Muscheln, und dann die Muscheln der Mädchen, die breitbeinig auf den Tischen lagen, die Hinterbacken in den Resten des Hechtfleischs.

Oh verdammt, ich war auf einem Gelage des Nero, dachte von Rodewald, drehte sich ein bisschen auf seinem Stuhl hin und her und registrierte endlich, dass seine Gesprächspartnerin ununterbrochen redete. Alles, was sie in den letzten Minuten gesagt hatte, war ihm entgangen. Sie sollte einen Bericht verfassen und mich hier nicht totquasseln!, dachte er irritiert. Wie soll ich mir das alles merken?

»Verzeihung, Fräulein Junggebauer, ich war in Gedanken ... Bitte, erzählen Sie es mir noch einmal!«, sagte er sanft, nachdem sein Missbehagen verflogen war. Er konnte doch nicht grob sein zu diesem wunderschönen, zarten Wesen, das mit einer Zigarette in der Hand neben der großen Topfpalme saß; er konnte sie doch nicht dazu zwingen, Berichte zu schreiben oder sie sonstwie bedrängen.

»Aber gern, Herr General!« Die junge Frau lächelte. »Hauptmann Eberhard Mock macht auf seine Mitpatienten den Eindruck eines Verrückten oder eines religiösen Fanatikers. Dauernd fällt er ihnen mit Bibelzitaten auf die Nerven ...«

Von Rodewald notierte rasch: *Dieser Idiot Kraus irrt sich. Mock ist wahnsinnig – und kein gefährlicher Spion.*

»Er liest die Bibel auf Griechisch, auf Latein und auf Deutsch«, plapperte die Krankenschwester. »Besonders interessiert er sich für die Bergpredigt und ihre Seligpreisungen. Sie wissen schon, Herr General, ›selig sind die‹ und so weiter.«

»Ist ja gut, ja ja ...«, unterbrach sie von Rodewald, weil er spürte, dass seine Blase voll war. Allerdings hatte er keine Lust, auf die Toilette zu gehen und sich zu entleeren, weil er den Schmerz beim Urinieren fürchtete. »Das ist nicht so wichtig. Was tut er noch, außer in der Bibel lesen?«

»Es geht ihm schon viel besser! Seine Wunden verheilen sehr schnell«, erwiderte das Mädchen mit ihrem Tiroler Akzent und schaute den General unsicher an. Dieser lächelte sie an und machte eine Handbewegung, die sie zum Weitersprechen aufforderte.

»Er hält sich oft in der Krankenhausbibliothek auf, die eine ehemalige Schulbibliothek ist. Er benutzt dort die lateinischen und griechischen Wörterbücher bei der Übersetzung von Bibelstellen.« Die Frau drückte ihre Zigarette aus. »Er unterhält sich oft mit einem anderen Patienten, Herrn Karl Pacholleck, der sich um die Bibliothek kümmert.«

»Und? Konnten Sie von diesem Bibliothekar etwas in Erfahrung bringen?«

»Herr Pacholleck war vor dem Krieg Religionslehrer. Ich glaube, ich gefalle ihm ein bisschen ...« Sie lächelte scheu und legte die Beine so übereinander, dass sie eine Art Diagonale bildeten. »Herr Mock hatte erfahren, was sein Beruf war, und quälte ihn mit Fragen zu Luthers Übersetzung. Es ging ihm darum, ob Luther ein kompetenter Übersetzer war oder nicht. Herr Pacholleck hat ihn an einen Professor verwiesen ... Ja, hier habe ich seinen Namen!« Sie holte einen kleinen Zettel aus der Handtasche. »An einen Professor Knopp, der angeblich noch in Breslau weilt und wie alle Zivilisten zum Arbeitseinsatz verpflichtet ist. Herr Mock hat Herrn Pacholleck außerdem gefragt, welche Patienten sich von ihm eine Bibel ausgeliehen hatten, und er zeigte besonderes Interesse am Patienten Hans Gnerlich, der sich in der deutschen Bibel Notizen am Rand gemacht hatte. Es hat Herrn Pacholleck übrigens sehr verärgert, dass dieser in der Bibel herumgekritzelt hat! Er hat auch Herrn Mock gleich davon erzählt und den Patienten Gnerlich als einen Vandalierer bezeichnet!«

»Einen Vandalen, Fräulein Junggebauer«, lächelte der General verständnisvoll. »Und wer ist dieser Gnerlich?« Irgendwie kam ihm dieser Name bekannt vor.

»Obersturmbannführer Hans Gnerlich ist Kommandant des Sammellagers in der Bergstraße. Während des Bombardements der Fabrik in der Bergstraße durch die Bolschewisten wurde er in einem Tunnel verschüttet. Er liegt seit einer Woche in unserem Hospital, mit einem Beinbruch und zahlreichen Prellungen. Nichts Ernstes, er wird wieder gut laufen können. Zwei Soldaten stehen Tag und Nacht an seinem Bett Wache ...«

»Warum denn?«

»So war sein Wunsch. Er muss ihn ja vor niemandem begründen.«

»Er hat nicht einmal den Leiter des Krankenhauses um Erlaubnis gefragt?«

»Unser Hospital hat doch keinen Leiter. Es ist ja eher ein Lazarett, in dem akute Fälle aufgenommen werden. Wir liegen direkt an der Frontlinie, von draußen hören wir, wie die Russen ihre Lieder singen ... Nun, der Chef ist Dr. Schötzl ...« Verlegenheit zeigte sich auf ihrem Gesicht; sie erinnerte an eine strebsame Schülerin, die vergessen hat, ihre Hausaufgaben zu machen. »Ich kann gern Dr. Schötzl nach Details fragen.«

»Das ist nicht so wichtig«, knurrte von Rodewald und drückte die Oberschenkel gegeneinander, um den keimenden Tripper zu ersticken. »Und was hat Mock getan, nachdem er erfuhr, dass dieser Lagerkommandant Notizen in die Bibel schreibt?«

»Er ist einige Male um dessen Krankenzimmer herumgeschlichen, bis die Wachleute misstrauisch wurden. Sie verlangten, dass er sich ausweist, aber er tat es nicht. Es gab daraufhin einen Riesenstreit auf dem Flur! Herr Mock brüllte die Soldaten an und drohte ihnen, er würde sie fertigmachen und an die Ostfront schicken.« Das Mädchen presste die Lippen zusammen, ihr Gesicht zeigte äußerste Konzentration. »Dieses Interesse an Obersturmbannführer Gnerlich scheint mir sonderbar ...«

»Fräulein Junggebauer!« General von Rodewald grinste arrogant. »Sehen Sie denn nicht, dass Mock verrückt geworden ist? Wir können schon lange niemanden mehr an die Ostfront schicken. Mock lebt in der Vergangenheit – wie alle Geisteskranken, das ist für sie charakteristisch. Und sein Interesse an Gnerlich? Mock sucht nach einer verwandten Seele. Er hat überprüft, wer sich noch für die Bibel interessiert, und vom Bibliothekar erfahren, dass der Kommandant sich Notizen gemacht hat, was für großes Interesse an der Bibel spricht. Mock wollte wohl Kontakt zu ihm aufnehmen, damit sie gemeinsam über die Heilige Schrift diskutieren könnten. Mehr war da nicht.«

»Doch, da war mehr, Herr General.« Fräulein Junggebauer war sichtlich verstimmt. »Herr Mock bat mich, in sein Haus zu gehen, zum Zwingerplatz, das ist nicht weit vom Hospital. Ich sollte einen Nachbarn von ihm, einen zehnjährigen Jungen, bitten, zu ihm zu kommen. Der Junge heißt Arthur Grünig. Herr Mock hat ihn gebeten, die Ratten zu füttern ...«

»Ratten?« Von Rodewald kniff sich unter dem Tisch in den Verursacher seiner Qualen.

»Ja, genau – der Junge hat mir erzählt, dass Herr Mock Ratten sehr mag und sogar welche in einem Käfig in seinem Keller hält.«

»Gut, gut, und weiter?«

»Herr Mock studiert die Bibel nicht mehr, schreibt dafür an einem theologischen Traktat, wie er das nennt. Unser Hospital ist ja in einer ehemaligen Schule untergebracht, und in dieser Schule gibt es eben die Bibliothek. Also sitzt Herr Mock in der Bibliothek über den Wörterbüchern und schreibt an seinem Traktat, wie er behauptet. Wohl auf Lateinisch ...«

»Na, habe ich Ihnen nicht gesagt, dass wir es mit einem Irren zu tun haben?« Von Rodewald jaulte vor Freude auf. »Und was ist mit diesem Traktat? Ist er schon damit fertig? Und der Junge?«

»Hier muss ich ein Versäumnis gestehen ...«

Fräulein Junggebauer hatte Tränen in den Augen und griff sich an den Hals; zu Rodewalds Enttäuschung legte sie sich allerdings nicht die Hand auf den wohlgeformten Busen. »Der Junge war heute wieder im Hospital. Und Herr Mock hat ihm Teile seines Traktats übergeben. Der Kleine nahm den Text an sich und verschwand. Ich konnte ihm die Notizen nicht wegnehmen, erstens ist es ein Kind – was hätte ich tun sollen? Zweitens ist er sehr schnell und ist mir schlicht und einfach entwischt ...«

»Machen Sie sich keine Gedanken darüber, Fräulein Junggebauer. Mock ist ganz offensichtlich verrückt. Er hält sich Ratten, schreibt Texte auf Lateinisch, zitiert die Bibel. Solchen Inhalts wird der Bericht sein, den ich Kraus schicken werde.« Von Rodewald erhob sich und näherte sich seiner Gesprächspartnerin; dann griff er nach ihrer Hand und platzierte einen Kuss darauf. »Sie haben großartige Arbeit geleistet, ich gratuliere.« Er konnte den Blick nicht von ihrer zarten Hand wenden und fügte leise hinzu: »Sie müssen in Ihrer Schwesterntracht sehr verführerisch sein – vor allem, wenn Sie nichts drunterhaben ...«

Breslau, Montag, den 2. April 1945,
zehn Uhr morgens

Professor Ulrich Knopp war ein kleiner Mann mit einem gewaltigen kahlen Schädel. Es wirkte, als sei eine große Kuppel über dem schmalen Gesicht errichtet worden. Am anderen Ende lief der Kopf in ein spitzes graues Bärtchen aus. Trotz seiner Hässlichkeit, der Glatze und seines geringen Wuchses konnte Professor Knopp die Menschen mit seinem freundlichen Blick für sich gewinnen. Kein Student hatte je Grund zur Klage gehabt, der Professor hätte ihn ungerecht behandelt. Keine Studentin wurde je von ihm mit Verachtung behandelt, wie es in der patriarchalischen akademischen Welt nicht selten war. Keine Putzfrau musste sich böse Worte anhören, wenn sie mit ihrem Eimer in den Fluren des Seminars für Evangelische Theologie herumlärmte, oder eine irritierte Bemerkung befürchten, wenn sie ihn bat, die Füße hochzuheben, damit sie den Boden in seinem Büro wischen konnte. Der Professor – dem bewusst war, dass er mit seiner Anwesenheit dem Reinigungspersonal die Arbeit erschwerte – reagierte nicht aggressiv, wie die meisten seiner Kollegen, sondern hob immer seine kurzen Beine hoch. Dabei dachte er über die Dogmatik von Papst Pius X. nach oder über die Behandlung der Perichorese in den Schriften des Melito von Sardes.

Professor Knopp war in der wissenschaftlichen Welt durch seine Forschungen zur Bibelübersetzung berühmt geworden – und speziell durch seine Untersuchungen zu den Fehlern in den verschiedenen Bibelübersetzungen. Was die Verfehlungen der Bibelübersetzer anging, konnte der Professor durchaus in Wut geraten; und laut einigen seiner Kritiker war seine evangelische Konfession der Grund für einseitiges Urteilen. Knopp verurteilte aufs Schärfste die Bibelübersetzung des heiligen Hieronymus und merkte jeden kleinen Fehler an. (»Johannes der Täufer soll Waldhonig in der Wüste gegessen haben? Wo hielt er sich denn auf? In der Wüste oder im Wald?«, rief er während der Vorlesungen.) Dabei sah er bei Luther über offensichtliche Fehler hinweg oder entschuldigte sie mit einer mitunter äußerst verqueren Argumentation. Er führte eine scharfe Feder, doch vom Typ her war er sehr umgänglich. In den wissenschaftlichen Fachzeitschriften lieferte er sich wahre Kämpfe mit seinen Gegnern, aber wenn es zu einer mündlichen Auseinandersetzung kam, blieb er still und freundlich. Er konnte dem Dekan lange, kunstvoll formulierte Briefe schreiben und sich über die Vergehen seiner Studenten beschweren – wie ein Gähnen oder eine zweiminütige Verspätung –, doch wenn der Schuldige ihn reuevoll um Verzeihung bat, zerriss er den Brief oder legte ihn *ad acta* und strahlte den Studenten gutmütig an.

Er hatte ein zwar fotografisches, jedoch selektives Gedächtnis – zum Beispiel fielen ihm Zahlen und Wörter der Alltagssprache hinein in den Kopf und blieben dort ein für alle Mal haften. Es genügte ihm, einen einzigen Blick auf die Rechnung im Restaurant zu werfen, nachdem der gesamte Fakultätsrat üppig gespeist hatte, und er konnte sofort alle aufgeführten Positionen und Preise aus dem Gedächtnis aufsagen. Und was noch erstaunlicher war: Er konnte es ein Jahr nach diesem Mittagessen immer noch tun.

Diese Fähigkeit versagte jedoch bei Namen; vor allem bei Nachnamen von weniger bekannten neuzeitlichen Wissenschaftlern. Er vergaß sie oft und schnell, verdrehte sie oder aber nannte die Personen beim falschen Namen. Dabei war es halb so schlimm, wenn er einen falschen Wissenschaftler lobte – schlimmer war es, wenn er verbissen den falschen Wissenschaftler kritisierte. Daher hatte Knopps Assistent, Klaus Forelle, immer eine Liste zeitgenössischer Theologen zur Hand gehabt und konnte auf Anweisung des Professors stets den richtigen Namen zuordnen. Doch nun konnte Professor Knopp seinen Assistenten nicht mehr um Hilfe bitten. Klaus Forelle lag nämlich schon seit zwei Jahren im Schlamm von Charkow begraben – und machte sich wohl auf irgendeiner Wolke der himmlischen Sphären über die ergebnislosen Anstrengungen des Professors lustig, sich an einen Namen zu erinnern. Und so verfluchte der Theologieprofessor den Krieg, den Generalfeldmarschall von Manstein, unter dem Forelle gekämpft hatte, verfluchte Hitler und die ganze Welt.

Er saß auf einem Trümmerhaufen, der einstmals die Gaststätte Reimer gewesen war, und versuchte vergeblich, sich an den Namen eines katholischen Theologen zu erinnern, von dem er noch wusste, dass er sich außerdem mit Geologie und Paläontologie beschäftigte. Das Fehlen dieses Namens in seinem Kopf erlaubte es Knopp nicht, sich auf seine Arbeit zu konzentrieren, denn es ließ ihn an den Kräften seines Verstandes zweifeln. Wenn sich jemand nicht an den Nachnamen eines der umstrittensten Theologen der Gegenwart erinnern konnte, dann sollte er sich überhaupt nicht mehr mit der Theologie beschäftigen. So dachte Professor Knopp und legte einen Stapel weiße Blätter samt Füllfederhalter in einen großen Karton, den er kürzlich noch auf der Suche nach Forelles Liste durchstöbert hatte. Offensichtlich hatte Forelle die Liste mit an die Ostfront genommen, ärgerte sich Knopp. Das Fehlen der Liste machte ihn zu einem anderen Menschen, veränderte ihn, formte ihn neu. Von einem höflichen Gesprächsgenossen wurde er zu einem grantigen Grobian, der wegen jeder Kleinigkeit die Fassung verlor. Auch jetzt spürte er aufkommende Irritation. Er steckte sich eine Zigarette an und blickte zerstreut um sich, auf die Welt aus Trümmern und Rauch. Robert Kutzner, ein ehemaliger Student, übrigens ein selten dämliches Exemplar, gab gerade in scharfem Ton Befehle an eine Brigade, die dabei war, eine Barrikade zu bauen. Die Leute führten Kutzners Befehle unter feindseligem Schweigen aus und warfen wütende Blicke in Richtung des rüstigen älteren Herrn, der eine besondere Behandlung seitens ihres Befehlshabers genoss und – anstatt wie sie beim Arbeitsdienst zu schuften – den ganzen Tag nur herumsaß und irgendwas auf Zettel kritzelte. Jetzt gerade schrieb der Alte nicht, sondern stützte, in Gedanken versunken, die Ellbogen auf seinen provisorischen Schreibtisch aus Ziegelsteinen; zwischen seinen vor Kälte blau angelaufenen Fingern stieg in der grauen Luft Zigarettenrauch hoch.

Mit dem Ausruf »Frühstückspause!« verbesserte Kutzner schlagartig die Laune der Arbeiter. Sie setzten sich auf die Steine und packten ihre in Pergamentpapier eingewickelten Brote aus. Beim

Essen starrten sie gedankenlos auf einen anderen komischen Alten, der sich einen Weg durch die Ruinen der ehemaligen Kartonfabrik Bredelli bahnte und sich auf den Schützling von Kutzner zubewegte. Der alte Mann war vornehm gekleidet, trug einen Mantel mit Samtaufschlägen und einen breitrandigen Hut; sein rechter Arm ruhte in einer Schlinge und sein Gesicht war von einer Maske verdeckt. Die Arbeiter beendeten ihre Pause, schluckten die letzten Bissen hinunter, rauchten eine Zigarette, verloren das Interesse an den beiden Alten und verfluchten nur noch ihr Los.

Professor Knopp verfluchte sein Los ebenfalls – oder vielmehr sein lückenhaftes Gedächtnis. Seine Laune wurde auch nicht besser, als er den Mann mit Hut und Gesichtsmaske erblickte, der sich schweigend vor ihn hinstellte, als ob er ihn bei seinen Überlegungen nicht stören wollte.

»Wer sind Sie und was wollen Sie?«, fragte Knopp grob.

»Mein Name ist Eberhard Mock.« Der Hauptmann lüpfte den Hut. »Dürfte ich Sie in einer biblischen Frage konsultieren, Herr Professor Knopp?«

Professor Knopp dachte nach. Sein Gegenüber schien kultiviert und gebildet. Zum einen sprach dafür, dass er sich überhaupt für die Bibel interessierte und mehr darüber zu erfahren wünschte, zum anderen seine Wortwahl. Und die Augen des Mannes waren intelligent und ernst. Ich könnte ihn fragen, dachte der alte Professor. Schaden kann es doch nicht.

»Verstehen Sie etwas von Philosophie? Vielleicht kennen Sie den Namen von ...«

»Nein«, unterbrach ihn sein Gesprächspartner. »Ich verstehe nur etwas vom Tod. Ich bin ein ehemaliger Polizeibeamter.«

»Das ist schade«, murmelte der Professor entmutigt und begann, die bibliographischen Karteikärtchen in dem Karton durchzublättern. Es war ihm bewusst, dass diese Aktion sinnlos war, aber alles war besser, als mit diesem düsteren Patron über den Tod zu reden – mit etwas anderem kannte er sich ja nicht aus.

»Es geht mir um die sprachliche Kompetenz von Martin Luther.« Der Mann holte ein altes Plakat mit der Aufschrift *Feind hört mit!* aus der Tasche, breitete es auf den Steinen aus und ließ sich schwerfällig darauffallen.

»War Luther ein guter Übersetzer? Hatte er in den Sprachen, aus denen er übersetzte, eine hohe Sprachkompetenz?«

»Aber natürlich!«, rief der alte Professor aus. »Er war ein hervorragender Übersetzer!«

»Dann hätte er wohl kaum einen evidenten Fehler begangen?«
Professor Knopp war gekränkt. Solche Fragen hatte er schon oft gehört. Und er hatte sich aus der Luther-Bibel wohl alle Unstimmigkeiten zwischen dem Original und der Übersetzung herausgeschrieben. Aber vielleicht wollte dieser sonderbare Polizist etwas anderes von ihm, vielleicht ging es um ein noch völlig unbekanntes Problem? Knopp spürte die Erregung des Jägers, der eine Spur findet, vorerst nur einen schwachen Duft des Tieres wittert, nur ein leises Raunen der Treibjagd hört und doch weiß, dass schon bald auf der Lichtung ein prächtiges Exemplar stehen wird, direkt vor dem Visier seiner Flinte.

»Natürlich hat er keine Fehler gemacht – Unstimmigkeiten zwischen dem Original und Luthers deutscher Übersetzung sind immer beabsichtigt und begründet. Haben Sie eine bestimmte Stelle im Sinn?«

»Unbedingt. Die Bergpredigt, Evangelium nach Matthäus, Kapitel fünf, Vers sechs …«

Professor Knopp hörte gar nicht weiter hin. Das majestätische Tier verschwand im Dickicht und um sich herum hörte er nur das primitive Geschrei der Jäger und das Gebell der Hunde. Die Spur war alt; das Problem war nichts Neues, diese Passage war schon tausendmal untersucht worden.

»Seid ihr denn alle verrückt geworden?«, brüllte der alte Theologe. »Was habt ihr denn nur mit dem Dürsten nach Gerechtigkeit! Hören Sie auf, mich zu belästigen. Die Audienz ist beendet.«

Professor Knopp wandte sich wieder seinem Karton und der Suche nach Forelles Liste zu. Sein Gesprächspartner erhob sich und blickte ihn spöttisch an.

»Und Sie, Herr Professor, machen Sie auch manchmal Fehler? Vielleicht in der grammatikalischen Anrede?«

»Ich verstehe nicht.« Der Professor hörte auf, den Karton durchzustöbern, und war plötzlich nicht mehr entnervt, sondern interessiert: »Was für einen Fehler habe ich gemacht?«

»Sie haben soeben gesagt: ›Seid ihr denn alle verrückt geworden?‹ Und ich bin nicht ›ihr‹. Sie reden mit einem Herrn Mock, nicht mit zweien. Sie hätten fragen sollen: ›Sind *Sie* verrückt geworden?‹«

»Sie haben recht.« Der Professor lächelte ihn freundlich an. Er liebte Wortspiele und schätzte Menschen, die sich ihnen hingaben. »Ich muss mich erklären, damit Sie nicht denken, dass der alte Knopp ein neurotischer Depp ist. Also: als ich ›ihr‹ sagte, meinte ich Sie, Herr Mock, und noch jemand anderen, der mich vor ein paar Monaten aufsuchte und ebenfalls nach Matthäus 5, 6 fragte.«

»Und wer war es?«, kam die rasche Frage.

»Ein Mann, um die vierzig. Er hat mich öfter in meinem Büro aufgesucht, er hatte Briefe dabei ... Die Briefe waren von einer Frau verfasst. Darin ging es ausschließlich um biblische Fragen, eine ganze Serie von Fragen war das. Sie waren eindringlich und manchmal wirklich schwierig. Ich antwortete dem Mann mündlich und er schrieb sich alles akkurat auf, um es dann dieser Frau wiedergeben zu können. Während seines letzten Besuchs hat mir dieser Mann einen Brief übergeben, in dem es genau um die Stelle ging, die Sie mir genannt haben ...«

»Wie hieß der Mann?«

»Ich kann mich nicht erinnern. Ich habe ein schlechtes Namensgedächtnis.« Plötzlich fiel Knopp ein, dass der gesuchte Theologe, Geologe und Paläontologe aus Frankreich kam und einer adeligen Familie entstammte. Trotzdem kam er nicht auf den Namen.

»Hieß der Mann vielleicht Brendel?«

»Wie bitte? Ja, ja«, erwiderte der Professor zerstreut, während er in Gedanken die Schubladen seines Gedächtnisses durchsuchte, um den Franzosen zu finden, der – wie ihm weiter einfiel – bei den Katholiken als Ketzer verschrien war.

»Herr Professor, bitte!«, sagte der andere Mann mit Nachdruck. »Es ist wirklich wichtig!«

»Ist ja gut, ist ja gut«, Knopps Augen blickten nun konzentriert in die von Mock. »Bitte wiederholen Sie den Namen.«

»Brendel. Rudolf Brendel.«

»Ja, das kann gut sein ... Brendel, ja, ganz sicher«, erwiderte der alte Professor.

»Das dachte ich mir!« Der Jäger translatorischer Fehler erhob sich, verbeugte sich zum Abschied vor Knopp und drückte sich seinen Hut auf den Kopf. »Ich kenne den Mann.«

»Teilhard de Chardin!«, rief auf einmal der Professor aus. »Der Jesuit Teilhard de Chardin!«

»Also doch nicht Rudolf Brendel?«

»Verzeihen Sie, aber gerade ist mir ein Name eingefallen, an den ich mich seit gestern Abend nicht erinnern konnte«, erwiderte der Theologe fröhlich grinsend. »Es hat mir keine Ruhe gelassen. Und nun verzeihen Sie bitte, Herr ... Herr ...«

»Mock.«

»Ja, genau. Werter Herr Mack, entschuldigen Sie bitte, dass ich so grob zu Ihnen war. Sie haben doch soeben gesagt. ›Ich kenne den Mann.‹ Das heißt, Sie kennen den Herrn, der wegen der Bibelfragen jener Dame zu mir kam? Der meine Expertise wollte? Ist es so?«

»In der Tat. Ich kenne ihn.«

»Das ist gut!« Der Professor nahm seine Mütze ab und wischte sich den Schweiß von der Kuppel seines glatzköpfigen Schädels. »Dann muss ich meine Expertise nicht wiederholen. Wissen Sie, ich wiederhole mich nun mal so ungern ... Sie können ja Ihren Bekannten nach der Interpretation von Matthäus 5, 6 fragen. Er wird es Ihnen sicherlich sagen können, da er sich alles ganz fleißig notiert hatte ...«

»Aber sicher doch. Ich werde ihn fragen.«

»Ja, er ist es!« Knopp strahlte wie ein Kind. »Es ist Teilhard de Chardin! Und nun, mein lieber Herr, lassen Sie uns von etwas anderem reden. Das ist wirklich ungewöhnlich, dass Sie zu mir kommen und nach Übersetzungsproblemen in der Bibel fragen, während um uns herum die Stadt stirbt.« Er blickte sich verängstigt um. »Ist das nicht sonderbar ...«

»Noch sonderbarer ist es, werter Herr Professor, dass Sie hier auf den Trümmern sitzen und sich theologische Notizen machen ... Schreiben Sie ein Buch?«

»Oh ja! Ich beende gerade eine Monographie über die Tiersymbolik in der Bibel.« Wieder schaute er um sich. »Der erste Teil, über real existierende Tiere, ist bereits lektoriert und liegt beim Hahn-Verlag in Hannover. Und der Verleger wartet auf den zweiten Teil, über Phantasie-Tiere. Ich bin gerade dabei, den zweiten Teil zu beenden. Hier in diesem Karton liegt mein Manuskript. Wissen Sie was, Herr Mack ...« Das Gesicht des Professors sah bekümmert aus. »Ich habe Angst, dass in ein paar Tagen diese Stadt aufhören wird zu existieren und Sie und ich und mein Buch unter ihren Trümmern begraben werden – und niemand wird je erfahren, wie ich die Figur des Basilisken interpretiert habe ...«

»Ich weiß nicht, was ich Ihnen darauf antworten soll.«

»Sie wissen nicht, was Sie sagen sollen? Sie, der Kenner des Todes?«

Breslau, Montag, den 2. April 1945,
mittags

Mock saß in seinem Keller und beobachtete die Ratten in ihrem Käfig. Nachdem er den Kadaver der Ratte entfernt hatte, die von ihren Genossen totgebissen worden war, begannen die Tiere, irgendwie geistesabwesend zu wirken; eine junge Rättin stand unbewegt auf den Hinterbeinen und starrte mit blindem Blick auf die Wand. Mock war besorgt. Er erinnerte sich an einen Hund, der in einem verkommenen Haus in Tschansch einst Geister wahrnehmen konnte. Vielleicht können Ratten auch so etwas spüren?, dachte er.

Bevor er eine Antwort auf diese Frage hätte finden können, hörte er Schritte auf der Kellertreppe. Er drehte die Petroleumlampe herunter und holte seine Walther hervor. Die Schritte wurden langsamer und hielten dann vor der Tür seines Verschlags inne.

»Hauptmann Mock, sind Sie da drin?«, fragte in der Dunkelheit eine Jungenstimme kurz vor dem Stimmbruch.

»Ja«, seufzte Mock. »Komm herein, Arthur!«

Der kleine Grünig schlüpfte herein.

»Ich habe einen Brief für Sie, Herr Mock.« Er trat an den Käfig und betrachtete neugierig ein Weibchen mit roten Augen, das aus dem Nest einer ihrer Artgenossinnen ein Kleines rauben wollte. »Meine Schwester hat gemeint, sie würde nie im Leben eine Ratte anfassen, und dass sie eklig sind.«

»Und, findest du das auch?«, wollte Mock wissen, während er den Umschlag öffnete. Zum Glück war der Brief auf Deutsch verfasst, so dass er nicht gezwungen war, wieder zurück in seine Wohnung zu gehen, um sich in seinem Arbeitszimmer mit dem zweibändigen lateinischen Wörterbuch von George abzumühen.

»Weiß nicht …«, flüsterte der Junge und hockte sich neben den Käfig.

Werter Hauptmann Mock!

Meine Bezeichnung für den besagten Mann, ›cultor doctrinae paganae‹, bedeutet genau das, was Sie vermutet hatten. Er ist ein sogenannter ›neuer Heide‹, der dem urgermanischen polytheistischen Kult anhängt. Die Rituale, an denen er teilnimmt, haben oft orgiastischen Charakter. Mehr kann ich allerdings zu der ganzen Angelegenheit nicht sagen. Doch ähnlich wie Sie verwundert mich die Tatsache, dass er im Krankenhaus in der Bibel gelesen hat. Womöglich ist er konvertiert?

Mit vorzüglicher Hochachtung,

Professor Rudolf Brendel, Doktor der Philosophie

»Was hast du gesagt, Arthur?«, fragte Mock, nachdem er den Brief gelesen hatte.

»Dass ich es nicht weiß«, erwiderte der Junge.

»Und das mit deiner Schwester, was war das?«, bedrängte ihn Mock.

»Na, dass sie sich vor Ratten ekelt.« Der kleine Grünig starrte immer noch die rotäugige Ratte an, die um das Nest mit den rosahäutigen Jungen herumstrich.

»Hör mir mal gut zu, Arthur.« Mock legte beide Hände auf die Schultern des Jungen und drehte ihn zu sich. »Du bist mein einziger Freund in dieser Stadt. Verstehst du das? Wirst du mir helfen?«

»Ja.«

»Möchtest du eine richtige Pistole bekommen?«, fragte Mock und lächelte den verwirrten Kleinen an, um dann seine Walther hervorzuholen. »Diese hier. Willst du sie haben?«

»Aber klar!« Die Augen des Jungen leuchteten auf.

»Na, dann hör mir mal gut zu.« Mock beugte sich zu ihm hinunter und begann, ihm flüsternd den exakten Ablauf seines Plans einzutrichtern, dabei zeichnete er Zickzacklinien auf den verstaubten Boden des Kellerverschlags.

Arthur Grünig hörte genau zu, ohne die Betrachtung der Ratten zu unterbrechen. Besonders interessierte ihn ein junges Männchen, das sich an den Käfiggittern festhielt und den Kopf unablässig nach links und rechts bewegte.

Breslau, Donnerstag, den 5. April 1945,
Mitternacht

Mock lag auf dem Bett im Schlafzimmer und versuchte einzuschlafen, was ihm trotz seiner überwältigenden Müdigkeit nicht gelingen wollte. Die Gründe für seine Schlaflosigkeit waren ihm wohlbekannt. In seinem Körper wurden bisher verborgen gebliebene Schmerzen wach, und der Krebs der Angst um Karen wucherte immer mehr und befiel jeden Tag neue Hirnregionen.

Niemand hatte sie gesehen. Jeder Mensch, den er fragte, schüttelte den Kopf beim Anblick der Fotografie einer lächelnden Frau im Sommerkleid, die vor dem japanischen Teehaus im Scheitniger Park stand und den Anhänger an ihrer neuen Goldkette der Kamera präsentierte. Weder die Sanitäter noch die Mitglieder des Volkssturms, noch die patrouillierenden Soldaten, auch nicht die ausländischen Zwangsarbeiter hatten diese Frau gesehen – keiner von all den Menschen, die die Überbleibsel des großen Breslau bevölkerten. In keinem Schutzraum, in keinem Bunker gab es jemanden, der diese glückliche Frau mit dem strahlenden Lächeln gesehen hätte, sie, die sich an jenem Tag so sehr über die Goldkette gefreut hatte, und auf die Eiscreme im Café Anders.

Es hatte auch niemand die Hausangestellte der Familie Mock, die alte Marta Goczoll, gesehen – doch in ihrem Fall gab es hin und wieder Stimmen, die Mock Hoffnung machten. Aber jedes Mal musste er eine schmerzhafte Enttäuschung einstecken; erstaunlich war das nicht, da er kein Foto von Marta hatte, und so wie er sie schilderte, sahen Tausende alte Frauen aus.

Beinahe zwei Wochen waren seit dem Tage vergangen, da er – hasserfüllt und wutgeladen – sein Gift im Flur ihrer gemeinsamen Wohnung verspritzt und Karen wieder einmal verletzt hatte. Sie wird zurückkommen, ganz bestimmt, wo soll sie auch hin?, sagte Mock jeden Tag zu sich und konnte es mit jedem Tag, der verging, immer weniger glauben. Sie wird nie mehr zurückkommen!, flüsterte ihm der böse Geist der Schuldgefühle ein und goss neuen Schmerz in Mocks Körper.

Der Schmerz begann meist in der Schusswunde und strahlte in die ganze Brust aus. Er ging durch die Brustmuskeln hindurch und erreichte die Bronchien; dann drückte er auf Magen und Blase, um schließlich beinahe die Prostata zu zerfetzen. Mock konnte bei solchen Attacken kaum atmen und versuchte dann, logisch und vernünftig an seinen baldigen Tod zu denken. Diese eschatologischen Überlegungen drehten sich oft um ein bestimmtes Zitat von Konfuzius, waren eine dauernde Interpretation der Worte »Wenn wir das Leben nicht kennen, wie sollen wir da den Tod verstehen?«.

Als Mock gerade versuchte, den Begriff »Leben« in seine Bestandteile zu zerlegen, hörte er ein heftiges Klopfen an der Wohnungstür; er stand auf und konnte sich kaum hinschleppen, um sie zu öffnen. Durch den Spion sah er einen kleinen Jungen mit einer Schiebermütze auf dem Kopf. Der Kleine war ihm unbekannt. Er öffnete die Tür mit einem Ruck.

»Arthur schickt mich zu Ihnen«, schnaufte der Kleine, der völlig außer Atem war. »Er kann nicht selbst kommen, er muss Wache halten. Lassen Sie uns gehen, schnell! In der Schule!«

Mock vergaß seine Schlaflosigkeit, dachte nicht mehr an Karen, er spürte nur noch seinen lodernden Hass auf Gnerlich, der wie lebensspendende Energie seinen Körper erfüllte – die Schmerzherde waren erloschen. Er rannte in sein Zimmer und zog sich eine Hose und ein altes Hemd an, dann warf er sich eine warme Jacke über, die er sonst zum Wandern trug, und schnappte sich einen alten Hut; er zwängte sich in seine Stiefel, und an der Hüfte spürte er den schweren Druck der Walther, der ihn sofort beruhigte. Mit der Anmut eines Elefanten rannte er gemeinsam mit dem Jungen die Treppe hinunter, ohne noch irgendwelche Fragen zu stellen.

Breslau, Freitag, den 6. April 1945,
ein Uhr nachts

Sie waren im Hof der ehemaligen jüdischen Volksschule, in deren Gebäude Mock sich noch vor wenigen Tagen als Patient befunden hatte. Gnerlich lag immer noch im Hospital. Hinter der Frontlinie, die keine fünfzig Meter entfernt war, hörte man russische Gesänge und Gewehrschüsse.

»Sie brauchen keine Angst zu haben!«, sagte leise Mocks kleiner Cicerone. »Das ist unser Versteck, von Arthur und mir. Wir rauchen hier unsere Ziesen. Und wir kennen uns hier aus wie in unserer Westentasche.« Er sagte dies mit betont tiefer Stimme.

Der massige Kasten der Sporthalle der alten Schule war in der Dunkelheit kaum zu sehen. Noch schlechter zu sehen waren die kleinen Fensterchen der Umkleidekabinen. Eines der Fenster stand weit offen. Der Junge sprang hoch, packte die Fensterkante, zog sich wie ein Affe hoch und verschwand im Inneren des Gebäudes. Nach einer Weile tauchte in der Fensteröffnung ein Seil mit Knoten daran auf, ähnlich dem, welches damals in der Turnhalle der Schule in Waldenburg gehangen hatte und an dem sich vor über fünfzig Jahren der Schüler Ebi Mock hochzuziehen pflegte; er schaffte es in dreißig Sekunden vom Boden bis zur Decke.

Nun brauchte er über fünf Minuten, obwohl das Seil direkt an der Wand hing und nicht lose herunterbaumelte, und obwohl die Entfernung zum Fenster fünfmal geringer war als die Höhe seiner alten Turnhalle. Wären diese Erleichterungen nicht gewesen, hätte es der alte Mock überhaupt nicht hochgeschafft. Doch bevor er das Fenster erreichte, rutschte er einige Male wieder hinunter, schabte sich die Schuhspitzen an der Ziegelmauer ab und biss vor Schmerz die Zähne zusammen, wenn er versuchte, den Fensterrahmen mit der linken Hand zu packen – da fuhr der Schmerz durch die vom Schuss verletzte Brust und strahlte bis in den Bizeps und den Deltamuskel aus. Als er sich schließlich auf den Stapel Matten, der auf der anderen Seite unter dem Fenster auf dem Boden lag, fallen ließ, wurde ihm schlecht. In dem Raum herrschte der Mock am meisten verhasste Gestank: der Geruch nach schmutzigen Socken, Gummi und verschwitzten Körpern. Dieser Gestank ließ sich aus keiner Turnhalle auslüften, er blieb für immer drin. Mock schluckte und der Schwindel verging. Doch die Wunde pulsierte heftig.

Nach einigen Minuten beruhigte sich die Amplitude des Schmerzes und Mock streckte den Arm in die Dunkelheit aus. Er ertastete einen Jungenkopf.

»Na, was nun?«, fragte er flüsternd und lehnte seine Wange an das glühende Ohr. Er wunderte sich gar nicht, dass die kleinen Schlingel aufgeregt waren, es musste für sie ein tolles Abenteuer sein.

»Hier«, flüsterte Arthur Grünig und zog Mock am Arm. Dieser hörte ein leises Geräusch und ein Lichtstrahl drang in die Umkleide.

»Da, das Lüftungstürchen!«, flüsterte Arthur und Mock spürte die Hitze, die von seiner Wange ausstrahlte.

Aus der Turnhalle hörte man Geräusche wie beim Sport: rhythmisches Klatschen und laute Schreie. Mock linste durch den Schlitz. Doch es waren keine Sportgeräusche: Wer da schrie, waren Frauen, was da klatschte, waren Männerschenkel gegen ihre Körper.

Breslau, Freitag, den 6. April 1945,
halb zwei Uhr nachts

Als Mock begriff, welches Spektakel die Jungs zu sehen bekommen hatten und was er ihnen damit angetan hatte, wurde ihm zum wiederholten Mal schlecht. Schweiß trat auf seine Stirn. Dann überlegte er, dass diese Jungs auf der Straße lebten und sicherlich schon bald die Geheimnisse der Fortpflanzung kennenlernen würden. Außerdem konnte man durch die schmale Öffnung ziemlich wenig sehen. Um seine Gewissensbisse zu mindern, ließ er sich wieder auf den Boden fallen und schaute in das Magazin seiner Pistole. Als er erneut durch den Spalt blickte, sah er einiges, was einem heranwachsenden Jungen schlaflose Nächte bereiten konnte.

Auf dem Boden der Turnhalle standen zwei große Kerzenständer, in deren schimmerndem Licht Körper von Schweiß glänzten. Die Brüste der Frauen schaukelten über den Boden, die Zehen zuckten krampfhaft. Die auf dem Boden schleifenden feuchten Haare sammelten den Staub auf, das Parkett, auf dem die Hinterbacken rieben, quietschte rhythmisch. Der Geruch nach Schweiß drang durch das Türchen in die Umkleide.

Mocks Aufmerksamkeit wurde von der Gestalt eines der Orgienteilnehmer erregt, der sich sowohl in der Kleidung wie auch im Verhalten von den anderen unterschied. Er war nicht nackt, sondern sein Körper war in einen weinroten Morgenmantel gehüllt. Er saß unbewegt an der Wand, in einer weit entfernten Ecke des Raums und betrachtete hochkonzentriert das Geschehen. Er blickte auf die halboffenen Münder der Frauen, die Speichelfäden, die daraus hingen, die angespannten Kiefer der Männer, die Fettschichten, die unter der Haut bebten, die Röte auf den Wangen. Er lauschte auf das Schreien, Röcheln, Knurren, Stöhnen der kopulierenden Menschen. Auf einmal hörte eine Frau, die keinen Partner hatte, auf, an sich selbst herumzuspielen, und kroch auf den Mann im Morgenmantel zu. Sie lächelte ihn an und knotete seinen Gürtel auf. Der Mann hob die Hand und schlug ihr heftig ins Gesicht. Dann packte er sie an den Haaren und schleifte sie in eine andere Ecke des Raums – doch er ging weder noch bewegte er sich auf Knien: Er schob sich, auf den Hinterbacken sitzend, über den Boden, ein Bein hinter sich schleifend. Die Frau legte sich auf den Bauch und der Mann drückte sie von hinten mit seinem Gewicht zu Boden. Er schaute sich misstrauisch um, doch alle anderen waren beschäftigt. Erst da schlug der Mann die Schöße seines Morgenmantels auseinander. Mock starrte auf sein zugegipstes Bein.

Er kannte die beiden, sowohl den Mann als auch die Frau. Es waren die Wärterin Waltraut Hellner und der SS-Obersturmbannführer Hans Gnerlich.

Breslau, Freitag, den 6. April 1945,
zwei Uhr morgens

Die Teilnehmer der Orgie streckten sich erschöpft auf dem Fußboden aus. Die Herren lagen neben den schweißnassen Körpern der Damen, die Damen legten ihre Köpfe auf den Schultern der Herren ab. Gnerlich rutschte über den Boden auf die Liegenden zu und verteilte irgendwelche Pillen an sie, die sie lächelnd schluckten. Er selbst nahm nichts davon ein.

Nach einer Weile quietschte das Parkett wieder. Die müden

Damen und Herren begannen erneut, ihre Extremitäten zu verdrehen. Zuerst legten sich vier Personen so hin, dass sich ihre Scheitel berührten, sie streckten die Beine aus und drückten die Arme an die Seiten – es entstand ein Kreuz, in dessen Zentrum ihre Köpfe lagen. Weitere vier Personen legten sich so dazu, dass sie mit den bereits Liegenden einen rechten Winkel bildeten – so entstand eine Swastika. Jemand begann in einer Mock unbekannten Sprache zu singen. Das Lied stieg hoch, von falsch singenden Kehlen getragen. Gnerlich sang nicht mit. Sein Gesicht war von einer Grimasse des Schmerzes verzerrt. Er stemmte sich hoch, trat zwischen die Körper, die das Sonnenkreuz bildeten, stützte sich auf eine Krücke und verließ humpelnd die Turnhalle.

Arthur Grünig war zum Teil entsetzt, zum Teil wütend auf seinen Nachbarn Hauptmann Mock. Das zweite Gefühl kam daher, dass ihm Mock mit seinem stämmigen Körper den Blick auf die unbekannte, faszinierende Szene versperrte. Entsetzt war er wiederum von den noch nie zuvor gehörten Gebeten zu einem unbekannten dunklen Gott, von dem Wüten im Licht der flackernden Kerzen, von der wilden Rage, mit der sich die Menschen in der Turnhalle aufeinandergestürzt hatten, und von dem sonderbaren Lied in der komischen Sprache. Er hatte noch nie gesehen, wie das menschliche Balzritual ablief. Er hatte noch nie gesehen, wie sich die Männchen auf die Weibchen legten, wie die Männchen miteinander kämpften, um an die Körper der Weibchen heranzukommen. Den weiblichen Körper kannte er ausschließlich von erotischen Postkarten mit Aktfotos – und vom Spähen durchs Schlüsselloch, wenn seine Mutter badete. Nur die Geräusche, das Jaulen und Stöhnen, kannte er. Manchmal hörte er sie in den Toreinfahrten, wenn die Dienstmädchen mit den Feldwebeln darin verschwanden. Und er erinnerte sich an die Vision vom Heulen der Verdammten, die sein Vater, der Hausmeister Grünig, ihm immer wieder ausmalte, meist warnte er seinen störrischen Nachwuchs mit den Worten: »Wenn du das noch mal machst, wird es Heulen und Zähneklappern geben!« Auch damals, als sein Vater ihn dabei ertappte, wie er die Mutter im Bad beobachtete, hatte er diese Worte zu hören bekommen. Und obwohl er diese unanständige Sache danach noch mehrmals getan hatte, wurde er nie dafür bestraft. Den Scharfrichter gab es nämlich nicht mehr – sein Vater war im Warschauer Ghetto gefallen.

Daher beunruhigte Arthur nun die Anwesenheit eines anderen erwachsenen Mannes in einer solch verhängnisvollen Situation.

»Ich werde euch noch eine Waffe geben …«, hörte Arthur Mock flüstern, und das beruhigte ihn. »Wenn …«

Doch seine Stimme ging in den wilden, unrhythmischen Gesängen der Orgie unter.

»Was?«, fragte der kleine Grünig lauter.

Mock wiederholte es – ebenso leise wie vorhin, doch mit einem solchen Nachdruck, dass seine beiden Handlanger es genau verstehen konnten. Sie blickten einander an und nickten sich zu.

»Na los, Kartoffel!«, flüsterte Arthur seinem Kumpel zu. »Gehen wir!«

Breslau, Freitag, den 6. April 1945,
halb drei Uhr morgens

Die Kerzen gingen langsam aus, die Gesänge verstummten, die Körper waren verschoben, so dass das Hakenkreuz seine Form verloren hatte. Die nackten Menschen rollten sich zu Kugeln zusammen, zogen die Knie ans Kinn, legten die schweren Köpfe auf die Arme. Auch ihre Münder und Kehlen waren erschöpft. Sie begeben sich in die Arme des altgermanischen Schlafgottes, dachte Mock bei sich. Wenn es einen solchen bei den Germanen überhaupt gab. Ihm selbst war Morpheus lieber, der zu einer ihm bekannten Welt gehörte, die bevölkert war von sanften Gottheiten, frivolen Satyrn, scheuen Nymphen.

Als Mock sicher war, dass im Nachbarraum alle eingeschlafen waren, zog er seinen Gürtel aus den Schlaufen und machte die Tür ganz auf. Mit vor Angst rasendem Herzen und zugeschnürter Kehle kroch er auf allen vieren in die Turnhalle. Dort stank es wie im Zoologischen Garten, im Reptilienhaus. Doch nicht nur der Geruch erinnerte ihn an den Zoo, in dem heutzutage die tapferen Verteidiger der Festung die Tiere erschossen. Auch die Geräusche, welche die Schlafenden von sich gaben, waren animalisch: Knurren, Schnaufen, ersticktes Stöhnen, saftige Rülpser. Unter den Lidern der Schlafenden bewegten sich ruhelos die Augäpfel.

Mock polierte kriechend mit Ärmeln und Hosenbeinen das Parkett, bis er endlich bei dem massigen Körper von Waltraut Hellner angekommen war. Er streckte den Arm aus und hob eines ihrer Augenlider. Die Augäpfel der Frau bewegten sich mit rasender Geschwindigkeit, als ob sie die Bilder in einem wahnsinnigen Fotoplastikon verfolgen wollte. Mock kippte ihren Kopf nach hinten und tat etwas, was ihm früher stets sehr leicht gefallen war: Er versetzte ihr einen Hieb mit der Handkante gegen den Hals. Hellners Körper wurde schlaff, ihre Augen hörten auf, sich zu bewegen. Mock schob ihre Füße durch die Schlinge, die er aus dem Gürtel gemacht hatte, und zog diese zu. Ächzend schob er sich zurück durch die Tür zur Umkleidekabine. Er schleifte den leblosen Körper hinter sich her, was ziemlich gut funktionierte. Nur der rechte Arm der Frau steckte plötzlich irgendwo fest. Angeekelt hockte sich Mock neben das Weib, beugte ihre Arme und legte sie auf die nackten, zur Seite rutschenden Brüste. Er zog sie mit Mühe hinein und schloss die Tür hinter sich. Er atmete schwer.

Dann kletterte er auf den Haufen Matten, sah aus dem Fenster – und lächelte. Er sah, was er sehen wollte. Draußen trugen die Jungs ein in eine Wolldecke eingewickeltes Paket herbei.

Breslau, Freitag, den 6. April 1945,
Viertel vor drei Uhr morgens

Mock holte aus der benachbarten Toilette einen halben Eimer Wasser, ertastete in der Dunkelheit das Gesicht der Hellner und schüttete fast den gesamten Eimerinhalt über sie aus. Mit der Taschenlampe beleuchtete er das Gesicht der Frau, und dann ihren ganzen Körper. In ihrem Mund steckte die abgerissene Krempe seines eigenen Hutes. Dieser Knebel wurde von der Schlinge des Gürtels festgehalten. Das Weib lag auf dem Mattenstapel. Seile, die er an die Fenster und die alten Spinde gebunden hatte, hielten ihre Fuß- und Handgelenke fest, so dass ihr Körper wie ein riesiges X aussah. Ihre Hüften waren von Mocks altem Hemd bedeckt, die Ärmel verknotet und die Knöpfe geschlossen – auf diese Art war ein Rock entstanden.

Mock kippte den Rest Wasser in ihr Gesicht und blickte in ihre nur langsam aufgehenden Augen. Als er darin statt Verschlafenheit Angst bemerkte, hob er ihren Kopf ein wenig an, damit sie sehen konnte, was mit ihr passierte. Er hielt mit einer Hand ihren Hals, mit der anderen beleuchtete er den Gegenstand, der sich neben ihr befand. Es war der Holzkäfig mit den Ratten, die sich gereizt gegen die Gitterwände warfen.

»Na, habe ich dir einen hübschen Rock angezogen? Gefällt er dir?«, wollte Mock wissen. »Antworte nur ja oder nein, mit Kopfbewegungen.«

Die Wärterin nickte, die Augen riesengroß vor Furcht.

»Wenn du mir nicht gehorchst, werde ich den Käfig unter deinen Rock stecken und die Holzstäbe zerbrechen. Schau, die Ratten sind wütend.« Er hob die Taschenlampe und beleuchtete den Käfig. Sie sah, dass er die Wahrheit sagte. »Einige werden versuchen, den Stoff durchzubeißen, um herauszugelangen. Andere werden sich in deinen Körper verbeißen, in die weichsten, zartesten Stellen. Sie werden genau da hineinkriechen, wo vorhin der attraktive Kommandant war. Nur dass sie längst nicht so nett zu dir sein werden ...«

Unter dem Knebel traten Speichel und Schaum hervor.

»Wirst du tun, was ich dir sage?«

Sie nickte. Der Speichel floss von den Mundwinkeln hinunter.

»Wirst du schreien?«

Der Kopf der Frau bewegte sich zur Seite; sie bekam immer schlechter Luft und ihre Augen nahmen einen abwesenden Ausdruck an.

»Dann ist es gut«, kommentierte Mock und entfernte den Knebel aus ihrem Mund.

Er stellte den Käfig auf ihren Bauch und beleuchtete ihn. Die roten Augen der Tiere funkelten dämonisch. Die kleinen Zähne waren unter den Schnurrbarthaaren sichtbar. Die Ratten waren angespannt, bereit, jemanden anzuspringen. Zu allem bereit. Die Hellner schnaufte schwer. Es war das einzige Geräusch, das aus ihrem Mund drang. Ihre Augen hellten sich langsam auf.

»Leise.«

»Ja«, schnaufte sie.

»Warum hatte Gnerlich als Einziger etwas an? Warum wollte er seinen Schwanz nicht zeigen?«

»Er ist krank. Er hat Fieber. Ihm war kalt.«

Der Schweiß, der über Hellners Stirn rann, zeugte davon, dass ihr im Gegensatz zu Gnerlich ganz sicher nicht kalt war.

Mock drückte ihr wieder das Stück Hutkrempe zwischen die Zähne. Dann stand er auf und hob den Käfig hoch, den er immer noch anleuchtete. Er bewegte ihn ein paarmal auf und ab, dann schwenkte er ihn zur Seite. Die Ratten verloren das Gleichgewicht, fielen übereinander, torkelten, fielen um. Sie drehten sich um sich selbst und peitschten mit den langen Schwänzen. Ihr übliches Fiepen wurde zu einem ganz anderen, schaurigen Geräusch. Aus dem Käfig ertönte ein hohes Zischen – die Ratten zischten wie Schlangen.

Mock hielt die Taschenlampe so, dass sie sowohl den Käfig mit den wahnsinnig gewordenen Ratten als auch sein verwüstetes Gesicht erleuchtete.

»Glaubst du, dass ich auch nur ein Quäntchen Mitleid für dich und deinen Liebhaber verspüre?« Mock zischte wie seine Ratten. »Denkst du etwa, dass ich zögern werde, diesen Käfig unter deinen Rock zu stecken? Und weißt du, was ich sehen werde, wenn die Ratten zwischen den zerbrochenen Stäben herausklettern? Ich werde den attraktiven Kommandanten Gnerlich vor Augen haben, wie er ein junges Mädchen vergewaltigt. Berta Flogner, die Nichte der Gräfin von Mogmitz. Ich werde sehen, wie er eine Flasche in das Mädchen hineinrammt.« Er zählte stumm bis drei, um die Wut, die ihn beinahe explodieren ließ, ein wenig einzudämmen. »Denk doch ein bisschen nach ... Ich will dir nicht wehtun. Aber ich muss alles über Gnerlich wissen. Also erzähl mir keine Märchen über seine Erkältung und sein Fieber. Sagst du mir jetzt, warum er sein Ding nicht zeigt, oder soll ich die Ratten noch mehr reizen?«

Die Hellner zitterte und bewegte den Kopf wild vor und zurück, stieß mit dem Kinn an ihr Schlüsselbein und mit dem Hinterkopf an die Matratze. Es sollte wohl heißen, dass sie reden wollte. Mock griff voller Ekel nach dem von Speichel feuchten Knebel und zog ihn heraus. Sie atmete schwer, ihre Brust hob und senkte sich in einem hektischen Rhythmus, und zwischen ihren Lippen kam ein einziges Wort hervor: »Tripper.«

Mock rammte ihr den Knebel wieder hinein. Er merkte, wie er langsam die Geduld verlor. Im Nachbarraum schliefen Menschen, die jederzeit aufwachen konnten. Im Krankenhaus neben ihnen gab es zahlreiche Soldaten, die das kleine Licht aus dem Fenster an der Turnhalle bemerken konnten; sie würden nicht zögern, ihre Gewehre zu benutzen.

»Ich frage Sie ein letztes Mal, Fräulein Hellner«, sagte Mock langsam und mit Nachdruck. »Wissen Sie, ich muss Ihnen etwas anvertrauen. Ich quäle mich mit irgendwelchen verborgenen Krankheiten herum, die Schusswunde in der Brust tut höllisch weh, ich vermisse meine Frau und habe eine Mordswut auf alle. Und Sie ärgern mich die ganze Zeit. Das wird mir langsam lästig. Sie verschwenden meine Zeit. Ich fürchte, dass gleich jemand herkommen könnte und uns entdecken. Und Sie lügen mich an.

Noch vor einer Stunde boten Sie sich so hemmungslos Kommandant Gnerlich an, und jetzt erzählen Sie mir, er hätte den Tripper. Ist das wirklich der Grund, warum er so prüde ist und sich nicht auszieht? Und Sie? Wollten Sie sich um jeden Preis anstecken? Oder macht man das in Ihrer Sekte so, dass sich alle gegenseitig mit Geschlechtskrankheiten anstecken? Vielleicht ist es eine Art göttliches Geschenk?«

Mock schnaufte und wischte sich den Schweiß von der Stirn. »Ich werde nun nicht mehr mit Ihnen reden, Fräulein Hellner. Sie belügen mich sowieso nur.«

Er hängte sich die Taschenlampe um den Hals und packte mit beiden Händen den Rattenkäfig, dann begann er ihn unter den provisorischen Rock der liegenden Frau zu schieben. Der Käfig war zu groß, so dass Mock einige Knöpfe seines alten Hemds aufmachen musste. Ob er wollte oder nicht, er musste seine Hand unter den Rock stecken. Er fühlte ihre behaarten Beine. Haare auf den Beinen einer Frau hatten Mock schon immer angewidert, aber diesmal erschütterte es ihn regelrecht.

Die Hellner versuchte gegen das, was kommen sollte, anzukämpfen und presste die Beine zusammen. Das machte Mock erst recht wütend. Er stand auf und holte mit einem Bein aus, um den Käfig tief unter den Rock zu befördern. Doch er tat es nicht. Die Frau krampfte in Spasmen. Sie schlug mit den Fersen gegen die Sportmatten, die Handgelenke scheuerten in den dicken Seilen, der Kopf warf sich von links nach rechts.

Die erschrockenen Ratten fiepten laut unter ihrem Rock. Mock wurde bewusst, dass er nun nichts mehr von diesem Weib erfahren würde. Entweder hatte sie einen epileptischen Anfall, oder es waren ihre letzten Zuckungen. Und er wusste, dass er sie nicht am Leben lassen konnte. Er griff in die Hosentasche, doch er konnte seine Walther nicht ertasten. Ihm fiel ein, dass der kleine Arthur Grünig sie nun als Trophäe mit sich trug.

Mock kniete sich neben die Hellner. Im Licht der Taschenlampe sah er die Beule, die nach seinem Schlag entstanden war. Er musste sie nur noch einmal auf die Schläfe schlagen. Nur etwas stärker. Doch er schlug sie nicht. Er konnte es nicht tun, weil sie ihm in die Augen sah. Waltraut Hellner hatte die Augen geöffnet und starrte ihn unverwandt an, obwohl ihr Körper von irgendwelchen pathologischen Kräften geschüttelt wurde. Auf einmal begriff Mock, was ihm ihr Blick sagen wollte. Diesen Blick hatte er schon so oft bei Verbrechern gesehen, die ihn, den Kriminalkommissar, einfach nicht mehr ertragen konnten. Sie konnten ihn nicht mehr sehen, sie hassten ihn, er ekelte sie an; so sehr, dass sie nur zwei Möglichkeiten hatten: entweder, ihn zu töten, oder ihm die gewünschte Information zu liefern. Und so würde auch Hellner jetzt die Wahrheit sagen, das wusste Mock. Er griff an ihren Mund und warf den Knebel fort.

»Er ist beschnitten«, flüsterte sie.

Mock dachte gar nicht erst über die erhaltene Information nach. Er dachte auch nicht über seine eigenen Schmerzen nach, nicht an Karens Verlust, nicht an den letzten Blick der jungen Berta Flogner, nicht an den Heldenmut der Gräfin von Mogmitz, nicht daran, dass er die kleinen Frechdachse vom Zwingerplatz der Verdorbenheit ausgesetzt hatte.

Sein Gehirn war nur mit einer Tatsache beschäftigt. Der Gedanke an die verkommene, doch im Grunde unschuldige Wärterin Waltraut Hellner und an seine eigene Grausamkeit ihr gegenüber ließ ihm beinahe den Schädel platzen. Er starrte das vor ihm liegende menschliche Wesen an und begriff, dass er irgendwann den letzten Rest an Unschuld hatte verlieren müssen. Er hatte sich geschworen, niemals eine Frau zu foltern – und nun hatte er es getan. Sie war in den Schraubstock der Angst geraten.

Er machte ihre Fesseln los und strich ihr über die feuchten Haare. Sie rollte sich auf dem Haufen alter verstaubter Matten zusammen wie ein Kind. Sie sprach nicht, sie weinte nicht; sie hielt die Augen geschlossen. Mock nahm seine Jacke ab und bedeckte damit den gefolterten Körper. Dann nahm er den Rattenkäfig, trug ihn in die Toilette und kehrte in den Umkleideraum zurück. Die Hellner lag immer noch wortlos da. Mock kletterte auf den Bock und von dort aus auf eine Fensterbank. Unbeholfen rutschte er vom Fenster nach draußen und lief langsam den Zaun entlang, der den Sportplatz umgab.

Die Stalinorgel spielte über der Stadt, und Durchsagen aus den an den Straßenlaternen angebrachten Lautsprechern sollten die Lebensgeister der Verteidiger erfrischen. Ein weiterer Sturm auf die Festung Breslau hatte begonnen.

Breslau, Freitag, den 6. April 1945,
mittags

Mock saß in der Küche seiner Wohnung und überlegte, wann wohl ein Volkssturmmitglied erscheinen würde, um ihn wegen Befehlsverweigerung zu erschießen. Trotz eindeutiger Befehle der Obrigkeit war er nicht wie alle anderen Bewohner des Hauses am Zwingerplatz 1 in den Keller geflüchtet. Stattdessen saß er in seiner Küche und schnitt ein altes, vertrocknetes Brötchen auf, das er in einem Leinenbeutel in der Speisekammer gefunden hatte.

Das Messer drang mit einem Krachen in die versteinerte Brötchenrinde, die Krümel verstreuten sich auf der Tischplatte. Als Mock ein paar kleine Scheiben vor sich liegen hatte, zog er ein Schüsselchen mit Öl zu sich heran, tauchte das Brötchen hinein, bestreute es mit Salz und zermalmte es mit seinen (zum Teil noch echten, zum Teil künstlichen) Zähnen. Nachdem Karen weggegangen und die Dienerin Marta verschwunden war, waren das trockene Brötchen und das Öl das Einzige, was es in der Wohnung an Essbarem gab.

Man merkte überall, dass die weibliche Hand im Haushalt fehlte. Es fing damit an, dass durchdringende Kälte in der Wohnung herrschte, vor der sich Mock zu schützen versuchte, indem er Fingerhandschuhe anzog und stets einen Hut aufsetzte. Auf dem Boden wuselten fluffige Bällchen aus Staub, auf den Rahmen der Fenster und der Bilder setzte sich weißer Staub ab, und die Oberfläche der Spüle war glitschig von schlecht abgewaschenem Fett.

Wie peinlich, hierher Gäste einzuladen, auch, wenn es nur welche aus der Phantasie sind, dachte Eberhard. Man kann sich doch nicht in einem solchen Saustall mit den sanften, freundlichen Erscheinungen aus der Vergangenheit unterhalten.

Er hatte heute Besuch von drei Menschen aus seiner Vergangenheit bekommen, und alle drei waren sie erbost über ihn.

»Wie kannst du«, rief sein ehemaliger Zahnarzt, Dr. Moritz Zuckermann, »nur an so etwas Niederträchtiges denken wie die Denunzierung Gnerlichs als Jude?! Erinnerst du dich denn nicht mehr, wie damals die Schaufenster mit dem Davidstern gekennzeichnet wurden, wie Menschen mit der Aufschrift *Jude* auf der Brust um das Rathaus herumgehen mussten und nicht wagten, hochzublicken? Hast du den alten Mann mit dem langen grauen Bart vergessen, der mit heruntergelassener Hose in der Wallstraße stand, und die Jungen in HJ-Uniformen standen vor ihm und lachten ihn wegen seines Penis aus? Und du willst jemanden denunzieren – auch wenn er ein Mistkerl und ein Sadist ist – und dich damit den anderen Verbrechern gleich machen? Willst du so werden wie die, die mich nach Auschwitz geschickt haben?«

Heinz Kleinfeld, sein langjähriger Mitarbeiter im Polizeipräsidium, einer der besten Detektive der Mordkommission, verwendete keine emotionalen Argumente. Seine Argumentation war wie immer rein logisch.

»Woher willst du wissen, dass diese Frau, die fast schon im Todeskampf lag, auch die Wahrheit sagte? Ja, ich weiß, gleich wirst du mir erzählen, dass du dich wie immer auf deinen untrüglichen Instinkt verlässt. Aber hast du diesen Instinkt tatsächlich noch? Du darfst nicht vergessen, dass du beinahe zehn Jahre bei der Abwehr gedient hast und erst seit kurzem wieder bei der Polizei bist. In der Zeit bei der Abwehr hast du niemanden verhört, geschweige denn, dass du jemandem deinen berühmten Schraubstock angelegt hättest. Heute bist du nicht mehr als ein Dickwanst von Bulle, der sowieso seiner Pflichten enthoben ist. Du bist wie ein Jagdhund, der auf einem bequemen Sofa alt geworden ist. Was ist aus deiner berühmten Spürnase geworden?

Und außerdem: woher willst du wissen, dass Gnerlich nicht wegen eines medizinischen Eingriffs beschnitten ist? So was kommt vor, dass man als kleiner Junge eine zu enge Vorhaut hat, die dann operativ entfernt wird. Vielleicht wurde bei Gnerlich eine solche Operation vorgenommen? Das musst du überprüfen. Aber hast du überhaupt die Zeit dafür? Und hast du überhaupt die Möglichkeit, es zu überprüfen? Willst du Gnerlich verhören und ihm die Eier in deinen Schraubstock stecken? Geh lieber los und such deine Frau! Hier kannst du vielleicht noch etwas erreichen, bevor die Russen in die Stadt einfallen und ihre Wut in jedem weiblichen Körper entladen, der ihnen über den Weg läuft – die würde es nicht stören, wie alt deine Frau ist, denen ist das egal ...«

Der dritte Mensch, der Mock an dem Tag besuchte, war Lea Friedländer. Sie war eine schöne junge Frau, eine ehemalige Zeugin, die vor über zehn Jahren drogensüchtig gemacht worden war und dann – allein gelassen und verdorben – Darstellerin in pornographischen Filmen geworden war. Und Mock hatte nichts dagegen getan. Lea sagte nichts, sie saß nur da und blickte ihm direkt in die Augen. Ohne zu lächeln, ernst und konzentriert.

»Verdammte Scheiße!«, brüllte Mock und schlug mit der Hand auf die Tischplatte. »Ich habe heute Nacht meine Unschuld verloren! Ich habe eine Frau gefoltert! Und so bin ich nicht mehr unschuldig! Heiligt der Zweck nicht die Mittel? Mein Ziel ist es, Gnerlich zu zerstören! Ich brauche aber Beweise, Beweise! Wenn ich sie habe, werde ich zu von Rodewald gehen und Gnerlich wird hängen! Ich werde es tun, ob es euch gefällt oder nicht!«

Die Erscheinungen lösten sich im hellen Licht des Mittags auf. Mock stand auf, ging ins Badezimmer, stutzte sich den Bart und putzte sich die Zähne mit Zahnpulver. Dann probierte er einen der letzten sauberen Anzüge mit einer Krawatte an: Die beige Seidenkrawatte mit braunen Rhomben passte hervorragend zu dem dunkelbraunen Anzug mit den breiten hellen Streifen. Er zog sich fertig an, musterte sich im Spiegel, legte die Maske an, setzte den Hut auf, warf sich einen cremefarbenen Kamelhaarmantel über und griff nach seiner Ersatzpistole. Sie war nicht da.

»Ach, verdammt!«, sagte er zu sich selbst. »Gestern besaß ich zwei Pistolen, heute habe ich keine mehr. Aber egal. Die Jungs hatten es sich verdient . . .«

Er schüttelte den Kopf – nein, er würde die Pistole nicht brauchen. Heute würden harte Währung, Weinbrand von Wirth und Schokolade von Pohl seine Waffen sein. Er stopfte seine Aktentasche damit voll, schloss die Wohnungstür ab und ging hinaus auf die Straße. Dabei summte er eine pathetische Stelle aus ›Tannhäuser‹.

Breslau, Freitag, den 6. April 1945, acht Uhr abends

Mock nutzte seine langjährige Bekanntschaft mit dem Besitzer des Friseursalons, Paul Altstädt – er saß im Friseursessel, rauchte eine Zigarette und betrachtete mal den im zweiten Sessel dösenden Meister des Kammes, mal durch einen Vorhangspalt den auf der gegenüberliegenden Seite der Gartenstraße befindlichen Fotosalon »Photo-Waage«. Der Laden, der nun in völliger Dunkelheit dalag, war so berühmt, dass man sich Wochen zuvor anmelden musste, um vor das Objektiv der Fotomeisterin Elise Dorn zu dürfen. Und die weniger reichen und bedeutenden Kunden wurden von ihren zahlreichen Gesellen bedient. Die Fotografie der Familie von Mogmitz, die in zwei Teilen vor Mock lag, war ganz gewiss von Frau Dorn gemacht worden.

Alle darauf abgebildeten Personen, vor einem kleinen Palais postiert, hatten einen freundlichen Gesichtsausdruck: der ältere Graf Rüdiger von Mogmitz wie auch sein mittlerweile verstorbener Sohn Rüdiger junior, der eine Hand auf den Arm des Vaters gelegt hatte. Die Schwiegertochter des alten Grafen, die schöne Gertrud von Mogmitz, lächelte ebenfalls, und auch die zwei Bediensteten, die etwas seitlich auf der Treppe standen, grinsten freundlich. Der gutaussehende Kammerdiener Hans Gnerlich hatte die Handflächen an der Hosennaht und blickte gedankenverloren in das Objektiv der Fotokünstlerin. Nur die stämmige, etwa vierzigjährige Hausangestellte blickte etwas verlegen drein, als ob sie zum ersten Mal für ein Foto posieren sollte.

Sie war es, die Mock ganz besonders interessierte, da sie den einzigen Punkt darstellte, von dem er in der relativ schwierigen Situation ausgehen konnte. In diesem Moment wurde er höchstwahrscheinlich von Gnerlichs Leuten gesucht, mit dem Befehl, ihn zu verhaften. Dem Kommandanten der Bergstraße würde es ein Leichtes sein, von Rodewald zu überzeugen, dass Mock ihn verfolgte und belästigte, dass er seine Mitarbeiterin gefoltert hatte und dass er offensichtlich für den Anschlag auf sein Leben verantwortlich war. Mock war bewusst, dass er, falls seine Befürchtungen zutrafen, kaum Zeit haben würde, Beweise für die jüdische Abstammung Gnerlichs zu finden und sie von Rodewald zukommen zu lassen. Am meisten wünschte er sich jetzt ein Gespräch mit Professor Brendel, der ihm sicherlich Informationen dazu liefern könnte. Aber nachdem die Wärterin Hellner verhört worden war, stand es außer Frage, dass nun jeder Lagerwärter in der Bergstraße den Befehl hatte, einen älteren Mann mit verbranntem Gesicht festzunehmen, falls er versuchen würde, ins Lager zu kommen. Es war klar, dass nach dem Gespräch mit der Hellner der stellvertretende Kommandant Gerstberger, ein Mensch, der Mock bisher freundlich gesinnt war, nun seine Einstellung geändert hatte. Mit Sicherheit standen Gnerlichs Leute, die von der Freundschaft zwischen dem Hauptmann und dem Professor Kenntnis hatten, bereits vor dessen Haus und warteten geduldig auf den bösen Mann, der ihren Kommandanten so ärgerte.

Der einzige Verbündete, den Mock in dieser Situation hatte, war die Belagerung Breslaus, weil die Einwohner, und vor allem die Soldaten, etwas Besseres zu tun hatten, als einen alten Mann zu jagen. Und es gab noch einen potentiellen Helfer.

»Nur du bleibst mir noch …«, sagte Mock leise und starrte auf den hellen Fleck auf der Fotografie, da, wo das Dienstmädchen stand. Er konnte sie in dem dämmerigen Licht der Gaslampe kaum erkennen. »Nur du kannst mir etwas über Gnerlichs Abstammung erzählen. Und ich kann dich nur über den Fotografen ausfindig machen. Eine andere Möglichkeit habe ich nicht ...«

Er blickte hinüber zu dem Fotosalon und verfluchte sich innerlich. In Gedanken versunken hatte er nicht bemerkt, dass drüben ein kleines Licht angegangen war. Ich merke nichts mehr, ich bin zu alt, dachte er mit Selbstmitleid und Selbsthass gleichzeitig. Ich scheine alles zu übersehen.

Er versteckte die Fotografie in seinem Geldbeutel, zog den Mantel an, setzte sich den Hut auf, nickte dem dösenden Herrn Altstädt zum Abschied zu und verließ den Laden. Herr Altstädt hatte jedoch nicht geschlafen und holte ihn auf der Straße ein.

»Was ist los?«, lächelte ihn Mock an. »Wollen Sie mich rasieren? Oder mir eine Dauerwelle verpassen?«

»Nein, nein«, antwortete der alte Friseur. »Sie haben bloß was vergessen, mein Hübscher. Liegt unter dem Tisch, ein Musikinstrument oder so was ...«

»Danke schön!«, erwiderte Mock, ging zurück und zog unter dem Tisch den länglichen Koffer hervor. Dann verließ er den Laden mit freundlichen Abschiedsworten, auf die er allerdings keine Antwort bekam.

Der Friseur hatte sich geirrt. Es war kein Musikinstrument.

Breslau, Freitag, den 6. April 1945,
Viertel nach acht Uhr abends

Der Fotograf wollte Mock nicht in den Laden lassen. Die Maske, die der späte Gast vor dem Gesicht hatte, machte ihn misstrauisch, die Aufdringlichkeit des Mannes irritierte ihn, der große dunkle Kasten, den er in der Hand hielt, beunruhigte ihn – denn der Fotograf wusste, anders als der Friseur, sehr wohl, was sich darin befand. Erst mit einem Zwanzigmarkschein konnte der Hauptmann den Fotografen davon überzeugen, dass er trotz der späten Stunde ein anständiger Kunde war. Daraufhin wurde er in das Atelier hineingelassen, das voller riesiger Tafeln mit aufgemalten Hintergrundmotiven war: mal war es eine Berglandschaft mit einem fernen See, mal eine Waldlichtung mit einem Bären, der den Betrachter gutmütig ansah, mal eine Darstellung des stürmischen Meeres mit einem Wanderer am Ufer. Der Geselle der Frau Dorn hinkte, war unrasiert und ungepflegt. Mock konnte sich nicht vorstellen, dass dieses mit Gerümpel vollgestellte Atelier mit dem sonderbaren Mitarbeiter der Fotosalon sein sollte, bei dem sich die Bewohner Breslaus Wochen im Voraus anmeldeten. Er nahm Mantel und Hut ab, hängte sie an den Garderobenständer und begann seine Taschen zu durchsuchen.

»Wünschen der Herr mit Hintergrund oder ohne?«, wollte der Fotograf wissen.

»Ich wünsche die Chefin zu sprechen«, begann Mock, doch er wurde sofort unterbrochen.

»Frau Dorn lebt nicht mehr in Breslau«, erklärte der Fotograf und begann das Stativ aufzustellen. »Mein Name ist Max Hanusch, ich bin nun der Besitzer. Ich habe den Laden vor einem Jahr gekauft, als ich aus der Armee entlassen wurde. Ich habe eine Beinprothese ...«, sagte er in einem unnatürlich raschen Ton.

»Sie haben nichts zu befürchten«, sagte Mock ruhig und fuhr sich vor dem Spiegel mit einem kleinen Kamm durch die Haare, die wegen des Hutes am Schädel klebten. »Trotz meiner Maske bin ich kein Geheimagent, der Deserteure jagen würde, die sich vor der hehren Pflicht, Barrikaden zu bauen, drücken. Mit dieser Pflicht sind bestimmt auch Sie beschäftigt, ich habe nämlich seit Mittag auf Sie gewartet.«

»Ja, genau dieser ehrbaren Pflicht gehe ich tagsüber nach.« Hanusch hatte Mocks Ironie offensichtlich nicht gefallen. »Also: welchen Hintergrund nehmen wir?«

Mock nahm Platz in dem Sessel, hinter dem die Waldlichtung, auf der das freundliche Bärchen hockte, in der Sonne lag.

»Herr Hanusch, Sie haben gerade zwanzig Mark bekommen,

und ich gebe Ihnen noch mehr. Aber nicht dafür, dass Sie mich fotografieren ...«

»Sondern wofür?«, unterbrach ihn der Fotograf.

»Für zwei Dinge.« Mock holte noch einmal den Kamm hervor und glättete sich die spärlichen Haare. »Das Erste wäre eine Information, über Kunden der Frau Dorn. Ihre in ganz Schlesien berühmte Vorgängerin hat sicher ordentlich Buch über ihre Klientel geführt. Fotografen, die etwas auf sich halten, führen Listen der Personen, die sie abgelichtet haben. Bestimmt hielt es Frau Dorn ebenso?«

»Und das Zweite?« Der Fotograf war so nervös, dass er Mühe hatte, sich eine Zigarette zu drehen.

»Eine Übernachtung«, meinte Mock knapp. »Ich möchte gern hier in Ihrem Atelier übernachten. Bitte vermieten Sie es mir für zwei Nächte.«

»Wie viel zahlen Sie?«

»Wie viel verlangen Sie denn?«

»Hundert Mark.«

»Achtzig Mark. Und zehn Päckchen ›Laurens‹-Zigaretten. Damit Sie nicht drehen müssen. Das will bei Ihnen ja nicht recht klappen ...«

»Einverstanden«, erwiderte Hanusch und sah zu, wie Mock aus seiner Aktentasche mehrere goldene Päckchen mit den Wiesbadener Zigaretten holte. »Aber unter einer Bedingung. Dass Sie diese Waffe hier wegschaffen. Ich will sie nicht unter meinem Dach haben.« Hanusch wies auf den Kasten, den vor einer halben Stunde der Friseur für einen Instrumentenkoffer gehalten hatte.

»Diese Bedingung kann ich leider nicht erfüllen«, meinte Mock mit einem charmanten Lächeln. »Aber ich kann etwas anderes tun, Hanusch. Ich könnte meinen Vorschlag vergessen, diesen Koffer hier aufmachen und die Waffe herausholen. Die Waffe, vor der du solche Angst hast. Dann werde ich anfangen, dir zu befehlen – und du kriegst am Ende weder das Geld noch die Kippen. Ich werde das, was ich suche, entweder finden oder nicht finden, dann werde ich gehen. Und ich werde dich hier aufgebracht zurücklassen. Wenn man aufgeregt ist, raucht man doch gern eine gute Zigarette, so zur Beruhigung. Aber du wirst keine guten Zigaretten haben. Und auch kein Geld, um dir eine ganze Menge gute Zigaretten kaufen zu können. Tja, was nun, Hanusch?« Mock lächelte immer noch. »Wollen wir die Friedenspfeife rauchen oder willst du weiter dein kleines Spielchen mit mir spielen? Wirst du tun, worum ich dich bitte, oder willst du mich ärgern?«

»Na gut.« Der Fotograf legte die Hände auf die Zigarettenpäckchen. Seine Hände zitterten immer noch vor Nervosität. »Aber hier ist es nicht sonderlich komfortabel. Sie werden auf dem Sofa da schlafen müssen.« Er wies auf ein Kanapee, auf dem immer Familienfotos aufgenommen wurden.

Mock setzte sich auf sein Nachtlager und meinte: »Sehr bequem.«

Dann holte er aus der Hosentasche das in zwei Teile gerissene Foto der Familie von Mogmitz hervor. Er drehte es um und las laut und langsam vor: »Vierter Mai neunzehnhundertzweiunddreißig, in Kanth. Da wurde diese Fotografie gemacht. Könnten Sie bitte dieses Datum in den Unterlagen überprüfen?«

»Zuerst das Geld«, sagte der Fotograf in etwas ängstlichem Ton.

Mock legte vier Zehnmarkscheine vor ihn hin, woraufhin der Mann in einem Hinterzimmer verschwand. Er kam mit einem Ordner zurück, auf dem die Jahreszahl 1932 stand.

»Hier sind alle Quittungen aus dem Jahr«, informierte Hanusch den Hauptmann. »Frau Dorn war sehr ordentlich. Erst kürzlich wollte ich die ganzen alten Unterlagen wegschmeißen, aber nun ... Wer hätte gedacht, dass sie noch einmal nützlich sein würden ...« Er griff nach einem der Zigarettenpäckchen. »Darf ich?«

»Sie gehören Ihnen«, erwiderte Mock und machte sich daran, die alten Rechnungen und Quittungen durchzusehen.

Alle Unterlagen waren handschriftlich – und stellten der Gewissenhaftigkeit der ehemaligen Besitzerin des Fotosalons ein gutes Zeugnis aus. Es gab darunter Zahlungsanweisungen, Mahnungen, schriftliche Bestätigungen der Termine für Aufnahmesitzungen und sogar Anmerkungen zur Arbeit der jeweiligen Gesellen.

Mock las die Beschwerde eines Kunden, der Geselle habe ihm auf dem Foto das Gesicht und den Körper unnatürlich breit gemacht – und dahinter war endlich das, was er suchte.

Wie er richtig vermutet hatte, war die Fotografie der Familie von Mogmitz und ihrer Bediensteten von der Meisterin selbst aufgenommen worden. Der Rechnung war eine Notiz angeheftet, die Mock elektrisierte, eine Information für einen der Gesellen, in einer runden femininen Handschrift verfasst:

Paul! Abholung am 6. Mai durch den Kammerdiener Hans Bresler. Bitte Identität überprüfen, wenn er keinen Ausweis dabei hat, es ist der Mann auf dem Foto. Wenn es jemand anderes ist, die Fotos nicht herausgeben – wie beim letzten Mal.

Mock setzte sich mit dem Ordner auf das Kanapee, ohne auf den Staubstreifen zu achten, den der Ordner auf dem Ärmel seines Jacketts hinterlassen hatte. Bresler, Bresler, woher kenne ich diesen Namen?, überlegte er. Nach einigen Sekunden merkte er, dass »Bresler« für ihn zu »Breslauer« geworden war. Er schloss die Augen und versetzte sich zurück in die Zeit von vor etwa vierzig Jahren.

Da sitzt er mit seinem Kommilitonen Horst Pätzold in einer Bierstube. Pätzold ist schon stark angetrunken, er wirft seine Mütze hoch und fängt sie geschickt und elegant auf. Plötzlich wird er ernst, als er sich erinnert, dass sie in zwei Tagen eine Literaturprüfung bei Professor Eduard Norden haben.

»Ich bin gespannt, was sich der alte Jude für Fragen ausdenkt!«, sagt Pätzold.

»Welcher Jude?«, fragt Eberhard erstaunt seinen Kumpel. »Woher willst du wissen, dass Norden Jude ist?«

»Ich merke es an seinem Namen.« Horst lallt ein bisschen und schielt auf die Landschaftsbilder, die die Wände der Bierstube zieren. »Der Name bedeutet, dass seine Familie aus dem Norden stammt. Die jüdischen Nachnamen stammen doch von den Orten ab, wo sie herkommen. Der Tabakhändler Glatzer zum Beispiel – seine Familie stammte bestimmt aus Glatz. Und die meines Kumpels Israel Hamburger aus Hamburg. Und was sagst du zu Georg

Breslauer? Ein ursprünglicher Bewohner der Stadt Breslau!«, witzelte Pätzold.

Hanusch fragte Mock etwas und holte ihn damit in die Wirklichkeit des Fotoateliers zurück. Schließlich drang Hanuschs Frage durch den dicken Filter aus drei Worten, die in Mocks Kopf dröhnten: »Bresler – Breslauer – Beschneidung.«

»Werter Herr!« Der Ton des Fotografen war deutlich entnervt. »Hören Sie mich oder nicht? Ich bin ein anständiger Fotograf. Sie haben mich für eine Aufnahme bezahlt, und Sie werden eine bekommen. Na los, welchen Hintergrund wollen Sie haben?«

»Den mit dem Bärchen«, erwiderte Mock grinsend. »Die niederträchtigen Weiber pflegen mich so zu nennen.«

Breslau, Samstag, den 7. April 1945,
zehn Uhr morgens

Der Leiter des Standesamtes, Dr. Klaus Rewe, sowie einer seiner Untergebenen gehörten zu den wenigen Auserwählten, die nicht die hehre Bürgerpflicht des Barrikadenbauens erfüllen mussten. Das hieß natürlich nicht, dass sie tatenlos in ihrem Büro am Königsplatz herumsaßen und an ihren Bleistiften kauten. Noch Ende letzten Jahres hatten sie alle Hände voll zu tun gehabt, die zahlreichen Eheschließungen einzutragen – was davon zeugte, dass die Soldaten, die auf Urlaub in Breslau waren, ihre Zeit nicht verplemperten.

Wohl von Vorahnungen getrieben, feierten sie und raubten Krankenschwestern, Dienstmädchen und Kellnerinnen die Unschuld. Dann machten sie den Mädchen Heiratsanträge und stellten sich mit ihren eine Woche zuvor erstmals erblickten Liebsten vor die Altäre. Schließlich kehrten sie an die Front zurück, wo sie die Sehnsucht nach den Breslauer Mädels quälte, und auch die Eifersucht, die – nebenbei bemerkt – oft nicht gänzlich grundlos war.

War die Zahl der Eheschließungen noch vor wenigen Monaten sehr hoch gewesen, so tendierte sie jetzt gegen Null. Dafür war im Moment die Produktion von Leichen in Breslau sehr hoch. So konnten sich Dr. Rewe und sein Assistent nicht dem süßen Nichtstun hingeben. Gerade füllte Rewe mit seiner gestochenen Handschrift, der er seine Beamtenkarriere verdankte, den Totenschein des Hausmeisters Konrad Grünig aus, wohnhaft Zwingerplatz 1, Breslau. In dem Moment, als er den Stempel *Im Krieg gefallen* in die entsprechende Rubrik drückte, hörte er ein Klopfen an der Tür.

»Herein!«, rief er und sah in der Tür seinen Sekretär Richard Falkenhain. Hinter der schmächtigen Gestalt des Beamten tauchte ein Mann mit Gesichtsmaske und Hut auf. Er schleppte einen großen Kasten, der wie ein Instrumentenkoffer aussah, doch um einiges schmaler war.

»Ich grüße Sie, Herr Doktor!« Der Ankömmling reichte ihm die Hand. »Es muss Jahre her sein, dass ich das Vergnügen hatte, Sie zu sehen.«

»Seien Sie gegrüßt, Herr Mock!« Rewe drückte die Hand des Mannes, und zusammen mit seinem Nachnamen erinnerte er sich auch an seine Adresse, Zwingerplatz 1 – dieselbe Adresse wie die des Toten, welche er gerade vor Augen gehabt hatte. Nach dreißig Jahren Arbeit auf dem Standesamt wurden Informationen wie Namen und Adressen automatisch in seinem Hirn abgelegt.

»Schön, Sie zu sehen, Herr Kriminalrat! Es ist elf Jahre her. Aber bitte, nehmen Sie doch Platz! Es gab Zeiten, da waren Sie oft bei mir. Mein Archiv war wie Ihr zweites Zuhause. Womit kann ich Ihnen heute dienen?«

»Ja, Sie haben recht, Herr Doktor. Es ist elf Jahre her ...« Mock warf seinen Mantel über eine Stuhllehne und ließ sich auf den Stuhl fallen; das Lederpolster zischte unter seinem Gewicht. »Viel hat sich seitdem verändert. Aber nicht wir, wir nicht! Sie sehen immer noch genauso aus, und ich ... ich habe mich zumindest innerlich nicht verändert.«

»Aber ich habe mich innerlich verändert«, erwiderte Rewe und drückte sich mit beiden Händen die Reste der grauen Haare gegen die Schläfen. Daraufhin sagte keiner mehr etwas. Rewe hatte nicht vor, seine innere Metamorphose zu erklären, und Mock hatte keine Lust, eine weitere Geschichte über den heldenhaften Tod eines deutschen Soldaten zu hören.

»Doch mit Sicherheit haben Sie sich Ihr berühmtes Gedächtnis erhalten, und die Diskretion, für die ich Sie so geschätzt habe«, sagte der Hauptmann. »Sie fragten, womit Sie mir dienen könnten – mit demselben wie immer, mein werter Herr Doktor! Mit Ihrem Gedächtnis, Ihrer Diskretion – und Ihrem Archiv.«

»Ja, ich höre, Herr … Herr … Mock?« Rewe klopfte mit den Fingernägeln auf die Schreibtischplatte, um zu verbergen, wie peinlich es ihm war, dass er den aktuellen Dienstrang seines Gesprächspartners nicht kannte.

»Ich bin mittlerweile Hauptmann.«, sagte Mock und schlug die Beine übereinander. Sein perfekt geputzter Schuh glänzte.

»Also, womit kann ich Ihnen behilflich sein, Herr Hauptmann?«

»Es ist eine dienstliche Aufgabe, Dr. Rewe«, erwiderte Mock kalt. »Obwohl ich ohne meine Uniform nicht besonders dienstlich aussehe. Aber warum erzähle ich das …« Sein Ton wurde auf einmal freundlicher. »Sie haben alle meine Bitten stets mit der gleichen Zuverlässigkeit und Diskretion erfüllt, unabhängig davon, worum es sich handelte. Und außerdem war Präzision immer Ihr Markenzeichen.«

»Ja, ich höre, Herr Hauptmann«, wiederholte Rewe teilnahmslos, als hätten Mocks Komplimente keinen sonderlichen Eindruck auf ihn gemacht, was diesen wiederum etwas verunsicherte.

»Ich möchte Zugang zu allen Unterlagen des Standesamts, die sich auf Personen mit dem Nachnamen Gnerlich und Bresler beziehen.« Mock betrachtete seinen Gesprächspartner nun mit sichtlichem Misstrauen. »Ich wäre dankbar für alles, was Sie auftreiben könnten.«

»Das wird einige Stunden in Anspruch nehmen«, erwiderte Rewe düster. »Ich weiß nicht, ob ich es heute noch schaffen werde. Wissen Sie, Herr Hauptmann, wir sind hier nur zu zweit, Falkenhain und ich.«

»Aber lieber Herr Doktor! Heute oder morgen, was macht das für einen Unterschied!«, lächelte Mock ihn an. »Noch sind wir am Leben, noch ist die Festung nicht in der Hand der Russen … Und ich bin überzeugt, dass es sich für Sie leichter arbeiten lässt mit einer guten Zigarette im Mund.« Mock legte zehn Päckchen »Laurens« vor sich auf den Schreibtisch.

»Nehmen Sie das bitte weg.« Auf einmal war Rewes Ton sehr unangenehm. »Ich brauche es nicht. Kommen Sie morgen früh wieder.«

»Gut, Herr Doktor.« Mock schob die Zigarettenpäckchen zurück in seine Aktentasche. »Morgen wird mein Bote die Unterlagen abholen. Ein zehnjähriger Junge namens Arthur Grünig. Ach, und noch etwas …« Mock stellte den Koffer auf den Boden. »Er wird auch gleich diesen Kasten mitnehmen. Sie müssen mir verzeihen – ich weiß ja, dass Ihr Büro keine Gepäckaufbewahrung ist, aber ich bin einfach zu alt, um mich mit diesem Zeug abzuschleppen. Darf ich es also hierlassen?«

»Auf Wiedersehen.« Rewe nickte ihm zum Abschied zu, ohne ihm die Hand zu geben. »Der Junge soll morgen früh kommen.«

Als Mock auf die Tür zuging, hörte er hinter sich den Doktor leise etwas sagen. Er drehte sich um und sah den Beamten in seinen Ärmelschonern steif hinter dem Schreibtisch stehen. Eine Explosion erschütterte plötzlich das Gebäude; Mock hockte sich reflexartig hin und schützte den Kopf mit dem erhobenen Vorderarm. Von der Zimmerdecke rieselte Staub. Von einer der Wände rutschte die Putzschicht herunter. Doch Rewe stand immer noch aufrecht da.

»Ich habe Sie akustisch nicht verstanden, Herr Doktor«, murmelte Mock und begutachtete den Zustand seines Anzugs.

»Ich habe gesagt, dass bei mir, im Gegensatz zu Ihnen, eine große innere Veränderung stattgefunden hat.« Rewe blickte Mock mit unbeweglichem Blick an und spürte, wie ihm Flüssigkeit in die Bronchien stieg. »Oder wie würden Sie Lungenkrebs nennen?

Es ist wohl eine ausreichende innere Veränderung, glauben Sie nicht?«

Es war der dritte Grund, der es Rewe unmöglich machte, sich dem süßen Nichtstun hinzugeben.

Breslau, Sonntag, den 8. April 1945, neun Uhr morgens

Mock spürte einen unerträglichen Schmerz im Rücken. Die Oberfläche des Kanapees war zerfurcht und eingedellt; die Hinterteile der hier fotografierten Menschen hatten über die Jahre Spuren hinterlassen. Aber was noch schlimmer war: In den Ritzen des Möbelstücks versteckten sich die ärgsten Feinde eines entspannten Schlafs, die Wanzen. Mock betrachtete diese perfiden flachen Lebewesen mit den rötlichen durchsichtigen Körpern als seine persönlichen Feinde. Ihre Attacken kamen jedes Mal dann, wenn Mock an der Schwelle zum Schlaf war. Kaum war er seine Schuldgefühle wegen Karen los, kaum war ihr verweintes Gesicht vor seinem inneren Auge verschwunden und auch der gütige Blick von Dr. Zuckermann, kaum verschwamm das Bild des kleinen Arthur Grünig, kaum hörte er die Stimmen, die seit seiner Kindheit stets die Vorboten des Schlafs waren – schon riss ihn ein brennender Schmerz hoch. Er sprang dann jedes Mal auf und zündete die Petroleumlampe an, trotz des Genörgels von Hanusch, der im Zimmer daneben schlief.

»Ich habe Ihnen ja gesagt, dass es hier nicht bequem sein wird!«

Nach einer Weile verstummte Hanusch. Ihm war wohl eingefallen, wie viel Geld er von seinem Logiergast für das wanzenverseuchte Nachtlager bekommen hatte. Mock durchsuchte die Wolldecke und seine Unterwäsche, klopfte ein Dutzend Wanzen auf den Fußboden und zertrat sie unter schlimmsten Flüchen. Ihre Körper platzten auf und stanken. Mock lief durchs Atelier, auf der Suche nach irgendwelchen Behältnissen, die er mit Wasser füllen könnte, um dann die Beine des Sofas hineinzustellen; so wäre den Wanzen wenigstens der Weg von unten abgeschnitten. Doch er konnte keinerlei Dosen oder Ähnliches finden, und so legte er sich wieder hin. Die bissigen Erinnyen wüteten wieder in seinem Gehirn, die bissigen Wanzen wüteten an seinem Körper. Erst am frühen Morgen gelang es dem Schlaf, Mock zu überwältigen; und er schlief wie im schweren Rausch.

Als er erwachte, juckte es ihn überall, er kratzte an seinem Körper herum und riss die dünnen Schorfe auf. Dann saß er eine halbe Stunde auf dem Kanapee und kratzte sich fluchend mit einem Lineal am Rücken. Hanusch ist bestimmt schon beim Arbeitsdienst, dachte er voll Antipathie für seinen Gastgeber. Möchte wissen, ob er auch so von Wanzen zerbissen ist ...

Schließlich stand er auf, besichtigte das gesamte Fotogeschäft und fand endlich das, was er suchte. Als er erleichtert in dem engen Raum urinierte, spürte er auf einmal einen klaustrophobischen Druck, der von den Wänden ausging – ihm war, als wären sie plötzlich lebendig geworden. Das Gefühl wurde noch von den Lichtreflexen verstärkt, die auf den Wänden erschienen waren. Diese Reflexe kamen durch das kleine Fensterchen hinein, das auf den Hof hinausging. Mock drückte mit Mühe die letzten Tropfen aus seinem Körper und sah nach draußen. Das Ziegelhaus, in dem sich ein Hotel befand, auf der anderen Seite des Hofs, stand in Flammen. Plötzlich wurde es im Hof vollkommen dunkel. Die Druckwelle einer nahen Explosion drängte Mock vom Fenster weg. Das Geschoss war im Hof eingeschlagen, mitten in den Sandkasten. Eine Fontäne aus Sand schoss in den Himmel, Sandkörner schlugen gegen die Fensterscheibe.

Die nächste Explosion zerriss Mock beinahe die Trommelfelle; er drückte die Handflächen gegen die Ohren und setzte sich auf den geschlossenen Toilettendeckel. Zum ersten Mal, seit er mit den Ermittlungen zum Mord an Berta Flogner begonnen hatte, merkte er, wie ihn die Angst lähmte. Und mit diesem Gefühl stiegen wieder religiöse Gedanken und deterministische Spekulationen in ihm auf. Er war überzeugt, dass Gott ihn an der Durchführung seines Plans hindern würde, jetzt, da er schon so nahe an Gnerlich dran war. Die Motivation von Gottes Handeln ist offensichtlich, dachte Mock. Ich muss ja stets nach Gerechtigkeit dürsten, also darf die Gerechtigkeit nicht triumphieren. Und wenn der Schöpfer mich endgültig an diesem Dürsten hindern wollte? Er verwarf diesen Gedanken sogleich und schaute aus dem Fenster. Seine eschatologische Intuition wurde durch die äußeren Gegebenheiten bestätigt: Das Gebäude bebte in seinen Fundamenten, der gesamte Hof war voller Schutt, von dem Rauch aufstieg, und der Putz an der Decke des Raums, in dem sich Mock befand, wies jetzt zwei diagonal verlaufende Risse auf.

Als Mock dies sah, rannte er blindlings aus dem Toilettenraum zurück ins Atelier und ließ sich auf das wanzenverseuchte Kanapee fallen. Er breitete die Arme auf der Lehne aus und legte den Kopf zurück; seine Halsmuskeln dehnten sich schmerzhaft, seine Lungen bekamen nicht genug Luft. Er atmete laut mit offenem Mund, in seinem Körper spürte er winzige Explosionen des Schmerzes. Jemand schien ihm einen angespitzten Stab in den Rücken zu bohren. Das Atmen fiel ihm immer schwerer, und er musste an Dr. Rewe und dessen Lungenkrebs denken.

Plötzlich ging der Blitz einer Fotokamera los. Die Dämmerung, die im Atelier herrschte, wurde für einen Moment von einem glühenden weißen Lichtstrahl zerrissen. Mocks Kopf zuckte hoch, so schnell, dass ihm schwindlig wurde.

»Das macht ja Spaß!«, lachte der kleine Arthur Grünig und begann eine ganze Serie von Schüssen. Das Blitzlicht verewigte vor Arthurs Augen lustige Bilder: Hauptmann Mocks wütend aufgerissener Mund, sein wabbelnder Bauch in hässlicher Unterwäsche, die erhobene Faust, mit der er Arthur drohte.

Schließlich unterbrach das Aufleuchten der großen Deckenlampe Arthurs Spiel. Der aufgebrachte Mock packte ihn am Ohr und sah das verächtliche Grinsen des Jungen – da wurden ihm die Mängel in seiner äußeren Erscheinung bewusst, er ließ den Kleinen los und strich über dessen vor Schmutz starrende Haare.

»Warte hier«, murmelte Mock, als er sah, dass der Junge einen braunen Umschlag in den Händen hielt, darauf war ein offizieller Stempel mit dem Reichsadler. »Ich ziehe mich an und komme gleich zu dir.«

»Aber schnell, ich muss gleich wieder weg!«, erwiderte Arthur mit seiner Stimme, die kurz vor dem Stimmbruch stand.

Mock betrachtete ihn eine Weile. Er kannte ihn noch als ein schüchternes Kind, das zwischen den Mülltonnen im Hof spielte; dann war das Kind zu einem ehrenwerten Straßenbengel herangewachsen. Doch bisher hatte ihn der kleine Grünig stets mit Respekt behandelt, vermischt – wie bei allen Bewohnern des Hauses am Zwingerplatz 1 – mit leiser Furcht. Nun, er hat mich noch nie in Unterhosen gesehen, erklärte Mock sich das ungewohnte Verhalten des Kleinen. In Unterhosen ist jeder Mensch seiner Würde beraubt, wie jener alte Jude in der Wallstraße, dessen verschrumpelter Penis die jungen, gesunden Kerle von der Hitlerjugend so zum Lachen brachte. Mock blickte nochmals in Arthurs kühle Augen und betrat die Dunkelkammer, die, wie man an der verschwitzten Bettwäsche erkennen konnte, dem Fotografen Hanusch als Schlafraum diente.

Mock zog sich rasch an und trat, tadellos in seinen dunkelbraunen Anzug gekleidet, aus der Dunkelkammer. Was er sah, erstaunte ihn zunächst und brachte ihn schließlich zum Lachen. Der kleine Grünig stand vor einer großen Standkamera, in einer alten Weste, mit Mocks Hut auf dem Kopf. Seine Hüften umspannte ein Waffengurt mit zwei Halftern, in denen zwei Pistolen steckten. Er zog immer wieder die Pistolen und tat so, als würde er in das Objektiv schießen.

»Du bist ja ein richtiger Cowboy!«, lächelte Mock gezwungen. »Ich danke dir, dass du meine Angelegenheiten im Standesamt erledigt hast. Wie ich sehe, hast du auch den Koffer von dort mitgebracht.«

»Ja, hab ich«, erwiderte der Junge und griff nach seinem Mantel und der Schiebermütze. Mocks Hut warf er zurück auf das Sofa. »Ich muss gehen.«

»Warte mal.« Mock legte eine Hand auf die Schulter des kleinen Grünig. »Was ist mit dir los? Weswegen bist du so seltsam? Ist irgendwas passiert? Irgendwas im Haus?«

»Nichts ist passiert.« Der Junge schob mit einer rüden Bewegung Mocks Hand von seiner Schulter und ging auf den Ausgang zu.

»Hiergeblieben!«, schrie Mock, von wilder Wut erfasst.

Er packte Grünig am Kragen und hob ihn hoch. Der Kleine schob die Arme hoch und rutschte auf den Boden. Mock hatte nur noch den Mantel mit dem zerrissenen Futter in den Händen. Arthur griff ins Halfter und holte eine Pistole hervor, schaffte es jedoch nicht, zu schießen, weil Mock zu schnell reagierte. Er packte den Jungen am Handgelenk und verdrehte seinen Arm, bis er flach auf dem Rücken lag. Die Walther schlug dumpf auf dem Boden auf, die zweite griff sich blitzschnell der Hauptmann. Er hielt Grünig immer noch in seinem schmerzhaften Griff und schleifte ihn in die Dunkelkammer. Dort warf er ihn auf Hanuschs schmuddeliges Bett. Der Junge blieb regungslos liegen. Mock machte Licht und schaute sich in dem Raum um. Dann ging er zurück ins Atelier und drehte sich immer wieder um, um zu sehen, ob Arthur sich bewegte. Mock nahm die beiden Pistolen und verstaute sie in dem Koffer. Er legte den Koffer aufs Kanapee und kehrte in die Dunkelkammer zurück.

Er stellte Grünig eine Frage, die nichts damit zu tun hatte, was sie zuvor gesprochen hatten. Es war eine Frage ordnender Natur, und sie ergab sich aus der momentanen Störung der Ordnung der Dinge. Es war, als würde man einen Radfahrer fragen, warum er nur mit einem Bein radelte, oder einen Billardspieler, warum eine seiner Kugeln würfelförmig ist. Irgendetwas stimmte hier nicht. Mock stellte sich in die Tür, hielt sich am Rahmen fest und blickte in Arthurs vor Hass glühende Augen.

»Warum hast du zwei Pistolen?«, wollte Mock wissen.

»Die zweite ist vom Kartoffel«, erwiderte der Junge.

»Hat Kartoffel sie dir gegeben?«

»Nein«, murmelte der Junge und grinste triumphierend. »Ich hab sie vom Kartoffel bei einem Duell gewonnen!«

»Und wie sah dieses Duell aus?«, fragte Mock beunruhigt.

»Na, normal.«

»Und was ist mit Kartoffel?« Mock spürte in der Kehle, wie ihm die Galle hochstieg.

»Der ist beim Duell getötet worden.«

»Hast du ihn erschossen?!« Mock begann zu würgen.

»Er ist beim Duell getötet worden.«

Mock stand in der Tür. Sein Körper verdeckte das aus dem Atelier fallende Licht, wodurch er das Gesicht des Jungen nicht sehen konnte. Das Haus bebte, der Türrahmen knarrte. Um die Wut zu beherrschen, die in seinem Inneren zu explodieren drohte, wandte Mock sein Patentmittel an: Wie immer in solchen Situationen stellte er sich alte Buchseiten vor, auf denen in geraden Reihen die lateinische Antiqua marschierte. Bomben fielen auf die Stadt Breslau, ein zehnjähriger Mörder saß da, bereit anzugreifen wie ein junger Skorpion, Eberhard Mock rezitierte stumm die kunstvollen Phrasen des Cicero. Der asketische Klang der lateinischen Worte, die sich zu Gliedern und Ketten präziser sprachlicher Logik verbanden, beruhigte Mock schließlich und reinigte seinen Verstand vom Zorn.

»Wir gehen«, sagte er zu dem Mörder.

Dieser erhob sich und spürte eine starke Hand im Nacken, Mock packte ihn wie einen Hund, drückte seinen Kopf nach unten und führte ihn durch den Fotosalon nach draußen. Sie befanden sich in der Teichstraße. Die russischen Haubitzen knallten. Die Luft war voller Staub. In den schwarzen Wolken leuchteten immer wieder gelbe Flammen auf. Unter dem Bogengewölbe des Hotels Jäschke tummelten sich Kugeln aus Rauch. Eine schreiende Frau stieß einen Kinderwagen vor sich her, der auf den Pflastersteinen auf und ab holperte. Ein Polizist mit von Ruß schwarzem Gesicht schlug mit seinem Knüppel die Fensterscheiben im Parterre ein. Mock stand mit dem Jungen unbewegt im Seiteneingang des Fotoladens und schaute dem Polizisten zu, der die Leute in die Keller scheuchte. Er wollte auf ihn zugehen und ihm den jugendlichen Mörder übergeben – doch er schaffte es nicht.

Eine weitere Explosion erschütterte die Straße. Fensterscheiben fielen heraus, für einen Augenblick hingen ihre Bruchstücke in der Luft, dann fielen sie hinunter und schnitten Linien in den Rauch. Der Polizist rannte in eine Toreinfahrt und verschwand darin. Mitten auf der Straße lag der Kinderwagen, seine Räder ragten zum erzürnten Himmel empor.

Der Hauptmann schickte den kleinen Grünig zu Boden, indem er ihm mit voller Wucht in den mageren Hintern trat. Der Junge fiel in den Staub, blieb darin liegen, drehte nur noch kurz den Kopf zu Mock und blickte ihn gleichgültig an. Über der Straße explodierten Phosphorbomben und strahlend helles Licht ergoss sich vom Himmel.

»Diese Hölle ist dein Platz!«, sagte Mock zu Grünig, obwohl ihm bewusst war, dass der ihn nicht hören konnte. »Verschwinde in der Hölle!«

Anschließend drehte er sich weg und betrat durch ein kaputtes Schaufenster einen Strumpfladen. Er nahm sich ein paar Strümpfe und kehrte zurück in das Fotoatelier. Als er auf die scheibenlose Auslage blickte, war ihm, als ob ihn die Menschen auf den ausgestellten Fotos auslachten. Besonders ein junger Soldat mit einer Zigarette im Mundwinkel grinste höhnisch.

»Ich habe keine Kraft mehr, gegen das alles anzukämpfen«, sagte Mock zu ihm, und als er sah, dass dem Soldaten das vollkommen egal war, zitierte er: »Kinder sind nicht schlecht, Kinder sind böse!«

Breslau, Sonntag, den 8. April 1945,
zehn Uhr morgens

Dr. Klaus Rewe war ein präziser Mensch. Er hatte aus seinem Archiv alle Breslers und Gnerlichs herausgeschrieben. Jede Person, die einen dieser Namen trug, hatte eine eigene Karteikarte erhalten, auf der das Geburtsdatum, unter Umständen das Todesdatum sowie Beruf und Adresse verzeichnet waren. Darunter hatte Dr.

Rewe vermerkt, ob die Person polizeilich aktenkundig war. Die Karten von miteinander verwandten Personen hatte Rewe mit Büroklammern zusammengeheftet. Außerdem hatte er den Daten der Familien noch auf einer gesonderten Karte einen gezeichneten Stammbaum hinzugefügt. Wie immer hatte Dr. Rewe wirklich gute Arbeit geleistet.

Mock warf sich den Mantel über die Schultern, um wenigstens eine Illusion von Wärme zu erzeugen, dann steckte er sich eine Zigarette an, um das nagende Hungergefühl zu verscheuchen. Er ignorierte den Ruß, der auf die kaputte Vitrine niederschwebte, und setzte sich hinter die Ladentheke, an der die Gesellen der Frau Dorn jahrelang ihre Kunden bedient hatten. Mock begann sein Karteikartenstudium mit dem Namen Gnerlich, den entschieden weniger Personen trugen als den Namen Bresler. Schon nach einigen Sekunden fand er eine Antwort auf die meisten der Fragen, die er sich selbst in der letzten Zeit gestellt hatte.

Vor ihm lag eine Karteikarte, auf der Dr. Rewe folgende Informationen notiert hatte:

Gertrud Gnerlich – der Mädchenname der Gräfin Gertrud von Mogmitz, geboren am 3.10.1910 in Oppeln; protestantische Konfession; Ehefrau von General Rüdiger von Mogmitz, ebenfalls protestantische Konfession, geboren 1897 in Kanth bei Breslau.

Daneben lag eine Karteikarte, die beinahe alle seine Zweifel aus der Welt räumte:

Hans Bresler – geboren am 7.11.1903 in Breslau, römisch-katholische Konfession; am 5.4.1934 änderte er seinen Namen in Hans Gnerlich. Zeugen waren Dr. Werner Süssmann, damaliger Leiter des Standesamtes, und Irma Potempa, Bedienstete im Hause von Mogmitz, gemeldet unter der Adresse Adalbertstraße 37 in Breslau.

»Jaja, römisch-katholische Konfession, von wegen ...«, murmelte Mock und blickte auf einen der drei Stammbäume der Breslers, dessen einer Ast mit der Notiz *»Hans Bresler 1903–«* plötzlich aufhörte.

Breslau, Sonntag, den 8. April 1945, elf Uhr vormittags

Die Fenster des ärmlichen Hauses in der Adalbertstraße 37 gingen auf den Botanischen Garten hinaus. Die russischen Angreifer hatten bisher dem Botanischen Garten und dem nahe gelegenen Dom wenig Aufmerksamkeit geschenkt, so dass die Belagerung der Stadt weder auf den ruhigen ewigen Schlaf der schlesischen Fürsten in der Krypta des Doms noch auf die Teppiche aus Maiglöckchen und Krokussen, die das Denkmal des Carl von Linné im Botanischen Garten umgaben, einen sonderlichen Einfluss hatte. Auch die umstehenden Häuser standen ruhig da, ohne dass ihre Fundamente von Explosionen erschüttert wurden.

In einem dieser Häuser, deren Eingangstüren nicht selten mit den Freimaurersymbolen Winkelmaß und Zirkel verziert waren, starb die sechzigjährige Irma Potempa an Schwindsucht. Ihr grauhaariger Kopf ruhte auf einem hohen Berg aus Kissen, ihre trockenen mageren Hände kneteten unablässig den Rand der Bettdecke, ihre Augen waren starr auf die zwei Türme des Doms gerichtet, von denen einer etwas beschädigt war. Dann wanderte ihr Blick vom Fenster hinüber zur Zimmertür, in der ihre Tochter Elsa mit einem ihr unbekannten älteren Mann stand.

Dieser Mann war elegant gekleidet, ein wenig im Stil ihres einstigen Arbeitgebers, des alten Grafen Rüdiger von Mogmitz. Ein bisschen war sie von der Maske auf seinem Gesicht beunruhigt, von der kaputten Hand in der Schlinge, von dem Hut, den er tief ins Gesicht gezogen hatte, und dem hochgestellten Mantelkragen. Er erinnerte sie in dieser Aufmachung an einen Gestapomann – mit dem Unterschied, dass diese mit Vorliebe Ledermäntel trugen und keine aus feiner Wolle wie dieser, der sich um die Schultern des Ankömmlings schmiegte. Doch ihre Unruhe wurde sogleich von Schmerzen in der Brust verdrängt.

»Mutter, das ist Hauptmann Mock«, eröffnete ihre Tochter. »Ein Freund von Professor Brendel. Er möchte mit dir sprechen.«

»Worüber? Was habe ich schon zu sagen?«, flüsterte die Kranke.

»Ich will nicht drumherum reden.« Die tiefe Stimme des Mannes klang ruhig und vertrauenerweckend. »Ich bin ein hoher Funktionär der Breslauer Polizei.«

»Ich wusste es, ich wusste es!« Trotz der Schmerzen lächelte die alte Frau triumphierend. »Man merkt es Ihnen gleich an.«

»Ach, tatsächlich?« Mock tat verwundert. »Wissen Sie, ich muss Hans Gnerlich, ehemals Hans Bresler, wegen eines entsetzlichen Verbrechens verhaften –«

Die Potempa unterbrach ihn mit einem plötzlichen Schnaufen. Ihre Lunge rasselte wie ein durchlöcherter Blasebalg. Schweiß trat ihr auf die Stirn und ihre Finger krallten sich in die Decke wie die Klauen eines Vogels. Die Augen wandten sich wieder zum Fenster, zur Aussicht auf die Domtürme.

»Mutter«, warf Elsa sanft ein. »Der Herr Hauptmann möchte nur etwas über diesen Bresler erfahren. Um ihn einzusperren. Um diesen bösen Menschen ins Gefängnis zu werfen. Das hast du doch immer gewollt ...«

Niemand sagte etwas. Irma Potempa reagierte nicht auf die Worte ihrer Tochter. Sie war in Überlegungen über ihre Krankheit versunken; besonders interessierten sie die zyklischen Intervalle, in denen der Schmerz auftrat. Sie wartete angstvoll auf das Kommen der Schmerzen, auf die Schwindsucht, die ihre Lungen zerfraß, die es ihr nicht erlaubte, ruhig zu atmen, die sie dazu zwang, Blut zu spucken, die ihr Rippenfell mit einer stinkenden Flüssigkeit füllte.

»Hans Gnerlich, beziehungsweise Bresler, hat Fräulein Berta Flogner ermordet.« Mock warf Hut und Mantel auf das Fußende des Betts und setzte sich auf den Stuhlrand.

Er musterte die Kranke und sagte: »Er muss dafür bestraft werden. Ihre Tochter sagte, dass Sie Gnerlich hassen und dass Sie mir helfen könnten, ihn der Gerechtigkeit zuzuführen.«

»Gott wird ihn bestrafen.« Die Kranke hatte offensichtlich eine Schmerzattacke, ihre trockenen, gesprungenen Lippen rieben gegeneinander, was ein sonderbares kleines Rascheln verursachte. »Oder vielmehr ... nicht Gott, sondern Satan. Gehen Sie in die Hölle, da wird Ihnen der Satan von Hans Bresler erzählen ...«

Ihr Kopf rutschte tiefer in die Kissen und sie schloss die Augen. Mock wartete schon auf die charakteristische letzte Zuckung, das Zurückwerfen des Kopfes, einen letzten Seufzer, das Starrwerden der Augen. Er wartete auf den Kuss des Todes. Die Tochter beugte sich über die Mutter und nahm ihr Gesicht zwischen beide Hände. Irma Potempa lebte noch, ihr Atem ging pfeifend. Ihre Tochter Elsa drehte sich zu Mock um.

»Bitte lassen Sie uns allein«, sagte sie. »Gehen Sie jetzt!«

Mock erhob sich, warf sich den Mantel über, drückte sich den Hut auf den Kopf. Dann verließ er das Zimmer und schloss sorgfältig die Tür hinter sich.

Elsa gab ihrer Mutter zu trinken und legte die hohle Hand unter die Tasse, um die hinunterrinnenden Tropfen aufzufangen. Als sie den ruhigen Atem der Kranken hörte, räumte sie den Tisch ab und trug die Teller mit Essensresten und die Tassen, in denen die Hühnersuppe fettige Streifen hinterlassen hatte, weg. Dann stellte sie auf der Kommode die Tänzerinnenfiguren aus Meißner Porzellan auf, die ihre Mutter – die von Tag zu Tag kindlicher wurde – gern zu sich ins Bett nahm. Elsa ließ den Blick durchs Zimmer wandern und als sie feststellte, dass nirgendwo auch nur ein Fusselchen Staub zu sehen war, weder auf dem Rahmen des Hochzeitsfotos ihrer Eltern noch auf der blank polierten Oberfläche der Kommode, noch auf dem gewachsten Fußboden, verließ sie das Zimmer und ging in die Küche.

Sie setzte sich an den Küchentisch, stützte das Kinn auf die Fäuste und starrte auf die Hausdächer, die durch die blattlosen Zweige des Botanischen Gartens zu sehen waren. Die Frühjahrslandschaft vor dem Fenster konnte allerdings ihre Nerven nicht beruhigen, die vom Besuch des Hauptmanns aufgewühlt waren. Er hätte ihre Mutter nicht so aufregen dürfen. In der Küche, wo sie zuvor mit ihm gesprochen hatte, hing noch der Geruch seines Duftwassers, was sie wütend machte.

»Wie der sich parfümiert hat, der alte Hurensohn!«, sagte sie, in der Hoffnung, dass das Schimpfen ihr Erleichterung bringen würde, sie vergessen lassen würde, dass sie dazu verdammt war, die sanfte Märtyrerin zu spielen, die mit einem Engelslächeln die kranke Mutter pflegt. »Was es alles gibt! So ein alter Schwanz! Widerlich, mit verbrannter Fresse, und fett obendrein, aber parfümieren tut er sich!«

»Alter Schwanz? Aber noch gut dabei ...«, hörte sie hinter sich eine Stimme und sprang erschrocken auf. Hauptmann Mock stand in der Küchentür und füllte sie mit seinem massigen Körper ganz aus.

»Wie können Sie es wagen?!«, schrie sie entsetzt. »Ich habe Sie doch gebeten, zu gehen!«

»Und ich bin zurückgekommen, weil ich meinen Kamm vergessen habe.« Mock betrat die Küche, schloss die Tür hinter sich und lehnte sich dagegen. Dann steckte er sich in aller Ruhe eine Zigarette an. »Und wenn ich meinen Kamm nicht habe, kann ich mir meine schönen dichten Haare nicht kämmen.« Mit diesen Worten nahm er den Hut ab und präsentierte Fräulein Potempa das schüttere Netz aus grauen Haaren auf seinem Kopf. Er schaute sich nach einem Aschenbecher um. Elsa stellte einen auf den Küchentisch.

»Nun gut, setzen Sie sich«, sagte sie mit einem Lächeln. »Sie amüsieren mich ... Sogar ein Geck wie Sie ist eine Abwechslung in der täglichen Plackerei. Kriege ich auch eine Zigarette?«

»Aber bitte, bitte.« Mock reichte ihr eine, dann holte er aus der Aktentasche zwei Päckchen mit Seidenstrümpfen und schob sie Elsa über den Tisch zu.

»Danke.« Elsa warf die Päckchen mit einer geschmeidigen Geste in die Schublade des Tischs, ohne das Gesicht zu verziehen. Sie war so etwas gewohnt: Als sie noch als Krankenschwester gearbeitet hatte, gab es oft solche Dankesbezeugungen.

»Es gibt einige Punkte, die mich beunruhigen.« Mock hatte keine Lust auf weiteres Geplänkel. »Ihre Mutter weigert sich, über Bresler auszusagen. Gut, das wundert mich nicht. Sie ist ja schließlich schwer krank. Aber vielleicht könnten Sie mich unterstützen ... Ich nehme an, dass Sie beide noch vor kurzem in Kanth, auf dem Gut der Familie von Mogmitz, gelebt haben?«

»Gut, stellen Sie Ihre Fragen«, erwiderte Elsa, die Zigarette in den ausgestreckten Fingern haltend.

»Zum Ersten ...« Mock ließ das Gasfeuerzeug vor ihrer Zigarette aufschnappen. »Erzählen Sie mir bitte alles, was Sie über Hans Bresler-Gnerlich wissen. Alles, was Ihnen selbst bekannt ist und was Ihnen Ihre Mutter erzählt hat.«

Das nicht sonderlich attraktive Gesicht von Elsa Potempa war ernst und konzentriert.

»Gut. Fangen wir bei mir an. Ich habe von meiner Geburt bis zu meinem fünfzehnten Lebensjahr bei der Familie von Mogmitz gelebt. Als ich fünfzehn war, ging ich auf die Schwesternschule in Breslau. In jenem Jahr starb auch mein Vater, der Stallknecht auf dem Gut in Kanth war. Ich habe vier Jahre im Schulinternat verbracht, und nach der Schule habe ich acht Jahre im Krankenhaus St. Agnes gearbeitet. Erst vor kurzem habe ich um Urlaub gebeten, damit ich meine Mutter pflegen kann.«

»Können Sie mir bitte von Gnerlich erzählen?«

»Oh, natürlich! Hans Bresler war Kammerdiener in Kanth. Ich habe ihn als kleines Mädchen kennengelernt. Ich fand ihn immer sympathisch – er schenkte mir Süßigkeiten, brachte mir das Ponyreiten bei ... Er war sehr nett zu mir. Aber meine Mutter konnte ihn nicht ausstehen. Sie wollte, dass ich mich von ihm fernhalte. Ich weiß noch, eines Tages hat sie mir auf die Finger gehauen, weil ich Schokolade von ihm angenommen hatte ... Und weil ich so gierig war, habe ich ihn öfter in seinem Zimmer aufgesucht ...«

»Hat er Ihnen je etwas angetan?«, unterbrach sie Mocks beunruhigte Stimme.

»Nein, niemals.« Elsa lächelte. »Nichts Böses. Ich mochte Hans. Er war damals Ende zwanzig, sah gut aus, muskulös, gebräunt ... Aber meine Mutter konnte ihn nicht ausstehen, und wissen Sie was? Jetzt, nach Jahren, vermute ich, dass sie mich absichtlich in eine Internatsschule gegeben hat, damit ich von ihm fort kam.

Es mag sein, dass ich als Backfisch zu sehr für ihn geschwärmt habe ...«

»Und warum hasste Ihre Mutter ihn? Sie war doch Zeugin, als er seinen Namen ändern ließ! Wissen Sie etwas Genaueres darüber? Warum hat er den Namen Bresler überhaupt aufgegeben?«

»Langsam, langsam ...« Elsa lächelte wieder. »Sind Sie immer so schnell bei der Sache?«

»Soll ich es Ihnen beweisen?«, nahm Mock das Schäkern wieder auf.

»Ist ja gut, genug der Scherze.« Elsa wurde wieder streng, als sie in seiner Stimme eine falsche Note vernahm. »Wiederholen Sie Ihre Fragen. Ich glaube kaum, dass meine Antworten Ihnen behilflich sein werden, aber ... fragen Sie!«

»Warum hat Bresler seinen Namen geändert?«

»Meine Mutter hat erzählt, dass Hans Juden hasste, er soll eine regelrechte Obsession gehabt haben. Vielleicht kam es daher, dass er einmal für einen Juden gehalten wurde. Eines Tages hatten wir in Kanth einen General zu Gast. Ich war noch klein, vielleicht fünf, es ist eine meiner frühesten Erinnerungen. Seltsam, wie wenig wir aus unserer Kindheit im Gedächtnis behalten ...«

»Ja, schon gut«, unterbrach sie Mock. »Was war mit dem General? Was ist damals passiert?«

»Der General hat sich während seines Besuchs sehr für Hans interessiert. Und ich habe mich nachts aus meinem Zimmer geschlichen, um zu Hans zu gehen, in der Hoffnung auf ein paar Bonbons. In Hansens Zimmer war ein entsetzlicher Streit im Gange. Der betrunkene General rannte in Unterwäsche hinter Hans her und versuchte, seinen ... na ja, Sie wissen schon ... zu packen. Und er brüllte dabei: ›Komm, Bresler, du Jud, zeig mir deinen verstümmelten Pimmel!‹ Hans war so wütend, dass er auf den Flur rannte und das ganze Haus aufweckte. Am nächsten Tag war der General weg. Und Hans muss damals beschlossen haben, seinen Namen zu ändern ...«

»War Bresler denn Jude?«

»Nein.« Elsa Potempa wurde plötzlich rot und verstummte.

»Aber er war doch beschnitten, oder?« Mock ließ nicht locker.

»Woher soll ich das denn wissen?! Was soll das!« Elsa wurde lauter. »Ich habe genug von diesem Gespräch! Verschwinden Sie!«

»Sie werfen mich raus. Na gut. Aber ich werde zurückkommen.« Hier grinste Mock anzüglich. »Diesmal habe ich mein künstliches Gebiss vergessen. Und ich brauche es doch. Mit irgendwas muss ich ja meine vier jungen Geliebten beißen. Das finden sie so aufregend ...«

»Ihre Scherze öden mich an«, murmelte sie, doch sie beruhigte sich langsam.

»Es interessiert mich nicht, woher Sie wissen, dass Bresler beschnitten ist«, sagte Mock in sanftem Ton. »Sie haben ihn bestimmt beim Baden im See gesehen, oder? Sie haben als Kind am Seeufer gespielt, und er hat nackt gebadet, weil er dachte, er sei allein. So war es doch, oder, Fräulein Potempa?«

»So und nicht anders«, erwiderte die Potempa ernst.

»Hat Bresler jemals mit Ihnen über seine Beschneidung gesprochen? Hat er es erklärt, irgendetwas dazu gesagt? Zum Beispiel damals, als Sie ihn beim Schwimmen im See überraschten?«

»Ja. Er hat mir gesagt, er hätte als kleiner Junge eine verengte Vorhaut gehabt, die operativ entfernt werden musste.«

»Phimose also ... Ich danke Ihnen für diese Erklärung.« Mock legte noch ein Päckchen Strümpfe vor sich auf den Tisch. »Ich kann mir vorstellen, wie schwer es für Sie war, mir das anzuvertrauen. Doch nun die letzte Frage: Warum hasst Ihre Mutter Bresler dermaßen?«

»Wissen Sie, das ist wirklich sonderbar ...« Gedankenverloren schob Elsa das Geschenk zu den anderen in die Tischschublade. »Jedes Mal, wenn ich sie danach fragte, hat sie sehr aufgebracht reagiert und konnte es mir nie eindeutig erklären. Nur einmal hat sie etwas wirklich Lächerliches gesagt ...«

»Was hat sie gesagt?« Mocks Stimme merkte man die Anspannung an. »Auch wenn es Ihnen lächerlich vorkommen mag, es könnte etwas sehr Wichtiges sein.«

»Na ja, wissen Sie, meine Mutter hat mir dauernd etwas verboten ... Auf eine völlig alberne Art, mit lächerlichen Begründungen. Sie hat mir zum Beispiel verboten, im See baden zu gehen, sie sagte, da gäbe es Hechte, die mich beißen würden. Oder dass in der Scheune ein Riese wohne und dass ich dort nicht spielen dürfte, weil er mich fressen würde ... oder ...«

»Und etwas ähnlich Albernes hat sie gesagt, als Sie sie nach Bresler fragten? War es so?«

»Ja ...« Elsa blätterte in Gedanken die Seiten des Tagebuchs durch, das sie als Schwesternschülerin geführt hatte und das bei dem Brand des Schwesternwohnheims am St.-Agnes-Krankenhaus, in dem sie damals wohnte, verbrannt war. »Genauso war es. Ich habe sie mal gefragt, warum sie Hans so hasst. Und sie sagte, sie hasste ihn, weil er unsere Herrin schlage ...«

»Welche Herrin?« Mocks von der Maske bedecktes Gesicht zuckte unkontrolliert.

»Welche?« Elsa war offensichtlich entnervt von der Ausfragerei. »Unsere. Frau Gräfin Gertrud von Mogmitz. So hat mir meine Mutter damals geantwortet – dass Hans die Gräfin schlägt. Und ich fand diese Antwort ähnlich lächerlich wie die Geschichten von den Menschenfresser-Hechten und Riesen in der Scheune ... Meinen Sie nicht auch?«

»Ja, das ist sehr gut möglich.« Mock stand auf und legte seine Hand auf die Hand der jungen Frau mit den fettigen Haaren und der pickeligen Haut. Sie zuckte vor Ekel zusammen. »Ich danke Ihnen, Fräulein Potempa. Ich danke Ihnen für alles ...«

Elsa Potempa antwortete nicht. In ihrem Kopf entstanden Ansichtskarten von Kanth und der Umgebung: Saubere Seen und Teiche, feuchte Wälder, Felder, über denen Nebelschwaden und der Rauch der Herbstfeuer schwebten. Sie spürte Tränen unter den Augenlidern.

Die Tür knallte. Er ist gegangen, dachte sie und hob den Blick. Doch sie irrte sich. Mock war nicht gegangen. Er stand in der Küchentür und drehte die Hutkrempe zwischen den Fingern, bewegte die Fingerspitzen langsam hin und her. Auf einmal war ihr, als nehme sie in seinen Augen eine unbestimmte Traurigkeit wahr.

»Noch eine letzte Frage, Fräulein Potempa«, sagte er. »Wirklich, nur noch diese eine Frage, dann gehe ich. Erlauben Sie?«

»Ja, bitte«, antwortete sie mechanisch.

»Bevor ich in das Zimmer Ihrer Mutter ging, habe ich Ihnen erzählt, dass Fräulein Berta Flogner vergewaltigt und ermordet wurde. Und Sie haben das völlig gleichgültig zur Kenntnis genommen. Ihre Mutter verhielt sich ähnlich. Keine von Ihnen beiden hat nach den Umständen von Fräulein Flogners Tod gefragt, geschweige denn ihr Bedauern ausgedrückt. Wissen Sie, man sagt in solchen Situationen das eine oder andere, verwendet Floskeln wie: ›Das tut mir leid, wie ist es passiert?‹ und so weiter... Sie beide haben sie doch gekannt! Doch weder Sie noch Ihre Mutter haben ein Wort darüber verloren, kein Wort des Bedauerns... Warum? Das wäre meine letzte Frage.«

Elsa Potempa sprang so heftig vom Tisch auf, dass ihr Stuhl umfiel und auf den Boden krachte. Das schmutzige Geschirr auf der Anrichte vibrierte leicht durch den Aufprall.

Die Frau ging auf Mock zu und hauchte ihm ihren nach Nikotin stinkenden Atem ins Gesicht: »Berta Flogner war eine miese kleine Nutte, verstehst du? Deswegen tut es mir nicht leid, dass sie draufgegangen ist! Und jetzt verpiss dich endlich!«

Mock tat, wie ihm geheißen, und ging ohne ein Wort.

Breslau, Sonntag, den 8. April 1945,
ein Uhr mittags

Der stellvertretende Befehlshaber der SS und der Breslauer Polizei, General von Rodewald, saß in seinem Quartier, in einem Bunker in der vierten unterirdischen Ebene unter der Liebichhöhe und erging sich in Erinnerungen an die Nacht mit Fräulein Junggebauer. Er platzte beinahe vor Stolz und Selbstzufriedenheit und konstatierte erfreut, dass das Geld und die Geschenke für den Krankenhausleiter gut investiert gewesen waren. Schließlich hatte dieser ja die wunderschöne Krankenschwester auf eine andere Station versetzt.

Und so genoss von Rodewald jetzt die süße Frucht der Erfüllung. Dabei war Fräulein Junggebauer keine leichte Beute gewesen: Erst nach relativ langer Zeit konnte sie ihre Schamhaftigkeit überwinden und erlaubte ihm, immer weitere Bastionen ihres Körpers zu bezwingen. Und der General schaffte es, bis er schließlich die letzte Festung, eine wahre Festung Breslau ihrer Scham, erobert hatte. Während er so über seine nächtlichen Heldentaten sinnierte, fiel ihm der alte Spruch ein, dass Männer im mittleren Alter und junge Frauen in sexueller Hinsicht sehr gut zueinander passen. Der Altersunterschied in einer solchen Beziehung ist absolut großartig, dachte er, als er sich eine Zigarette drehte. Ein Mann wie ich, von Mitte fünfzig, hält ohne weiteres so lange durch, dass er einer jungen Frau viel Freude bereiten kann. Bei einer unersättlichen Dreißigjährigen würde ich wohl einen Herzinfarkt bekommen! Aber dieses süße Mädel ist danach schnell und brav eingeschlafen, damit ich auch meine verdiente Ruhe bekam ... Von Rodewald streckte sich und hörte seine Gelenke knacken, dann pfiff er die ersten Takte von ›Lili Marleen‹.

Diese Melodie, die inzwischen sogar von der Verräterin Marlene Dietrich für den Feind gesungen wurde, gefiel dem SS-Sturmbannführer Erich Kraus nicht sonderlich. Er saß in dem Sessel unter der Palme, rauchte eine Zigarette aus einer Bernsteinspitze und blätterte zum wohl hundertsten Mal in dem Bericht über Eberhard Mock, den von Rodewalds Leute angefertigt hatten.

Der Adjutant des Generals, Leutnant Heinz Mürting, betrat den Raum. Seine von dunklen Ringen umschatteten Augen und der graue Teint waren ein Indiz dafür, dass er sich nachts ähnlichen Vergnügungen hingab wie sein Chef. Er ließ den rechten Arm nach oben schnellen und meldete, dass Hauptmann Eberhard Mock pünktlich erschienen sei.

»Hereinbitten!«, schnurrte von Rodewald wie ein alter Kater.

Der Mann, von dessen religiöser Manie Kraus gerade las, betrat das Büro. Ein Kamelhaarmantel bedeckte seinen braunen Anzug, die Motorradbrille seine Augen, etwas abgetragene Handschuhe seine Hände. In der Luft schwebte der Geruch nach dem Toilettenwasser »Royal« und nach Mocks Nikotinatem.

»Heil Hitler!«, brüllte Mock und wies mit dem rechten Arm auf die Decke, über der die russischen Flieger die Häuser in der Taschenstraße zerbombten. »Melde mich gehorsamst auf Befehl des Herrn General!«

»Heil Hitler!«, antworteten gleichzeitig von Rodewald und Kraus, dann übernahm der General: »Bitte, nehmen Sie Platz, Hauptmann! Möchten Sie eine Zigarette?«, bot von Rodewald an, ohne auf den enervierten Gesichtsausdruck von Kraus zu achten.

»Gern, danke«, sagte Mock und machte es sich im Sessel bequem.

»Hauptmann«, begann von Rodewald ohne Umschweife. »Haben Sie mir etwas zu sagen? Bezüglich Ihrer letzten Aktivitäten?«

»Nein, ich habe Ihnen nichts zu sagen, Herr General«, gab Mock zurück. »Ich bin ja immer noch suspendiert. Seit zwei Monaten agiere ich ausschließlich als Privatperson und nicht als ein Offizier der Kripo.«

»Ach wirklich?«, knurrte Kraus.

»Herr General, mir ist ehrlich gesagt schleierhaft, welche Rolle Sturmbannführer Kraus bei meinem Fall spielt«, sagte Mock mit Nachdruck in Richtung des Generals. »Ich möchte Sie um die Erlaubnis bitten, die Fragen von Sturmbannführer Kraus nicht zuzulassen, da er weder mein Vorgesetzter ist noch sonstwie das Recht hat, mir Befehle zu erteilen.«

Diesmal knurrte von Rodewald: »Wie Sie wissen, leitet Sturmbannführer Kraus die Breslauer Abteilung des Rasse- und Siedlungshauptamts. Er ist zuständig für geisteskranke Personen. Und wir haben den begründeten Verdacht, dass Sie ebenfalls geistig gestört sind, Hauptmann Mock ... Sturmbannführer Kraus hat sich hier eingefunden, um mit mir über den Zustand Ihrer geistigen Gesundheit zu sprechen.«

»Bei allem Respekt ...« Mock drückte seine Zigarette aus. »Aber wer von den Herren ist ausgebildeter Psychiater?«

»Mock, ich habe hier einen Bericht vorliegen«, zischte Kraus, »aus dem hervorgeht, dass Sie von religiösem Wahn besessen sind, dass Sie im Krankenhaus dauernd die Bibel gelesen haben, dass Sie auf Lateinisch ein Traktat über das menschliche Leid geschrieben haben ... Für mich sind das alles Handlungen eines Geisteskranken. Ein Anruf von mir genügt, und Sie landen an einem ganz anderen Ort!«

»Stimmt das, Herr General?«, fragte Mock. »Hat Sturmbannführer Kraus eine solche Befugnis? Oder müssen Sie nicht erst eine Einverständniserklärung unterschreiben, dass man mich in ein Irrenhaus schaffen soll? Wer ist denn nun mein Vorgesetzter, Sie oder er?«

»Es stimmt. Zuerst muss ich mich damit einverstanden erklären«, erwiderte von Rodewald mit kaum beherrschter Wut in der Stimme. »Und das werde ich auch tun, wenn Sie mir nicht auf der Stelle die Gründe für Ihren religiösen Wahn erklären!«

»Ah, ich verstehe.« Mock war völlig entspannt. »Ich werde Ihnen eine Erklärung liefern. Wundert es Sie, Herr General, dass jemand, der seinen beruflichen Pflichten nicht nachgehen kann, auf Dauer mutlos und depressiv wird? Und kann dies nicht dazu führen, dass man sich mit den endlichen Dingen auseinandersetzt? Nun: Was gibt uns bessere Antworten auf eschatologische Fragen als die Bibel? Daher mein Interesse daran. Mehr gibt es dazu nicht zu sagen.«

»Das haben Sie ja hervorragend erklärt, Mock!«, zischte Kraus.

Von Rodewald unterbrach ihn: »Ich möchte einen verdienstvollen SS-Offizier nur ungern kritisieren, aber die Tatsache, dass Hauptmann Mock vorläufig von seinen Pflichten entbunden ist, hebt seinen Dienstgrad keinesfalls auf.«

»Nun gut, Hauptmann Mock ...«, erwiderte Kraus mit zusammengebissenen Zähnen. »Eschatologische Fragen – sehr hübsch, wirklich!« Dann sprang er unvermittelt von seinem Sessel auf. »Und wie erklären Sie Ihr Verhalten gegenüber der Wärterin aus dem Lager in der Bergstraße, Waltraut Hellner?«

»Was? Davon weiß ich ja gar nichts!«, warf von Rodewald erstaunt ein. »Ist das irgendeine neue Sache, Sturmbannführer?«

»Ja, ganz neu!«, sagte Kraus mit triumphierendem Gesicht. »Ihr Hauptmann Mock hat diese Wärterin gefoltert.«

»Stimmt das, Hauptmann?«, wollte von Rodewald wissen.

»Es war keine Folter. Sondern sexuelle Spielchen«, erwiderte Mock. »Ich kann mir nicht vorstellen, dass Frau Hellner wegen irgendetwas Anklage gegen mich erheben würde.«

»Aha. Sexuelle Spielchen«, wiederholte von Rodewald und musste an die letzte Nacht mit Fräulein Junggebauer denken. »Und warum zweifeln Sie daran, dass diese Wärterin bei ihrer Anschuldigung bleiben wird?«

»Weil dabei auch die Umstände unseres kleinen Spiels bekannt würden«, gab Mock zurück.

»Also wirklich, Hauptmann!«, rief Kraus erbost. »Ist Ihnen denn nicht bewusst, wie widerlich das alles ist? In Ihrem Alter! In Ihrer Stellung! Und da foltern Sie eine Frau! Das ist ekelhaft! Sie sind ein deutscher Soldat, Sie beleidigen unsere Ehre!«

»Wie ich schon sagte, Herr General – es war ein Spiel.« Mock sprach nur zu von Rodewald. »Und sie wird sicher nichts davon verlauten lassen. Ich habe gewisse Faktoren erwähnt ... Möchten die Herren darüber informiert werden?«

»Nein!«, brüllte Kraus. »Denn die Umstände ändern nichts an der Tatsache, dass Sie die Frau gefoltert haben!«

»Ich denke, doch«, unterbrach ihn von Rodewald. »Ich finde, wir sollten die ganze Wahrheit über diese Angelegenheit erfahren. Sie haben Ihre religiöse Verwirrung erklärt, Hauptmann; es bleibt zu hoffen, dass diese nur temporär war. Und nun erklären Sie uns bitte die besagten Begebenheiten.«

»Waltraut Hellner hat an einer Orgie teilgenommen.« Mock gab die Angelegenheit knapp und sachlich wieder. »Diese Orgie fand in der Turnhalle der ehemaligen jüdischen Volksschule am Rehdigerplatz statt. Momentan befindet sich dort ein Lazarett. Ich war dort noch vor kurzem Patient. Am späten Abend des fünften April konnte ich vor Schmerzen nicht einschlafen und suchte nach jemandem, der mir ein Schmerzmittel hätte geben können. Die Stationsschwester traf ich nirgendwo an. Irgendjemand sagte, dass sie in der Nähe der Turnhalle gesehen wurde ...«

»Wer hat Ihnen das gesagt?«, fragte Kraus misstrauisch.

»Was weiß ich. Irgendein Soldat mit bandagiertem Kopf.« Mock schlug ein Bein über das andere und betrachtete seinen glänzenden Schuh, der auf und ab wippte. »Also begab ich mich in die Turnhalle. Auf der Suche nach der Stationsschwester. Ich kenne diese Schule gut.«

»Und woher?« Kraus ließ nicht locker.

»Ich habe vor Jahren gleich um die Ecke gewohnt. Außerdem hielt ich dort als Polizist öfter Vorträge für die Schüler über unsere Arbeit ...«

»Zur Sache, zur Sache, bitte!« Von Rodewald war offensichtlich sehr interessiert. »Was war nun mit der Orgie?«

»Auf der Suche nach der Stationsschwester begab ich mich in die Turnhalle«, wiederholte Mock. »Als ich dort angelangt war, hörte ich eindeutige Geräusche ... Orgiengeräusche.«

»Was waren das für Geräusche? Genauer!« Von Rodewald trommelte mit den Fingerspitzen auf die Platte seines Schreibtisches. Kraus verzog verächtlich das Gesicht.

»Stöhnen. Und orgastische Schreie. Ich konnte die Orgie durch einen Spalt in der Tür beobachten. Außer Waltraut Hellner waren noch sieben Leute dabei. Vier Männer und vier Frauen, insgesamt. Unter den Teilnehmern war auch Obersturmbannführer Hans Gnerlich, der Kommandant des Lagers in der Bergstraße. Und die anderen Frauen rekrutierten sich wohl aus dem Personal des Hospitals ...«

Der General schlug auf die Tischplatte, so heftig, dass das Tintenfass hüpfte. Mock hielt inne und blickte seinen Chef verwundert an. Auch Kraus hörte auf, in dem Bericht zu lesen, und schaute entgeistert hoch.

Von Rodewald sah ein Bild vor sich: das schöne Fräulein Junggebauer, wie es auf dem Parkett in der Turnhalle kniete, auf allen vieren, hinter sich einen erregten Satyrn. Er konnte seine Gedanken nicht ordnen, wusste nicht, wie er Mock nach weiteren Teilnehmern der Orgie fragen sollte. Heiße Nadeln stachen ihm in die Schläfen. Natürlich könnte er Mock einfach fragen, wenn er ging, oder bei einer anderen Gelegenheit, morgen, übermorgen, irgendwann.

Ich kann es aber nicht ertragen! Wenn ich es nicht sofort erfahre ... Ich kann nicht mehr, ich muss, jetzt!

»Ich hätte da eine Frage an Sie, Hauptmann ...« Bei diesem Satz verdeckte von Rodewald diskret seinen Ehering. »Bei der Orgie ... War da auch Schwester Rose, Rose Junggebauer, dabei?«

Kraus blickte den General streng an und stieß eine wütende Rauchwolke aus, als er dessen Verlegenheit bemerkte. Von den Blättern der Palme stoben Staubwolken hoch.

»Aber woher denn!«, rief Mock, ohne zu zögern. »Ein so wunderschönes Wesen wie Schwester Rose? Bei Orgien, da machen doch nur Nutten mit, oder alte Schrapnelle ...«

»Weiter, weiter!« Von Rodewald war sehr stolz auf sich. »Was war mit der Orgie?«

»Die Orgie war vorbei.« Mock steckte sich eine neue Zigarette an. »Der Kommandant gab den anderen irgendeine Droge, und er selbst verließ die Turnhalle.«

»Und er hatte den Voyeur nicht bemerkt, Hauptmann?« Kraus wollte Mock unbedingt bei einer Lüge ertappen.

»Ich konnte mich verstecken.«

»Und wo?«

»Im Nebenraum.«

»Was war das für ein Nebenraum?«

»Jungenumkleide und Duschen.«

»Wie können Sie wissen, dass es der Jungenumkleideraum war?«

»Wie gesagt, Herr Sturmbannführer – ich kenne diese Schule.«

»Können wir die Befragung zu dieser Hellner fortsetzen, oder wollen Sie auch noch wissen, wie die Duschen funktionieren, Sturmbannführer?«, fragte von Rodewald. Kraus nickte unwillig und übergab mit einer Handbewegung an ihn.

Der General fragte weiter: »Die Teilnehmer nahmen diese Droge, und was dann?«

»Sie sind sogleich eingeschlafen.« Mock blickte Kraus an. »Ich geniere mich, darüber zu sprechen ... Es sind schließlich sehr intime Dinge ...«

»Ersparen Sie uns einen Bericht über Ihre Perversionen!« Kraus stand auf und fing an, im Raum auf und ab zu laufen. »Das müssen wir uns wirklich nicht antun.«

»Kommen wir zu den Foltervorwürfen«, warf von Rodewald ein. »Erzählen Sie weiter, Hauptmann, was war dann?«

»Ich habe Waltraut Hellner geweckt. Wir sind zusammen in die Umkleide gegangen. Ich habe sie auf einen Stapel Sportmatten gelegt ...«

»Sie ist einfach so mit Ihnen mitgegangen?«, wunderte sich der General. »Oder kannte sie Sie von irgendwoher?«

»Ja«, log Mock. »Sie war schon länger meine Geliebte. Oder zweifeln Sie daran, Herr General, dass sich Frauen für mich, mit meinem entstellten Gesicht, interessieren könnten? Ich kann Ihnen versichern, es ist nicht das Gesicht, das sie interessiert ...«

»Na, genau!« Der General grinste breit. »Ein Mann kann ohne Arme oder Beine leben, Hauptsache, er ist nicht behindert!«

»Erzählen Sie endlich von den Ratten, Mock!«, brüllte Kraus.

»Hauptmann Mock, bitte!«, korrigierte ihn von Rodewald. »Was denn nun für Ratten? Ich verlange eine Erklärung!«

»In der Garderobe befand sich ein Käfig, in dem Ratten saßen«, erwiderte Mock. »Waltraut mag es, wenn ich ihr ein bisschen Angst mache ... Da habe ich ihr eben ein bisschen Angst gemacht, mit den Ratten. Das ist alles! Einfach nur ein erotisches Spielchen.«

»Wollen Sie uns verarschen, Hauptmann?« Diesmal wurde der General ungehalten. »Wie kommt ein Rattenkäfig in eine Turnhalle?«

»Ich habe keine Ahnung, wo die Tiere herkamen. Ich weiß nicht, wer sie sich da hielt und zu welchen Zwecken«, antwortete Mock, ohne sich zu verhaspeln. »Es kam mir auch merkwürdig vor. Aber ich weiß eines: Niemand aus dem Krankenhaus wird zugeben, dass er Ratten in der Turnhalle hält. Das verstößt doch gegen alle hygienischen und epidemiologischen Vorschriften.«

»Sturmbannführer, haben Sie noch Fragen?«, wollte von Rodewald wissen. »Ich habe nämlich keine mehr.« Kraus schwieg. »Dann kommen wir zum Schluss. Hauptmann, lassen Sie uns bitte allein. Ich werde nun meine Entscheidung in Ihrem Fall treffen.«

»Doch, ich hätte noch eine Frage.« Kraus pulte mit Hilfe eines Streichholzes die Reste seiner Zigarette aus der Bernsteinspitze. »Warum waren Sie zwei Tage nicht zu Hause? Haben Sie sich versteckt?«

»Ja«, gab Mock knapp zurück.

»Vor wem? Und warum?« Von Rodewald war irritiert, dass er das lästige Gespräch immer noch nicht beenden konnte.

»Vor dem Lagerkommandanten Hans Gnerlich«, erwiderte Mock. »Waltraut Hellner ist seine aktuelle Geliebte. Es hätte sein können, dass er eifersüchtig war und sich rächen wollte. Er ist ziemlich heißblütig. Und es muss schon sehr weh tun, wenn man erfährt, dass die Frau, die man liebt, einen betrügt – und dann noch mit einem Monster wie mir. Außerdem sind Gnerlich und ich uns schon seit langem spinnefeind ...«

»Hauptmann, Sie haben soeben zwei wichtige Punkte angesprochen.« Kraus hatte sich wieder unter Kontrolle. »Ich beginne mit dem ersten. Wieso sollte sich Kommandant Gnerlich an Ihnen rächen? Wie konnte er wissen, dass er betrogen wurde? Dass seine Geliebte mit einem, wie Sie es ausdrückten, Monster, sexuellen Kontakt hatte?«

»Moment, ich muss kurz nachdenken, wie ich es formulieren soll, damit Ihr strenges moralisches Empfinden dabei nicht verletzt wird«, sagte Mock nach einigen Augenblicken. »Ich möchte es so sagen: Kommandant Gnerlich ist sehr eifersüchtig ... Und Fräulein Hellner hatte Spuren am Körper ... Spuren unseres erotischen Spielchens ... Und der Kommandant kennt diverse Methoden, die einen Menschen dazu bringen, seine Schuld zu gestehen ... Nun ja, Fräulein Hellner würde früher oder später zugeben, dass sie mit mir geschlafen hatte. Das würde mich in eine sehr unangenehme Lage bringen. Deswegen zog ich es vor, mich eine Weile zu verstecken. Und nun zum zweiten Punkt, Herr Sturmbannführer ...«

»Nicht Sie leiten dieses Gespräch, Hauptmann.« Kraus verschränkte die Hände auf dem Rücken und begann wieder mit seinem Spaziergang durch den engen Raum. »Ich bin es, der Sie verhört, und nicht umgekehrt. Warum sind Sie und Kommandant Gnerlich sich ›spinnefeind‹?«

»Weil ich seine wahre Herkunft ans Licht gebracht habe!«, zischte Mock. »Ich habe entdeckt, dass er in Wirklichkeit Jude ist. Früher hieß er Bresler, also Breslauer. Das ist ein typisch jüdischer Nachname ... Ich kann das alles beweisen.«

»Na, dann haben Sie wohl einen nächsten Fall, Sturmbannführer«, meinte der General. »Wir haben einen Juden in der SS! Unter Ihren ehemaligen Mitarbeitern, ist ja wunderbar!«

»Moment, Moment ...« Kraus wollte sich nicht geschlagen geben. »Was haben Sie denn für Beweise?«

»Ich habe während der Orgie sein Gemächt gesehen«, erwiderte Mock giftig. »Er ist beschnitten. Somit hat er den Beweis in der Hose. Und den Nachweis der Namensänderung von Bresler zu Gnerlich gibt es auf dem Standesamt. Ich besitze eine Abschrift der Urkunde.«

Niemand sagte mehr ein Wort. Kraus zerbiss sich vor Wut die Lippen, von Rodewald dachte an die schöne, treue Schwester Rose, und Mock versuchte, an den rauen, grauen Wänden des Bunkers einen Punkt zu finden, an den er seinen Blick heften konnte.

»Ich bin derjenige, der bestimmt, wer in dieser Stadt Jude ist!« Kraus' Stimme zitterte vor Aufregung. »Verstehen Sie, einzig und allein ich!«

»Wir danken Ihnen, Hauptmann Mock«, sagte der General mit erschöpfter Stimme. »Es sei denn, dass Sie noch weitere Fragen haben«, wandte er sich an Kraus.

Dieser gönnte ihm nicht einmal einen Blick. So gab der General Mock ein Zeichen, der sich verbeugte und aus dem Raum ging. Im Vorzimmer döste über einem Becher Kaffee der von seinen nächtlichen Ausschweifungen erschöpfte Adjutant von Rodewalds.

»Ich kann bei Mock weder eine psychische Krankheit noch sonst eine Entgleisung erkennen«, sagte der General. »Ich befehle ihn zurück in den aktiven Dienst. Es ist ein Skandal, dass ein so fähiger und intelligenter Offizier so lange seinen Pflichten ferngehalten wurde.«

»Sie werden für diese Entscheidung geradestehen müssen!« Kraus erhob sich aus seinem Sessel, stützte die Fäuste auf die Schreibtischplatte und starrte seinen Gesprächspartner wütend an.

»Wollen Sie mir drohen?« Von Rodewald hielt seinem Blick mühelos stand. »Besinnen Sie sich lieber darauf, was Sie sich geleistet haben. Ich bin mir nicht sicher, ob der Chef der Breslauer Gestapo, SS-Obersturmbannführer Scharpwinkel, so glücklich wäre über Ihre hochmütige Behauptung ›Wer Jude ist, bestimme ich‹! Der Reichsmarschall darf so etwas bestimmen, und kein Sturmbannführer ... Und was das weitere Schicksal von Hauptmann Mock angeht, darüber bestimme ausschließlich ich! Ich!«

Von Rodewald öffnete die Tür und rief Mock herein. Dieser stellte sich stramm mitten in den Raum.

»Meine Entscheidung lautet folgendermaßen«, sagte der General mit Nachdruck. »Sie kehren zu Ihren üblichen Pflichten zurück. Melden Sie sich morgen früh um acht Uhr bei mir. Sie werden eine neue Uniform bekommen. – Mürting!«, rief er zu seinem Adjutanten. »Bitte zu mir! Ich werde Ihnen ein Schreiben bezüglich Hauptmann Mock diktieren.« Er blickte Mock und Kraus an. »Auf Wiedersehen, meine Herren!«

Nach dem obligatorischen »Heil Hitler!« gingen sie beide hinaus.

Der General saß eine Weile da, klopfte mit dem Bleistift auf die Tischplatte und grinste vor sich hin. Plötzlich klopfte der Bleistift gegen die Stirn des Generals statt gegen das Holz. Von Rodewald sprang auf und rannte zu Mürting hinüber.

»Schaffen Sie mir sofort Mock wieder her! Vielleicht ist er noch nicht weg!«, brüllte er.

»Jawoll«, murmelte Mürting verschlafen und drehte an der Kurbel des Telefons; dann wurde seine Stimme auf einmal wach und kräftig: »Bitten Sie Hauptmann Mock her! General von Rodewald möchte ihn sprechen! Na, dann halten Sie ihn am Tor auf! Das ist ein Befehl!«

Nach einigen Minuten klopfte Mock an die Tür seines Vorgesetzten.

»Herein!«, rief von Rodewald und lächelte Mock verschmitzt an. »So, so, wissen Sie, aber wirklich ...« Er ging auf Mock zu und klopfte ihm freundschaftlich auf die Schulter. »In Ihrem Alter noch so aktiv, erotische Spielchen, wer hätte das gedacht ... Na, bitte!« Und er ließ einen anerkennenden Pfiff los.

»Nun, mir ist noch nicht nach Sterben zumute«, lächelte Mock zurück.

»Gut, gut ...« Von Rodewald schlug sich mit der flachen Hand gegen die Stirn. »Durch Ihre Beschreibungen dieser Orgie habe ich etwas sehr Wichtiges vergessen!«

»Ich höre«, erwiderte Mock, immer noch lächelnd.

»Sie brauchen keine Angst mehr vor Gnerlich zu haben«, eröffnete ihm der General. »Gauleiter Hanke hat das Lager in der Bergstraße gestern evakuieren lassen. Die ausländischen Arbeiter sind in Burgweide untergebracht, die wenigen Deutschen wurden zur Zwangsarbeit in der Festung abdelegiert. Und Gnerlich ist nicht mehr Kommandant. Er ist jetzt Befehlshaber eines der Linienbataillonne. Sie können sich also in aller Ruhe Ihrer Freundin Hellner widmen. Falls sie nicht irgendwohin abkommandiert wurde ...«

Der stellvertretende Polizeichef grinste jungenhaft und wunderte sich, dass Mock sich nicht freute – im Gegenteil: Aus dessen Gesicht war das Lächeln verschwunden.

Breslau, Sonntag, den 8. April 1945,
zwei Uhr nachmittags

Das schlechte Gewissen quälte Eberhard Mock, und so unternahm er eine sentimentale Wanderung zu einem Haus, in dem er vor Jahren gelebt hatte. Das Haus am Rehdigerplatz erzitterte unter den Explosionen. Mock kletterte vorsichtig die Treppe hoch, bei jedem Schritt die Stabilität der Holzstufen prüfend. Durch das kaputte Fenster im Treppenhaus kamen Staub und Ruß herein. Die Treppe knarrte wie damals, seit vierundzwanzig Jahren machte sie dieselben Geräusche – doch heute konnte Mocks empfindliche Vorstellungskraft sie ganz genau unterscheiden.

Aus der ersten Stufe schlugen Mocks Schuhe den zweisilbigen Namen seiner ersten Frau. »Sophie ...«, sagte die Stufe. Mock hielt inne und betrachtete die schmutzige Wand im Treppenhaus. Hier hatte er vor zwanzig Jahren seine wunderschöne Frau in einer leidenschaftlichen Umarmung gegen die Wand gedrückt, und sie hatte mit ihren Beinen seine Taille umfasst. Und hier waren die beiden von ihrem Nachbarn, dem Rechtsanwalt Fritz Patschkowsky erwischt worden, als er mit seinem Spitz Gassi ging. Jetzt schwebte der »Rodło«-Aktivist Fryderyk Paczkowski mit anderen tapferen Polen im Himmel. Und Mocks Exfrau war mittlerweile eine Veteranin des ältesten Berufs der Welt.

Die nächste Stufe quietschte: »Anwaldt.« Im leeren Treppenhaus hörte Mock das besoffene Röcheln und Lallen des jungen Polizisten Herbert Anwaldt, der sich einst auf den Arm des älteren Kollegen gestützt hatte, der ihn die Treppe hochschleifte. Der Arm, an den sich Anwaldt damals, im Juli 1934, geklammert hatte, war nun durchschossen und pulsierte vor Schmerz – und Anwaldt befand sich in einer psychiatrischen Anstalt in Dresden.

Weitere Stufen klopften eintönig den Namen »Karen, Karen« ... Mock blieb erneut stehen, weil er diesen Laut nicht ertragen konnte. Um seinen Schmerz noch unerträglicher zu machen, rief er sich Kuss-Szenen im Treppenhaus in Erinnerung, wenn sie von sonntäglichen Spaziergängen zurückkamen, er quälte sein Gehirn mit der Erinnerung an ihren mondweißen Körper, den er damals so gierig umarmte, dass Karen kaum atmen konnte.

Und jetzt war Karen weg. Verschollen oder gestorben, ähnlich wie Mocks langjährige Bedienstete Marta Goczoll. Letztlich war Mock der Grund für Karens Tod – er hatte sich über ihr Bedürfnis nach Sicherheit hinweggesetzt, auf der manischen Suche nach einem Mörder, von dem Wunsch besessen, ihn zur Strecke zu bringen. Doch seine Rache war ihm über den Kopf gewachsen, diese misslungene, hoffnungslose Rache. Er war über Leichen gegangen, über Karens Leiche, um sich selbst zugrunde zu richten. Und nun hatte er alles verloren, sogar das Ziel seiner wahnsinnigen Suche. Hans Gnerlich war fort, das Lager in der Bergstraße existierte nicht mehr, Mock hatte das Ziel seines Dürstens nach Gerechtigkeit verloren. Er fühlte sich elend, denn er wusste, dass die Trauer um Karen nicht authentisch war, dass er nicht genug litt. Und er kannte den Grund dafür.

Auch die Treppenstufen schienen ihn zu kennen. »Gertrud, Gertrud«, knarrten sie, als ob die Gräfin von Mogmitz ihm den Weg weisen würde. Ihre freiwillige Hingabe an den Schmerz, an das Leiden, ihre Würde – umso stärker, weil beschmutzt – waren für Mock wie ein Licht in der Dunkelheit seiner Zweifel. Wie musste dieser Henker Bresler diese Frau gehasst haben, wenn er ihren Mädchennamen angenommen hatte! Sicher war er einst irrsinnig und unglücklich in sie verliebt gewesen, und nun trug er ihren Namen, bis an sein Lebensende, wie eine blutige Tätowierung. Er hatte sie misshandelt und gedemütigt, doch er konnte ihr die Würde nicht nehmen, er konnte ihren erhabenen Geist nicht zerstören. Sie war das Licht. Mock wühlte in seinem Schmerz, um sich nicht den Gedanken an Gertrud von Mogmitz hinzugeben. Es ist deine Schuld, sagte er in Gedanken zu ihr, dass ich Karen verlassen habe, dass ich mich habe hinreißen lassen zu irgendwelchen Phantasien über Seligpreisungen und Errettung aus dieser Hölle.

»Karen, Karen ...«, wiederholte er, um das Rauschen in seinem Kopf zu übertönen, um den Namen Gertrud nicht zu hören. Vielleicht war Karen hier in der alten Wohnung?

Doch da war niemand bis auf zwei Tauben, die sich ihr Nest in einer alten Strohmatratze gebaut hatten. Mock verließ seine ehemalige Wohnung wieder und machte sich auf den Weg nach Hause, zum Zwingerplatz. Er war gleichgültig gegenüber dem Dröhnen der Bombeneinschläge und dem Krachen der Panzerfäuste. Ungerührt ging er über die Augustastraße und machte sich keinerlei Gedanken über die Kugeln der russischen Soldaten. Schließlich betrat er die Kellergänge, die ins Zentrum der Stadt führten. Vielleicht würde Karen doch in der Wohnung am Zwingerplatz auf ihn warten?

Eine halbe Stunde später sperrte Mock seine Tür auf und betrat die ungeheizte, ausgekühlte Wohnung. Es war nicht Karen, die dort auf ihn wartete. Es war jemand vollkommen anderes.

Breslau, Sonntag, den 8. April 1945,
zwanzig Minuten vor drei Uhr nachmittags

Der erste Schlag warf Mock gegen die Wand. Er spürte ein heftiges Brennen auf der Wange und etwas Warmes, das über seine Oberlippe floss. Er stürzte unter den Standspiegel im Flur, versuchte dabei, seinen Kopf mit den Armen zu schützen. Das Haus erzitterte in den Grundfesten. Der Spiegel fiel um, krachte auf den Boden, die Oberfläche zerbrach.

Der nächste Schlag kam von oben. Mock war, als hätte man ihn mit einem Haken geschlagen. Irgendeine metallene Spitze durchstieß den Filzstoff seines Huts und drang in die Kopfhaut ein. Dann spürte er, wie ihn jemand am Mantelkragen packte und wegschleifte. Weil dieser Jemand ihm den Mantel über den Kopf gezogen hatte, konnte Mock nichts sehen. Das Einzige, was er zu seinem Schrecken bemerkte, war ein riesiger Blutfleck auf dem

Kragen. Nach einer Weile spürte er das kühle Parkett unter seiner Wange und erkannte, dass sie im Arbeitszimmer waren. Stiefel schlugen gegen seine Rippen und Nieren.

Draußen vor dem Fenster ließ die nächste Explosion die Bäume auf der Rasenfläche erzittern. Mock vernahm das Krachen der hinunterfallenden Äste, dann das Quietschen von Stiefeln auf dem Parkett. Die Tritte warfen ihn herum, wieder und wieder. Schließlich kam er auf dem Bauch zu liegen und blickte hoch, um seinen Henkern in die Augen zu sehen.

Waltraut Hellner hielt einen Schürhaken in den Händen. Hans Gnerlich zog Mock den Mantel über die Schultern hinunter und schaffte so eine Art Zwangsjacke, die es Mock unmöglich machte, sich zu bewegen. Der Fensterrahmen verzog sich unter der Erschütterung, und das Glas fiel Mock direkt ins Gesicht. Jemand riss ihm die Maske vom Gesicht und drückte es in die Glassplitter. Er schloss die Augen und merkte, wie beim Einatmen ein paar Splitter in die Nase gelangten. Die zerrissene Schleimhaut reagierte mit einem blutigen Schnupfen, der nun auch erbarmungslos sein Hemd und seinen Anzug färbte.

Auf einmal registrierte er verwundert die Tatsache, dass es im Arbeitszimmer warm war. Er drehte sich zur Seite und erstarrte vor Entsetzen. Waltraut Hellner erhitzte den Schürhaken im Kachelofen. Jemand hatte mit alten Büchern ein Feuer angemacht, die Flammen züngelten zwischen den Seiten des ›Hexenhammers‹, einer Ausgabe aus dem siebzehnten Jahrhundert, hervor und leckten am Einband einer ›Macbeth‹-Ausgabe aus dem achtzehnten Jahrhundert.

Gnerlich packte Mock bei den Schultern und setzte ihn auf einen Stuhl. Dann nahm er Mocks Anzugjacke und zwängte ihn genauso in sie hinein wie zuvor in den Mantel, so dass die Bewegungen des Hauptmanns vollkommen blockiert waren. Schließlich griff er nach Mocks Hemd, zerriss es über der Brust, auf der Höhe der Schusswunde. Hellner holte den rotglühenden Schürhaken aus dem Ofen und zog ihn durch die Luft, direkt vor Mocks Nase. Die Krater in seinem Gesicht, in die nun winzige Rinnsale aus Blut und Schweiß flossen, reagierten heftig, die zarte rosa Haut über den Narben spannte.

»Was wollt ihr von mir?«, flüsterte Mock.

»Dir weh tun«, erwiderte die Hellner und drückte den Schürhaken gegen Mocks Wange.

Der Gestank verkohlter Haut erinnerte Mock an das Bombardement Hamburgs und Dresdens. Der Schmerz glühte von der Wange zur Nase und den Augen; Mock war, als würden die Nasenknorpel aufbrechen und seine Augen aus den Höhlen treten. Der Wind drang durch das zerstörte Fenster ins Arbeitszimmer und ließ die Seiten der auf dem Boden verstreuten Bücher rascheln. Der Paroxysmus des Schmerzes drang in die Knochen von Mocks Schädel, riss an seinen Kiefern. Der Windstoß ließ Staubbällchen auffliegen. Mock knirschte mit den Zähnen und schloss die Augen. In die gezackten Löcher, die von den Fensterscheiben geblieben waren, drang schwarzer, fettiger Rauch. Zwischen Mocks Schädelplatten glommen Feuerherde.

»Jetzt hast du ein Fragezeichen in der Fresse eingebrannt«, sagte die Hellner grinsend. »Das passt doch zu dir. Du bist doch ein Ermittler, dauernd am Herumfragen. Und, willst du wissen, wie es ist, wenn man gefoltert wird?«

Mock sah, wie sich der rotglühende Schürhaken seiner Brust und der Schusswunde näherte. Die leuchtend orange Spitze drang in die Bandage, und eine winzige blaue Rauchsäule stieg in die Luft über Mocks Schultern. Danach war kein Rauch mehr, kein Gestank nach verbrannter Haut, keine Henker, keine brennenden alten Folianten, keine kaputten Fenster, keine Russen, die seine Stadt bombardierten.

Es gab nur noch den schwarzen, bodenlosen Brunnenschacht aus Schmerz.

Breslau, Sonntag, den 8. April 1945,
zehn Minuten vor drei Uhr nachmittags

Eberhard Mock spürte eiskalten Wind im Gesicht. Sein Hals lag auf der Fensterbank, sein Kopf steckte draußen. Er bewegte den Kopf und blickte hoch. Er sah eine beringte Hand, die eine Milchkanne hielt. Aus der Kanne kam statt Milch eiskaltes Wasser. Mocks schüttere graue Haare verklebten zu nassen Strähnen. Er versuchte sich herumzuwerfen, konnte sich jedoch nicht bewegen. Jemand drückte ihn mit seinem gesamten Körpergewicht gegen die Fensterbank.

»Er ist wieder bei Bewusstsein«, vernahm er Gnerlichs Stimme, und dann spürte er eine schwere Hand im Genick.

Mock stürzte auf die schwarz-weißen Fliesen des Küchenbodens. Nach einigen heftigen Tritten blieb er lang ausgestreckt liegen. Seine Gesichtshaut zog sich unwillkürlich zusammen. Aus der mit dem Schürhaken aufgerissenen Schusswunde in der Brust rann Wundflüssigkeit. Er konnte sich nicht mehr gegen die Luft wehren, die in seiner Lunge steckte und die er nicht ausatmen konnte; er begann zu stöhnen. Die Tränenkanäle füllten sich mit salziger Flüssigkeit. Schließlich begann Mock, vor Schmerz zu weinen.

»Da schau her, was für ein Baby...« Waltraut Hellner beugte sich über ihn. »Muss das Kindchen weinen? Nicht schlimm, gleich trocknen wir die Tränchen ... Du wirst schon sehen, womit ...«

Hellner stellte sich breitbeinig über den Gefolterten und lächelte immer noch. In der Hand hielt sie einen kleinen glänzenden Gegenstand aus Glas. Sie schraubte den winzigen Deckel ab, der beim Aufmachen ein wenig knirschte. Dann kniete sie sich hin und hielt Mocks Kopf zwischen ihren Knien, so dass er sich nicht bewegen konnte. In seine verletzten Nasenlöcher drang der Geruch ihres Geschlechts. Plötzlich konnte er sich gar nicht mehr bewegen und begriff, dass Gnerlich sich auf ihn gesetzt hatte. Ich leide für dich, Karen, dachte er. Gott hat mich für den Schmerz bestraft, den ich dir zugefügt habe. Ich flehe dich an, Gott, bitte, sende mir einen noch schlimmeren Schmerz, damit ich meine

Schuld gegenüber Karen abgelten kann. Ich will so sehr leiden wie Gertrud …

Hellner drückte ihren Daumen gegen sein linkes Augenlid, so dass er das Auge nicht schließen konnte. Dann schüttete sie Salz hinein, gleich darauf auch in die Brandwunde vom Schürhaken. Als Mock schrie, schrie er voller Dankbarkeit. Gott hatte ihn erhört.

Breslau, Sonntag, den 8. April 1945,
drei Uhr nachmittags

Mock erwachte im eiskalten Wasser. Am Rand der Badewanne saß Waltraut Hellner und zog mit ihren langen Fingern Linien durch die Wasseroberfläche. Gnerlich stand hinter ihr und betrachtete gleichgültig die Szene.

»Was für ein hübsches Bild«, sagte er. »Ein alter Herr in der Badewanne und daneben seine Pflegerin, der Engel der Barmherzigkeit …«

»Ich bin nicht seine Pflegerin, Hans, doch nicht von diesem ekligen Alten!«, knurrte Hellner. »Ich kann ihm bloß ein für alle Mal die Augen schließen.« Ihre Lippen verzogen sich zu einem süßlichen Lächeln. »Und, mein kleines Baby, möchtest du ein schönes Schaumbad?« Während sie dies sagte, schüttete sie irgendein Pulver in die Wanne.

Mock erblickte voller Entsetzen die neben der Badewanne stehende Dose mit Lauge, die Marta zum Reinigen der Sanitäranlagen benutzte. Er schaute in das Badewasser und wartete auf das Jucken der Haut. Doch er konnte nichts fühlen außer Kälteschauern und Ekel, als er an sich hinunterschaute und sein schrumpeliges Geschlecht bemerkte.

»Was willst du von mir?«, fragte er. »Ich werde alles sagen, und dann noch bedauern, dass ich so wenig weiß …«

»Schau dir diesen alten Idioten an, Hans!« Die Hellner blickte hinüber zu Gnerlich. »Plappert und plappert, und wie witzig ist er ... Aber gleich werden wir ihm die gute Laune versauen.« Dann schaute sie wieder zu Mock. »Na, genug Schaum in deinem Badewasser, mein Baby?«

»Nein, ich meine, ja!«, brüllte Mock. »Das reicht vollkommen!«

»Du wirst mir gleich alles erzählen«, knurrte sie mit ihrer tiefen, beinahe männlichen Stimme. »So wie ich dir alles gesagt habe, neulich bei den Ratten ...«

»Was heißt alles?« Gnerlich zog Hellners Kopf an den Haaren zurück und zwang sie, ihn anzublicken. »Was hast du ihm erzählt, liebe Trauti? Hast du ihm auch *davon* erzählt?«

Im Badezimmer wurde es vollkommen still. Die Stille wurde lediglich von dem monotonen Geräusch der Wassertropfen unterbrochen, die in die Wanne fielen, und von dem Dröhnen der Stalinorgel draußen vor dem Fenster. Gnerlich hielt Hellner immer noch an den Haaren gepackt, lehnte in dandyhafter Pose an der Wand und wartete. Hellner starrte ihn ängstlich an.

»Ja, Hans«, sagte sie mit schmerzverzerrtem Gesicht. »Auch *davon* habe ich ihm erzählt. Er hat mich gezwungen, er hat mir doch Ratten unter den Rock gesteckt ... Aber wir machen ihn gleich alle – er wird keinem mehr etwas sagen können.«

»Aber bevor er abkratzt, wird er uns noch alles sagen, was wir wissen wollen, nicht wahr, Trauti?« Gnerlich streichelte Hellners Kopf. »Wem und was genau er über mich erzählt hat.«

»Hast du gehört, du Hurensohn?«, bellte Hellner in Mocks Richtung und hob die Laugendose hoch, worauf er zurückzuckte. »Dein Dienstmädchen hat hier ein bisschen Lauge bereitgestellt; eine vorausschauende Hausfrau ... Na, rede! Wem hast du was vom Kommandanten erzählt?«

»Ich habe General von Rodewald und Erich Kraus vom Rassenamt erzählt, dass Sie Jude sind.« Mock fühlte ein leichtes Brennen und bemerkte, wie winzige Blutfäden aus der Schusswunde in seiner Brust krochen und sich in dem schmutzigen Wasser auflösten. »Und als Beweis habe ich angeführt, dass Sie beschnitten sind ...«

Gnerlich lächelte. Doch unter seiner Gesichtshaut zuckte etwas. Die Knoten der Muskeln zitterten, und die sie umspannende Haut rötete sich plötzlich. Er ballte die Hände zu Fäusten, so dass die Knöchel weiß wurden.

»Ich bin kein Jude, Mock«, sagte er im Flüsterton. »Ich komme aus einer römisch-katholischen Familie, mit dem verdammten Nachnamen Bresler.« Seine Stimme wurde noch leiser. »Und meine Beschneidung hatte gesundheitliche, nicht religiöse Gründe ... Ich hatte als Kind eine zu enge Vorhaut, das nennt man Phimose, verstanden?«

»Hans, ich verstehe ja ...« Die Stimme der Hellner war voller Schrecken. »Du wirst dich bestimmt von jeder Anschuldigung reinwaschen können –«

»Wärst du nicht gewesen, du alte Hure ...«, Bresler sprach noch leiser, »... würde es jetzt überhaupt keine Anschuldigungen geben!«

Die Hellner erhob sich plötzlich. Die Dose mit der Lauge fiel in die Badewanne – als Mock es bemerkte, versuchte er aus der Wanne zu klettern. Hellner stürzte sich mit ihren Krallen auf ihn. In diesem Moment dröhnte ein Schuss durch das Badezimmer, und die Kugel, die von der Wand zurückprallte, zerschlug eine der blauen Fliesen mit einem Wanderer darauf, der auf ein ausschließlich ihm bekanntes Ziel zusteuerte.

Über Hellners Kopf erschien rötlicher Nebel. Als sie sich auf Mock warf, las er in ihren Augen grenzenlose Verwunderung. Sie fiel mit ihrem ganzen Körpergewicht auf ihn und sie stürzten zusammen in die Badewanne. Zwischen ihren struppigen Haaren schoss, regelmäßig pulsierend, dunkles Blut hervor. Mock kletterte schnell aus der Wanne und bewegte den Hebel des Wasserhahns, vor Schmerzen jaulend. Er goss sich kaltes Wasser über den Körper, und die grauen Haare auf seiner Haut legten sich in Streifen wie Algen.

In der Badewanne zuckte Hellners Körper in Agonie, und im Raum roch es verbrannt.

Gnerlich sah Mock bei seinen Bemühungen gleichgültig zu.

Auch schienen ihm die Wasserstrahlen egal zu sein, die durch das Zimmer spritzten und seine frisch gebügelten Hosenbeine durchnässten. Mock drehte den Hahn zu und kroch aus dem Badezimmer. Sein nasser Körper mit der geröteten Haut lag im kalten Durchzug. Gnerlich ging langsam aus dem Badezimmer und stellte Mock einen Fuß auf den Nacken. Der Hauptmann lag flach auf den schmutzigen Bodenplatten im Flur und betete stumm um eine erlösende Kugel.

»Ich werde dich nicht töten, Mock«, sagte Gnerlich, als ob er Gedanken lesen könnte. »Denn du musst mich doch unaufhörlich jagen, du darfst nicht aufhören, nach Gerechtigkeit zu dürsten. Ich werde verschwinden. Und du – suche nach mir! Du bist doch gar nicht existent, wenn du nicht jagen kannst ...«

Breslau, Sonntag, den 8. April 1945,
fünf Uhr nachmittags

Mock saß in seiner Küche und tauchte immer wieder sein verbranntes Gesicht in die Spüle, in der sich kaltes Wasser mit etwas Essig befand. Er zitterte vor Kälte, obwohl er den Küchenherd angeheizt und sich mehrere Lagen warme Unterwäsche angezogen hatte. Seine Oberbekleidung war in einem fürchterlichen Zustand: der helle Mantel aus Kamelhaar war blutbesudelt, ebenso der Kragen und die Aufschläge des braunen Jacketts, und das fast in zwei Teile zerrissene Hemd hing herunter, nur noch von dem Knoten der Krawatte gehalten.

Mock tauchte zum wiederholten Mal den Kopf ins Essigwasser. Unter Wasser vernahm sein Ohr irgendwelche fernen Geräusche: Explosionen, Beben, ein regelmäßiges Dröhnen, als ob jemand gegen die Rohre schlagen würde. Die Schmerzen in dem verwüsteten Gesicht hörten für einen Augenblick auf, um sofort wieder einzusetzen, sobald er es aus dem Wasser hob. Das Wasser, das ihm in die Ohren schwappte, verstopfte sie und schaffte auf diese Weise einen Filter, der die äußeren Geräusche dämmte und Mock von der brennenden Wirklichkeit seiner Stadt abgrenzte.

Er hörte also weder den Schlüssel im Schloss knacken, noch die leichtfüßigen Schritte im Flur. Wieder tauchte er das Gesicht in das wohltuende kühle Wasser. Dieses Mal waren seine beiden Augen unter der Oberfläche. Durch die zitternde, alles verformende Schicht der Flüssigkeit bemerkte er, wie die Petroleumlampe in der Küche kurz ausging, um anschließend wieder aufzuflammen. Er hielt immer noch den Kopf unter Wasser, als er sich den Grund dafür erklären konnte: Jemand trat vor die Lampe, so dass ihr Licht nicht mehr zu sehen war, und dann bewegte sich dieser Jemand zur Seite, und die Lampe beleuchtete wieder den ganzen Raum. Das ist bestimmt Karen!, dachte Mock. Oder nein ... Das ist vielleicht die Gräfin, die nun frei ist!, sagte er zu sich und die Luftbläschen aus seinem Mund blubberten in der Spüle.

Mock zog abrupt den Kopf aus dem Wasser. Tropfen aus seinen Haaren sprühten gegen die Wände, als er sich schüttelte. In der Küche befand sich tatsächlich noch jemand. Doch es war weder seine Ehefrau noch die Gräfin von Mogmitz. Professor Brendel war ganz offensichtlich keine Frau.

»Ihr Glaube hat Sie gerettet, lieber Herr Hauptmann«, meinte Brendel und blickte Mock mit Tränen in den Augen an. »Sie haben die Festung Breslau überlebt.«

»Ich verstehe nicht?« Mock rieb sich über das Gesicht und achtete dabei darauf, das eingebrannte Fragezeichen nicht zu berühren.

»Lassen Sie uns gehen, aber schnell!« Brendel packte Mock am Arm und wollte ihn mitziehen.

»Ich gehe nirgendwohin«, sagte Mock, schob die Hände des Professors weg und ließ sich schwerfällig auf einen Stuhl fallen. »Entweder erklären Sie mir jetzt alles, oder ich rede gar nicht mehr mit Ihnen!«

»Hier riecht irgendetwas komisch.« Der Professor zog die Nase hoch. »Als hätte sich eine Dame mit der Brennschere die Haare verbrannt.«

»Diese Dame ist noch im Badezimmer«, gab Mock zurück. »Aber im Grunde ist es egal. Wollen wir eine rauchen?«, fragte er ruhig. »Dann geht der Geruch bestimmt weg. Allerdings … ich habe keine Zigaretten mehr …«

Der Professor griff in die Tasche seines Mantels und zog ein Päckchen hervor. Als Brendel Mock Feuer gab, wurde dessen Gesichtshaut wieder heiß – daraufhin legte er die Zigarette weg.

»Ich rauche nicht mehr«, murmelte er.

»Ich sehe, dass Sie in der letzten Zeit viel haben durchmachen müssen«, sagte Brendel mit Besorgnis in der Stimme. »Doch ich werde Sie nicht ausfragen. Jetzt ist etwas anderes von Bedeutung. Sie sind einer der vier, die Breslau lebend verlassen werden …«

Mock blickte Brendel gleichgültig an. Dieser lächelte triumphierend und geheimnisvoll. Er rieb sich die Hände und trommelte mit den Füßen einen langsamen, majestätischen Rhythmus auf den Boden, in dem Mock – der am heutigen Tage gern etwas in die Geräusche von Bodendielen hineininterpretierte – einen Begräbnismarsch wahrnahm.

»Wie Sie ja sicherlich wissen«, Brendel nahm einen langen Zug von seiner Zigarette, »ist mein Vater, Rudolf Brendel senior, ein bekannter Physiker und hat eine Rakete mit Urangeschoss entwickelt …«

»Ja, das ist mir bekannt.« Mock unterbrach seine Meditationen über das Leiden und war plötzlich sehr an Brendels Worten interessiert. »Und was wollen Sie mir damit sagen?«

»Hören Sie einfach weiter zu.« Der Philosoph drückte seine Kippe aus und rieb sich mit der Hand über die Wange. »Mein Vater hat Hilfe für mich organisiert. Heute früh haben zwei Kleinst-U-Boote aus Stettin an der Anlegestelle bei der Technischen Hochschule festgemacht. Sie werden von jeweils einem Mann gesteuert. Außer ihm ist in jedem U-Boot noch für zwei Menschen Platz. Mein Vater hat diese U-Boote geschickt, um mich und meine Familie aus Breslau zu retten.«

»Und: haben Sie noch Familie?« Mock spürte den Schmerz in der verbrannten Wange nicht mehr; plötzlich verspürte er nur noch Hoffnung. »Soweit ich weiß, sind Ihre Ehefrau und Ihre Mutter tot?«

»So war der Wille des Allmächtigen«, erwiderte Brendel mit trauriger Stimme. »Somit habe ich noch drei Plätze zu vergeben, für die Gerechten aus Breslau, insgesamt vier...«

»Warum vier?« Mock versuchte, im Kopf die Personen durchzuzählen, aber es wollte nicht funktionieren – die von Lauge gereizte Haut brannte, die Ränder der Schürhakenwunde spannten. »Ich verstehe nicht ganz...«

»Zwei U-Boote für jeweils drei Personen, das sind sechs Plätze, ja?«, erklärte der Professor geduldig.

»Exakt.«

»Gut. Davon zwei Matrosen. Der eine fährt das eine U-Boot, der andere das andere. Wie viele freie Plätze haben wir also noch insgesamt?«

»Jeweils zwei pro Boot«, erwiderte Mock, und seine zusammengezogenen Augenbrauen ließen erkennen, dass ihm diese Antwort solche Schwierigkeiten bereitet hatte, als ob er eine komplizierte trigonometrische Gleichung hätte lösen müssen.

»Im ersten U-Boot werde ich mit der Gräfin fahren«, rief Professor Brendel, »und im zweiten Sie. Doch mit wem? Wen würden Sie aus dieser Hölle retten wollen? Wer ist es wert?«

»Moment, Moment.« Mock kniff die Augenlider zusammen und fühlte darunter brennende Salzkörnchen. »Was reden Sie da? Wo ist sie?«

»Die Gräfin ist bei mir, in meiner Wohnung.« Das Monokel fiel aus dem Gesicht des Professors und baumelte an der Kette. »Gestern wurde das Lager in der Bergstraße aufgelöst. Gnerlich ist an die Front, die meisten der Gefangenen sind nach Burgweide überführt worden. Die Kriminellen sind freiwillig zum SS-Festungs-Regiment Besslein gegangen. Und die Gräfin konnte sich zu mir flüchten. Nun konzentrieren Sie sich bitte, Herr Hauptmann. Wir müssen heute noch, spätestens in zwei Stunden, von hier weg. Das Schicksal des vierten Gerechten liegt in Ihrer Hand!«

Mock tauchte den Kopf bis zum Hals in das Essigwasser in der

Spüle und bewegte seine Lider ein paarmal. Zusammen mit den Resten des Salzes befreite er sich von den Toxinen seiner düsteren Gedanken. Zwischen den Luftbläschen, die vor ihm aufstiegen, sah er zwei Menschen: seine Ehefrau Karen, deren einziger Traum es war, diese Stadt zu verlassen – und noch jemanden, dem er vollkommen gleichgültig war.

Er hob den Kopf und blickte durch den Wasserfilm auf seinen Augäpfeln Professor Brendel an: »Meine Ehefrau ist verschollen. Aber ich kenne tatsächlich jemanden, der es wert wäre, gerettet zu werden«, sagte er langsam.

»Na dann los, lassen Sie uns gehen, schnell!«

»Und was noch interessanter ist – Sie kennen ihn ebenfalls«, fügte Mock hinzu, doch der Professor hörte nicht mehr hin.

Breslau, Sonntag, den 8. April 1945,
sechs Uhr abends

Die Dämmerung senkte sich über die Stadt. Robert Kutzner, der Befehlshaber des Arbeitstrupps, welcher die Barrikaden in der Schwertstraße errichtete, gab ein Signal, dass nun Feierabend war. Seine Leute legten die Spaten und Spitzhacken zur Seite, setzten sich auf Holzkisten, um noch eine Zigarette auf den Weg zu rauchen. Veteranen, die im Krieg verletzt worden waren, alte Männer, die die Waffe nicht mehr tragen konnten, heranwachsende Jungen, die den russischen Fliegern mit der Faust drohten – sie alle langten in die Taschen und holten zerdrückte Zigaretten oder Tabakbröckchen hervor, die zwischen Apfelschalen gepackt waren, damit sie nicht austrockneten. Sie rauchten gierig und blickten immer wieder verächtlich zu dem alten Professor hin, der weder mit ihnen zusammenarbeitete noch mit ihnen redete, noch sie jemals grüßte, nur jeden Tag zehn Stunden auf den Trümmerhaufen saß und immer mehr Blätter mit Bleistift vollkritzelte. Er tat es so leidenschaftlich und so hitzig, als ob er gleich von einer russischen

Bombe erwischt werden sollte und sein Gekritzel in alle Himmelsrichtungen verstreuen wollte.

Professor Knopp waren die feindlichen Blicke seiner Kollegen vom Arbeitsdienst egal. Er spitzte einen neuen Bleistift und überlegte dabei, inwiefern die traditionellen Theorien über die Theodizee Unzulänglichkeiten aufwiesen. Gestern hatte er sich bereits mit Leibniz befasst und ihn in Grund und Boden verdammt, heute nahm seine polemische Passion die Form langer, kunstvoll verschachtelter Sätze an, die er in Gedanken mit einer solchen Kraft gegen Leibniz schleuderte, dass sie an das gestrige Bombardement erinnerten. Plötzlich hörte er das Brummen eines Motors, dann sah er die Gestalten zweier Männer, die von einem Motorrad mit Beiwagen stiegen. Sie kamen auf ihn zu, was ihn ein wenig beunruhigte.

»Guten Abend, Herr Professor!«, sagte der kleinere von ihnen; die Stimme kam Knopp bekannt vor.

»Guten Abend«, erwiderte er, musterte die beiden Zivilisten und strengte sein fotografisches Gedächtnis an. Und auch heute funktionierte es tadellos: Vor ihm stand der ältere Mann mit der Maske, mit dem er vor einigen Tagen über die neun Seligpreisungen der Bergpredigt gesprochen hatte. Sein Name ... es war irgendetwas Kurzes mit »M«. Der andere Mann stand ein wenig abseits und sprach kein Wort. Sein Gesicht war hinter einer Motorradbrille verborgen, und den Schädel umspannte eine zu kleine Pilotenmütze.

»Sie erlauben, Herr Professor Knopp«, der Kleinere nahm seinen Hut ab, in dem ein Loch prangte, »dass ich Ihnen Professor Rudolf Brendel vorstelle, Doktor der Philosophie.«

Die beiden Professoren gaben sich die Hand und der Mann mit der Maske fuhr fort: »Aber ich hätte Sie einander gar nicht vorstellen müssen, nicht? Sie kennen sich doch bereits.«

»Tatsächlich?«, fragte Knopp und blickte den Motorradfahrer aufmerksam an.

»Ich hatte bereits die Ehre, Sie, werter Herr Professor, aus Ihren Aufsätzen kennenzulernen – vor allem aus der hervorragenden

Schrift ›Wörter und Sachen‹ über die Tiersymbolik.« Der Sprecher nahm Brille und Mütze ab, glättete seine leicht schütteren Haare und fügte hinzu: »Aber erst jetzt habe ich die Ehre, Sie persönlich kennenzulernen.«

»Wirklich? Sie beide kennen sich nicht?«, fragte der Mann mit dem mit »M« beginnenden Namen erstaunt. »Aber Sie müssen sich bereits früher gesehen haben!«

Die Männer betrachteten einander aufmerksam, dann schüttelten sie beide verneinend die Köpfe.

»Nein, mir war der Herr Professor bisher nicht bekannt«, sagte Knopp entschieden.

»Und ich weiß ganz gewiss, dass ich Professor Knopp noch nie persönlich getroffen habe!«, sagte der andere. »Das hätte ich doch mein Lebtag nicht vergessen!«

»Das kann nicht sein!« Die Stimme des Mannes mit der Maske zitterte vor Aufregung. »Sie haben doch schon miteinander gesprochen ...«

»Und wann denn bitte?«, wollte Professor Knopp irritiert wissen.

Der »M«-Mann stand wie versteinert da. Plötzlich zog er sich mit einer heftigen Geste die Maske vom Gesicht. Auf seiner Wange war ein Zeichen eingebrannt, das Knopp an den altgrichischen Buchstaben Kappa erinnerte. In den Kratern seines Gesichts sammelte sich Schweiß.

»Ich will es erklären!«, schnaufte der entstellte Mann. »Als ich Sie vor einer Woche hier, auf diesen Trümmern, aufsuchte, haben Sie mir erzählt, dass sich eine Frau für Ihre Konzeption der neun Seligpreisungen interessiert hatte. Ein Bote dieser Frau soll zu Ihnen gekommen sein, er brachte Ihnen Zettel mit Fragen ... War es so?«

»Das habe ich mir doch nicht ausgedacht, werter Herr!«, schnappte der alte Professor, und ganz plötzlich fiel ihm ein, dass der Mann Hauptmann war.

»Ganz recht«, fuhr der Hauptmann fort. »Ich fragte Sie damals, ob dieser Besucher Brendel geheißen habe, und Sie haben es – zugegeben, nach längerem Überlegen – bestätigt. Und nun steht

Professor Brendel vor Ihnen, und Sie meinen, ihn noch nie gesehen zu haben?«

»Stehe ich unter irgendeinem Verdacht?« Professor Knopp stand auf und nahm eine entschlossene Pose ein. »Wer sind Sie denn, dass Sie mich einem solchen Kreuzverhör unterziehen?«

»Aber nein, nein, werter Herr Professor!«, warf Brendel ein. »Sie werden doch nicht verdächtigt! Wir sind hergekommen, um Sie zu retten! Herr Mock ...«, wandte er sich an den Hauptmann. »Worum geht es Ihnen eigentlich? Sie wollten mir einen Menschen zeigen, der es wert wäre, aus dieser verdammten Festung errettet zu werden. In meinen kühnsten Träumen hätte ich nicht vermutet, dass es sich um Professor Knopp handeln könnte! Und jetzt holen wir ihn und Sie spielen hier Verhör!«

»Es tut mir leid«, erwiderte Mock und hielt sein Gesicht in den Wind, der über den Trümmern wehte – dieser war zwar mit Ruß und Gestank versetzt, aber das war Mock egal, Hauptsache, etwas wehte in sein verbranntes, schmerzendes Gesicht. »Ich hatte heute einen Unfall«, sagte er langsam. »Und ich bin ein bisschen verwirrt. Aber zur Sache.« Er schüttelte den Kopf. »Also kennen sich die Herren nicht. Somit muss es sich um ein Missverständnis handeln. Ich kann mich erinnern, Herr Professor Knopp, dass Sie ein oder zwei Mal meinen Namen verwechselt haben ... Verzeihen Sie mir die Frage, aber könnte es sein, dass Sie manchmal Namen verwechseln?«

»In der Tat«, murmelte Knopp etwas unwirsch. »Ich habe tatsächlich eine solche Schwäche. Aber ich möchte betonen, dass es sich hierbei nur um moderne Nachnamen handelt. Zum Beispiel habe ich noch nie Melito von Sardes mit Roman Melodos verwechselt!«

»Also wäre es möglich«, fuhr Mock fort, »dass der Bote dieser Frau, die sich für die Seligpreisungen der Bergpredigt interessierte, anders hieß als Brendel? Kann es sein, dass Sie im Gespräch mit mir den Namen verdreht haben?«

»Das wäre möglich.«

»Lautete der Name ähnlich wie Brendel?«

»Wahrscheinlich ... Ich verwechsle meist Namen, die ähnlich klingen.«

»Und nun hätte ich eine große Bitte an Sie, Herr Professor«, sagte Mock langsam. »Konzentrieren Sie sich, bitte ...«

»Ich bin stets konzentriert, werter Herr!«, meinte Knopp, wieder beleidigt.

»Könnte es sein, dass der Mann Bresler hieß?« Hauptmann Mock sagte dies mit einer unnatürlich mechanischen Stimme.

»Bresler?«, unterbrach ihn Professor Brendel. »So hat Gnerlich doch mal geheißen!«

»Warum haben Sie mir das nicht gesagt?« Mocks Gesicht zuckte vor Schmerz.

»Ich weiß nicht. War es denn von Bedeutung?« Brendel zuckte die Schultern.

»Ach, lasst mich doch alle in Ruhe!«, brüllte Knopp plötzlich. »Ihr seid alle beide verrückt! Einer verhört mich wie bei der Polizei, der andere plappert etwas von Errettung. Ihr könnt mich alle beide ...«, hier gebrauchte der Professor einen äußerst unakademischen Ausdruck, »... am Arsch lecken!«

Der Theologe warf seine Unterlagen in den Karton und klemmte ihn sich unter den Arm. Er stand auf und schleppte sich humpelnd durch die Trümmer, wobei weitere unakademische Formulierungen aus seinem Mund kamen.

»Bitte warten Sie, Herr Professor.« Mock lief ihm nach und packte ihn am Ärmel. »Nur noch eine Frage: Wann war der Bote dieser Frau bei Ihnen?«

»Vor einigen Monaten«, erwiderte Knopp, überrascht von dem starken Griff des Hauptmanns. »Da lag noch Schnee.«

»Seit wann war Gräfin von Mogmitz im Lager in der Bergstraße?«, wollte Mock von Brendel wissen.

»Seit November letzten Jahres.«

»Noch eine Frage, Herr Professor!« Mock hielt den Ärmel in eisernem Griff.

»Sie hatten Ihre letzte Frage schon!«, erwiderte der Theologe, sichtlich verärgert, und schlug Mock leicht auf die Hand.

Der Hauptmann ließ ihn gehorsam los und begann seine Taschen zu durchsuchen. Nach einer Weile lag in seinen Händen die in zwei Hälften zerrissene Fotografie der Familie von Mogmitz mit Bediensteten.

»War es dieser Mann?«, wollte Mock wissen.

»Ja! Er ist es, der mich aufgesucht hat!«, erwiderte Knopp, als er das stolze Gesicht von Gnerlich sah. »Dieser Mistkerl war es, dieser ...« Und wieder fiel ein Wort, das man an den Universitäten selten zu hören bekam.

Knopp blickte Brendel durchdringend an.

»Na, Herr Kollege, was ist jetzt mit der Errettung aus Breslau?«, fragte er verächtlich. »Bin ich nun gerettet?«

»Ihr Wissen hat Sie gerettet«, erwiderte Brendel leise.

Die Erde erzitterte. Zwischen den Ruinen wurden Flammen sichtbar, die wie Lava über den Boden krochen. Hundert Meter von ihnen entfernt stieg eine Rauchsäule in den Himmel. Sie duckten sich. Putzstücke fielen auf Brendels Wachstuchmantel.

»Hier lang!«, schrie er und alle drei rannten durch die Trümmer in Richtung des Motorrads. Mock hielt die Schachtel mit den Aufzeichnungen des Professors fest. Sein Griff war beinahe ehrerbietig, als befänden sich darin nicht Notizen über Melito von Sardes, sondern heilige Reliquien.

Breslau, Sonntag, den 8. April 1945,
acht Uhr abends

Mock ließ die Schachtel nicht aus den Händen. Auch dann nicht, als sie schließlich Brendels Wohnung in der Borsigstraße betraten. Er drückte den Karton fest an sich, auch in der Toilette. Und als der entsetzte Brendel durch die leere Wohnung rannte und weinte, weil die Gräfin von Mogmitz nicht da war, hielt Mock das Paket fest an die Brust gedrückt, so dass sich Professor Knopp schon über die Begeisterung des Hauptmanns für Melito von Sardes wunderte. Erst als Professor Brendel einen Zettel der Gräfin fand, mit der Information, dass sie sich bereits an der Anlegestelle befand, riss Professor Knopp dem Hauptmann die Schachtel aus den Händen und trug sie von da an selbst.

Die besagte Anlegestelle war einst ein beliebtes Ziel der Breslauer Sonntagsspaziergänger gewesen. Hier pflegte man auf der großen Caféterrasse zu sitzen, vom Frühling bis zum frühen Herbst, und die trägen Wasser der Oder zu betrachten. Hier saßen Kaufleute, Handwerker, Aristokraten und Soldaten unter karierten Sonnenschirmen, verspeisten Mohnstrudel und tranken dazu Kaffee aus der Rösterei Emmericher. Die Damen holten ihre Zigaretten heraus und steckten sie in lange Spitzen, die Herren sprangen sogleich mit brennenden Streichhölzern herbei.

Später wurde die Anlegestelle vom nationalsozialistischen Studentenbund übernommen, und der tapfere Nachwuchs des Führers stählte hier seine Muskeln beim Rudern. Heute aber zogen keine aromatischen Rauchschwaden mehr durch die Luft, keine flirtenden Blicke leuchteten auf, keine tapfere junge Kehle rief mehr »Ahoi!«. Unter einem gebrochenen Schirm, beinahe in vollkommener Dunkelheit, saßen drei Gestalten und steckten die Köpfe über einem riesigen Koffer mit glänzenden Schnallen zusammen. Die Szene, die Mock sah, war wie eine traurige und misslungene Parodie auf die besten Zeiten des Lokals. Zwar boten wie damals zwei Soldaten einer Dame, die eine Zigarette hielt, Feuer. Aber abgesehen davon war alles anders: Die abgemagerte Dame war mit einem zerrissenen Mantel und einem alten Hut bekleidet, und die zwei Soldaten hatten keine prächtigen Galauniformen an, sondern verdreckte Felduniformen. Niemand servierte Eiscreme, und über dem Fluss stieg kein Feuerwerk zum Himmel – über dem anderen Ufer glommen die Flammen der Explosionen. An der Anlegestelle hielten keine Ausflugsschiffe, sondern auf der windgepeitschten Wasseroberfläche dümpelten zwei zigarrenförmige Miniatur-U-Boote vom Typ »Seehund«.

Mock lief auf die Gräfin von Mogmitz zu, fiel ihr zu Füßen und küsste ihre Hände. Sie streichelte seinen Kopf, dann seine verbrannte Wange. Er stöhnte vor Schmerz, aber er ließ sie es nicht hören. Sie holte ihr Notizbuch hervor und schrieb eilig etwas hinein. Brendel beleuchtete mit seiner Taschenlampe die stenographischen Zeichen.

»Aber natürlich, Gräfin«, sagte er mit vor Rührung zitternder Stimme. »Es wird so sein, wie Sie es sich wünschen. Und das ist Professor Knopp.« Er wies auf den Theologen.

Die Gräfin sprang vor Freude wie ein kleines Mädchen auf und streckte dem alten Professor die Hand hin. Dieser drückte seine Lippen so lange darauf, als ob er mit seinem Mund die zierlichen Knochen zählen wollte. Die Gräfin setzte sich wieder an den Tisch und zeichnete rasch ein paar Wellen, Linien und Punkte.

»Es ist ein Wunder. Es ist der Wille Gottes«, las Brendel laut vor. »Sie waren meine Inspiration, und nun hat Gott Sie errettet.«

Der Theologe schaute sich um, und aus seinen verstohlenen Blicken konnte man ableiten, dass er zu gern noch einmal die Hand der Gräfin geküsst hätte. Nach einer Weile konzentrierte sich seine Aufmerksamkeit auf Brendel.

»Herr Professor«, eröffnete Brendel. »Ich werde die Ehre haben, Sie bei unserer Reise zu begleiten. Wir beide werden in dem ersten Boot fahren, in dem zweiten Hauptmann Mock und die Gräfin von Mogmitz.«

Knopp ging auf Mock zu und streckte ihm die Hand hin.

»Verzeihen Sie bitte meine Schroffheit«, sagte er. »Ich weiß nicht, wie ich Ihnen danken soll, dass Sie an meine Rettung gedacht haben.«

»Wissen Sie, Herr Professor ...« Mock nahm Knopp am Arm und führte ihn an das Geländer der Terrasse. »Ich kenne diese Stadt sehr gut.« Er wies auf das Panorama von der Holteihöhe bis zum Wasserwerk Am Weidendamme. »Und ich weiß, dass diese Stadt Sie nicht verdient, dass Sie sie überragen – daher wäre es sehr schade, wenn Sie unter ihren Trümmern sterben müssten. Melito von Sardes sollte nicht für Hitler sterben müssen ...«

Knopp nahm Mocks Hand in seine beiden Hände und drückte sie fest. In seine Augen traten Tränen – die allerdings genauso gut der Widerschein der fernen Explosionen sein mochten. Er drehte sich um und ging, seine Schachtel unter dem Arm, auf das U-Boot zu, vor dem der Matrose herumlungerte. Brendel verabschiedete sich zärtlich von der Gräfin und näherte sich Mock.

»Auf Wiedersehen, Herr Hauptmann, in besseren Zeiten«, sagte er.

»In der besten aller Welten!«, erwiderte Mock und umarmte den Philosophen herzlich.

Er stand an der Anlegestelle und beobachtete, wie die beiden Wissenschaftler durch die Einstiegsluke kletterten. Der Matrose machte die Leinen los und verschwand ebenfalls im Inneren des Bootes. Der »Seehund« tauchte langsam unter. Nach einer Weile verschwand das U-Boot hinter der Biegung beim Zoologischen Garten.

Der zweite Matrose kam auf Mock zu.

»Fahren wir? Ist die Dame fertig?«, fragte er.

»Hören Sie mal ...« Mock legte ihm einen Arm um die Schultern. »Wie heißen Sie, guter Mann?«

»Bootsmann Lothar Fabiunke.«

»Gut.« Mock zog den Matrosen mit sich; sie gingen an dieselbe Stelle, an der Mock zuvor mit Professor Knopp gestanden hatte. »Und ich bin Hauptmann Eberhard Mock, Kripo-Offizier, verstehen Sie?«

»Jawohl, Herr Hauptmann!« Der Matrose blickte etwas ungläubig drein, als er die abgerissene Zivilkleidung des Mannes registrierte.

»Ich hätte eine Bitte an Sie, Bootsmann Fabiunke.« Auf Mocks verbranntem Gesicht kämpfte das gezwungene Lächeln einige Sekunden gegen das schmerzhafte Zucken der Wunden. Der alte Polizist holte aus seiner Aktentasche eine Flasche Weinbrand und drückte sie dem Marinesoldaten in die Hand. »Ich möchte unter vier Augen mit der Dame sprechen. Ohne Zeugen, verstehen Sie? Gehen Sie doch ein wenig spazieren und kommen in ungefähr einer halben Stunde zurück, in Ordnung?«

»Jawoll!«, rief Fabiunke und zwinkerte Mock verschwörerisch

zu. »Sollte Ihnen kalt sein, gehen Sie schon ins Boot, ich werde den Motor anmachen.«

Mock zwinkerte zurück, setzte seine Maske auf und schlug dem Bootsmann freundschaftlich auf den Rücken. Dieser verstaute die Flasche in seiner Jackentasche und salutierte vor der Gräfin. Dann trollte er sich in Richtung der Technischen Hochschule.

Breslau, Sonntag, den 8. April 1945,
halb neun Uhr abends

Eberhard Mock und Gertrud Gräfin von Mogmitz lagen nebeneinander im Maschinenraum des U-Bootes. Ihre Seiten berührten sich. Vom Motor her strahlte angenehme Wärme zu ihnen herüber.

»Gräfin ...«, sagte Mock. »Nach allem, was Sie erlebt haben, würde ich nicht wagen, Sie noch zusätzlich zu quälen – aber bevor wir diese Stadt verlassen, muss ich Ihnen einige Fragen stellen. Wie Sie wissen, bin ich Polizist, und ich dürste nach Gerechtigkeit. Ich möchte daher keine Zweifel haben, dass ich nun richtig handle. Darf ich Ihnen also ein paar Fragen stellen?« Er machte das Licht an und gab der Gräfin sein Notizbuch in die Hand. »Ich kann nicht stenographieren. Ich möchte Sie daher bitten, dass Sie mir in normaler Schrift antworten, ja?«

Die Gräfin nickte. Das Licht schimmerte auf ihren vollen Lippen.

»Hans Bresler, also Gnerlich, erteilte mir, nachdem er mich geschlagen hatte, seltsamerweise die Erlaubnis, Sie im Lager zu besuchen. Die Wärterin Hellner hatte ja bemerkt, dass er zuvor aufgebracht von meinem Verhalten war. So gesehen war er sehr entgegenkommend, oder? Er hatte Ihnen erlaubt, dass Sie mir die Nachricht des Inhalts zukommen ließen, dass ich nach Gerechtigkeit dürsten solle. Daher muss ich Sie fragen – glauben Sie, dass er damals unsere Rettung vorbereitet hat?«

»Mein Schweigen war eine bewusste Entscheidung«, sagte die Gräfin plötzlich. »Der Herr wollte es so. Und nun weiß ich, dass ich Seinen Segen habe, weil ich aus Breslau fliehen kann. Ich bin gerettet. Also kann ich wieder sprechen ...«

Nach diesen Sätzen schwieg sie. Mock brachte kein Wort heraus. Seine Augen glühten hinter den Löchern der Maske. Er sammelte seine Gedanken und begann erneut.

»Sie haben eine wundervolle Stimme«, sagte er in der Hoffnung auf ein Lächeln von ihr, doch ihre schönen blassen Lippen blieben zu einem Strich zusammengepresst. »Verzeihen Sie«, murmelte er verlegen. »Die Stadt brennt, wir sind auf der Flucht, und ich mache Ihnen Komplimente. Also, meine Frage war: Gnerlich hat uns doch geholfen, nicht wahr? Wie sehen Sie das? Er hat Ihnen geholfen, die Seligkeit zu erlangen ... Ist es nicht so?«

»Das Böse wird in Gottes Händen oft zum Guten«, erwiderte sie. »Gnerlich hasste mich, aber er hatte dennoch immer Respekt vor mir. Er konnte grausam zu mir sein, aber sogar als Kommandant des Lagers war er immer noch mein Kammerdiener. Ich glaube, dass er mich auf seine perverse Art liebte ...« Sie verstummte, in Gedanken versunken. »Manchmal blickte er mich auf so eine hündisch ergebene Art an. Wie damals, als er mich fragte, ob er meinen Mädchennamen annehmen dürfe ...« Sie schüttelte sich, als wäre ihr kalt. »Das ist doch schrecklich. Ein Verbrecher hilft uns, gerecht zu werden. Das habe ich bisher nicht bedacht. Erst Sie haben es mir bewusst gemacht; Sie haben es sehr treffend formuliert. Sie sind ein überaus klarsichtiger Mensch ...«

»Vielen Dank.« Mock spürte ihre Worte wie Balsam, der in seine Brust floss. »Gnerlich hat Ihnen tatsächlich sehr dabei geholfen, die Seligpreisungen umzusetzen. Heute, als mich die Hellner beinahe zu Tode gefoltert hätte, hat er mir das Leben gerettet, indem er sie erschoss. Wissen Sie, sie liegt immer noch in meiner Badewanne, in der Wohnung am Zwingerplatz.«

»Das ist entsetzlich, mein Gott, das ist alles so schrecklich ...« Sie begann zu weinen. »Ich habe dieser unseligen Frau schon lange verziehen. Und die Nachricht von ihrem Tod macht mich traurig«, erklärte sie unter Schluchzern.

Mock sah sie an und spürte das unbezwingbare Bedürfnis, sie in den Arm zu nehmen. Er wollte sich mit seinem ganzen Körper an sie drücken und ihre Tränen auf seinem Gesicht fühlen, dann ihre Haare zur Seite streichen und die Lippen auf ihre geschlossenen Augenlider legen. Er wollte unter seinem Mund spüren, wie sich ihre Augäpfel bewegten.

Um sich zu beherrschen, bedeckte Mock sein Gesicht mit den Händen und sah die Gräfin zwischen gespreizten Fingern hindurch an. Sie beruhigte sich langsam und atmete leise mit offenem Mund. Eine Schmerzattacke lief über Mocks Gesicht, dann zerriss der Schmerz seinen ganzen Körper. Vor seinen Augen entstand das Bild von Waltraut Hellner mit einem Loch im Kopf. Ihm wurde schlecht, er musste mehrmals schlucken. Doch er kannte eine Methode, mit jeglichem Schmerz fertig zu werden – er musste Fragen stellen, er musste Ermittler sein, der Wahrheit auf den Grund gehen.

»Darf ich weiterfragen?« Er nahm die Hände vom Gesicht, und als er ihr Nicken bemerkte, fuhr er fort: »Hat er als Kommandant Ihre Befehle ausgeführt?«

»Nur einmal«, flüsterte sie. »Er hatte mir aus dem Krankenhaus geschrieben. Mit grausamen Worten kündigte er mir an, Sie töten zu wollen. Ich schrieb ihm zurück, und Professor Brendel hat ihm den Brief gebracht. In diesem Brief habe ich ihn nicht gebeten, nein, ich habe ihm befohlen, Sie zu verschonen! Doch ich konnte nicht wissen, dass es mit dem Tod der Wärterin enden würde ...«

»Diese Wärterin war eine tollwütige Hündin!«, explodierte Mock und nahm sich sofort zusammen. »Verzeihen Sie bitte. Also, Sie haben als Gefangene dem Kommandanten des Lagers einen Befehl erteilt? Wie ist so etwas möglich?«

»Ich sagte Ihnen ja schon, dass Bresler gleichzeitig Henker und Diener, Befehlshaber und Fußabtreter war. Leider war er meistens, eigentlich immer, Henker. Manchmal konnte er aber ein anderes Gesicht zeigen. Einmal hat er ein Gespräch zwischen Brendel und mir belauscht – danach hat er mir angeboten, meine Fragen zur Bergpredigt selbst mit Professor Knopp zu klären.«

»Nehmen Sie es mir bitte nicht übel«, warnte sie Mock. »Was ich nun sagen werde, ist grausam. Ich möchte Sie um Verzeihung bitten, aber ich muss danach fragen, ich muss der Wahrheit auf den Grund gehen ... Wenn ich sie kenne, wird mein letzter Mordfall endlich gelöst sein – und ich werde Breslau hinter mir lassen können.«

»Fragen Sie bitte. Jetzt ist gar nichts mehr schlimm.«

»Nun ...« Mock hatte Mühe, zu sprechen. »Sie werden mich jetzt hassen. Aber – ich muss einfach ...« Auf einmal wurde seine Stimme kraftvoll und entschieden. »Gräfin – nach dem Tod Ihrer Nichte haben Sie natürlich sehr gelitten. Durch dieses Leid haben Sie noch eine der neun Seligpreisungen erlangt. Und wieder hat Gnerlich Ihnen dabei geholfen. Man könnte also sagen, dass er zu Ihrer Errettung beigetragen hat. Durch dieses entsetzliche Verbrechen, den Mord an Berta Flogner, hatte er Ihnen geholfen, die neunte Seligpreisung zu erlangen. Wusste Gnerlich, dass er letztlich mit seiner Tat Ihnen Gutes tat? Und nun meine Frage, diese schlimme Frage ... Hat er es von selbst getan?«

»Oder? Oder habe ich ihm befohlen, es zu tun?«, fragte die Gräfin mit Anspannung in der Stimme. »Ist es das, was Sie wissen wollen?«

»Nicht ganz«, erwiderte er langsam. »Was bin ich doch für ein Idiot! Schließlich hat Gnerlich Professor Knopp Ihre Fragen gebracht und auch die Antworten abgeholt! Er konnte den Inhalt doch problemlos lesen. Und so hätte er aus eigenem Antrieb handeln können. Alles tun, um Sie zu retten ... Auch dies, Ihre Nichte zu ermorden ... Diese Bestie hält sich für das Werkzeug Gottes!«

Die Gräfin drehte sich von Mock weg. Das U-Boot schaukelte heftig. Mock schmiegte sich an ihren Körper und umarmte ihre zerbrechlichen Schultern. Sie befanden sich in den Abgründen des Flusses, weitab von der Belagerung, von den Bomben, von den Flammen. Sie schwebten im Wasser wie im Mutterleib, und ihr Stahlkokon war warm von der Arbeit der Maschinen.

Eberhard schob Gertrud die Haare aus dem Gesicht und flüsterte in ihre zarte Ohrmuschel: »Manchmal muss man Böses tun, um selig zu werden. Ich habe meiner Frau Böses angetan ...« In diesem Augenblick hatte er das Gefühl, dass ein anderer aus ihm sprach. »Doch diese böse Tat hat mich gerettet. Ich darf Breslau verlassen.«

»Deine Frau ist nicht mehr«, flüsterte die Gräfin, drehte sich um und umarmte Mock. »Der Allmächtige hat es so gewollt! Nun gibt es nichts Böses mehr! Um uns herum ist nur Gutes. Bitte, Eberhard, nimm diese Maske ab, ich will deine Augen sehen ...«

Mock riss sich die Maske vom Gesicht. In den Augen der Gräfin sah er Nebelschwaden. Ihre Lippen berührten seine Nase und seine Augenlider, die Zungenspitze drang in seinen Mundwinkel. Er schloss die Augen und spürte höchste Erregung. Ihm war, als würde sich das Boot über die trüben Wasser der Oder hinaufheben. Und da rutschte die Gräfin von ihm weg.

»Schlag mich!«, sagte sie laut. »Los, schlag mich!«

Mock blickte in ihre Augen. Sie waren vollkommen klar, hell, durchscheinend. Sie drückte mit den Ellbogen gegen seine Brust.

Das U-Boot fiel immer weiter hinunter in die Fluten, und Mock sah das Gesicht der Gräfin nicht mehr. Er befand sich nicht mehr im Inneren des Bootes, sondern in der Küche der im Sterben liegenden Irma Potempa; ihre hässliche Tochter Elsa sagte: »Hans ist böse, weil er die Gräfin schlägt.«

»Meinetwegen ist dieses dumme Stück, deine Frau, gestorben!«, zischte die Gräfin. »Na komm, schlag mich endlich!«

Durch die stählerne Wand des Bootes drang die Kälte. Mock legte seine verbrannte Wange an die Wand, um sie zu kühlen. Er spürte Metall im Kopf, Metall im Mund, in der Kehle, der metallische Geschmack drang mit dem Speichel hinunter in seine Eingeweide. Alles begann ihm weh zu tun, von dem Einstichloch am Kopf bis zu der Blase an der Ferse. Und er kannte die Methode gegen den Schmerz: das Verhör, die Arbeit, die Suche nach der Wahrheit.

Er drehte sich zur Gräfin um und sagte kalt: »Soll ich dich schlagen, ja? So wie Gnerlich es immer getan hat? Das hattest du gern, ja, damals in Kanth, wenn dein Mann schon schlief? Da kam Hans und schlug dich, was? Und du hast es auch in der Bergstraße gemocht, wenn er dich schlug! Soll ich dich genauso schlagen, genauso heftig? Ich kann es, und wie ich es kann! Soll ich dich so schlagen, ja? Aber wie konntest du wissen, dass ich gern Frauen schlage?«

Gertrud von Mogmitz kniff die Augenlider und die Kiefer zusammen. Dann nickte sie und bot Mock ihr Gesicht dar. Doch er schlug sie nicht. Er rückte, so weit er konnte, von ihr weg und griff in die Innentasche seines zerrissenen Jacketts. In dem engen Raum roch es auf einmal nach feuchtem Tabak.

»Ich wollte es eigentlich nicht tun«, sagte Mock ruhig, als er zwei Zettel hervorholte. »Ich hatte nicht vor, diese Schreibmaschinentypen zu vergleichen ...«

»Wovon sprechen Sie, Herr Hauptmann?« Die Gräfin saß wieder gerade da, vollkommen beherrscht, und richtete sich die Haare.

»Ich wollte dir doch glauben, Gertrud. Ich wollte dir so gern glauben ... Ich wollte, dass Gnerlich für all das verantwortlich war, aus eigenem Willen. Dass er dir die Seligpreisungen schenken wollte, mit seinen Verbrechen, aus Liebe zu dir. Ich wollte nicht glauben, dass du irgendetwas damit zu tun hast. Ich wollte diese Schriften nicht vergleichen.«

»Was reden Sie denn da?«

Die Schmerzrezeptoren reagierten auf die leiseste Bewegung des Bootes. Mock schob sich noch weiter in die Ecke und knipste die Taschenlampe an. In der einen Hand hielt er den Brief an seinen Bruder Franz, in der anderen die Liste mit Fragen der Gräfin an Professor Knopp.

Auf dem einen Zettel stand:

Durchsuche die Wohnung Nummer 7 in der Viktoriastraße 43. Dort befindet sich etwas, das dir helfen wird, den Mörder deines Sohnes zu finden. Beeile dich, solange die Russen noch nicht ins Haus gelangt sind.

Auf dem anderen Zettel, der mit dem vollen Namen der Gräfin unterschrieben war, stand die Frage:

Herr Professor, sind Sie der Meinung, dass die Seligpreisungen der Bergpredigt wortwörtlich zu verstehen sind?

Sowohl auf dem einen als auch auf dem anderen Blatt erinnerte der kleine Buchstabe »t« an ein orthodoxes Kreuz mit seinen zwei Balken, das große und das kleine »O« sahen aus wie doppelt gesetzt, und das »r« war mal nach links, mal nach rechts verschoben.

»Du hast beide Briefe geschrieben«, sagte er langsam. »Auf derselben Schreibmaschine. Und der Brief an meinen Bruder wurde einen Tag vor dem Tod deiner Nichte verfasst. Das bedeutet, dass du das alles geplant hast! Gnerlich hat Berta für dich getötet. Und du hattest noch etwas geplant: Du musst von mir und von dem Mord am Kinderschänder Roberth gelesen haben. Alle Zeitungen überschlugen sich geradezu mit Vermutungen, ob ich für diesen Akt der Selbstjustiz verantwortlich war, die Journalisten stritten über die Frage, ob meine Tat gerechtfertigt war oder nicht. Und alle, aber auch ausnahmslos alle schrieben, dass Gerechtigkeit meine Obsession ist, dass mich ein blinder Instinkt treibt ... Und alle, die regelmäßig Tageszeitung lesen, werden auch wissen, dass mein Neffe vor zwanzig Jahren unter ungeklärten Umständen ermordet wurde. Als du nun den Brief an Franz geschrieben hattest, konntest du sicher sein, dass der ›blinde Hund der Gerechtigkeit‹ Himmel und Hölle in Bewegung setzen würde, um in die Wohnung in der Viktoriastraße zu gelangen, wo deine Nichte am Verbluten war. Du hast Gnerlich befohlen, sie so zuzurichten, dass ich nach Rache dürsten würde. Dass ich meiner Obsession nachgehen würde. Was eignet sich besser, mich dazu zu treiben, als ein siebzehnjähriges Mädchen mit einer zerbrochenen Flasche zwischen den Beinen! Auch wenn sie Gnerlich erkannt hätte, auch wenn sie ihn in der sowjetischen Uniform erkannt hätte, wäre er außerhalb meiner Reichweite gewesen ... Aber es ging ja nicht darum, dass ich Gnerlich töte – es ging darum, dass ich ihn jage! Denn so konntest du, nach der Interpretation von Professor Knopp, eine komplementäre Persönlichkeit, einen Gerechten finden, mit dem zusammen du aus Breslau flüchten konntest ...«

»Hör doch endlich auf«, flüsterte sie. »Das ist alles nicht wahr! Wie kannst du solche Dinge aus der Type einer Schreibmaschine schlussfolgern? Es gibt viele Maschinen mit nicht richtig funktionierenden Typen …«

»Was ist bloß schiefgelaufen, Gertrud? Weißt du, auch die neun Seligpreisungen werden dich nicht retten können«, eröffnete ihr Mock und kroch auf allen vieren auf sie zu. »Du hast dich geirrt.«

Die Gräfin von Mogmitz lag jetzt ruhig da, die Arme hinter dem Nacken verschränkt. Sie blickte Mock an und täuschte sich, was seine ruhige Stimme mit der kräftigen, dunklen Tonlage anging. Und so konnte sie nicht wissen, dass vor Mocks Augen gerade das Bild eines Gespenstes erschien: das eines jungen Mädchens mit einem blutigen Armstumpf.

»Du hast dich nur in einer Hinsicht nicht geirrt.« Mock machte den Motor des Bootes aus. »Ich dürste tatsächlich immer nach Gerechtigkeit.«

Als er die Bodenklappen öffnete, hörte er noch, wie Gertrud von Mogmitz hinter der abgeriegelten Tür zum Maschinenraum mit den Fäusten gegen die Schotten trommelte. Er kletterte hastig die Leiter hoch und verließ das Boot, das wild schaukelte. Er rutschte aus und fiel in das kalte Wasser der Oder. Als das U-Boot untertauchte, ging eine Bewegung durch die Fluten. Mock hatte das Gefühl, dass er gleich zusammen mit der Gräfin von Mogmitz untergehen würde.

Doch er durfte nicht ertrinken, er durfte diese Stadt nicht sich selbst überlassen. »Der Hund der Gerechtigkeit« hatte in der Festung Breslau noch etwas zu erledigen. Niemand hatte ihn von seinen Pflichten befreit – und ein Polizist hat in einer Großstadt immer etwas zu tun.

Wrocław, Dienstag, den 25. April 1950, ein Uhr mittags

Hauptmann Wacław Baniak konnte sich trotz der Zusicherung absoluter Vertraulichkeit nicht dazu entschließen, die Details der Angelegenheit preiszugeben. Er hatte schon den Mund aufgemacht, um seinem Gesprächspartner alles zu erzählen, als die Luft in seine ausgetrocknete Mundhöhle drang und die mit einem grauen Belag überzogene Zunge lähmte. So wurde das Gefühl des Katers noch verstärkt, das der Hauptmann gerade noch mit einem Wasserglas voll Wodka und einer Portion saurer Lunge bekämpft hatte. Baniak wurde bewusst, dass, je schneller er Manfred Hartner die ganze Geschichte erzählte, desto rascher er ihn los sein würde – um noch ein Glas Wodka zu trinken und für eine weitere Stunde Ruhe vor seinem Kater zu haben.

»Unweit der Anlegestelle bei der Technischen Hochschule wurde ein kleines U-Boot gefunden«, sagte er, während er in die Unterlagen von Fridman blickte. »In dem U-Boot befand sich die Leiche einer Frau, zwischen dreißig und vierzig Jahre alt. Sie wurde als Gräfin von Mogmitz identifiziert. Sie war eine berühmte Kämpferin gegen den Faschismus, ihr Mann war in das Attentat gegen Hitler verwickelt. In der DDR gibt es sogar mehrere Mogmitzstraßen, ohne dieses verdammte ›von‹. In einer fest verschlossenen Aktentasche hat man diesen Brief gefunden. Das ist alles. Und jetzt sagen Sie mir endlich, was da noch drinsteht, außer diesem Quatsch mit selig und so …«

Manfred Hartner musste wieder an seinen Vater denken. Er hatte ihn vor Augen, wie Leo Hartner in seinem grünen Arbeitszimmer in der repräsentativen Schenkendorfstraße saß, wo sich die Regale unter dem Gewicht alter arabischer und persischer Handschriften bogen. Es war eine wunderschöne Villa, dachte Manfred, des Direktors der Universitätsbibliothek würdig. Jetzt ist ein Kindergarten darin untergebracht, und die alten Bücher haben alle als Heizmaterial geendet. Wie oft saß mein Vater in seinem Büro über dem Schachspiel, allein oder mit seinem besten

Freund, einem hohen Polizeifunktionär, den er allerdings nie geduzt hat …

Hartner erinnerte sich, dass jener Polizist Eberhard Mock hieß und nun entweder in der DDR oder in den Vereinigten Staaten lebte. Das hatte er zumindest von einem befreundeten Autochthonen, Kurt Smolorz, erfahren, der erst kürzlich aus der Taiga zurückgekehrt war. Nun sah Hartner ebendiesen Namen auf dem Zettel, den die Frau geschrieben hatte, deren letzte Ruhestätte ein U-Boot auf dem Grund der Oder war. Und er sah wieder das ernste Gesicht seines Vaters vor sich, der sagte: »Mein lieber Sohn, alles ist im Bereich deiner Möglichkeiten. Du kannst zerstören oder erschaffen … Wie wird deine Entscheidung ausfallen?«

Und Manfred Hartner sagte, während er die »Górnik«-Zigarette im Aschenbecher zerdrückte: »Hier ist noch etwas Wichtiges. Hier nennt diese Frau den Namen desjenigen, der sie getötet haben soll.«

»Was für ein Name?« Baniak sprang auf und starrte auf das Blatt. »Und was soll diese Schrift? Können Sie nicht normal schreiben?«

»So haben sie es uns in der Schule beigebracht, das ist die alte deutsche Schrift. Und hier steht geschrieben: *Ekkehart Mark.*«

»Wie war das? Schreiben Sie es mir auf!«

Hartner schrieb es in seiner gestochenen Schrift, und Baniak verstaute den Zettel sogleich in seiner Aktentasche.

»Das haben Sie gut gemacht, Doktorchen!« Der Hauptmann beugte sich vor und holte aus dem Schreibtischfach eine Flasche Wodka und zwei nicht ganz saubere Gläser. »Und nun werden Sie kein Wort mehr über diese Sache verlieren.« Er goss den Schnaps in die Gläser. »So besiegelt man in meiner Heimat Abmachungen … Auf ex!«

Manfred Hartner verzog das Gesicht, als er den lauwarmen Wodka hinunterschluckte, was den angetrunkenen Baniak sehr belustigte.

»Du bist ein guter Kerl!«, sagte er und zwinkerte mit einem blutunterlaufenen Auge. »Aber ändere deinen verschissenen deutschen Namen!«

Wien, Dienstag, den 30. März 1954, neun Uhr morgens

Walter Kridl, der Rezeptionist im Hotel »Kärntner Hof«, setzte sich hinter seine Theke und griff automatisch nach den Zeitungen, die der Besitzer des Hotels, Herr Alfred Anhauser, abonnierte. Obendrauf lag der ›Wiener Kurier‹ mit riesigen Fotos, die wohl einen und denselben Mann in verschiedenen Phasen seines Lebens darstellten. Auf einem Bild hatte der Mann eine SS-Uniform an und eine Mütze mit dem Totenkopfemblem; auf dem anderen trug er einen eleganten Anzug und hatte einen üppigen, gelockten grauen Bart. Unter den Fotografien stand: *Ist der Salzburger Geschäftsmann Helmut Crestani der ehemalige Kommandant des Lagers Breslau-Bergstraße?*

Kridl blätterte, teils beunruhigt, teils interessiert, zur dritten Seite des ›Kuriers‹, wo es weitere Informationen bezüglich des grauhaarigen Mannes geben sollte. Er fand den Artikel rasch und las aufgeregt:

Am 31. März wurde im Hotel »Carantania« die bestialisch zugerichtete nackte Leiche eines Salzburger Geschäftsmannes, des Helmut Crestani, 57 Jahre alt, gefunden. Aus einer gut informierten Quelle bei der Polizei erfuhr unser Reporter, dass Crestani angeblich verdächtig war, während seiner Zeit als Kommandant des Lagers Breslau-Bergstraße schwere Verbrechen begangen zu haben. Damals soll er Hans Gnerlich geheißen haben. Unserer Meinung nach zeigen die beiden Fotos auf Seite 1 denselben Mann. Wären die Umstände des Todes von Crestani nicht gewesen, dem man die rechte Hand abgetrennt hatte – was auf einen Ritualmord hindeutet –, hätte man vermuten können, dass die Tat der Racheakt eines ehemaligen Gefangenen von Gnerlich war. Alle Personen, die der Polizei helfen, die Täter zu fassen, können mit einer Belohnung in Höhe von 40.000 Schilling rechnen, die die Firma ›Cresto‹, der Helmut Crestani vorstand, gestiftet hat. Übrigens sind wir sehr gespannt, wie es um die Zukunft der Firma bestellt sein wird, sollte sich herausstellen, dass die faschistische Vergangenheit ihres Chefs eine unumstößliche Tatsache ist.

Walter Kridl legte die Zeitung zur Seite. Er blickte sich an seinem Arbeitsplatz um, an dem vor einer Woche ein irrer Riese gewütet hatte. Immer noch konnte er die Tritte der schweren Schuhe spüren. Und jetzt gaben ihm seine schmerzenden Nieren und Rippen einen guten Rat. Kridl hätte einiges über Crestani erzählen können, der in diesem Hotel drei Tage und drei Nächte festgehalten worden war, und über einen eleganten alten Mann mit einem vernarbten Gesicht, der beim Verlassen des »Kärntner Hofs« zu dem Riesen gesagt hatte: »Wir haben ihn!«

Kridl hätte gutes Geld für seine Informationen bekommen können. Doch er wollte nicht.

Verzeichnis der Orts- und Straßennamen:

Adalbertstraße	ul. Wyszyńskiego
Altstadt	Stare Miasto
Am Weidendamme	ul. Na Grobli
Anger	ul. Łąkowa
Auenstraße	ul. Mikulicza-Radeckiego und ul. Bujwida
Augustastraße	ul. Szczęśliwa
Bischofstraße	ul. Biskupia
Bergstraße	ul. Góralska
Blücherplatz	Plac Solny
Borsigstraße	ul. Smoluchowskiego
Brüderstraße	ul. Pułaskiego
Burgweide	Sołtysowice
Clausewitzstraße	ul. Haukego-Bosaka
Dahnstraße	ul. Moniuszki
Deutsch-Lissa	Leśnica
Feldstraße	ul. Krasińskiego
Freiburger Bahnhof	der heutige Dworzec Świebodzki
Freiburger Straße	ul. Świebodzka
Friedrich-Wilhelm-Straße	ul. Legnicka
Gabitzstraße	ul. Gajowicka
Gandau	Gądów
Gartenstraße	ul. Piłsudskiego
Glatz	Kłodzko
Gräbschener Straße	ul. Grabiszyńska
Gustav-Freytag-Straße	ul. Dyrekcyjna
Hohenzollernplatz	Plac Szeli
Hohenzollernstraße	ul. Zaporoska
Holteihöhe	Wzgórze Polskie
Höfchenstraße	ul. Zielińskiego

Institut für Gerichtsmedizin	heutiges Institut für Gerichtsmedizin der Medizinischen Akademie der Schlesischen Piasten in Wrocław
Kaiser-Wilhelm-Straße	ul. Powstańców Śląskich
Kanth	Kąty Wrocławskie
Kleinburgstraße	ul. Januszowicka
Kleine Groschengasse	ul. Mennicza
Kletschkauer Straße	ul. Kleczkowska
Klosterstraße	ul. Traugutta
Königsplatz	Plac Jana Pawła II
Kupferschmiedestraße	ul. Kuźnicza
Lindner-Werke	Firma »Archimedes«
Langeholzgasse	ul. Krowia
Lanisch	Łany
Landsbergstraße	ul. Kutnowska
Liebichhöhe	Wzgórze Partyzantów
Märkische Straße	ul. Robotnicza
Mozartstraße	ul. Lipińskiego
Museumplatz	Plac Muzealny
Neudorfstraße	ul. Komandorska
Neumarkt	Nowy Targ
Neuweltgasse	Nowy Świat
Nikolaistraße	ul. Św. Mikołaja
Nikolaivorstadt	Przedmiesście Mikołajskie
Ofener Straße	ul. Krakowska
Ohlau	Oława
Ohlauer Straße	ul. Oławska
Ohlau-Ufer	die heutige Aleja Słowackiego
Opitzstraße	ul. Żelazna
Oppeln	Opole
Opperau	Oporów
Polizeipräsidium am Schweidnitzer Stadtgraben	Komenda Wojewódzka Policji, Podwale
Rehdigerplatz	Plac Pereca
Rehdigerstraße	ul. Pereca

Sadowastraße	ul. Swobodna
Scheitniger Park	Park Szczytnicki
Schenkendorfstraße	ul. Orla
Schlossstrasse	ul. Gepperta
Schmiedebrücke	ul. Kuźnicza
Schuhbrücke	ul. Szewska
Schweidnitzer Stadtgraben	ul. Podwale
Schweidnitzer Straße	ul. Świdnicka
Schweidnitzer Vorstadt	Przedmieście Świdnickie
Schwerinstraße	ul. Skwierzyńska
Schwertstraße	ul. Nabycińska
Stettin	Szczecin
Striegauer Platz	Plac Strzegomski
Stadttheater	Opera Wrocławska
Sternstraße	ul. Henryka Sienkiewicza
Taschenstraße	ul. Skargi
Tauentzienplatz	Plac Kościuszki
Tauentzienstraße	ul. Kościuszki
Teichstraße	ul. Stawowa
Tiergartenstraße	ul. Skłodowskiej-Curie
Technische Hochschule	Politechnika Wrocławska
Tschansch	Księże Małe
Ursulinenstraße	ul. Uniwersytecka
Viktoriastraße	ul. Lwowska
Waldenburg	Wałbrzych
Wallstraße	ul. Włodkowica
Wilhelmsruh	Zacisze
Zwingerplatz	Plac Teatralny
Zwingerstraße	ul. Teatralna

Danksagung des Autors

Die Entstehung dieses Buches und seine Fertigstellung wäre ohne die Hilfe der folgenden Personen nicht möglich gewesen:

In erster Linie möchte ich Herrn Dr. Jerzy Kawecki vom Institut für Gerichtsmedizin der Medizinischen Akademie der Schlesischen Piasten in Wrocław für die medizinische und patomorphologische Konsultation danken;

Herr Dr. Tomasz Głowinski vom Historischen Institut der Universität Wrocław hat mir in historischen Fragen zur Seite gestanden;

meinen ersten Lesern Herrn Paweł Janczarski, Herrn Zbigniew Kowerczyk, Herrn Gościwit Malinowski und Herrn Przemysław Szczurek danke ich für die aufmerksame Lektüre und viele redaktionelle Anmerkungen zum Text;

Frau Bogda Balicka danke ich herzlich für den großzügigen Zugang zu ihrer Bibliothek und ihrem Archiv.

Ich möchte betonen, dass etwaige Fehler und Ungenauigkeiten ausschließlich zu meinen Lasten gehen.

Marek Krajewski

Danksagung der Übersetzerin

Während der Arbeit an der Eberhard-Mock-Serie erfuhr ich von vielen Seiten unschätzbare Hilfe. Den folgenden Personen gebührt mein herzlicher Dank:

Anna-Maria und Thomas Schulz – für jegliche Unterstützung, Recherche, wertvolle Informationen zu der Stadt Breslau/Wrocław und spannende Diskussionen zu Übersetzungstheorie und -praxis.

Werner Creutziger – für alles, was ich von ihm gelernt habe.

Mathias Rhode – für Recherche, Korrekturen und die Pflege meiner Website.

Henry Bernhard – für wertvolle Hinweise zu den Feinheiten der deutschen Sprache.

Fiona Schulz, Paul Schulz und Enrico Löbner – für ihre emotionale Unterstützung, ihre Geduld, ihren Humor.

Last but not least Marek Krajewski – für wertvolle Hinweise, für schöne Lesungen und die anschließenden Gespräche über Gott und die Welt. Dziękuję bardzo!

Paulina Schulz